ro
ro
ro

ro
ro
ro

INGEBORG SELTMANN

MIT HORST IM GLÜCK

ROMAN

Gemeinsam in Rente,
von Ruhe keine Spur

ROWOHLT TASCHENBUCH VERLAG

ZITATNACHWEISE

S. 105 FF.: Gabi liest hier eine Geschichte vor, die sehr frei dem folgenden Titel folgt: Gudrun Pausewang, *Die Oma im Drachenbauch und andere Omageschichten*, Hildesheim 2010. | Bei dem Zitat auf S. 215 handelt es sich um ein fiktives. Es ist aber inspiriert von Marina Heilmeyer (Hg.), *Orangen für den Bischof. Potsdamer Pomologische Geschichten*, Potsdam 2010. | Frau Professor Füsslings Linguistikvorlesung auf den SEITEN 248 und 249 ist inspiriert von Klaus-Michael Bogdal, Kai Kauffman und Georg Mein: *BA-Studium Germanistik. Ein Lehrbuch*, Reinbek 2008. | S. 251: J. W. von Goethe: «Wilhelm Meisters Lehrjahre», in: ders., *Werke*, Hamburger Ausgabe, hrsg. von Erich Trunz, Hamburg 1981, Bd. 7: Romane und Novellen II, S. 7–610, hier S. 145. | S. 283: Vgl. Thomas Mann, *Bekenntnisse des Hochstaplers Felix Krull*, Frankfurt a. M. 1954, S. 156 | S. 292 FF.: Thomas Mann, *Der Tod in Venedig*, Fischer TB, Frankfurt a. M. 1992, 25. Aufl. Juli 2015, a. a. O. S. 77 und 79, S. 50, 64, 83, 117, 121, 132 ff.

Originalausgabe
Veröffentlicht im Rowohlt Taschenbuch Verlag,
Reinbek bei Hamburg, Mai 2017

Umschlaggestaltung any.way,
Barbara Hanke / Cordula Schmidt
Illustration Kai Pannen
Satz Dolly PostScript (InDesign)
bei Pinkuin Satz und Datentechnik, Berlin
Druck und Bindung CPI books GmbH, Leck, Germany
ISBN 978 3 499 29051 0

Für Thomas, Martin und Caro,
Eva und Johannes, Marie und Franka –
denn was wäre ich ohne euch?

SEENOT

Ich griff nach dem Rettungsring. Er war rotweiß wie die Rettungsringe auf allen Meeren dieser Welt. Sein Kunststoffbezug lag feucht und kalt in meinen Fingern. Ich tastete nach der Griffleine. Sie war an vier Stellen untrennbar mit dem Rettungsring verbunden. Ihr fest verdrilltes Material fühlte sich grob und zuverlässig an. So schnell ging so ein Rettungsring hoffentlich auch im Sturm auf dem Atlantik nicht unter. Er war sicher hitze- und ölbeständig und resistent gegen aggressives Salzwasser. Es gab sogar ein Blinklicht daran, das man im Notfall betätigen konnte, damit vorbeifahrende Schiffe einen im Wasser doch noch finden konnten.

Der ablandige Wind war heute heftig. Ab Windstärke 7 spricht man von starkem Wind, die See türmt sich, beim Brechen der Wellen entsteht weißer Schaum, der sich in Streifen in die Windrichtung legt. Ab Windstärke 7 wird es zunehmend unwahrscheinlich, einzelne im Wasser treibende Personen in den Wellentälern auszumachen.

Horst war an meiner Seite, ganz nah, auch seine Hände umfassten den Rettungsring, auf dem in schwarzen Großbuchstaben der Name des Schiffes prangte: *Mare 4*. Aber unser Schiff war nur eine ferne Silhouette auf dem Wasser.

«Und lächeln, Frau König! Lassen Sie sich doch von Ihrem Mann mal richtig in den Arm nehmen!»

Die Dame mit dem dunkelblauen Pulli und der weißen Hose drückte auf den Auslöser ihrer Kamera, die eine Salve Fotos von Horst und mir machte, wie wir im Kreuzfahrtterminal hinter dem aufgebockten Rettungsring und vor der Fototapete standen, die unser Schiff auf dem weiten Meer darstellte.

«Und jetzt das nächste Paar, bitte sehr! Ab morgen früh können Sie die Fotos an der Rezeption erwerben. Lassen Sie jetzt bitte Ihre Kreditkarte einlesen und denken Sie daran: Die Seenotrettungsübung ist für alle Passagiere obligatorisch und findet vor dem Auslaufen des Schiffes pünktlich um 16.30 Uhr statt. Bringen Sie unbedingt Ihre Bordkarte mit und begeben Sie sich zu Musterstation C.»

Ein weiteres Paar in unserem Alter drängte sich hinter den Rettungsring und vor die Fototapete, Horst suchte in seinem Portemonnaie nach der Kreditkarte und knurrte: «Ich denke doch nicht daran, dieses blödsinnige Foto zu kaufen. Fehlte nur noch, dass sie einem eine Kapitänsmütze aufgesetzt hätten. Und wozu brauchen die meine Kreditkarte? Ich dachte, das ist eine All-inclusive-Reise.»

Der Kreuzfahrt-Terminal war voller Menschen. Im weißen Licht der Deckenbeleuchtung sahen alle sehr erholungsbedürftig aus. Wir schoben uns im Pulk Schritt für Schritt entlang der Absperrbänder voran. Ohne die Fototapete und den Rettungsring hätte niemand sagen können, ob wir uns nicht doch auf dem Weg zu einem Flugzeug befanden. Unsere Kreditkarten wurden eingelesen, unsere Gesichter fotografiert, unser Gepäck durchleuchtet, unsere Bordkarten erstellt, unsere Körper nach verbotenen Gegenständen abgesucht. Aber dann traten wir ins Freie. Der starke Wind blies mir die Haare aus dem Gesicht. Und da war es, unser Schiff. Nicht auf einer Fototapete, sondern in Wirklichkeit – atemberaubend hoch wie ein Wolkenkratzer, strahlend blau und weiß, mit orange leuchtenden Rettungsbooten, groß wie Stadtbusse.

«Horst», sagte ich, «riechst du es? Es riecht nach Meer!»

«Wahnsinn», erwiderte er, «das Ding ist tatsächlich fast 300 Meter lang, ich habe gelesen, es hat 61 000 PS.»

Wir wurden alle miteinander die Gangway zur *Mare 4* hochgeschoben und standen unvermittelt in einer riesigen Hotellobby. Links waren Aufzüge, rechts waren Aufzüge, und überall waren Menschen.

«Wir haben Kabine 9067. Hast du den Schiffsplan da, Horst?»

Horst kramte in den Außentaschen seiner Freizeitjacke.

«Neunte Etage, ziemlich weit hinten links.»

«Müssen wir zum Bug oder zum Heck? Steuerbord oder Backbord?»

Wir führten einen kurzen ignoranten Landratten-Disput, ob steuerbord links oder rechts und der Bug hinten oder vorn sei, beschlossen dann aber die Hilfe einer Bordstewardess in Anspruch zu nehmen, damit nicht bereits der Beginn unserer ersten Kreuzfahrt von einer Ehekrise überschattet würde.

Horst hielt seine Bordkarte vor den Sensor unserer Kabinentür und sagte: «Du zuerst.»

Ich zog die schwere Tür auf, die auch dem heftigsten Seegang widerstehen sollte – und ließ sie beinahe wieder zufallen:

«Das ist ja eine Balkonkabine! Sie ist riesig! Können wir uns das leisten?»

Horst zog mich an sich: «Na, Überraschung gelungen? Es ist ja schließlich das Geschenk zu deinem 60. Geburtstag und der Beginn unserer Freiheit.»

Ich stürmte an dem großen Doppelbett und der Sitzecke vorbei und schob die gläserne Balkontür auf. Neun Stockwerke unter mir glitzerte der Atlantik vor Agadir. Und da war auch wieder der Geruch von Salz und See. Tief da unten hingen die orangen Rettungsboote in ihren Verankerungen. Horst legte von hinten seine Hände auf meine Schultern und sagte: «Das wird uns guttun, Gabi.»

Ich drehte mich um, küsste ihn und sagte: «Wir müssen uns sofort das Schiff ansehen.»

«Wir sollten erst einmal auspacken und uns umziehen. Wir haben ja beide noch unsere Wintersachen aus dem Flugzeug an.»

Wo er recht hatte, hatte er recht. Wir zogen uns um und räumten unsere Sachen in den Schrank. Meinen Strohhut hatte ich separat in einem Leinenbeutel meines alten Buchladens transportiert. Der Hut hatte die Beförderung als Handgepäck in der Flugzeugkabine nicht besonders gut überstanden, er sah aus wie ein schräges Architekturmodell von Zaha Hadid. Ich versuchte ihn mit der Hand auszubeulen, aber er erwies sich als äußerst widerspenstig.

«Komm schon, Horst, ich bin schon so neugierig! Es soll hier alleine 13 Bars geben, und alles ist inklusive! Und ich brauche sofort einen neuen Sonnenhut. Es wird doch wohl auch Läden auf diesem Schiff geben, was meinst du?»

Aber Horst wies auf den riesigen Flatscreen an der Wand gegenüber unserem Doppelbett. Unter dem Logo der *Mare 4* stand in gestochen scharfen Buchstaben:

Willkommen an Bord, Herr und Frau König. Achtung – verpflichtend für alle Gäste: Seenotrettungsübung um 16.30 Uhr!

Bitte finden Sie sich an Ihrer Musterstation ein und beachten Sie das Seenotrettungssignal: 7 kurze Töne – 1 langer Ton.

Ihr Kapitän

«Dann gehen wir jetzt zu Musterstation C, wo immer das sein mag. Es ist schon kurz vor halb fünf, Horst, wir müssen unbedingt los.»

Horst lachte kurz auf: «Gabilein, das hast du vollkommen missverstanden. Erst wenn das Notsignal ertönt, rennen wir aus den Kabinen zu den Rettungsbooten. Sonst wäre es ja keine Notfallübung. Ich kenne das noch aus meiner Bundeswehrzeit. Nachtalarm. Ich habe es gehasst.»

Er setzte sich auf unser Doppelbett.

«Glaub ich nicht, wir müssen gleich zu dieser Station.»

«Nein.»

«Doch.»

«Nein. Ich weiß, wie so was läuft.»

«Quatsch, lies doch, was auf dem Bildschirm steht.»

«Les ich doch.»

«Liest du nicht.»

«Doch.»

«Ich gehe jetzt jedenfalls zu dieser Musterstation. Wir sind hier schließlich nicht bei der Bundeswehr.»

«Na dann, blamier dich eben. Ich weiß, wie eine Notfallübung abläuft.»

«Klar weißt du das. Wie immer.»

«Eben.»

«Also tschüs.»

Ich packte meinen schrägen Hut und meine Bordkarte und verließ unsere plötzlich irgendwie leicht stickige Wohlfühlkabine.

Auf dem endlos langen dunklen Gang mit den dicken geräuschschluckenden Teppichen herrschte Hochbetrieb. Alles strebte in eine Richtung. Philippinisches Schiffspersonal mit orangen Sicherheitswesten dirigierte uns den Gang entlang zu einer stählernen, schweren Nottür und einer dahinterliegenden steilen, weiß gestrichenen Stahltreppe. Über uns leuchteten das unvermeidliche grüne Schild mit einem rennenden Männchen und der Buchstabe C. Ich blieb stehen und sprach einen der Sicherheitsleute an: «Ich muss noch mal zurück und meinen Mann holen. Er meint, er müsste in der Kabine warten.»

Der Sicherheitsmann nickte, lächelte und sagte: «C. Sie vorne Bordkarte Kontrolle.»

Vielleicht arbeitete er sonst im Maschinenraum oder in der Wäscherei, jedenfalls schien er mich nicht zu verstehen und schob mich entschlossen weiter.

Die anderen Passagiere drängten mich Richtung Stahltreppe, unsere Schuhe klapperten auf dem blanken Metall. Am unteren Ende der Treppe verlangte jemand unsere Bordkarten und hielt sie vor einen Scanner. Ich musste meinen Hut auf dem Kopf festhalten, weil die Leute hinter mir so drängelten. Noch mehr orange Sicherheitsleute dirigierten uns in einen großen Saal, es war wohl ein Kino oder ein Konzertsaal. Man wies uns mit sehr bestimmten Gesten an, hier Platz zu nehmen. Ich fand noch einen einzelnen Sitz in der dritten Reihe. Hinter mir blaffte jemand: «Können Sie nicht diesen komischen Hut abnehmen. Ich sehe nichts.»

Ich drehte mich um und erwiderte so freundlich und ruhig, wie es mir möglich war: «Hier läuft eine Seenotrettungsübung und kein Titanic-Film. Natürlich nehme ich nachher den Hut ab, wenn es in die Boote geht.»

Aber das schien noch zu dauern. Es wurde langsam heiß in dem Kinosaal. Nur noch vereinzelt kamen Nachzügler an. Es war bereits 16.40 Uhr. Nichts geschah. Die ersten Passagiere wurden unruhig. Jemand rief: «Um 17.00 Uhr tritt das Kolumbus-Trio in der Waterkantbar auf. Wann geht's denn hier endlich los?»

Ein Schiffsoffizier in weißer Hose, weißen Schuhen und weißem Hemd mit Tressen enterte sportlich die kleine Bühne, ein Mikrophon in der Hand: «Laut internationaler Vorschrift sind wir verpflichtet, vor Beginn jeder Reise eine Seenotrettungsübung durchzuführen. Diese Übung ist für alle Passagiere verpflichtend. Wir versammeln diese an mehreren Musterstationen im Schiff. Immerhin haben wir 2500 Gäste an Bord. Wir können erst damit beginnen, wenn *alle*, ich wiederhole, *alle* Passagiere an den Musterstationen anwesend sind. Unser Computer sagt uns, dass dies leider noch nicht der Fall ist. Eine Person fehlt auf unserer Liste. Ich muss Sie daher noch um Geduld bitten. Wir versuchen derzeit, die fehlende Person zu finden.»

Ärgerliches Gemurmel im Raum. Ich hob zögerlich die Hand.

Der Offizier deutete in meine Richtung und sagte:

«Ja bitte, die Dame mit dem Hut ...»

«Ich glaube, es handelt sich auf Ihrer Liste um meinen Mann, Horst König. Er wollte warten, bis das Signal ertönt und dann direkt zu den Booten rennen. Er war nämlich früher mal bei der Bundeswehr. Er hat dort seinen Wehrdienst abgeleistet. Damals gab es so was noch.»

Der Offizier sah mich irritiert an: «Zu welchen Booten will er denn?»

In diesem Moment ging die Tür des Saals noch einmal auf. Ein philippinischer Maschinist in Sicherheitsweste schob Horst herein. Der hatte einen hochroten Kopf. Böses Zischeln aus dem Saal empfing ihn.

«Na endlich», machte der Offizier auf der Bühne, «dann können wir die Dame mit dem Hut ja beruhigen, wir haben Ihren Ehemann aufgetrieben.»

Alles lachte. «Dann woll'n wir mal.»

Er zog aus seiner weißen Hosentasche eine Fernbedienung für einen Beamer. Auf der Kinoleinwand leuchtete die erste Seite eines PowerPoint-Vortrags auf: *«Wie verhalte ich mich beim Ertönen des Notfallalarms?»*

Aus den Lautsprechern ertönte ohrenbetäubendes siebenmaliges kurzes, dann einmaliges langes Schrillen. Der Offizier steuerte die nächste PowerPoint-Seite an und leierte zum Text, den wir alle mitlesen konnten: *«Bewahren Sie Ruhe und kleiden Sie sich warm an. Nehmen Sie bei Bedarf notwendige Medikamente mit. Begeben Sie sich umgehend zu Ihrer Musterstation. Dort bekommen Sie eine Rettungsweste ausgehändigt.»*

Auf der nächsten PowerPoint-Seite lasen wir: *«So legen Sie Ihre Rettungsweste an.»* Der weiße Offizier winkte einen philippinischen Mitarbeiter auf die Bühne, der eine Rettungsweste hochhielt. Er zog sich, passend zu den Piktogrammen, die wir vor uns auf der Leinwand sahen, die Rettungsweste über den Kopf und schnallte sie mit dem Leibgurt fest. Es war noch langweiliger als die Sicherheitseinweisung im Flugzeug. Meinem Hintermann war es längst herzlich egal, dass ihm mein Hut die Sicht nahm. Dann war die PowerPoint-Präsentation vorüber und damit auch die Rettungsübung beendet. Ich dachte, nun würden wir in die Boote steigen, aber der weiße Offizier sagte uns, er müsse jetzt zum Ablegen auf die Brücke und er wünsche uns eine erholsame Reise.

Ich drängelte mich zu Horst durch. Er hatte immer noch einen hochroten Kopf. «Amateure», sagte er, «alles Amateure! Wenn das mal gutgeht mit dieser Schiffsreise.»

DER KÄPT'N

Selbst beim besten Willen war es unmöglich, gleich am ersten Abend alle 13 Bars in Augenschein zu nehmen, geschweige denn auszuprobieren. Glücklicherweise sorgten die Stabilisatoren der *Mare 4* trotz Windstärke 7 und diverser Cocktails in unseren Mägen dafür, dass wir eine ruhige Nacht hatten, und morgens war der Wind abgeflaut. Ich begann unseren ersten Seetag mit einem ausgiebigen Frühstück. Die Auswahl am Buffet war gigantisch, ja, die Qual der Wahl begann eigentlich schon mit der Frage, in welchem der Restaurants, Bistros oder Buffets wir die erste Mahlzeit des Tages einnehmen wollten. Lachsfrühstück auf Deck 12? Englisches Frühstück in der Hochsee-Lounge? Kontinentales Buffet in der Brasserie? Exklusives Champagner-Frühstück inklusive freiem WLAN-Zugang gegen Aufpreis im Eurasia-Restaurant?

Wir landeten eher durch Zufall in der Brasserie. Ich wählte fürs Erste Käseomelette, Roastbeef, Krabbensalat, Baked Beans und Speck – mit zwei Scheiben Vollkornbrot der Gesundheit wegen. Horst aß nur Obst. Er hatte das Kursangebot des Spa-&-Sport-Teams der *Mare 4* vor sich liegen und rezitierte: «Aquagymnastik-Pilates-Crosscircle-Volleyball-Powerplate-Yoga-Indoorcycling ...»

«Du willst Fahrrad fahren auf einem Schiff?», erwiderte ich. «Nimm's mir nicht übel, aber das finde ich seltsam. Heute ist erst mal Pooltag. Falls mir mein roter Badeanzug noch passt.»

Horst schmollte erst ein wenig herum, aber dann einigten wir uns, dass wir uns um halb zwölf zu einem Gabelfrühstück auf Deck 11 treffen würden. Während Horst zum Cardiotraining ging, stellte ich fest, dass Rot einfach nicht meine Farbe ist und meine Hauptaufgabe für den Nachmittag der Kauf eines schwarzen, figurformenden Badeanzugs sein würde. Erst einmal aber verbarg ich meine noch abzutrainierenden Pfunde in dem prallen roten Badeanzug unter dem weißen *Mare-4*-Frotteemantel und fuhr mit dem Aufzug aufs Sonnendeck.

Am Pool war in bester Lage noch eine Liege frei, ein freundlicher philippinischer Mitarbeiter brachte mir ein schneeweißes Badehandtuch, die mitreisenden Kinder waren dankenswerterweise alle im Piratenclub, wo sie von einer als Capt'n Sharky verkleideten Animateurin unterhalten wurden. Es herrschte also Ruhe am Pool, ich schlüpfte aus meinem Frotteemantel, zerrte meinen roten Badeanzug so zurecht, dass er meine Formen halbwegs in Schach hielt, und streckte meine weißen Winterbeine in die Sonne. Es war herrlich. Zu Hause herrschte kaltes, graues Januarwetter, meine Kolleginnen machten wahrscheinlich im Buchladen Inventur, und ich lag hier in der Sonne. Die *Mare 4* pflügte fast geräuschlos durch das Atlantikwasser, ein paar weiße Wolkentuffs am tiefblauen Himmel zogen über uns hinweg. Gedämpftes Lachen und Reden tönte von den ersten Gästen der Poolbar herüber.

Ich wurde wieder wach, als ein Schatten sich über das Sonnenhell meiner geschlossenen Lider legte. Es war einer der netten philippinischen Mitarbeiter, der sich über mich beugte und mir ein Tablett mit einem eisig beschlagenen Cocktailglas hinhielt. Er deutete eine kleine Verbeugung an und sagte: «Vitaminas, Lady.» Ich griff dankend zu. Der Fruchtcocktail schmeckte hervorragend, irgendwie karibisch. Ich trank das Glas leer und beschloss, mir ein wenig Bewegung zu verschaffen, zumal an der hinteren Poolbar in diesem Moment ein geradezu artistisches Gemüse- und Obstschnitzen begann. Ich sah im Badeanzug zu, wie ein asiatischer Mitarbeiter in atemberaubender Geschwindigkeit aus einer Wassermelone ein Affengesicht schnitzte. Die anderen Zuschauer in den Badeanzügen klatschten und fotografierten die transformierte Melone mit ihren Handys. Ich schlenderte zur Bar und bestellte mir noch ein Glas Vitaminas. Ich sah, wie der Keeper einen ordentlichen Schuss Rum hineingoss. Aha, daher also der karibische Geschmack. Ich zog mich mit meinem zweiten Vitamindrink auf meine Sonnenliege zurück. Das nächste Mal wurde ich wach, als Horst an meiner Schulter rüttelte: «Ich habe dich überall gesucht, wir waren verabredet! Ich habe noch fast nichts gegessen, das Training hat mir einen Mordshunger gemacht!»

Ich fühlte mich seltsam benommen, vielleicht weil das Trinken von Rum sonst nicht zu meinen vormittäglichen Tätigkeiten gehörte. Ich beschloss, dem Alkohol gegenzusteuern, und aß zum Mittag Backfisch, Graved Lachs und Krabbenbrötchen, weil mich die maritime Atmosphäre dazu animierte. Horst erzählte mir beim Essen, heute Nachmittag sei in der Spa-&-Sport-Abteilung ein Indoor-Cycling-Event unter dem Motto «Der Berg ruft» geplant. Ich fragte, was denn ein Berg auf hoher See für einen Sinn mache. Er sagte, man könne das Leistungsniveau an den Standfahrrädern individuell steigern, das sei das optimale Herz-Kreislauf-Training an der frischen Seeluft und das täte auch mir gut.

Ich sagte, das bezweifle ich stark und was denn dieser Aktionismus solle. Für einen Moment roch es nach Streit, aber dann dachte ich an den sicherlich horrenden Preis dieser Reise und dass es Horst ja nur gut mit mir meinte, und sagte, ich würde es mir überlegen.

Wir schlenderten nach dem Essen ein wenig über die verschiedenen Decks des Schiffes, wo die Passagiere mit Shuffleboard, Bananenbowle, Bingo, Uhrenpräsentationen, Eisskulpturenschnitzen und Malkursen unterhalten wurden. Dann ging Horst zum Indoorcycling und ich doch wieder auf meine Liege. Der Fisch hatte mir Durst gemacht. Ich ließ mir noch einen Drink bringen. Eine gute Stunde später stellte ich fest, dass meine Winterbeine die Hummerfarbe meines Badeanzuges angenommen hatten. Ich beschloss, Horst vom Fahrrad zu holen.

Wir nahmen einen zeitigen Spätnachmittagsdrink und noch einen zweiten, weil er kostenlos war. Wir bummelten durch die zweigeschossige Einkaufsmall und suchten vergeblich nach einem Badeanzug, der nicht weißblau geringelt, mit Strass verziert oder mit einem Ankerhaken dekoriert war. Dann beschlossen wir, dass es schon spät genug für das Abendessen sei. Die anderen Passagiere schienen auch dieser Meinung zu sein. Vielleicht hatten sie alle das Mittagessen ausfallen lassen. Es wurde viel gegessen und getrunken. Der Tischwein war kostenlos und schmeckte akzeptabel, die Buffets waren überbordend bestückt mit Krustenbraten, Truthahnschinken, Backschinken, Rinderschinken, Wildschweinsalami, Schweinelendchen, Kalamares, Muschelsalat, Sushi, Himbeersoufflés, Schokomuffins und Zitronentörtchen. Dazu Mayonnaise, Sahne, Knoblauchdips, Erdnusssauce und der ein oder andere geschnitzte Melonenaffe. Es war unmöglich, dieser Flut von Versuchungen zu widerstehen. Horst nahm im Anschluss in der Syltbar noch einen Schnaps und ein Pils, alles kostenlos. Ich trank Aperol Spritz, der passte schließlich am besten zur Farbe meiner Beine.

Wir lagen schon um neun Uhr erschöpft in unseren Betten und schworen uns, am nächsten Tag weniger zu essen.

Nachts wurde ich wach, weil mein ganzer Körper glühte. Das Schiff bewegte sich in schwerem Seegang – oder war es mein

Magen oder mein Hirn? Ich setzte mich auf, machte die Nachttischlampe an und versuchte den Flatscreen gegenüber dem Bett zu fixieren. Keine Frage, ich war seekrank. Ich wankte würgend ins Bad und erbrach mich in die Toilettenschüssel. Horst schlief tief und fest, während ich zwischen Bad und Bett hin- und herwanderte.

Irgendwann kam endlich der Morgen. Ich schlich mich zur Balkontür und schob sie auf. Neun Stockwerke unter mir lag der Atlantik ruhig und schwarz. Die Kühle tat gut, aber mein Körper glühte immer noch.

«Du musst zum Arzt», befand Horst, als er ausgeschlafen hatte, «du bist glühend heiß. Es muss hier doch ein Bordhospital geben. Ich bringe dich hin.»

Die Krankenstation befand sich im fensterlosen Bauch des Schiffes, hinter einer schweren, wassersicheren Eisentür.

«Ich komme schon alleine zurecht, Horst. Geh du zu deinem Frühsport. Um elf Uhr legen wir in Lanzarote an. Vielleicht wird meine Seekrankheit dann besser.»

Horst verabschiedete sich dankbar. Er hat einen Horror vor Ärzten und Krankenhäusern.

«Wir rechnen die ärztliche Behandlung über Ihre Bordkarte ab. Ihre Versichertenkarte hat hier leider keine Gültigkeit. Haben Sie eine Auslandskrankenversicherung?»

Ich schüttelte den Kopf.

«Dann unterschreiben Sie bitte hier die Einverständniserklärung.» Die Mitarbeiterin des Schiffshospitals schob mir ein Formular über den Tresen. Mir blieb ja gar nichts anderes übrig. All inclusive waren an Bord nur die Getränke. Dann wies sie mich in ein winzig kleines, fensterloses, aber neonlichtgeflutetes Wartezimmer. Dort saß schon eine andere Dame in meinem Alter.

Sie taxierte mich, beugte sich zu mir herüber und raunte: «Ich bin alleinreisend. Ich war gestern schon mal hier. Er ist wirklich sehr attraktiv.»

Ich sah sie verständnislos an.

Als die ärztliche Mitarbeiterin sie aufrief, warf sie mir einen triumphierenden Blick zu.

Ich war die Nächste. Der ganz in Weiß gekleidete Schiffsarzt war kaum größer und in keinem Falle jünger als ich. Er hatte kaum noch Haare, dafür aber ziemlich viele goldene Abzeichen am Hemd. Ich fand ihn nicht im Mindesten attraktiv. «Ich habe Fieber, und ich bin seekrank.»

«Soso», erwiderte er. «Wir haben Windstärke 1.»

Ich fand ihn noch unattraktiver.

«Ist das Ihre erste Kreuzfahrt?»

Ich nickte und sah, dass er einen hässlichen, dicken Bauch hatte.

«Wie viele Stunden waren Sie gestern auf dem Sonnendeck? Welchen Lichtschutzfaktor haben Sie benutzt?»

Ich machte eine unbestimmte Handbewegung, und mein Blick fiel auf seine widerlich glänzende Glatze.

«Wie viele Drinks hatten Sie gestern?»

«Zwei Aperol», versetzte ich trotzig.

«Und am Pool? Und zum Mittagessen? Und zum Abendessen?»

Ich erwiderte bockig:

«Mir war die ganze Nacht schlecht.»

«Backfisch? Mayonnaise? Sahnetorte?»

Er sah mich angewidert an, fuhr sich mit der Hand über seine Glatze und knurrte:

«Warum sind alle auf diesem verdammten Schiff nur so grenzenlos blöde? Ich will Ihnen mal was sagen: Lassen Sie heute die Finger von diesem verdammten Landausflug, halten

Sie Abstand von dem verdammten Alkohol und der verdammten Mayonnaise, bleiben Sie einfach einen Tag unter Deck und kaufen Sie sich einen vernünftigen Sonnenschutz, mindestens Faktor 30. Ich gebe Ihnen eine Creme gegen den Sonnenbrand im Gesicht mit. Guten Tag.»

Und schon stand ich mit einer horrenden Rechnung wieder vor dem fensterlosen Behandlungszimmer.

«Und, was meinte der Schiffsarzt?»

«Es ist, wie ich vermutet hatte», erwiderte ich vage, «ich soll mich heute schonen. Du wirst den Landausflug alleine machen müssen.» Horst meinte, dann werde er sich der Mountainbike-Gruppe anschließen, und fragte, ob ich wirklich trotz meiner Krankheit alleine zurechtkäme.

Ich erwiderte: «Mach dir einen schönen Tag. Der Arzt meinte, es wäre einfach alles ein bisschen zu viel für mich gewesen.»

Von meiner Balkonkabine aus sah ich, wie Horst mit seiner Mountainbike-Gruppe aufbrach und noch einmal zu mir hinauf winkte.

Es war langweilig. Aus der Kleinstadt auf dem Schiff schien ein Dorf geworden zu sein. Die meisten Passagiere hatten einen Landausflug gebucht: Panoramainselrundfahrt im Bus, Jeeptour auf entlegenen Pisten, Weinverkostung, Bike-Ausflug, Schnorchelkurs, 18-Loch-Golfen. Ein paar Wagemutige waren auch einfach so von Bord gegangen und losgelaufen. Die Shoppingmall war geschlossen, weil der zollfreie Verkauf nur auf hoher See erlaubt war. Ich fragte an der Rezeption nach dem Foto, das bei unserer Einschiffung von Horst und mir gemacht worden war, und bekam ein großformatiges Hochglanzfoto vorgelegt, auf dem wir zu zweit hinter einem rotweißen Rettungsring standen und winkten. Ich kaufte das Foto, obwohl es zwanzig Euro kostete, und fragte, wo sich die Bibliothek befände. Die maritim gekleidete Rezeptionistin sah mich irritiert an:

«Der Zeitungskiosk öffnet leider erst um 18 Uhr wieder, wenn wir ablegen.»

«Ich meine keine Zeitungen, ich meine eine richtige Bibliothek mit Büchern, in denen man lesen kann.»

«Eine Bibliothek haben wir nicht an Bord. Aber Sie könnten um 14 Uhr an einem Cocktailworkshop, einer Schokoladenverkostung, dem Austernbuffet oder dem Fotoshooting am Schiffsbug teilnehmen.»

«Ich möchte im Moment weder essen noch trinken noch in die Sonne gehen. Ich möchte lesen! Ich habe bis vor drei Wochen als Buchhändlerin in einem sehr großen Buchladen gearbeitet. Wie kann man dreizehn Bars an Bord haben, aber keine Bücher?»

Die Dame an der Rezeption war gut geschult und ernsthaft um Kundenzufriedenheit bemüht:

«Dann könnte ich Ihnen auch unsere nautische Fragestunde mit dem Kapitän anbieten. Sie findet im Auditorium statt. Sie können sich danach mit dem Kapitän fotografieren lassen.»

Da ich annahm, dass es im Auditorium kühl und dunkel war und dort keine alkoholischen Getränke gereicht wurden, entschloss ich mich für dieses Angebot. Auf dem Weg dorthin suchte ich die Waschräume auf und trug die Creme, die mir der Schiffsarzt mitgegeben hatte, fürs Erste auf meiner Nase auf. Er hatte sie mir bestimmt zur Strafe verordnet, denn sie hinterließ eine weiße, schmierige Schicht wie Penatencreme. Ich beschloss, dass das im dunklen Auditorium niemand sehen würde, machte mich auf den Weg zur nautischen Fragestunde und nahm in einer der hintersten Reihen des riesigen Theaters Platz. Hier fanden die allabendlichen Shows, Musicals und Varieté-Aufführungen statt.

An diesem Nachmittag waren es vor allem pensionierte Ingenieure, die die Insel längst kannten, und ein paar Sonnengeschädigte wie ich, die sich eingefunden hatten. Trotzdem machte das *Mare-4*-Team auch aus dieser Veranstaltung ein großes Ding. Die Beleuchtung im Theater verlosch, dramatische Musik ertönte, ein einzelner Scheinwerfer warf einen Spot auf die Bühne und begleitete den Auftritt des Kapitäns, während eine Stimme aus den Lautsprechern mit Pathos verkündete: «Meine Damen und Herren, begrüßen Sie mit mir den Kapitän dieses Schiffes, Björn Holm aus Schweden!»

Na, das war doch endlich mal was. Ich hatte schon immer eine heimliche Schwäche für große blonde Nordländer. Wenn sie dann noch Kapitän sind und in einer schneeweißen Uniform souverän über eine Bühne schlendern und alle noch so dämlichen Fragen mit einem entzückenden kleinen schwedischen Akzent kundig und charmant beantworten, dann ist das besser als jede Schokoladenverkostung. Eine weiße Uniform kann nicht jeder tragen. In Kombination mit weißen Schuhen und Tressen auf der Schulter sieht man leicht wie ein alternder Schauspieler auf dem «Traumschiff» aus. Es sei denn, man kommt aus Schweden, ist über 1,80 Meter groß, war U-Boot-Offizier, hat das nautische Kapitänspatent und ist seit Jahren auf den Weltmeeren unterwegs, ohne durch Stürme oder überbordende Buffets körperlichen Schaden zu nehmen. Was für ein Jammer, dass es auf diesem Schiff kein Kapitänsdinner mehr gab. Ich überlegte ernsthaft, ob ich mich mit Björn Holm nicht wenigstens fotografieren lassen sollte. Aber da fiel mir die weiße Creme auf meiner Nase wieder ein, und ich duckte mich in die dunklen Reihen.

Die alten Ingenieure traktierten unseren schmucken Kapitän ordentlich mit Fragen nach der Antriebsleistung, dem Tiefgang, der Energieeffizienz, der Abgastechnologie, dem Wassermanagement, der ISO-Zertifizierung und den Details des Meerwasserentsalzungssystems. Drei Hostessen reichten ihre Mikrophone von Altingenieur zu Altingenieur, damit man deren altkluge Fragen gut verstand.

Ich war immer noch müde nach der schlechten Nacht und streckte mich ordentlich in meinem Sitz. Plötzlich hatte ich ein Mikrophon vor der Nase.

«Da ganz hinten hat noch jemand eine Frage?» Björn Holm schaute aufmerksam und dem gleißenden Scheinwerferspot zum Trotz ins Publikum.

«Äh, nein, ich wollte gar nichts fragen, ich habe mich nur ein wenig gestreckt ... Äh, obwohl ... wenn ich jetzt das Mikrophon schon mal habe ... Wo hat der Kapitän eigentlich seine Kajüte?»

Eine Lachwelle ging durchs Publikum.

Björn Holm kniff die Augen zusammen, lachte charmant und sagte: «Na, das ist doch mal eine ungewöhnliche Frage! Kann ich die Fragerin bitte mal sehen?»

Ein zweiter Scheinwerfer flammte auf und glitt suchend über das Publikum. Ich machte mich noch kleiner in meinem Sessel, aber die Dame, die mir das Mikrophon hingehalten hatte, fuchtelte mit den Händen, und der Scheinwerfer blieb an mir hängen.

«Waren Sie das, die Dame mit der weißen Nase?», fragte Björn Holm.

Der Scheinwerfer leuchtete mein hummerrotes Gesicht mit der weißen Nase an. Ich sah ganz sicher aus wie ein Clown. Alle drehten sich zu mir um.

«Kommen Sie doch gleich im Anschluss zum Käpt'ns-Fotoshooting nach vorne, gnä' Frau, ich gebe Ihnen dann meine Kabinennummer!»

Die alten Ingenieure grölten und klatschten.

Als endlich die letzte blöde Frage gestellt war und das Licht im Auditorium wieder anging, duckte ich mich und versuchte auf dem schnellsten Weg den Ausgang zu erreichen. Ich hatte es schon fast geschafft, da stellte sich mir eine Frau in den Weg. Ich sah auf und erkannte meine Mitpatientin aus der Bordsprechstunde:

«Sie!», zischte sie. «Sie! Ich mache schon meine achte Kreuzfahrt auf diesem Schiff! Und Sie tauchen hier zum ersten Mal auf und baggern gleich am ersten Tag den Schiffsarzt *und* den Kapitän an!»

«Es ist nicht so, wie Sie denken», erwiderte ich, «ich bin glücklich verheiratet. Das ist ein Missverständnis.»

«Und wischen Sie sich die weiße Creme von der Nase, bevor Sie zum Shooting mit dem Kapitän gehen, das ist ja ekelhaft.»

«Ich will kein Shooting mit dem Kapitän, ich schwöre es!», versetzte ich und versuchte mich an ihr vorbeizudrängeln.

«Ich war vor Ihnen da!», rief sie mir nach. Ich flüchtete mich in die Waschräume.

HOST IM GLUCK

Es war eine tolle Radtour, aber ich habe dich vermisst, Gabi», sagte Horst, als er am frühen Abend völlig verschwitzt und erschöpft von seinem Landausflug zurückkam. «Das Hinterland von Lanzarote hat es wirklich in sich, ich hatte viel zu wenig Wasser dabei.»

Wir standen auf Deck 14, das sich aus abergläubischen Gründen direkt über Deck 12 befand, und sahen zu, wie die sechs oberarmdicken Seile von den Pollern gehievt wurden. Kapitän Björn Holm befand sich jetzt bestimmt auf der gläsernen Brücke, die rechts und links wie die Flügelstummel eines jungen Seevogels über das Schiff hinausragte, und sah sicherlich sehr gut und konzentriert dabei aus. Die Bugstrahlruder wirbelten das Wasser auf und schoben das riesige Schiff unmerklich längsseits von der Pier weg. Tief unter uns standen ein paar Schaulustige und winkten hinauf. Man hatte uns für das Ablegemanöver mit gefüllten Plastiksektgläsern versorgt. Wir winkten zurück. Ich sah mich mit Horst da oben stehen, auf dem riesigen blauen Kreuzfahrtschiff, ein Sektglas in der Hand und den Schaulustigen zuwinken. Es war ein Traumbild, wie aus einem Hochglanzprospekt. Warum fühlte es sich trotzdem so nichtssagend an? Das dreimalige Dröhnen des Schiffshorns hallte durch das Hafenbecken, unser schwimmendes Hochhaus drehte sich schwerfällig und nahm langsam Kurs Richtung Hafenausfahrt.

Die meisten unserer Mitreisenden hatten rasch genug von

dem Ablegespektakel, tranken ihre Gläser leer, ließen sie achtlos auf den kleinen Tischen stehen und machten sich daran, noch rechtzeitig einen Fensterplatz in einem der Restaurants zu ergattern.

Der vom Meer kommende Wind wurde stärker, die Insel schrumpfte zu einem fernen Inselchen, und Horst sagte: «Morgen früh um acht legen wir in Teneriffa an. Wir könnten uns ein Auto mieten, nur wir zwei.»

Ich dachte: Höchste Zeit, dass wir etwas gemeinsam unternehmen. Und nickte. Wir machten uns auf den Weg zur Rezeption. Dort erklärte uns die nette Dame, ganz alleine auf der Insel, das halte sie für keine gute Idee. Aber sie habe noch genau zwei Plätze im Bus für die große Inselrundfahrt frei, Mittagessen und Getränke eingeschlossen. Wir sagten beide wie aus einem Mund: «Wir wollen nicht in den Bus.»

Ich ergänzte: «Und bitte keine alkoholischen Getränke.»

Die nette Dame sah uns irritiert an und meinte, sie hätte da höchstens noch einen alten Suzuki-Jeep im Angebot, aber auf eigene Gefahr, so ganz ohne Sprach- und Ortskenntnisse. Horst hielt ihr schweigend seine Kreditkarte hin. Aber unsere Daten hatte man hier ja längst.

Am nächsten Morgen waren wir die Ersten, die das Schiff verließen. Wir hatten auf Eierspeisen, Lachsbuffet, Brotauswahl und Kaffeespezialitäten verzichtet, und tatsächlich stand für uns ein alter roter Jeep bereit, der kein Verdeck, keine Seitenfenster und noch nicht einmal eine Windschutzscheibe hatte. Das Gefährt setzte sich mit ein paar großen Sprüngen in Bewegung, die um ein Haar den Pappmaché-Vulkan zum Einsturz gebracht hätten, vor dem sich nun bald unsere Mitkreuzfahrer beim Verlassen des Schiffes fotografieren lassen konnten.

Die Kupplung des Jeeps war eine alternde Diva, die Federung

hatte sich weitgehend verabschiedet, die Fahrgeräusche klangen hysterisch. Ich setzte meinen verbeulten Strohhut auf, band ihn mit einem Tuch fest, und Horst gab Gas. Wir fuhren einfach drauflos. Aus der Stadt hinaus, an Badestränden und Steilküsten entlang, über Bergstraßen und Kuppen, hinter denen immer wieder das Meer in der Morgensonne blinkte. So ganz ohne Windschutzscheibe konnten wir nicht schnell fahren. Wir hielten in einem kleinen Dorf und tranken, auf zwei Drahtstühlchen sitzend, einen heißen Espresso mit Kondensmilch und aßen süße Hörnchen. Horst frönte seiner alten Lehrerleidenschaft und dozierte ein wenig über die vulkanische Entstehung des kanarischen Inselarchipels und über Golfstrom und Passatwinde, dann fuhren wir weiter. Die Sonne brannte immer stärker, der übermächtige, wolkenumkränzte Vulkankegel des Teide rückte näher, ich zog die Schuhe aus, stemmte meine Füße gegen das Handschuhfach und winkte den Autos, die uns entgegenkamen. Gegen Mittag kamen wir durch ein Städtchen auf einem Hügel. Ich sah eine blendend weiß gestrichene Kirche mit schwarzen Basalt- und Lavasteinen im Gesims, einen Dorfplatz mit üppigem Blumenschmuck aus Fuchsien, mannshoch blühenden Weihnachtssternen und eleganten Strelitzien und ein paar leeren Tischen vor einem kleinen Lokal.

Ich nahm die Füße herunter und rief: «Horst, schau mal, wie schön! Halt doch bitte mal an.»

Wir schlenderten zu dem Lokal, und erst, als wir dort angekommen waren, tat sich vor uns das weite Panorama aus Kakteen, Wolfsmilchgewächsen und Ginsterbüschen vor dem tiefblauen Hintergrund des Meeres auf. Wir aßen den besten gegrillten Fisch unseres Lebens und dazu kleine salzige Kartoffeln mit grüner Sauce. Wir tranken eiskalten Rosado, und Horst fotografierte mich wieder und wieder, trotz meines Sonnenbrandes. Irgendwann querte ein Reisebus den Dorfplatz, die Insassen zückten ihre Handys und fotografierten durch die Scheiben. Wir konnten gerade noch erkennen, dass es unsere Mitkreuzfahrer waren, da fuhr der Bus schon weiter, sie hatten ja die große Inselrundfahrt vor sich. Wir winkten und lachten und bestellten uns süßen Flan und einen weiteren Espresso mit Kondensmilch.

Auf dem Rückweg machten wir an einem Strand mit schwarzen Steinen halt und setzten uns unter einen Drachenbaum. Wir lehnten uns an seine schuppige Rinde und sahen hinauf in sein Geäst aus säbelförmigen Blättern und orangefarbenen Fruchtschweifen. Wir dösten ein wenig und stürzten uns, weil weit und breit niemand zu sehen war, ohne Kleidung in das kalte Meer. Die Sonne und der Wind trockneten uns unter dem Drachenbaum, ich verbot Horst, noch mehr Bilder von mir zu machen, wir waren die Letzten am Schiff, und kurz nach unserem Eintreffen legte es ab.

«Das war ein herrlicher Ausflug, Horst. Und morgen früh sind wir auf La Gomera. Wir wissen beide, dass es ein besonderer Tag ist.»

Horst winkte ab: «Ist mir nicht so wichtig.»

«Auf La Gomera sollte man wandern, nicht wahr?»

«Ich weiß doch, dass du nicht viel vom Wandern hältst, Gabi.»

«Aber du. Ich bin gleich wieder da.»

Ich schnappte mir Horsts Biking-Rucksack, ließ die schwere Kabinentür hinter mir zufallen und fuhr mit dem Fahrstuhl hinunter zur Rezeption.

«Ich brauche eine Wanderkarte von La Gomera.»

Die Frau hinter dem Tresen schien mich wiederzuerkennen: «Waren Sie das mit den *Büchern* und dem *Jeep*? Wozu denn jetzt eine *Wanderkarte*? Wir haben ein wunderbares Programm für La Gomera: Sie können sich entscheiden zwischen sanftem Öko-Whalewatching mit einem Glasbodenboot, der großen

Inselrundfahrt oder dem Besuch der Destilerías Don Marco. Die machen dort einen sensationellen Bananenschnaps. Außerdem kommt morgen eine traditionelle kanarische Hohlsaumstickerin an Bord. Dann müssen Sie nicht einmal an Land gehen.»

«Hören Sie«, erwiderte ich, «bei Licht betrachtet war der Jeep, den Sie uns vermietet haben, nicht mehr verkehrstauglich. Er hatte nicht mal eine Windschutzscheibe. Ich will das jetzt nicht an die große Glocke hängen. Aber ich möchte hier morgen pünktlich um acht Uhr eine Wanderkarte abholen.»

Dann fuhr ich mit dem Aufzug auf Deck 4. Dort befanden sich die meisten Restaurants. Die Vorbereitungen für das Abendessen liefen überall auf Hochtouren. Kellner wuselten herum, Vitrinen wurden bestückt und Tische abgewischt. Ich hängte mich einfach an einen philippinischen Servicemann im weißen Jackett und folgte ihm durch eine von einer Lichtschranke gesteuerte Doppeltür in das Herz des Kreuzfahrtschiffes, die Küche. Sie war unüberschaubar groß, mit unzähligen Koch-, Back- und Grillstationen, erfüllt von Gerüchen, Dämpfen und Geräuschen. Nicht einmal die nüchterne Neon-Stahl-Atmosphäre konnte den sinnlichen Eindruck dieses Ortes zerstören. Ich atmete tief ein und sah mich neugierig um. Aber nur ungefähr drei Sekunden lang, denn dann stürzte schon ein hysterischer Koch, der im Gegensatz zu den anderen eine hohe weiße Mütze trug, auf mich zu und schrie etwas von Lysterien, Salmonellen, Noroviren und strikten Verboten.

Ich blieb ganz ruhig. Ich sagte:

«Ich brauche morgen früh eine Geburtstagstorte für meinen Mann. Er heißt Horst. Er wird morgen 64 Jahre alt, und die Torte muss in diesen Rucksack passen. Tun Sie mir den Gefallen?»

«Hören Sie», machte der Koch und rang sichtlich um Geduld und Fassung, «natürlich bekommt jeder, der während der Kreuzfahrt Geburtstag hat, eine Torte. Aber bei uns an Bord gelten strengste Hygienevorschriften! Was glauben Sie, was passieren würde, wenn hier jeder Passagier in die Küche spazieren würde? Geben Sie einfach an der Rezeption Bescheid, dann servieren wir die Torte am gewünschten Tisch zum Frühstück.»

Ich hielt ihm sanft den Rucksack hin: «Ich will sie draußen essen. Er heißt Horst, und sie muss in diesen Rucksack passen.»

Der Koch sah sich hilfesuchend um, vielleicht überlegte er, wie er möglichst schnell den Schiffsarzt auftreiben konnte. Ich glaube, er war froh, dass ich nicht randalierte. Er nickte nur noch willfährig, als ich ihm im Gehen noch einmal zurief: «Also um acht Uhr, an der Rezeption!»

Es klappte tatsächlich. Der nächste Morgen kam, das Schiff machte im Hafen von San Sebastián de La Gomera fest, ich gratulierte Horst zum Geburtstag und küsste ihn, wir ließen wieder das Bordfrühstück ausfallen, die Wanderkarte und der Rucksack lagen wie gewünscht an der Rezeption bereit. Ich sagte: «Heute setze ich den Rucksack auf, da ist eine Überraschung drin. Jetzt gehen wir wandern. Du wolltest doch immer mal in diesen sagenhaften Nationalpark.»

Wir waren wieder die Ersten, die das Schiff verließen, man wollte uns vor einer Pappmaché-Bananenstaude fotografieren, wir lehnten ab, Horst studierte die Wanderkarte, dann nahmen wir einen Inselbus. Der kurvte mit uns 20 Kilometer lang über Serpentinen ins Landesinnere und ließ uns an einer Weggabelung aussteigen. Horst notierte sich die Rückfahrtzeiten, und dann ging es los. Der Aufstieg gestaltete sich schwierig, aber ich war es Horst einfach schuldig durchzuhalten.

Ich glaube, er war glücklich. Er dozierte für mich, während wir uns auf schmalen, feuchten Wegen höherkämpften. Er erzählte mir von den Lorbeerwäldern, die sich vor fünf Millionen Jahren über Europa ausgebreitet hatten, bevor sie in der Eiszeit zerstört wurden. «So etwas gibt es in Europa nur noch hier!

Weltkulturerbe!», rief Horst. «Eine geologisch-meteorologische Rarität! Ein Dschungel in Europa! Das ist nur möglich dank der speziellen klimatischen Verhältnisse!»

Ich schlängelte mich auf einem schmalen Pfad zwischen Lorbeerbäumen durch. Obwohl es kühl war, kam ich immer mehr ins Schwitzen. Ich musste immerzu an die Torte denken, aber Horst schritt euphorisch aus, ganz der alte Erdkundelehrer. Meterlange Bartflechten streiften mein Gesicht, ich stolperte über Baumheidewurzeln, riss mich an Stechpalmenzweigen und glitschte über Moosflächen. Ich sah nicht viel außer Farnen, Lorbeer und anderen Weltkulturerbe-Pflanzen und tröstete mich mit einer schönen Aussicht und einem Stück Torte am Ende unseres Aufstiegs.

Aber dann trat das Phänomen ein, dem die Welt diesen einmaligen Wald verdankt. Nebel. Er kam rasch, legte sich wie eine dichte Decke über alles und verschluckte uns. Astwerk, Wurzeln, Moose und Flechten verschwanden in einem unwirklichen Dämmerlicht. Der Nebel machte aus dem Lorbeerwald einen Feenwald mit sanft schaukelnden Federfarnen, leise tropfenden Baumkathedralen, schillernden Moosteppichen und dunklen Baumgespenstern. Horst war begeistert. Nicht wegen der plötzlichen Feenhaftigkeit des Waldes, sondern wegen des feuchten Passats, der von Nordost eingefallen war, an den Bergen der Insel zu Wolken kondensierte, von darübergelagerten trockenen Luftschichten am Aufstieg gehindert wurde und unseren Welterbe-Lorbeerwald in Nässe tauchte.

«Horizontaler Regen!», rief Horst. «Die Bäume melken die Wolken förmlich. 2500 Liter pro Quadratmeter im Jahr! Die Wetterphänomene hier sind sensationell! Heute kann man sie perfekt studieren!»

«Lass uns eine Pause machen, Horst!», rief ich. «Wir sehen doch sowieso nichts.»

Wir setzten uns auf einen umgeknickten Lorbeerbaum, und ich schnürte den Rucksack auf. Darin war eine stabile weiße Styroporkiste. Ich öffnete sie, und da war eine wunderschöne kleine Schokoladentorte. Ein vermutlich philippinischer Konditor hatte mit weißer Zuckerschrift darauf geschrieben: «Viel Gluck – Für Host.»

Das war sehr nett gemeint, und Horst war sehr gerührt. Der philippinische Konditor hatte sogar zwei Plastikgabeln und zwei kleine Tortenfontänen und ein Einmalfeuerzeug beigelegt. Ich steckte die Tortenfontänen in den Kuchen und versuchte sie zu zünden, wie auf dem Traumschiff. Aber in der Feuchtigkeit gaben sie nur ein rachitisches «Pffft» von sich und knickten in sich zusammen. Wir wollten uns gerade über die Torte hermachen, da klingelte Horsts Handy. Es war Kati, unsere Zweitgeborene:

«Glückwunsch zum Geburtstag, lieber Papa! Wo seid ihr denn gerade?»

«Das wissen wir nicht genau, es herrscht dicker Nebel.»

«Na, der Kapitän wird schon wissen, wo ihr seid.»

«Ich glaube, er hat heute frei.»

«Was ist denn das für eine Kreuzfahrt?!»

Horst konnte die Besorgnis unserer Tochter nicht zerstreuen, er musste auflegen, denn es knackte im Gebüsch. Es waren jedoch keine wilden Tiere, sondern eine Gruppe deutscher Wanderer. Sie grüßten freundlich, zeigten sich unbeeindruckt von den widrigen Wetterverhältnissen und erklärten uns, sie seien von der ASI. Ich sagte, das sei doch hoffentlich nichts Allgemeingefährliches. Sie erklärten uns, das sei die Alpin-Schule Innsbruck und solches Wetter wären sie aus den heimatlichen Bergen gewohnt. Ich bot ihnen von unserer Schokotorte an, aber sie sagten, sie hätten genügend Müsliriegel dabei, und spendierten uns sogar eine ihrer Wasserflaschen. Dann klingelte wieder Horsts Handy. Auf unsere Kinder war eben Verlass. Diesmal war es Nina, unsere Älteste. Horst nahm die Glückwünsche entgegen und rief ins Telefon:

«Ich bin gerade mit deiner Mutter auf einer Wanderung. Wir sind auf La Gomera, Nationalpark Garajonay! Die Lage ist phantastisch, man sieht bis zur Küste, theoretisch.»

Nina sagte: «Na wunderbar», und dass Paulchen leider Fieber habe. Dann brach die Verbindung zusammen.

Wir aßen ziemlich viel von der Schokotorte, und dann liefen wir weiter durch den Nebelwald, was ich für ziemlich sinnlos hielt, aber Hauptsache, Horst war glücklich, er hatte ja Geburtstag. Irgendwann hörten wir wieder die Stimmen einer Wandergruppe hinter uns. Diesmal waren es die weiblichen Mitglieder eines Workshops für ganzheitliche Verjüngung, Yoga und Bodywork aus Nordrhein-Westfalen. Sie grüßten uns freundlich durch den Nebel und erzählten uns, sie spürten hier ganz intensiv die authentischen Kräfte von Mutter Erde. Es sei der ideale Ort für ein achtsames Breathwalking. Ich bot ihnen die Reste der Schokotorte an, weil ich keine Lust hatte, sie weiter mit mir rumzuschleppen. Erst zögerten sie, aber als sie hörten, dass die Torte vegan, gluten- und laktosefrei sei, aßen sie alles auf. Sie boten an, uns durch den Nebelwald zu geleiten, sie würden sich an den energetischen Kraftfeldern der Bäume orientieren, aber wir lehnten höflich ab.

Wir hatten Glück. So schnell wie der Nebel aufgestiegen war, so schnell verflüchtigte er sich wieder. Eine Explosion von diamantenem Tautropfengefunkel feierte die Rückkehr der Sonne. Wir erreichten den Gipfelpunkt der Wanderung und sahen die Vulkanspitze des Teide aus dem Dunst auftauchen und ganz in der Ferne Gran Canaria im Wasser schwimmen. Wir teilten die geschenkte Flasche Wasser, schauten still, dann küssten wir uns, und Horst sagte: «Danke, Gabi, tausend Dank. Das hier ist wirklich Horst im Glück – quatsch, Host im Gluck.»

PIRATEN

Was für ein Geburtstag!» Horst fuhr sich durch die verstrubbelten Haare und beugte sich zu mir hinüber. Ich rutschte auf seine Bettseite und zog seine Zudecke auch über mich.

Wir hatten uns gestern Abend zur Feier des Tages eine Flasche Champagner und eine große Etagère voll Tapas auf unsere Kabine bestellt und erst auf unserem Schiffsbalkon und dann drinnen ordentlich gefeiert.

«Ich hoffe, du bist einverstanden, wenn wir unseren letzten Schiffstag nicht im Bett verbringen, ich bin ja auch nicht mehr der Jüngste.»

Ich lachte und erwiderte: «Heute machen wir hier auf dem Schiff noch mal alles mit, das ganze Programm. Morgen früh landen wir schon wieder in Agadir an, und nachts sind wir daheim.»

Horst schwang sich erstaunlich agil aus dem Bett, während ich sogar liegend Kreuzschmerzen hatte, wahrscheinlich bedingt durch die ungewöhnlichen gestrigen Aktivitäten wie Wandern et cetera.

Kaum war Horst in unserem kleinen Bad verschwunden, angelte ich mir mein Handy vom Nachttisch und rief Maxi, unseren Jüngsten, an.

«Wir sind mitten auf dem Meer, dieser Anruf kostet wahrscheinlich Unsummen, aber kann es sein, dass du den Geburtstag deines Vaters vergessen hast? Der war nämlich gestern! Bleib mal am Telefon!»

Dann rief ich Richtung Badezimmer: «Horst, komm mal schnell! Maxi möchte dich sprechen. Er hat dich gestern nicht erreicht, wahrscheinlich hatten wir ein Funkloch auf der Wanderung. Und sag ihm, er soll meine Zimmerpflanzen gießen!»

Horst freute sich ehrlich über Maxis Anruf, und dann gingen wir frühstücken.

Aber in den beiden Tagen unserer Abwesenheit schien sich an den Frühstücksbuffets eine ärgerliche Unzufriedenheit breitgemacht zu haben. Die Omeletts? Zu wenig gewürzt. Die Fischsalate? Immer das Gleiche. Das Brotsortiment? Aufbackware. Die Salami-Auswahl? Auf der *Aida* besser. Die Fresh-Cooking-Station? Wieder keine großen Gambas mehr da. Es herrschte die übersättigte Unzufriedenheit verwöhnter Kleinkinder nach einem überlangen Kindergeburtstag.

Ich hingegen fand nach zwei Tagen Frühstücksabstinenz alles wunderbar, versuchte aber dennoch meinem Appetit Zügel anzulegen. Dann ging ich noch mal auf unsere Kabine, um meinen zerbeulten Sonnenhut zu holen, und wir fuhren mit dem Aufzug hinauf zum obersten Schiffsdeck. Wir liefen entlang der Reling zum Heck des Schiffes. Hier oben blies ein kräftiger Wind, die morgens aufgestellten Liegen waren alle verwaist. Die Passagiere schienen genug von der Seefahrt zu haben und sich an ihrem letzten Schiffstag in die windgeschützten Bereiche der Pools zurückgezogen zu haben. Oder sie nahmen an den wichtigen Veranstaltungen des Tages teil: Schmuckbasteln in der Creative-Lounge, Tiefenentspannungskurs im Fitnessclub, Black-Jack-Turnier im Casino, Modenschau in der Einkaufsmall, Piano-Melodien in der Kristallbar, Fleischverkostung auf Deck 4.

Wir lehnten uns nebeneinander über die Reling. Die *Mare 4* zog eine Spur aus azurfarbenen, wirbelnden Wasserstrudeln hinter sich her, breit wie eine Autobahn, darüber schwirrte ein dünner Schleier aus weißer Gischt in der Sonne. Rechts und links der hellen Wasserstraße, die die Schiffsschrauben in das Meer schnitten, war der Atlantik olivgrün, petrolfarben, basaltgrau oder graphitschwarz, je nachdem, wie die Sonne ihn traf und die Wolken wanderten. Nur eines war er nicht. Meerblau.

Die riesige Wasserfläche um uns hatte etwas unerbittlich Zeitloses.

«Es geht uns gut, Horst», sagte ich. «Wir haben drei Kinder großgezogen. Sie machen alle ihren Weg. Wir haben beide viel gearbeitet in unserem Leben, du als Lehrer, ich als Buchhändlerin. Du weißt, wie schwer mir der Abschied im Dezember gefallen ist. Aber das hier ist doch ein großartiger Start in unser neues gemeinsames Leben! Endlich müssen wir nicht mehr organisieren, sortieren, optimieren. Wir haben Zeit, wir können machen, was wir wollen, so wie in den letzten Tagen! Wir könnten als Nächstes nach Rom fahren, wie damals.»

«Oder nach Südfrankreich, ein Häuschen in der Provence mieten.»

«Sizilien im Frühjahr, wenn der Mohn blüht.»

«Stockholm zu Mittsommer.»

«Venedig, wenn keine Touristen da sind.»

«Jerusalem zu Ostern.»

«Und natürlich auch nach Berlin, zu Paulchen.»

Plötzlich segelte über uns eine weißgrau gefiederte Möwe mit schwarzer Zeichnung an den Flügelunterseiten, sie zog Kreise, Ellipsen und waghalsige Sturzbahnen über uns, segelte hinunter in die Gischt und schwang sich wieder hinauf über das Schiff.

«Wo kommt sie nur her, Horst? Wir sind hier mindestens sechzig Kilometer von der nächsten Küste entfernt. Wie hat sie unser kleines Schiff auf dem riesigen Meer gefunden? Wartet sie darauf, dass wir sie füttern? Wo schläft sie auf dem Meer? Wie lange braucht sie für den Rückweg?»

Eine Bö kam und erfasste meinen alten Strohhut. Sie wirbelte ihn hoch, aber nicht sehr weit, ich versuchte noch nach ihm zu greifen, aber da trudelte er schon in einer uneleganten Linie in die Tiefe. Er setzte knapp neben der vom Schiff gepflügten Wasserstraße auf, tauchte kurz unter, wurde wieder nach oben getragen, schwankte auf dem Wasser und entfernte sich überaus schnell von uns – ein kleiner brauner schaukelnder Punkt. Die Möwe erspähte ihn und segelte ohne einen Flügelschlag abwärts. Ich erkannte nur noch mit Mühe, dass sie auf meinem Hut landete und gönnte ihr die Pause auf meiner kleinen schwankenden Hut-Insel.

Während das Schiff auf geradem Kurs seinen Weg über den Atlantik von den Kanaren zurück in Richtung der afrikanischen Küste und Agadir nahm, genossen wir noch einen entspannten Seetag. Jetzt erst entdeckten wir die riesige Sauna, hinter deren raumhohen Glasfenstern das Meer seine Urgewalt verlor und zur beruhigenden Schaukelkulisse wurde, während auf der anderen Seite der Glasscheiben viel wogendes Fleisch von den Genüssen der letzten Seetage erzählte.

Der Höhepunkt unserer Schiffsreise aber stand uns noch bevor. Jede Schiffsreise der *Mare 4*, egal ob zu den Kanaren, ins Mittelmeer oder in die Karibik, endete so. Der Höhepunkt der Reise, das waren die Seemannslieder. Am letzten Abend versammelten sich die Passagiere nach dem Essen in der großen *Mare*-Bar mittschiffs auf Deck 4, und der Shantychor trat auf. Dirigiert wurde der Chor von Kapitän Björn Holm, weil er der erste Mann an Bord war und zudem in dieser Rolle einfach am besten aussah. Einige in der Crew fanden zwar, der Schiffsarzt hätte mehr Taktgefühl für diese Aufgabe, aber darum ging es ja nicht. Der Chor rekrutierte sich aus einigen Offizieren, Mannschaftsgraden und einer starken philippinischen Gruppe, die schon seit Jahren im Bauch der *Mare 4* arbeitete. Frauen waren im Shantychor unerwünscht.

Das Programm war immer das gleiche. Die Klavierbegleitung lag bei dem russischen Pianisten, der in den letzten Tagen in der Kaffeelounge die Gäste hatte unterhalten müssen, ohne je wahrgenommen geworden zu sein. Heute hatte er seinen einzigen beklatschten Auftritt der Reise. Die hektographierten Heftchen mit den zu singenden Seemannsliedern lagen für alle Passagiere bereit.

Ich liebe Seemannslieder, weil Papa sie geliebt hat. Wenn wir mit unserem vollgestopften Käfer Richtung Brenner fuhren, wenn Mamas mitgebrachte Klopse aufgegessen waren und das Meer bei Bibione noch furchtbar weit weg war, dann sangen wir zu dritt Seemannslieder, Mama und Papa vorne, ich auf der Rückbank, damals noch unangeschnallt. Papa brachte mir bei, mit ihm die zweite Stimme gegen Mamas hellen Sopran zu halten. Manchmal, wenn wir im Stau standen, es heiß im Käfer war und Mama das Seitenfenster herunterkurbelte, hörten uns die Leute in den anderen Autos mit offenen Mündern zu.

Beim Shantyabend der *Mare 4* waren die Barkeeper angewiesen, die Stimmung der Gäste noch einmal mit einer Breitseite von eiskalten Cocktails zu heben. Hatte das Schiff in den letzten Tagen schon mehr Aperol Spritz als Diesel verbraucht, so schwappte jetzt noch einmal eine große Welle karibischer Cocktails über die größte der *Mare*-Bars: Tequila Sunrise, Piña Colada, Ladykiller, Sex on the Beach, dazu Ladungen von Wasabi-Nüsschen.

Kapitän Björn Holm hatte sich vor dem Auftritt ausnahmsweise einen doppelten Aquavit gegönnt und das Steuer an seinen ersten Offizier übergeben. Jetzt sah er von der kleinen provisorischen Bühne auf die von Sonne und Alkohol geröteten Gesichter seiner Schutzbefohlenen.

Aus seiner Sicht war es bestimmt eine durchschnittliche Tour gewesen. Durchschnittliche Windstärken, durchschnittlicher Ärger mit Passagieren und Crew, durchschnittliches Wetter. Morgen früh um 8 Uhr Anlegen in Agadir. Ausschiffen von 2483 Passagieren, Reinigung des Schiffes, Aufnehmen von Frischwasser, Diesel, Lebensmitteln und neuen Passagieren. Seenotrettungsübung. Ablegen Richtung Kanaren um 18 Uhr. Schiffstag. Lanzarote. Teneriffa. La Gomera. Schiffstag. Agadir. Das Ganze in diesem Winter noch fünfmal. Er überlegte wahrscheinlich, ob er noch einen Schnaps trinken sollte, um sich dann zu sagen: Bringen wir's hinter uns. Jedenfalls winkte er den Chor auf die Bühne. Der russische Pianist schlug in die Tasten des E-Pianos, und dann hob der Chor an:

«Wir lagen vor Madagaskar und hatten die Pest an Bord,
In den Kesseln, da faulte das Wasser, und täglich ging einer über Bord.»

Der Funke sprang sofort über. Es war, als habe man der großen Kindergeburtstagsgesellschaft endlich eine Mitmachgelegenheit angeboten, an der sie Spaß hatte. Und so stimmten all die Sonnenanbeter, Schmuckbastler, Schokoladeverkoster und Saunagänger aus voller Kehle mit ein:

«Ahoi, Kameraden, ahoi, ahoi!
Leb wohl, kleines Madel, leb wohl, leb wohl.»

Der Chor war angewiesen, spätestens ab der dritten Strophe mit dem Schunkeln zu beginnen:

«Wir lagen schon vierzehn Tage, kein Wind durch die Segel pfiff,
Der Durst war die größte Plage, dann liefen wir auf ein Riff.»

Die Schiffsgemeinde begann sich unterzuhaken, mitzuschunkeln und den Refrain zu singen, Kapitän Björn Holm dirigierte aus Leibeskräften.

«Der lange Hein war der Erste, er soff von dem faulen Nass.
Die Pest gab ihm das Letzte und wir ihm ein Seemannsgrab.»

Der Barbetrieb lief auf Hochtouren, die Keeper gaben ihr Letztes, der Pianist wurde johlend gefeiert, Kapitän Björn Holm dachte vermutlich, na also, läuft doch gut, wie immer.

Dann kam das zweite Lied aus den hektographierten Heftchen dran.

«Eine Seefahrt, die ist lustig, eine Seefahrt, die ist schön,
ja da kann man manche Leute an der Reling spucken sehn.
Hol-la-hi, ho-la-ho, ho-la-hi-a, hi-a, hi-a, hol-la-ho.»

Auch Horst sang lautstark mit, ich natürlich auch, und viele Passagiere halfen Kapitän Holm inzwischen beim Dirigieren. Dann ging es Schlag auf Schlag: *«Ick heff mol en Hamborger Veermaster sehn»*, *«Der mächtigste König im Luftrevier ist des Sturmes gewaltiger Aar»*, *«My Bonnie is over the ocean, my Bonnie is over the sea»*, *«Heute an Bord, morgen geht's fort»* und das unvermeidliche *«An der Nordseeküste, am plattdeutschen Strand»*. Die Stimmung kochte, alles schunkelte und johlte. Ich stellte mir vor, dass Kapitän Holm das nächste Lied besonders hasste, denn im Grunde war er doch ein seriöser Mensch, aber es nutzte ihm nichts:

«Auf der Reeperbahn nachts um halb eins,
ob du'n Mädel hast oder hast keins ...
amüsierst du dich, denn das findet sich
auf der Reeperbahn nachts um halb eins.»

Etliche der alterfahrenen Kreuzfahrtteilnehmer hatten sich extra für den Shantyabend Ringelshirts angezogen und Faschingsmatrosenmützen von daheim mitgebracht, die sie nun hochwarfen.

Das Schunkeln der Passagiere war inzwischen so stark, dass Kapitän Holm vermutlich kurz an seine Seitenstabilisatoren dachte, bevor er zum vorletzten Lied überging:

«What shall we do with the drunken sailor,

what shall we do with the drunken sailor ...»

Das Schiff stampfte und bebte, links hängte sich bei Horst die Dame ein, die ich beim Schiffsarzt getroffen hatte, ich warf ihr einen bösen Blick zu. Und dann kam das letzte Lied.

«Wir lieben die Stürme, die brausenden Wogen, der eiskalten Winde raues Gesicht.

Wir sind schon der Meere so viele gezogen, und dennoch sank unsere Fahne nicht.»

Ach, ich hatte es so oft mit Papa gesungen, es war unser Lieblingslied. *Hejo! Hejo! Hejo-hejo-hejo-ho, hejo, hejoho-hejo!*

Ich konnte nicht anders, ich musste beim Refrain die zweite Stimme singen. Ich sang, so laut ich konnte. Man hörte tatsächlich, wie sich meine Stimme eine Terz über den großen Chor legte. Es war schön, wie damals. Ich weitete den Brustkorb, um meiner Stimme mehr Raum, mehr Volumen zu geben. Meine Stimme schwebte über den anderen. Ich fühlte mich wie die Möwe über dem Schiff.

«Ja, wir sind Piraten und fahren zu Meere, wir fürchten nicht Tod und den Teufel dazu,

Wir lachen der Feinde und aller Gefahren, am Grunde des Meeres erst finden wir Ruh.

Hejo! Hejo! Hejo-hejo-hejo-ho, hejo, hejoho-hejo!»

Ich hatte die Augen geschlossen, meine Stimme war stark und klar, die anderen alle sangen, ich erhob mich über sie.

«Unser Schiff gleitet stolz durch die schäumenden Wogen, es strafft der Wind unsre Segel mit Macht!

Seht ihr hoch oben die Fahne sich wenden, die blutrote Fahne, ihr Seeleut habt acht!

Hejo! Hejo! Hejo-hejo-hejo-ho, hejo, hejoho-hejo!»

Meine Stimme war hell und fest.

Die Seegemeinde johlte und schrie und verlangte nach einer

Zugabe, der russische Pianist erhob sich, um sich zu verbeugen, Kapitän Holm drehte sich zum Publikum, verbeugte sich ebenfalls ganz leicht und griff nach dem bereitgelegten Mikrophon; er hatte es wieder mal fast geschafft:

«Ich möchte mich bei Ihnen bedanken. Ich hoffe, Sie hatten eine unvergessliche Schiffsreise, auch für uns war es eine außergewöhnlich schöne Tour. Besonders bedanken möchte ich mich außerdem noch bei der Dame, die unser letztes Seemannslied mit ihrer Stimme so wunderbar begleitet hat.»

Er sah sich suchend um, er hatte ja dirigieren müssen und mir den Rücken zugewandt. Aber der große Passagierpiratenchor johlte einstimmig: «Daaaa!», und zeigte auf mich.

«Ach», machte Kapitän Holm, «die Dame kenne ich schon. Sie wollten doch meine Kabinennummer haben?!»

Die Seeräubergemeinde johlte. Kapitän Holm sprang von der provisorischen Bühne, die Seeräubergemeinde bildete eine Gasse, er kam tatsächlich in seiner schneeweißen Uniform und mit all den schönen goldenen Tressen auf mich zu. Er griff nach meiner Hand, deutete einen Handkuss an, hauchte mir dann einen Wangenkuss rechts und links auf die Haut und tat so, als würde er mir etwas ins Ohr flüstern. Ich roch sein Rasierwasser. Alles johlte, aber wo war nur der Schiffsfotograf? Sie fotografieren dich mit Rettungsring, Papp-Bananen und Papp-Vulkan, aber wenn du einmal im Leben von einem hochgewachsenen, gutaussehenden schwedischen Kapitän geküsst wirst, ist keiner da!

Kapitän Holm befand, dass dieser charmante Abschluss einen guten Eindruck bei den Passagieren hinterlassen würde und ihm zudem die lästige Zugabe ersparte, winkte noch mal ins Publikum und verschwand so unauffällig es ging auf die Brücke, um sich dort doch noch einen Schnaps zu genehmigen.

«Was war das denn?!» Horst erholte sich nur langsam von

dem eben Geschehenen. «Du wolltest seine Kabinennummer? Woher kennst du ihn überhaupt?!»

Ich sagte den klassischen Satz: «Es ist nicht, wie es aussieht, Horst.» Und dann: «Lass uns noch einen Cocktail trinken. Du weißt doch, ich liebe nur dich.» Und so tranken wir noch einen Sex on the Beach und einen Ladykiller, auf dass uns der Skorbut nicht niederstreckte und die Piratenfahne gehisst bliebe.

DAS BUGRAD

«Horst, hast du daran gedacht, deine Winterjacke griffbereit zu haben? Die Leute vom Nachbartisch haben erzählt, dass es in Deutschland zwei Grad hat und regnet.»

Horst schüttelte sich: «Zwei Grad?! Lass uns doch einfach noch eine Woche in Agadir bleiben! Wir könnten uns noch einmal einen Jeep mieten, wir könnten in einem von diesen alten Riads mit Innenhof übernachten, wir könnten mit dem Jeep durch die Wüste und bis nach Marrakesch fahren ...»

«Und unser Rückflug? Und unser alter Kater? Ich habe die Katzenpension nur bis heute Abend gebucht. Wer soll ihn versorgen? In Maxi habe ich da wenig Vertrauen.»

«Ich weiß – war auch nur so eine Idee, Gabi. Aber lass uns bald wieder zusammen wegfahren, es tut uns gut. Du siehst schon richtig erholt aus.»

Die Koffer waren gepackt, wir schoben noch einmal die schwere Glastür auf und traten auf unseren Balkon hinaus. Der sonst tiefblaue Himmel hatte einen trüben, weißlichen Schleier. Ein scharfer Wind blies uns entgegen. Weiße Wogenkämme mit Gischtfetzen fegten über das fahle Wasser. In der Tiefe, neun Stockwerke unter uns, schlugen die Wellen heftig gegen das Riesenschiff. In der Nacht hatte der Wind stark aufgefrischt, Kapitän Holm hatte Stärke 8 in seinem elektronischen Logbuch notiert. Wind war hier zu dieser Jahreszeit zwar häufig, aber diesmal baute sich vor der Küste Nordafrikas ein außerordentlich starkes Atlantiktief auf. Die Stabilisatoren waren ausgefahren und konnten das seitliche Rollen des Schiffes abmildern, aber nicht das Auf und Ab der Stampfbewegungen. Kapitän Holm machte das nichts aus, er liebte kabbelige See. Ab Windstärke 8 fühlte er sogar eine gewisse Schadenfreude gegenüber seinen Passagieren. Die mussten jetzt wohl wenigstens einmal zur Kenntnis nehmen, dass dies keine Kaffeefahrt auf einem Karpfenweiher war, sondern dass das Meer immer noch ein gefährliches Tier war. Aber für diese Tour stellte das kein Problem mehr dar, der Hafen von Agadir hatte vermutlich schon Funkkontakt aufgenommen, und wie das Tief sich bis zum Auslaufen für die nächste Tour am Abend entwickelte, das würde man sehen.

Vor einer Woche, beim Auslaufen aus dem Hafen, hatten die meisten Passagiere auf den oberen, öffentlichen Decks gestanden, mit Handykameras das Ablegen gefilmt und sich den ersten von vielen kostenlosen Drinks genehmigt. Jetzt drängelten sie sich schon eine halbe Stunde vor dem Anlanden mit ihren wuchtigen Rollkoffern auf den teppichbelegten engen Schiffsgängen, die Aufzüge waren blockiert, die Stimmung war angespannt. Dabei sorgte die Reederei erfahrungsgemäß immer dafür, dass genügend Zeit und Buskapazitäten zur Verfügung standen, um alle 2500 Passagiere – die aus den Innenkabinen genauso wie die aus den Spa-Suiten – rechtzeitig für die diversen Rückflüge zum Flughafen zu transferieren.

Noch einmal mussten wir mit unseren Koffern in einer langen Schlange warten, um unsere Bordkarten vor einen Scanner zu halten. Damit waren wir offiziell ausgebucht, die Tour war beendet, der Computer legte uns bei den Alt-Daten ab, die Putzkolonnen rückten in die Kabinen nach, die Wäscherei stellte sich auf Volllast ein, in den Küchen wurde das Begrüßungsmenü für die nächsten Tourgäste vorbereitet.

Dann waren wir draußen, der Wind pfiff uns um die Ohren, ich sah noch einmal am Schiff hoch, und es kam mir jetzt schon unwirklich vor, dass ich mit Horst vor einer halben Stunde noch dort oben im neunten Stock dieses Riesenhochhauses gestanden hatte. Ganze Geschwader von Möwen umkreisten nun schreiend das Schiff.

Das Eventteam der *Mare 4* hatte dafür gesorgt, dass wir uns ein letztes Mal vor dem Schiff fotografieren lassen konnten und zu diesem Zweck einen turbantragenden Mann samt Kamel für die Schnappschüsse in den Hafen beordert. Aber jetzt hatte niemand mehr Interesse daran. Über die lange Betonpier ratterte die Kavalkade unserer schweren Rollkoffer auf die Busse zu.

Ich drehte mich noch einmal um und sagte zu Horst: «Nun müssen wir dahin zurück, wo man die Möwen nicht mehr schreien hört.»

Und dann waren wir auch schon im Flughafen von Agadir, die Gesichter der Mitreisenden sahen im Neonlicht der Abflughalle wieder fahl aus.

Die elektronische Tafel zeigte, dass alle Rückflüge nach Deutschland pünktlich waren: Hamburg, Hannover, Berlin, München, alles on time.

Ich kam auf einen Mittelplatz zu sitzen. Auf der Fensterseite saß eine junge marokkanische Frau mit schwarzem Schleier, kajalschwarzen Augen, Henna-Tattoos auf der rechten Hand und breiten Silberarmbändern. Sie lächelte mich an. Ihre feingliedrigen Hände, ihr makelloser Teint und der Ansatz ihrer kräuseligen Haare erinnerten mich sofort an Kati, meine Zweitgeborene. Nur dass meine Tochter nie zu schwarzem Kajal greifen würde. Sollte sie aber. Denn so sah sie einfach nur wie ein blasses Mädchen aus, das zu viel Zeit im Labor verbrachte. Wann machte sie ihr Examen? April? Mai? Ich musste sie unbedingt von zu Hause aus in Ruhe anrufen. Sie war immer ein kluges, aber hochnervöses Mädchen gewesen und mir nie so nahe wie Nina, leider.

Die junge Marokkanerin begann auf ihrem Handy zu tippen.

Rechts von mir saß Horst. Er hatte sich den Gangplatz gesichert, weil die Flugbegleiterin beim Einstieg deutsche Tageszeitungen verteilt hatte und Horst nach einer Woche Abstinenz Platz für die *Frankfurter* brauchte.

Das Boarding war schon beendet, die Türen verriegelt, die Tankwagen abgezogen, die Gangways entfernt, nur die letzten Elektrokarren mit dem Gepäck und den Passagiermenüs rollten noch zum Flugzeugbauch, da brach die Maschinengewehrsalve ohne Ankündigung los. Zuerst wusste ich nicht, woher dieser Lärm kam. Es trommelte, schlug und knallte von allen Seiten gegen das Flugzeug. Meiner jungen Nachbarin fiel das Handy in den Schoß, sie rief etwas, was ich nicht verstand. Sogar Horst unterbrach eine Schrecksekunde lang die Lektüre des Leitartikels. Dann sah ich durch die kleinen Fenster die Hagelkörner. Sie waren kirschgroß und wurden wie Geschosse vom Dach und den Tragflächen des Flugzeugs auf das Rollfeld katapultiert, hüpften und sprangen über den Asphalt und verwandelten ihn im Nu in eine weiße Murmelfläche. Dann brach der Regen los. Das schwarze, wirbelnde Atlantiktief, das sich bereits vor der afrikanischen Küste angekündigt hatte, war über dem Festland angekommen. Wahre Sturzbäche spülten den Sand und die Trockenheit der letzten Wochen aus jeder Ritze. Es prasselte und trommelte, pladderte und hämmerte, peitschte und lärmte gegen unseren kleinen, hilflosen metallischen Vogel, als habe sich der Himmel nun endgültig mit dem Meer verschworen und ein großes, böses Tier losgelassen.

Die meisten Passagiere saßen still und starrten hinaus. Die Flughafengebäude waren hinter einer Wasserwand verschwunden, auf dem Asphalt bildeten sich Seen aus Wasser und schmelzendem Hageleis. Horst nahm es nach der ersten Schrecksekunde mal wieder gelassen und ganz nach lebenslang geübter Lehrermanier: «Es ist ein weitverbreiteter Irrtum, dass Marokko ausschließlich ein Sonnenland ist. Die Winter sind zwar mild, aber regenreich. Erst 2014 gab es hier heftige Sturzfluten mit mindestens 32 Toten. Die Atlantiktiefs drehen über dem Meer, der Hohe und Mittlere Atlas bilden eine hochinteressante Klimascheide ...»

Zum Glück unterbrach die Stimme des Kapitäns Horsts weitschweifige Lehrerauslassungen: «Hier spricht Ihr Kapitän auf diesem Flug. Mein Name ist Rainer Schaller. Wegen einer schnell heranziehenden Gewitterfront musste der Flughafen Agadir vorübergehend geschlossen werden. Das Gepäck kann derzeit aus Sicherheitsgründen nicht weiter eingeladen werden. Ich muss Sie daher um Geduld bitten. Ich melde mich wieder, wenn es bessere Nachrichten gibt.»

Unwilliges Gemurmel wurde in den Reihen hinter mir laut. Aber da ertönte schon die Stimme der Chefstewardess:

«Meine Damen und Herren, da ich den Flug gegenüber dem Cockpit schon freigegeben habe, bitte ich Sie, angeschnallt zu bleiben und die Toiletten nicht aufzusuchen.»

Hinter uns rief jemand: «Warum haben Sie uns überhaupt ins Flugzeug einsteigen lassen?»

Neben mir bemerkte Horst trocken: «Das ist wie beim Arzt. Sie setzen dich erst mal ins Sprechzimmer und lassen dich dann warten.»

Jemand anderes hinter uns rief: «Ich muss aber aufs Klo, und zwar sofort!»

«Na ja», sagte ich zu Horst, «zum Glück müssen wir keinen

Anschlussflug erreichen. Dann wird es eben eine Stunde später, bis wir zu Hause sind.»

Horst nickte und griff wieder zur *Frankfurter*. Der Hagel ließ nach, aber der Regen stürzte noch immer vom Himmel. Ich lehnte mich in meinem schmalen Sitz zurück und versuchte mir einzureden, dass sich das Trommeln auf dem Flugzeugdach so gleichmäßig und beruhigend anhörte wie früher in meinen jungen Jahren der Regen auf dem Zeltdach. Der Unterschied war bloß, dass man mit einem Zelt anschließend nicht fliegen musste.

Als der Regen endlich nachließ, die Nachbarin wieder zu ihrem Handy griff, der Himmel heller wurde und Kapitän Rainer Schaller vermutlich die Scheibenwischer des Flugzeuges langsamer stellte, ging ein Rumpeln und Beben durch den Flugzeugkörper. Wahrscheinlich wurden unsere Koffer nun doch noch verladen. Der Himmel hinter dem kleinen Bullauge wurde heller, der Regenguss ging in ein Nieseln über, die ersten Flugzeuge setzten sich Richtung Rollfeld in Bewegung. Nur unseres nicht.

«Was ist denn da los, Horst?»

Aber Horst brummte nur. Er las gerade eine Stellungnahme des Außenministers zur Nahostkrise, und von meiner marokkanischen Nachbarin konnte ich auch keine Antwort erwarten.

Dafür war da wieder unser Flugkapitän mit seiner sonoren Stimme. Machten Flugkapitäne eigentlich eine Stimmschulung? Wie wirke ich vertrauenswürdig und väterlich? Wie übermittle ich Wettereinbrüche, Flugannullierungen, Verspätungen und Flugumleitungen, ohne dass man es mir übelnimmt? Er musste so etwas gemacht haben.

«Meine Damen und Herren. Wir haben noch ein kleines Problem mit dem Bugrad. Es kommt gleich ein Techniker an Bord.»

«Wieso denn Bugrad? Was hat das mit dem Regen zu tun?! Sind das etwa marokkanische Techniker, Horst?» Aber der war in seine Zeitung vertieft. Meine Nachbarin hatte inhaltlich nichts verstanden, und ein dehnbarer Zeit- und Pünktlichkeitsbegriff gehörte wohl zu ihrer Lebenswelt. Ich versank in dumpfes Brüten. Machte sich da draußen etwa ein ungelernter marokkanischer Flughafenmitarbeiter an unserem Bugrad zu schaffen, den Schraubenzieher in der einen, die Bedienungsanleitung in der anderen Hand?

Ich sah auf die Uhr. Ich musste jetzt dringend aufs Klo. Vom Kabinenpersonal war niemand zu sehen. Vielleicht machten sie mit dem Kapitän eine Notfallschulung. Ich brütete weiter. Horst hatte den Politikteil fertig studiert und blätterte jetzt kursorisch im Feuilleton. Die junge Marokkanerin schien ihre ganze Großfamilie mit SMS-Nachrichten zu versorgen. Ich überlegte, ob ich mich einfach abschnallen und verbotswidrig die Toilette aufsuchen sollte. Ich beschloss, noch genau zehn Minuten zu warten. Nach einer Dreiviertelstunde meldete sich wieder die sonore, vertrauenswürdige Kapitänsstimme: «Meine Damen und Herren. Ich kann Ihnen die erfreuliche Nachricht geben, dass wir nun bereit sind zum Start.» Na, jetzt brauchte ich auch nicht mehr aufs Klo zu gehen, jetzt konnte ich warten, bis wir unsere Reiseflughöhe erreicht hatten.

«Der Techniker hat nichts gefunden. Er hat uns grünes Licht zum Take-off gegeben.»

Nichts gefunden?! Und das reichte, um zu sagen, probieren wir's doch mal?! Zugegeben, ich habe immer schon Flugangst gehabt. Aber vielleicht hatte dieser marokkanische Techniker sich ja gedacht: «Das hält schon noch bis Deutschland, das sollen die sich mal schön dort anschauen. In der Gebrauchsanleitung steht nichts.»

Ich klammerte meine Hand um die von Horst. Der machte: «Schsch, reg dich doch nicht immer so auf beim Start. Auf dem Hinflug ist doch auch alles bestens gelaufen. Fliegen ist laut Statistik die sicherste Reiseart. Die Absturzrate liegt bei 0,81 Flugzeugen pro eine Million Flüge.»

«Horst, hör auf! Ich will nichts von Abstürzen hören, und außerdem muss ich aufs Klo! Ich will hier wieder raus. Lass uns in Agadir bleiben!»

Wieder meldete sich unser Flugkapitän: «Da wir wetterbedingt einen unruhigen Start und deutliche Turbulenzen während des Fluges erwarten, müssen wir Sie bitten, während des Starts und des gesamten Fluges angeschnallt zu bleiben und die Waschräume nicht aufzusuchen. Vielen Dank.»

Die Flugzeugmotoren heulten auf, ich klammerte mich an Horst. Dann nahm das Schicksal seinen Lauf. Wir rollten zur Startbahn, gleich würde der Flieger beschleunigen. Was um Himmels willen machte unser Bugrad? Ich krallte mich links an der Armstütze, rechts an Horsts Unterarm fest, mir war schwindelig, das Blut wich aus meinem Kopf, und ich dachte: Ach, wäre ich doch so ahnungslos wie meine marokkanische Nachbarin. Die hatte keine der Durchsagen verstanden und wusste von keinem Bugrad, das nun gleich einsam übers Rollfeld trudeln würde, das konnte doch gar nicht gutgehen.

Die Turbulenzen wurden nicht so schlimm, wie der Kapitän und besonders ich befürchtet hatten, irgendwann wurden sogar die Anschnallzeichen ausgeschaltet, die Crew tauchte wieder auf und begann die Bordmahlzeiten auszuteilen. Ich lehnte dankend ab, ja, ich wagte mich nicht einmal zur Toilette. Ich war sicher, dass das Flugzeug dann in Schieflage geraten und doch noch abstürzen würde. So blieb ich mit voller Blase und leerem Kopf sitzen, während um mich herum blasse Nudeln mit Hähnchenrouladen aus Aluschalen verzehrt wurden. Horst orderte einen Tomatensaft und ein Bier und versuchte über der leeren Essschale den Sportteil auszubreiten. Die Marokkanerin hörte dudelnde arabische Musik über ihre Kopfhörer. Alles schien in Ordnung zu sein. Ha! Es schien nur so! Ich hatte es gewusst! Denn da war wieder unser Kapitän mit seiner verdächtig vertrauenerweckenden Stimme: «Werte Fluggäste, hier meldet sich noch einmal Ihr Kapitän. Bedauerlicherweise ...»

«... ist uns gerade eben das Bugrad runtergefallen», dachte ich. Aber er fuhr fort:

«... ist unser Zielflughafen wegen Blitzeis geschlossen. An unserem Ausweichflughafen in Frankfurt streiken seit gestern die Fluglotsen, Stuttgart ist wegen der aktuellen Wettersituation ebenfalls geschlossen. Wir sehen uns daher zu einem Overnight-Stop in Amsterdam gezwungen. Über Ihren morgigen Weiterflug werden wir Sie rechtzeitig informieren. Ich bedaure die für Sie dadurch entstehenden Unannehmlichkeiten. Selbstverständlich haben Sie Anspruch auf Mahlzeiten, Erfrischungen, Transfer und eine Hotelübernachtung. Da Ihr Gepäck im Transitbereich verbleibt, werden wir Sie mit einem Overnight-Kit versorgen. Vielen Dank für Ihr Verständnis.»

«Vielen Dank für Ihr Verständnis? Horst, was heißt hier vielen Dank? Ich will nach Hause!»

«Ich finde Amsterdam gar nicht so schlecht. Ich wollte immer schon mal dahin.»

«Aber ich nicht! Ich will nach Hause!»

«Das ist jetzt eben so.»

«Und die Katze, was wird aus der Katze?»

«Ich dachte, der Kater ist in der Tierpension. Sie werden ihn schon nicht in die Nacht hinausjagen. Wir versäumen doch zu Hause nichts. Darf ich dich daran erinnern, dass du jetzt in Rente bist?»

«Ich will aber nicht in Rente sein ...», rutschte es mir heraus, und ich korrigierte mich schnell: «Ich meine, ich will nicht noch einmal starten und landen. Du weißt, ich habe jedes Mal Angst.»

«Du wirst dich ans Fliegen gewöhnen. Wir zwei haben doch noch so viel vor. Erinnerst du dich? Jerusalem zu Ostern, Stockholm zu Mittsommer, Sizilien im Frühjahr ...»

«... und womöglich durch die USA mit dem Wohnmobil», ergänzte ich dumpf.

Wenigstens fiel das Bugrad nicht ab. In Amsterdam war es schon dunkel, eine feuchtkalte Januarnacht. Der Lufthansa-Bus brachte uns in ein Industriegebiet, zu einem *Holiday Inn Express.* Beim Aussteigen händigte man jedem von uns einen Beutel mit einem Zahnputzset, einer Plastikbürste und einem weißen T-Shirt aus. Das Fenster in unserem Zimmer konnte man nur einen Spaltbreit öffnen, damit sich niemand hinausstürzte. Im Licht der Straßenlampen erkannte ich eine Industriebrache, Zäune, Parkplätze und einen Mobilfunkmast. Einen Bus ins Zentrum von Amsterdam gab es nicht. Wir aßen ein salzloses Nudelgericht und einen Schokoladenpudding vom Buffet, Horst holte sich ein Bier aus dem Automaten. Wir saßen auf den billigen Sesseln in der Hotellobby herum, im Fernsehen lief ein Football-Spiel. Ich hielt Ausschau nach der jungen Marokkanerin, aber ich konnte sie nirgends entdecken. Ich hatte ein schlechtes Gewissen, ich hätte mich um sie kümmern müssen wie um meine eigene Tochter. Hatte sie überhaupt verstanden, wo wir gelandet waren?

Horst, der ja nicht nur Erdkunde, sondern auch Englisch unterrichtet hatte, nahm einen Schluck aus seiner Bierflasche: «Ich habe es meinen Schülern wieder und wieder gesagt: Das englische Wort *travel* kommt vom französischen Wort *travail.* Reisen ist immer auch ein Stück Arbeit.»

«Und dafür bin ich jetzt in Rente gegangen?», dachte ich, aber ich sagte es nicht. Es war ja eine sehr schöne Reise gewesen, doch nun wollte ich wieder nach Hause, in mein richtiges Leben.

DER GILB

Ich wuchtete meinen Koffer über unsere Haustürschwelle und ließ meinen Schlüssel auf das Telefontischchen fallen.

Horst folgte mir mit dem zweiten Koffer, er gab unserer metallgerahmten Haustür mit ihrem geriffelten Sicherheitsglas in der Mitte einen Schubs mit dem Fuß, und sie fiel mit dem vertrauten Scheppern ins Schloss.

Wir hatten beide schlecht geschlafen, ein mieses Frühstück in einem miesen Hotel zu uns genommen, das im Licht des Amsterdamer Morgens noch mieser aussah. Der Münchener Flughafen war wieder uneingeschränkt freigegeben und meldete zwei Grad plus und Nieselregen. Wir waren noch einmal gestartet und gelandet, wir hatten unsere Winterjacken fröstelnd um uns gezogen, hatten unser Auto vom Parkdeck geholt. Wir waren über deutsche Autobahnen und durch einen grauen deutschen Nicht-Winter und durch die üblichen langen Baustellenstaus nach Hause gefahren. Wir hatten in irgendeiner Raststätte einen Burger gegessen, da war es fast schon wieder dunkel. Das große Schiff und das große Meer schienen längst mehr als ein paar tausend Kilometer hinter uns zu liegen.

«Jetzt ist es wieder zu spät, um den Kater aus der Katzenpension zu holen. Dabei habe ich nur bis gestern bezahlt. Wahrscheinlich ist er traumatisiert. Er war noch nie mit anderen Tieren zusammen. Außer mit den Meerschweinchen von Nina. Und das ist nicht besonders gutgegangen. Maxi hätte sich während unserer Kreuzfahrt um das arme Tier kümmern sollen. Aber ich war mir nicht sicher, ob er zuverlässig genug ist.»

«Ich glaube, er sagte am Telefon, dass er mit seiner Olga zum Schifahren gehen will. Sie hat noch ein paar Tage Resturlaub.»

«Was? Es sind doch noch gar keine Semesterferien. Ich hoffe, er war wenigstens einmal hier, um meine Blumen zu gießen und nach dem Rechten zu sehen. Ach, der Anrufbeantworter blinkt.»

Ich drückte die Wiedergabetaste.

Es war Nina aus Berlin: «Hallo, Mamutsch, ich dachte, ihr seid schon von eurer Kreuzfahrt zurück. War's schön? Stell dir vor, Paulchen hat seinen ersten Zahn gekriegt – daher das Fieber. Ist das nicht Wahnsinn? Er hat schon einen Zahn! Wann kommt ihr mal wieder nach Berlin? Ich vermiss euch ganz doll! Mamutsch, kommst du bald mal wieder? Ich brauch dich!»

Die Nachricht war zu Ende, ich drückte die Taste auf aus.

«Aber wir waren doch gerade erst über Weihnachten bei ihr, Horst?»

Der brummte. Er hatte die Koffer zur Seite geschoben und blätterte in dem Stapel mit Zeitungen und Briefen, den die Nachbarin neben das Telefon gelegt hatte.

Ich las die Schlagzeilen der vergangenen Woche: «Blitzeis legt Münchener Flughafen lahm», «Influenzawelle rollt auf Deutschland zu» und «Neue Anschlagsserie in Ankara.» Horst schlug im Stehen eine Zeitung auf.

«Horst, können wir nicht erst mal die Koffer auspacken? Ich möchte gleich noch die erste Waschmaschine anstellen.»

Horst reagierte nicht.

«Horst, lass uns auspacken. Ich bin müde.»

Er legte die Zeitungen zurück, fuhr mir mit seiner sonnengebräunten Hand durchs Haar und lächelte:

«Gabi, du weißt doch: Ab jetzt haben wir ZEIT! Ich hol uns noch eine Flasche Wein aus dem Keller. Wir trinken ein Glas auf den schönen Urlaub. Auspacken kannst du auch morgen noch.»

Das taten wir, und dann lag ich schlaflos im Bett neben Horst. Das tiefe, dunkle Brummen und Schaukeln des Schiffes fehlte mir. Dafür schnarchte Horst mehr als sonst. Wir hatten die ganze Flasche ausgetrunken. Ja, ab jetzt hatte ich Zeit. Aber das musste ja nicht so weit führen, dass die Wäsche im Koffer verschimmelte.

Als ich morgens aufwachte, war das Bett neben mir schon leer. Die Koffer standen immer noch an der Stelle, an der wir sie am Vorabend abgestellt hatten, daneben lagen Horsts Laufschuhe. Ich traf ihn in der Küche.

«Ich war schon eine Runde joggen und gehe jetzt gleich weiter ins Studio. Kommst du mit?»

Er klopfte sich auf den Bauch: «Wir haben zu gut gelebt, Gabi. Das muss wieder runter.»

«Ich dachte, wir frühstücken erst mal schön gemütlich. Du könntest uns Brötchen holen, Horst. Die Wäsche mache ich später. Du hast doch gesagt, wir haben jetzt Zeit.»

«Klar. Aber ein gewisser Rahmen ist wichtig, Gabi. Da kommst du schon noch dahinter.»

Also frühstückte ich nicht und fuhr stattdessen in Richtung Katzenpension. Unterwegs machte ich Station in einem Backshop. Ich holte mir ein Käsecroissant und einen Milchkaffee, und während ich an einem Stehtischchen in den brühheißen Pappbecher blies, dachte ich mit Wehmut an das Frühstücksbuffet auf dem Schiff: frischgepresste Säfte, Pancakes, Müsli, tropische Früchte. Ich würde ab morgen darauf achten, dass Horst und ich mit einer vollwertigen, gesunden Mahlzeit in den

Tag starteten. Dann kaufte ich mir beim benachbarten Zeitungskiosk einen Stapel Frauenzeitschriften, die alle optimistische Namen wie *In Life*, *Lady*, *Bella*, *Femme* und *My Castle at Home* trugen. Ich hatte ja jetzt ZEIT.

Die Frau in der Katzenpension empfing mich mit Missbilligung.

«Frau König? Sie hatten nur bis gestern bezahlt. Unser Katzenhotel arbeitet grundsätzlich nur auf Vorkasse. Was glauben Sie, was wir hier für Dinge erleben.»

«Tut mir leid, unser Flug wurde nach Amsterdam umgeleitet.»

Sie schob mir ein Rechnungsblatt über den Tresen, in dessen Kopfzeile ich die Worte «Katzenhotel Minka – Wellness für Ihren kleinen Liebling» las.

«Wir mussten das Tier wegen Aggressivität aus dem Freigehege nehmen und in einer Einzelbox unterbringen. Die kostet extra. Und dann wären da noch die Rechnungen für den Tierarzt, weil er eine andere Katze gebissen hat. Sie sehen ja die Positionen auf der Rechnung: Wundversorgung, Antibiotika, Salbenmaterial, dazu die Beruhigungsspritze für Ihren Kater. Und die separate Unterbringung des Tieres. Da kommt leider einiges zusammen. Wie alt ist der Kater denn?»

«Ich schätze, dass er etwa 17 ist. Meine älteste Tochter wollte ihn damals haben.»

«Tja, in dem Alter sind die Kater nicht mehr sozialisierbar.»

«Ach», sagte ich, «meinen Sie?»

Mein Blick schweifte über den Sperrholztresen der Katzenpension und hinaus ins Freigehege, bis er an einer Baumgruppe in der Ferne haften blieb.

«Wie heißt er denn eigentlich? Wir hatten hier keinen Namen notiert.»

«Horst …», erwiderte ich, «… ich meine, er hat keinen Namen. Er ist nur der Kater.»

«Sie haben ihm keinen Namen gegeben? In 17 Jahren? Also, das habe ich hier wirklich noch nie erlebt.»

Ich bezahlte die Rechnung mit EC-Karte. Die Dame schob mir mit versteinertem Blick eine Visitenkarte über den Tresen, die für «Cat Coaching – Haltungsberatung für Katzen» warb und ging dann unseren Kater holen.

Er begrüßte mich mit einem Tatzenschlag durch die Stäbe seines Tragekorbes. Sein Fell schien mir räudig. Er stank aus dem Maul. Ich versuchte ihn durch die Gitterstäbe zu streicheln. Er fauchte. Nicht mehr sozialisierbar. Ich musste mir mit Horst dringend einen Namen für ihn überlegen. Das wäre vielleicht wenigstens ein erster Schritt.

Vor unserer Haustür angekommen, stellte ich den Katzenkorb ab, wühlte in meiner Handtasche zwischen den druckfrischen Zeitschriften, dem Rechnungsbeleg der Katzenpension, der Visitenkarte für das Cat Coaching und den Schokoriegeln, die uns die Flugbegleiterin auf dem Weg nach Amsterdam angeboten hatte, nach meinem Hausschlüssel. Verdammt, wo versteckte er sich schon wieder? Ich klingelte Sturm. Der Kater randalierte im Korb. Niemand öffnete, Horst war wohl immer noch im Fitnessstudio. Na endlich, gefunden. Ich schloss auf und ließ als Erstes den Kater frei. Er schlidderte über den Kunststeinboden des Flures an mir vorbei und wieder zurück in den Vorgarten, wo er wild in der kalten Erde zu wühlen begann. Und genau in diesem Moment roch ich es.

Es roch alt.

Nein, das war nicht der Mundgeruch des Katers. Es kam aus dem Haus.

Vielleicht waren es die Koffer mit der Wäsche. Ich bückte

mich und schnupperte an den immer noch ungeöffneten Koffern. Nein, das war es auch nicht.

Ich ging in die Küche. Da stand der orange Toaster, den uns meine verstorbene Tante Hedwig zur Hochzeit geschenkt hatte und der einfach unzerstörbar war. Da klebten die Bilder von meinem 60. Geburtstag im letzten Sommer an der Kühlschranktür und wellten sich. Da stand ein welkes Zitronenbäumchen, das ich an meinem Küchenfenster zu überwintern versuchte. Da hing die Kaffeehausgardine vor dem Küchenfenster, die ich mühsam selbst gehäkelt hatte. Bestimmt musste man nur mal richtig durchlüften. Ich riss das Fenster auf. Ich sah den Kater, der mit den Hinterpfoten Erde in meine Richtung warf.

Ich lief weiter ins Wohnzimmer. Mein Blick fiel auf die tiefrote englische Hirschtapete in unserer Essecke, die ich selbst liebevoll dahin tapeziert hatte. Sie machte das Zimmer noch dunkler, als es mit den schweren Möbeln sowieso schon war. Warum hatten wir damals nur diese wuchtigen Ledersessel genommen? Weil die was fürs Leben waren? Ich schnupperte wieder. Ja, hier roch es alt.

Ich griff mir einen Koffer und schleppte ihn hinunter in die Waschküche. Ich sah mich um. Die rumpelige Waschmaschine, der Trockner, den ich kaum benutzte, die drei fleckigen Körbe, die ich seit unvordenklichen Zeiten zum Sortieren der Schmutzwäsche benutzte, die Gästedusche mit dem rot gemusterten Plastikvorhang. Ich machte die Ladeklappe der Waschmaschine auf. Da war der Geruch wieder. Auch hier roch es alt.

Ich warf meine Sommersachen in die Maschine, startete sie, stieg gedankenverloren in den ersten Stock hinauf und öffnete die Tür zu Horsts Arbeitszimmer. Als Kati vor Jahren zum Studieren in den Norden gegangen war, hatte sich Horst ihr altes Zimmer innerhalb kürzester Zeit gesichert. Er brauchte es damals dringend für seine Korrekturen und Unterrichtsvorbereitungen. Die wenigen Male, die Kati uns übers Jahr besuchen kam, schlief sie im ausgebauten Dachgeschoss, dort, wo auch Maxi logierte, wenn es gerade wieder einmal Umbrüche in seinem Liebesleben gab. Ich sah mich in Horsts Zimmer um. Alles war ordentlich. Das sah ihm ähnlich. Ein paar Papierstapel auf dem Schreibtisch, der schwere höhenverstellbare Drehstuhl, der neue Laptop, zugeklappt. Tja, die Fenster mussten dringend geputzt werden. Aber ich hatte ja jetzt ZEIT.

Ich ging zurück in den Flur und öffnete die Tür zum größeren Kinderzimmer. Das war das Reich von Nina gewesen, unserer Erstgeborenen. Erst hatte sie die Wände mit Plakaten von Take That, Michael Jackson und Kurt Cobain tapeziert, dann war sie nach Berlin gegangen, hatte dort Philipp kennengelernt und ein Kind von ihm bekommen, und nach und nach war das mein Zimmer geworden. In der Ecke das Bügelbrett, daneben die Polsterauflagen für die Terrassenmöbel, Ninas altes Jugendbett von Ikea, Horsts alter Computer, dick wie ein Wal, Berge von Verlagsprospekten, die ich im Vorweihnachtsbücherstress zu immer größeren Stapeln aufgeschichtet hatte, die Mädchengardinen mit den Wölkchen darauf – und vor allem dieser Geruch. Es roch auch hier einfach alt. Ich riss das Fenster auf. Nasskalte Spätwinterluft schlug mir entgegen.

«Horst», sagte ich, als er endlich vom Sport kam, «es muss etwas passieren. Dies hier ist das Haus von alten Leuten.»

«Kann ich erst mal duschen gehen?»

Ich nickte und sah durch das offene Küchenfenster nach dem Kater. Er grub immer noch hysterisch mit den Hinterläufen an seinem Loch im Vorgarten. Ich schlug das Fenster zu, packte den orangen Toaster und verfrachtete ihn in mein hinterstes Küchenfach zu den Muffinbackformen und dem Krug für die

Erdbeerbowle. Ich machte mir einen Espresso, kramte den Stapel von druckfrischen Illustrierten aus meiner Handtasche, blätterte darin und wartete auf Horst.

«Möchtest du jetzt frühstücken?»

Er schüttelte den Kopf und klopfte auf seinen Bauch.

«Schade», sagte ich, «wir haben doch jetzt Zeit.»

«Ich nehme mir nur einen Kaffee.»

Unsere ziemlich neue Nespressomaschine schnaubte und spuckte einen weiteren Espresso aus. Horst machte Anstalten, sich mit seiner Tasse zu den ungelesenen Zeitungen der letzten Tage ins Wohnzimmer zurückzuziehen.

«Ich habe den Kater aus der Tierpension abgeholt.»

Horst brummte mäßig interessiert.

«Ich glaube, sie haben ihn mit einem Kaninchen zusammengesperrt, er gräbt unentwegt Löcher.»

Horst machte: «Hm», und wollte sich wieder in Bewegung setzen.

«Sie meinten dort, wir sollten dem Tier unbedingt einen Namen geben. Dann könnten wir ihn vielleicht doch noch sozialisieren. Warum haben wir das damals eigentlich nicht getan?»

«Die Kinder haben sich auf keinen Namen einigen können. Also war er einfach der Kater. Ist doch okay, oder?»

«Was hältst du von Felix oder Findus?»

«Ich fände Attila, Nero oder Hannibal passender.»

«So sozialisiert man doch kein Tier, Horst! Was hältst du von Filou?»

«Willst du, dass er auf seine alten Tage noch schwul wird, Gabi?»

Wir sahen beide versonnen auf den wühlenden Kater im Garten.

«Setz dich einen Moment zu mir, Horst. Ich finde, wir müssen renovieren.»

Ich schob ihm den Stuhl hin, widerwillig nahm er mit seiner Kaffeetasse an unserem schmalen Küchentisch Platz.

«Wir haben, seit die Kinder weg sind, nichts mehr im Haus gemacht, Horst. Es riecht hier wie bei alten Leuten. Überall sitzt der Gilb, in den Tapeten, in den Vorhängen, in den Möbeln ... Wir haben uns in all den Jahren daran gewöhnt, aber wir müssen das ändern. Sonst riechen wir bald genauso wie unser altes Haus. Schau mal hier!»

Ich deutete auf die druckfrische *My Castle at Home*, die aufgeschlagen vor mir lag.

«Du weißt ja, dass mein Waschkeller eine Katastrophe ist. Du könntest den Boden in Holzoptik fliesen, ich streiche die Wände himmelblau, wir kaufen einen blauweißen Duschvorhang und schöne Weidenkörbe für die Schmutzwäsche, ich leiste mir ein großes Bügelbrett aus Buchenholz und eine hölzerne Fußbank für die Gartenschuhe, und schon haben wir einen richtigen Mudroom.»

Ich deutete auf das entsprechende Wort in der aufgeschlagenen Zeitschrift.

Horst starrte mich verständnislos an: «Und was soll das sein?»

«Na, du bist doch der Englischlehrer!»

«Ich *war*, Gabi, ich *war*.»

«Hier steht es: *Mudroom ist die wohlklingende Bezeichnung für den Verbindungsraum zwischen Haus und Garten. Hier werden Stiefel geputzt, Pflanztöpfe gereinigt und der Hund nach dem Spaziergang gesäubert. Während dieser nützliche Raum hierzulande aus der Grundrissplanung verschwunden ist, hat er auf den Britischen Inseln seine wohlverdiente Bedeutung behalten.*»

«Erstens: Wir haben hier kein englisches Herrenhaus, wir haben nur einen Keller. Und zweitens: Wir haben keinen Hund.»

«Vielleicht hätten wir ja gerne einen, wenn der da erst ...» Ich machte eine finale Bewegung in Richtung des grabenden Katers.

«Gabi, was ist eigentlich los mit dir, seit wir wieder zu Hause sind? Ich dachte, wir hätten deinen Landhausfimmel mit dieser roten Hirschtapete abgefeiert. Und was soll die Idee mit dem Hund? Wir waren uns doch einig, dass wir mehr Zeit für uns haben wollen, mehr reisen wollen? Kann es sein, dass du gerade Panik bekommst vor der vielen freien Zeit?»

Damit stand er auf, gab mir einen flüchtigen Kuss, sagte: «Das wird schon alles», und ging ins Wohnzimmer, um Zeitung zu lesen.

Ich war also einstweilen auf mich gestellt.

Ich untersuchte gedankenverloren die Blätter meines Zitronenbäumchens auf dem Küchenfenster. Ein paar wellige Blätter segelten mir entgegen. Sie hatten einen weißlichen Belag. Ich nahm sie und hielt sie an der Eingangstür ins Licht. Das waren eindeutig Spinnmilben. Hätte ich einen Mudroom, könnte ich das Bäumchen jetzt umpflanzen und mit Seifenlauge besprühen. Es musste etwas geschehen.

Ich holte mein Fahrrad hervor und fuhr trotz des nasskalten Wetters in die Stadt. Es begann zu nieseln, und mir war eiskalt. Ich hatte vergessen, Handschuhe mitzunehmen, und vor allem hatte ich in der Zeit auf dem blauen Meer vergessen, wie trostlos grau sich der deutsche Winter anfühlte. Vielleicht sollten Horst und ich gleich wieder die Koffer packen und nach Italien fahren? Was hielt uns eigentlich davon ab? Ich trampelte verbissen weiter, tränenblind. Daran war mein Sicca-Syndrom schuld. Altersbedingtes trockenes Auge, dass ich nicht lache!

Ich stellte mein Fahrrad auf dem vom Wind leergefegten Platz am Rathaus ab. Kein einziger Marktbeschicker hatte bei diesem Wetter seinen Stand aufgebaut. Die Stadtverwaltung hatte den Rathausbrunnen ausgelassen, nicht einmal vor dem Café saßen eingefleischte Raucher.

Neben dem Rathaus befand sich die Stadtbücherei. Ich war

zum letzten Mal dort gewesen, als Kati mit zwölf ihren Pferdefimmel hatte und wöchentlich zwei Pony-Bücher zum Lesen brauchte als Entschädigung dafür, dass wir uns weigerten, ihr ein Pferd zu kaufen. Ich selbst hatte die Stadtbücherei nicht gebraucht. Ich schaffte es ja schon kaum, die Vorschauexemplare aller Verlage zu lesen. Aber von damals wusste ich noch, dass gleich links die Toiletten lagen.

Ich ließ heißes Wasser über meine Hände laufen, bis ich wieder Gefühl in ihnen spürte, und beugte mich dann zum Spiegel, um mir mit einem Papierhandtuch die Augen trocken zu wischen. Meine Haare standen wieder einmal in einer chaotischen Krause vom Kopf ab. Das war die Feuchtigkeit heute, ich hätte eine Mütze aufsetzen sollen. Ich fuhr mit den Fingern hinein, um etwas Ordnung auf meinem Kopf zu schaffen, und sah im Spiegel, dass der Haaransatz mindestens drei Zentimeter aschgrau herausgewachsen war. Wenn ich erst einmal die Urlaubswäsche gemacht, die Fenster geputzt, das Haus notdürftig renoviert und mir beim Arzt Augentropfen besorgt haben würde, sollte ich zum Friseur zum Färben gehen. Oder alles raspelkurz abschneiden und blondieren? Ich starrte in den Spiegel. Dann warf ich das Papierhandtuch in den Abfall, verließ die Damentoilette und ging zum Empfangstresen der Stadtbücherei.

Auch hier war nichts los. Eine mausgraue Dame, die sich offensichtlich gegen eine Färbeaktion entschieden hatte, aber aus der Nähe doch deutlich jünger als ich wirkte, sah mir schon aufmunternd entgegen.

«Ich hätte gerne einen Bibliotheksausweis.»

«Seniorentarif?»

Ich nickte: «Ich bin gerade in Rente gegangen.»

Sie blinzelte mich durch ihre Brille an.

«Eine gute Idee, dass Sie zu uns kommen. Es ist schließlich

nie zu spät, mit etwas Neuem anzufangen. Sie werden sehen, Bücher öffnen Ihnen eine neue Welt! Kommen Sie mal mit!»

Sie kam hinter ihrem Tresen und ihrem PC hervor und dirigierte mich vor eine große Informationstafel: «Schauen Sie mal, hier! Wir haben zu jedem Thema das passende Buch: Basteln, Mathematik, Heimatkunde, Reisen, Sport und Belletristik – also schöngeistige Literatur.»

«Ich weiß.»

«Unsere Seniorenbibliothek befindet sich im 2. Obergeschoss. Sie ist über den Glasaufzug da hinten bequem und barrierefrei erreichbar. Wir haben dort Bücher, die von Senioren erfahrungsgemäß gerne ausgeliehen werden. Also Ratgeberliteratur, Großdruck, Klassiker und Märchen. Kommen Sie mal hier rüber.»

Sie war nicht zu stoppen.

«Sie können aber auch gleich hier unten vom PC aus nach ihrem Wunschtitel recherchieren. Keine Angst, ich erkläre es Ihnen kurz.»

Sie schob mich zu einem der Besucher-PCs.

«Nehmen wir mal an, Sie suchen etwas zum Thema Demenz.»

Sie tippte «Leben mit Demenz».

«Dann haben Sie hier sofort eine Liste mit einschlägiger Literatur: *Praxishandbuch Demenzbegleitung* ... *Ein Koffer voller Erinnerungen* ... *Wenn alte Menschen aggressiv werden* ... *Unter Tränen gelacht – mein Papa, die Demenz und ich.*»

Ich schniefte auf.

«Oh, sagen Sie, habe ich etwas Falsches gesagt?»

«Nein, nein. Mein Vater ist nur vor ein paar Monaten an Demenz gestorben.»

«Oh, das tut mir leid. Dann suchen wir nach einem anderen Thema. Was interessiert Sie denn?»

«Katzennamen. Wohnungsrenovierung. Vielleicht auch Brotbacken. Ich habe ja jetzt Zeit.»

Sie tippte «Katze». Der PC meldete 156 verfügbare Titel.

«Vielleicht auch mal einen Roman? Mögen Sie so etwas?»

Die arme Frau konnte es ja nicht wissen. Auf einmal schossen mir die Tränen in die Augen, und das war nicht der Wind, und ich stieß hervor:

«Ich liebe, liebe, liebe Bücher. Ich habe mein ganzes Leben mit Büchern verbracht. Und jetzt ist es vorbei.»

Sie tröstete mich, ich erzählte ihr, dass ich Buchhändlerin mit Schwerpunkt Belletristik sei, nein: war, wir suchten ein paar schöne Bücher mit Katzennamen, Modernisierungsideen und Brotrezepten heraus, sie fragte an, ob ich mich hier nicht ehrenamtlich in der Leseförderung engagieren wollte, das gäbe meinem Leben wieder einen Sinn, und dann verließ ich die Stadtbücherei mit einem neuen Ausweis und einem Stapel Büchern.

KOMPLEMENTÄRFARBEN

«Horst, was hältst du von Komplementärfarben?»

Ich hatte das Buch «101 Wohlfühlideen für Ihr Zuhause» aus der Stadtbücherei aufgeschlagen. Es lag neben unserer abendlichen Aufschnittplatte.

Horst bediente sich an Leberwurst (ich hatte wegen unserer Kreuzfahrtkilos die Diätvariante besorgt) und Essiggürkchen. Er begann sein Brot dünn mit Leberwurst zu bestreichen.

«Du weißt doch, wir müssen Ninas altes Zimmer dringend renovieren.»

Er machte so etwas Ähnliches wie «Hmpf».

«Ich denke natürlich nicht an rote Wände mit grünen Möbeln. Aber ich könnte mir einen Aquamarinton an der Wand und gelbe Kissen sehr gut vorstellen. Oder Limettengrün mit ein paar lapislazuliblauen Akzenten.»

Ich schob ihm die Wohlfühlideen mit den Farbvorschlägen über den Tisch.

Er kaute.

«Die schreiben hier, man sollte auf jeden Fall erst mal ein Moodboard erstellen.»

Horst machte wieder «Hmpf», diesmal aber mit einem fragenden Unterton.

«Wie, du weißt nicht, was ein Moodboard ist? Ich denke, du warst Englischlehrer! Du kannst doch unmöglich in einem halben Jahr alles vergessen haben! Man klebt auf einen großen Karton alles, was einen inspiriert: Fotos, Stoffreste, Zeitungsausrisse, Muscheln, Federn. So bekommt man ein Stimmungsbild für den künftigen Raum.»

«Wenn du Federn brauchst: Der Kater war heute im Garten aktiv.»

«Aber als Erstes müssen die alten Sachen raus. Ich habe die Polsterauflagen für die Terrassenstühle schon mal in den Keller getragen. Als Nächstes muss dein alter Computer weg. Wieso ist das Ding eigentlich so schwer? Schmeiß ihn bitte raus. Ich brauche Platz.»

Horst antwortete zum ersten Mal in einem Satz. Er sagte: «Das geht nicht.»

«Und warum, bitte schön?»

Er biss gerade in ein Essiggürkchen. Ich verstand «Matenschutsch».

Er kaute, schluckte und artikulierte nun deutlicher: «Datenschutz.»

Ich sah ihn verständnislos an.

«Na, da sind meine alten Dateien drauf. Schülerdaten, Beurteilungen, Klausurtexte, Zeugnisnoten, Briefwechsel mit den Eltern. Das sind sensible Daten.»

«Und wieso müssen deine Sensibelchen in meinem Zimmer aufgehoben werden?»

«Es ist Ninas altes Zimmer!»

«Horst, Nina ist seit Jahren in Berlin. Sie hat ein Kind und einen Mann dazu, auch wenn sie nicht verheiratet sind. Das ist *mein* Zimmer. Es hat bloß anscheinend noch keiner gemerkt!»

«Ich finde, das Haus ist groß genug ...» Mein Blick verhieß offenbar nichts Gutes. «Okay, ich schaff ihn morgen in den Keller.»

«Und als Nächstes müssen wir Maxi anrufen. Ich weiß, dass ein Kommilitone von ihm einen VW-Transporter an der Hand hat. Ich will, dass auch das alte Bett und der Schreibtisch rausfliegen. Ihr müsst es in den nächsten Tagen zum Sperrmüll bringen.»

«Und wo sollen Nina, Philipp und das Kind schlafen, wenn sie zu Besuch kommen?»

«Sie können im Dachgeschoss schlafen, da ist mehr als genug Platz. Maxi wohnt doch sowieso kaum noch hier.»

«Aber das Bett ist doch noch gut. Wir haben es damals ...»

«Horst! Hast du etwa eine alte Ausziehcouch in deinem Arbeitszimmer stehen?»

Nun waren ihm offensichtlich die Argumente ausgegangen. Er sagte resigniert: «Kannst du nicht einfach mal Ruhe geben? Wir sind doch gerade erst aus dem Urlaub gekommen.» Und dann schmierte er sich zum Trost noch eine zweite Lage Leberwurst aufs Brot.

Als Nächstes rief ich Maxi an:

«Wir sind wieder aus dem Urlaub zurück.»

«Ach, schon? Cool», sagte mein Sohn. «Wir auch. Olga und ich waren ein verlängertes Wochenende Snowboarden.»

«Du hast vergessen, meine Zimmerpflanzen zu gießen. Sie sind alle kaputt. Dafür habe ich etwas gut bei dir. Du musst deinem Vater helfen, Ninas altes Zimmer zu entrümpeln.»

«Ich wollte euch auch schon anrufen und fragen ...»

«Komm doch mit deiner Olga einfach die Tage zum Essen vorbei. Dann besprechen wir alles. Es gibt Rouladen.»

Das war natürlich ein hinterhältiges Argument. Nichts liebt mein Sohn so sehr wie Rouladen. Meine Rouladen sind die letzte Bastion gegen die Dönerbuden und Pizzastände, gegen die chinesischen Take-aways und die billigen Bratwurstbuden, an denen er sonst seinen Hunger stillt. Sie sind ein Monument der Langsamkeit, denn sie brauchen Stunden. Sie sind ein Fanal der Qualität, denn mit billigem Fleisch bleiben sie zäh. Sie sind meine persönliche Attacke gegen die gesichtslosen Schnellrestaurants an unseren Ausfallstraßen, denn sie schmoren eng zusammengekuschelt in meinem gusseisernen Bräter. Sie sind meine Rache an Geschmacksverstärkern, Emulgatoren und Antioxidationsmitteln, denn ich würze sie nur mit scharfem Senf, Zwiebeln und Speckscheiben. Sie sind mein Lockruf aus der Kindheit, denn sie zerfallen auf der Zunge, und natürlich will Maxi nichts anderes dazu als kurze Makkaroni, wie früher.

Ich war mir allerdings nicht sicher, ob auch Olga ein Faible für deftige, altmodische Küche hatte. Deshalb entschloss ich mich, nach dem Rezept aus dem Klosterkochbuch, das ich im letzten Herbst mit Pater Engelmar verfasst hatte (na ja, verfasst hatte es eigentlich sein Verlag), ein Wildkräutersüppchen vorzuschalten. Normalerweise koche ich Suppen und keine Süppchen, aber ich kannte Olga noch zu wenig, um zu wissen, wie sie zu meiner hochkalorischen Küche stand.

Ein paar Tage später kamen sie zum Abendessen. Olgas Anblick war wie eine Farbdusche. Ich musste an einen frischen Regenbogen nach einem Gewitter denken. Hochhackige bestickte Stiefeletten, ein roter Schlauchrock, ein blauer Pulli, eine gelbe Kastenjacke und eine große grüne Brosche darauf. Sie hatte einen riesigen Strauß gelber Tulpen für mich in der Hand. Damit hatte sie mich schon erobert. Nein, das musste sie eigentlich nicht mehr, ich hatte sie von Anfang an ins Herz geschlossen. Sie aß zwei Rouladen und erzählte, dass sie aus ihrer Heimat Moldawien nur Kohlrouladen kenne, und fragte, ob sie mein Rezept haben könne. Dabei tätschelte sie Maxis Hand:

«Wir wollen in unserer neuen Wohnung nämlich auch eine schöne Küche haben, am liebsten mit einem Kochblock in der Mitte.»

Eigentlich sagte sie mit ihrer tiefen, kehligen Stimme «Kachblack».

Maxi zog sie zu sich und ergänzte: «Ja, wir wollten euch sagen, dass wir endgültig zusammenziehen. Olga hat eine Dachterrassenwohnung im Grüntal gefunden.»

Er lachte und küsste Olga auf den Mund.

Ich hörte auf zu kauen. «Im Grüntal? Oh, sehr schön. Tolle Gegend.»

Olga lachte: «Tja, ich habe mit meinem Chef gesprochen. Ich habe ihm gesagt, entweder er gibt mir im Labor endlich die Gruppenleitung, oder ich gehe. Die Bionik ist schließlich ein Wachstumsmarkt. Er hat zugestimmt. Er gibt mir die Gruppenleitung und deutlich mehr Geld, und wir setzen einen neuen Forschungsschwerpunkt auf den Lotoseffekt.»

Sie erzählte von der Selbstreinigungskraft der Lotosblume, die sich die Industrie verstärkt zum Vorbild nehmen müsse. Ich dachte, dass sich der Lotoseffekt auch hervorragend auf Ninas altes Zimmer und unser ganzes Haus anwenden ließe.

Dann sagte Olga: «Horst (eigentlich sagte sie «Charst»), es wäre wunderbar, wenn du uns bei der Renovierung und beim Umzug helfen könntest.»

Sie sagte es so liebenswürdig und mit einer so wunderbar kehligen Stimme, dass Horst nicht einen Moment zögerte zuzustimmen.

Als Maxi und Olga gegangen waren, warf ich die acht hölzernen Rouladenspieße in den Müll, und Horst half mir, die schmutzigen Teller in die Spülmaschine zu räumen.

«Horst», sagte ich, «ich habe da zwei Fragen. Erstens, wer hilft mir jetzt mein Zimmer aufzumöbeln, wenn du bei Maxi und Olga renovierst? Und zweitens, ist das für Maxi nicht alles eine Nummer zu groß? Eine Wohnung im Grüntal! Er ist doch noch Student, und sie ist sieben Jahre älter als er!»

Aber Horst gab mir einen Kuss auf den Mund und sagte: «Deine Rouladen waren großartig. Das wird schon alles, Gabi.»

Maxi tauchte tatsächlich ein paar Tage später mit dem geliehenen VW-Transporter auf. Er schleppte mit Horst Ninas Schreibtisch, das Ikea-Bett, den alten Katzenkratzbaum, eine vertrocknete Yucca-Palme und den hässlichen türkisfarbenen Teppich mit den großen Mustern aus Ninas Zimmer die Treppe hinunter, und sie fuhren alles zum Sperrmüll. Aber dann verschwanden beide, um die ersten Kisten aus Olgas alter Wohnung in ihr neues Domizil zu schaffen und mit der Renovierung zu beginnen.

Ich war also auf mich selbst gestellt. Der Einzige, der mir Gesellschaft leistete, war der Kater.

Ich fegte in dem kahlen Zimmer eine Wolke von Staubflusen zusammen. Auf dem Boden standen nur noch zwei Kartons. Der eine war gefüllt mit all den nie gelesenen Verlagsprospekten, die die Weihnachtsneuheiten des letzten Jahres ankündigten, und mit ausgerissenen Rezeptvorschlägen, die ich nie nachgekocht hatte. Im anderen Karton lagen stapelweise Fotos von Paulchen, die jedes Entwicklungsstadium von der Stunde seiner Geburt im letzten August bis zu unserem gemeinsamen Weihnachtsfest in Berlin vor wenigen Wochen dokumentierten.

Der alte Parkettboden war stumpf und dunkel geworden. Nur dort, wo jahrelang der Teppich gelegen hatte, glänzten die dünnen Eichenstäbchen heller. Papa hatte uns damals einen Zuschuss gegeben, damit wir uns das Parkett im ersten Stock überhaupt leisten konnten. Danke, Papa. Auf den Wänden lagen die Schatten von Ninas Kindheit. Da hatte ihr Bett gestanden, da ihr Schreibtisch. Ich starrte einen Moment durch das Fenster hinaus in den braunen, frosttoten Garten. Dann gab ich mir einen Ruck, ging hinunter in die Küche, ließ mir einen Kaffee aus der Maschine, holte mir das Buch mit den 101 Einrichtungsideen, stieg, gefolgt vom Kater, wieder die Treppe hoch und ließ mich mit Kaffee und Buch auf dem Boden nieder, den Rücken an die fleckige Wand gelehnt. Der Kater machte einen Satz in den Karton mit den Fotos von Paulchen. Ich fauchte ihn an, er fauchte zurück, dann trollte er sich beleidigt. Ich nahm einen Schluck Kaffee, sah mich um und dachte nach.

Horst kam an diesem Abend erst spät nach Hause.

«Olga und Maxi haben aus ihrer neuen Wohnung einen tollen Blick über die Stadt! Aber das wird eine Unmenge an Arbeit. Laminat verlegen, Türen, Wände, Heizkörper streichen, es ist ja eine große Wohnung. Hast du irgendwo noch so ein altes Wärmepflaster rumliegen? Mein Rücken …» Er stöhnte.

«Horst, ich hätte gerne eine ganz einfache, aber riesige Schreibtischplatte über die ganze Fensterfront von Ninas Zimmer. Dann hätte ich Platz, um Fotos einzukleben und Briefe zu schreiben, und ich könnte dabei in den Garten sehen. Kriegst du das hin, Horst?»

Er legte beide Hände auf seinen schmerzenden Rücken: «Jetzt haben wir Februar. Ich würde mal sagen, bis zum Sommer krieg ich das hin.»

«Was? Erst im Sommer? Bei aller Liebe, aber das ist mir zu lange hin. Dann frag ich den Axel.»

Horst ächzte und ließ sich in den Fernsehsessel fallen.

Den Axel kannten wir beide schon seit Jahrzehnten. Er hatte mit Horst fürs Lehramt Englisch und Geographie studiert, das Examen mit ihm abgelegt, und gemeinsam hatten sie die Referendarzeit angefangen. Während sich Horst auf den dornenvollen Weg der Pädagogik begab, hatte der Axel nach vier Wochen abgebrochen. Es war ihm schlagartig klargeworden, dass der Lehrberuf weniger mit Shakespeare-Sonetten als mit

Pausenaufsicht, Projekttagen, eingeschlagenen Turnhallenfenstern und qualvollen Elternabenden zu tun hatte. Während die anderen Junglehrer sich die Haare abschnitten und Aktenmappen kauften, behielt Axel seinen langen Zopf und schulte auf Schreiner um. Er hatte diesen Umweg keinesfalls gewählt, um hinterher Fensterrahmen für Turnhallen herzustellen, sondern er schreinerte in seiner altmodischen Werkstatt, die immer nach Harz und warmem Leim roch, ausschließlich schöne Möbel. Einbauküchen, die noch jahrelang den Geruch von Wald verströmten, lange Ahorntische, die man mit Bienenwachs pflegen musste, Stühle mit Armlehnen, in denen man stundenlang sitzen bleiben wollte. Er wohnte in einem kleinen Anbau der Schreinerei, sein Zopf wurde langsam dünner, seiner Nickelbrille blieb er treu, und wer ihn blöde fragte, warum die Schreinerei denn «Xylon» heiße, dem empfahl er, sich dem Griechischen zuzuwenden. Xylon, das Holz, und im Übrigen seien seine Möbel nicht billig.

Der Axel erinnerte sich noch an mich, auch wenn wir seit längerem keinen Kontakt mehr gehabt hatten. Er kam zu uns nach Hause, schlaksig und hager, besah sich den Raum, kraulte sanft den Kater hinter dem Ohr und erklärte: «Ich mach dir die Schreibplatte, Gabi, das ist ein Klacks. Aber ich sag's dir gleich, lackiertes Holz bekommst du nicht von mir. Entweder du nimmst offenporiges Zirbenholz, oder wir lassen es. Und für die Wände empfehle ich dir ein schimmerndes Perlgrau von *Farrow and Ball*. Englische Firma, großartige Farben, hält ewig und sieht phantastisch aus. Ich rate dir zu hellen, filigranen Polstermöbeln in Grau, durchaus mit einem Schuss Pastell für die Kissen. Ich würde für die Bezüge Flanell nehmen. Das passt zu der Zirbenholzplatte.»

Ich nickte und notierte mir den Namen *Farrow and Ball*.

«Und was macht der Horst so?»

«Er ist seit Sommer in Ruhestand.»

Der Axel nickte bedächtig.

«Ich mach weiter. Holz ist mein Leben.»

Dann setzte er vorsichtig den Kater auf den Boden und ging.

«Der Axel war da. Er macht mir die Schreibtischplatte. Ich soll dich grüßen», sagte ich am Abend, als Horst endlich nach Hause kam.

Er stand ganz schief in der Tür.

«Kannst du mir ein heißes Bad einlassen? Ich kann mich kaum noch rühren.»

Ich ging nach oben und ließ das Badewasser ein. Ich konnte mich nicht erinnern, wann Horst das letzte Mal ein Vollbad genommen hatte. Normalerweise fand er Vollbäder weibisch. Ich beschloss, ihn mit meinen Einrichtungsplänen vorläufig nicht weiter zu behelligen und kippte ein Tütchen Rheumabad in das heiße Wasser.

Schon ein paar Tage später kam der Axel, um meine neue Schreibtischplatte zu montieren. Wie er das alleine bewerkstelligte, war mir ein Rätsel. Als er fertig war, strich er langsam und ausgiebig über das Holz, verfolgte mit dem Zeigefinger eine besonders schöne Maserung, betrachtete mit mildem Wohlwollen die von mir frisch in Perlgrau gestrichenen Wände, nahm noch einmal den Kater hoch, der in Axels dünner gewordenem Haarzopf schnurrte, und erklärte:

«Du wirst sehen, Gabi, das Zimmer bekommt eine gute Aura. Wieso ist der Horst nie da, wo er doch im Ruhestand ist?»

«Er ist zur Zeit sehr beschäftigt.»

«Aktionismus! Jaja, alle Welt ist sehr beschäftigt ...» Er kraulte den Kater.

«Eine freundliche Katze habt ihr da, sie wird das Zimmer auch mögen. Wie heißt sie denn?»

«Wir haben sie noch nicht so lange. Wir suchen noch einen Namen für sie», log ich. Ich wollte den Axel einfach nicht enttäuschen.

Ich hatte den Axel gerade zur Tür begleitet, da klingelte das Telefon. Es war Nina.

«Der Kleine schläft endlich. Da wollte ich dich schnell mal anrufen und fragen, wann du wieder nach Berlin kommst, Mamutsch. Du hast doch jetzt Zeit.»

«Wir waren doch gerade erst da. Ist alles in Ordnung, Nina?».

«Jaja, Silvia-Mama nervt mich nur jeden Tag, wann Philipp und ich endlich heiraten und wann der Kleine getauft wird. Und Philipp ist praktisch nie da.»

«Ich komme dich gerne bald wieder besuchen, aber im Moment ist es ein bisschen ungünstig. Weißt du, wir haben dein altes Zimmer leergeräumt. Ich möchte mir dort ein Arbeitszimmer einrichten. Das ist dir doch recht?»

Es dauerte einige Augenblicke, bis Nina mit ja antwortete.

«Der Schreiner ist gerade gegangen. Er hat mir vor dem Fenster eine wunderschöne Arbeitsplatte installiert.»

«Kann Papa das nicht?»

«Dein Vater ist gerade sehr beschäftigt. Olga und Maxi ziehen endgültig zusammen. Sie haben sich eine Dachterrassenwohnung im Grüntal genommen. Papa hilft beim Renovieren. Ich vermute, das wird wochenlang dauern. Und wenn er zu Hause ist, hat er Kreuzschmerzen.»

«Kann sich mein Bruderherz denn eine Wohnung im Grüntal leisten?»

«Das frage ich mich auch. Ich nehme an, Olga zahlt. Ich muss mit Maxi darüber sprechen.»

«Ist doch okay, Mamutsch. Ich lebe von Philipps Geld, du lebst von Papas Geld, er lebt von Olgas Geld.»

Ich wollte klarstellen, dass das doch etwas anderes sei, dass ich drei Kinder bekommen und zumindest Teilzeit gearbeitet habe, aber sie hatte schon das Thema gewechselt:

«Was willst du denn für Möbel in mein Zimmer stellen?»

«Da habe ich zwar schon Ideen, aber ich werde warten müssen, bis dein Vater wieder Zeit hat und mit mir Möbel kaufen geht. Es soll ja auch nicht so teuer werden. Es ist ja sein Geld.»

Sie überhörte die Anspielung und erwiderte:

«Da brauchst du Papa doch nicht dazu. Hast du einen Laptop in der Nähe? Geh mal auf die Seite von *Wonderroom*. Die haben tolle, stylische Sachen, die gar nicht so teuer sind.»

Ich ging mit dem Telefon nach oben in Horsts Zimmer und klappte seinen Laptop auf.

«Bist du auf der Seite? Gib mal als Kategorie ‹Midcentury› ein, Mamutsch.»

Ich tat es.

«Nina, da sind Nierentische abgebildet und fipsige Sesselchen mit schrägen Beinen. Vielen Dank, das hatte ich als Kind schon.»

«Das ist voll angesagt, Mamutsch!»

«Soll ich mir vielleicht noch einen Kohleofen ins Zimmer stellen und russische Eier und Ragout fin herstellen wie in den fünfziger Jahren?»

«Oh Mann, jetzt schreit er schon wieder! Wir müssen Schluss machen, Mamutsch. Kann ich euch trotzdem mal wieder besuchen, auch wenn mein Zimmer jetzt weg ist?»

Sie legte grußlos auf, ich starrte ein paar Minuten gedankenverloren auf Horsts Laptop, dann gab ich mir einen Ruck und begann mich durch das Angebot von *Wonderroom* zu klicken.

Unfassliche 48 Stunden später war meine Bestellung schon da. Ich gab dem Paketboten ein fürstliches Trinkgeld, wofür er mir die Kartons in den ersten Stock trug. Ich war Axels Rat gefolgt: zwei filigrane Polstersessel in hellem Flanell. Sie hatten dünne schräge Beine, gefielen mir aber trotzdem. Ein ovales Tischchen, Kissen und zwei Vasen in Rosa und Mint. Ein flauschiger Wollteppich, der genau die Maße seines türkis gemusterten Vorgängers hatte. Und für den Schreibplatz die preisgünstige Replik eines Schalensitzes von Eames. Ich schleppte das Verpackungsmaterial in den Keller und warf es neben die Waschmaschine, auf der ich Horsts alten Computer stehen sah. Es war immer noch ein Schmutzraum und kein Mudroom.

Ich stieg wieder hinauf in den ersten Stock, in mein neues Zimmer, der Kater folgte mir. Sonnenstrahlen fielen durch das Fenster auf die riesige Zirbenholzplatte, auf der nur ein Karton mit Babyfotos stand. Es roch wunderbar. Es roch nach sonnigem Bergwald, nach Urlaub in Österreich und nach Wandertouren mit den Kindern. Ich strich mit der Hand über das warme Holz. Hinter mir hörte ich, wie der Kater einen Satz auf mein neues Flanellsesselchen machte.

Ich drehte mich um und schrie: «Runter da!»

Er sah mich böse an.

Ich schrie: «Die Sessel sind nagelneu, und sie gehören mir!»

Er stellte die Nackenhaare auf und verhakte seine Krallen im Flanellstoff.

Ich wollte noch eins drauflegen, aber da fiel mir der Axel ein. Ich atmete tief durch und sagte sanft:

«Würdest du bitte meinen Sessel verlassen ... Filou.»

Und siehe, er tat es, wenn auch widerwillig.

Zwei Tage später stand der Paketbote noch einmal vor der Tür. Ich überlegte, ob ich vielleicht noch mehr rosa- und mintfarbene Kissen bestellt hatte, trug das Paket diesmal selbst nach oben und schlitzte es auf.

Es waren Buchneuerscheinungen aus dem Frühjahrsprogramm, dazu ein Kärtchen eines Verlagsvertreters, der mir all die Jahre die Vorschaupakete nach Hause hatte schicken lassen, damit ich sie nicht aus meinem Buchladen heimschleppen musste. Er schrieb, er freue sich schon darauf, mich demnächst wieder in meinem Buchladen zu besuchen. Er wusste offenbar noch nicht, dass es damit vorbei war. Ich konnte die Bücher lesen, ich konnte es auch lassen oder sie wieder zurückschicken. Niemand würde mich mehr nach meiner Meinung fragen.

Ich ließ mich auf meinen Eames-Chair fallen und weinte. Ich hatte zwar endlich ein Arbeitszimmer, aber ich hatte nichts mehr zu tun.

OMMMMH

An diesem Abend, als Horst endlich heimkam, sagte ich zu ihm:

«Komm mal mit hoch, mein Arbeitszimmer ist fertig.»

Er schleppte sich erschöpft die Treppe hoch, blieb einen Moment überrascht in der Tür stehen, ging dann zur Schreibtischplatte, strich mit beiden Händen darüber und sagte: «Die Platte ist toll.»

«Der Axel hat sie für mich aus Zirbenholz gemacht und mich auch beim Farbkonzept für das ganze Zimmer beraten. Das ist englische Farbe an den Wänden. *Farrow and Ball*, ein Klassiker.»

«Englische Farbe?», lachte er. «Mädchen, du kommst nicht weg von deinen Landhausträumen!»

Er sah sich im Zimmer um: «Du hast schon neue Möbel? Etwa aus dem Internet? Alles sehr stimmig, Glückwunsch. Da können der Kater und ich ja nur hoffen, dass wir weiterhin in dein Farbkonzept passen.»

«Er hat jetzt einen Namen. Er hört auf ‹Filou›.»

«Gabi, das ist nicht dein Ernst. Wir haben es mit dem Tier schon schwer genug.»

Der Kater stolzierte mit erhobenem Schwanz über den hellen Wollteppich.

Ich lockte: «Filou, kommkommkomm zu mir!»

Er maunzte kurz und ärgerlich in meine Richtung und flitzte

dann zur Tür hinaus. Man hörte seine Tatzen über die Holztreppe schliddern. Der Namensgebungsprozess schien doch noch nicht abgeschlossen zu sein.

Am nächsten Morgen ging Horst wieder renovieren. Ich klebte an meinem neuen Schreibtisch Fotos von Paulchen in ein Album.

Auch am übernächsten Morgen ging Horst renovieren. Ich klebte an meinem neuen Schreibtisch weitere Fotos von Paulchen ein.

Am darauffolgenden Morgen ging Horst wiederum renovieren. Ich klebte an meinem neuen Schreibtisch die verbleibenden Fotos ein.

Auch am Tag darauf ging Horst renovieren. Ich fuhr in die Stadt, kaufte zwei Silberrahmen und stellte zwei Bilder auf dem neuen Schreibtisch auf. Das eine zeigte ein freundlich grinsendes Paulchen mit blauen Babyaugen, das andere zeigte Horst und mich mit Rettungsring und Schiff im Hintergrund. Dann ging ich in die Küche und buk ein aufwendiges Brot mit Sauerteigführung.

Am darauffolgenden Morgen fragte ich Horst, ob ich vielleicht mitkommen und ihm und Maxi beim Renovieren helfen könne. Er meinte, nein, das sei schwere Drecksarbeit. Also putzte ich alle Fenster.

Am nächsten Tag hatte Horst so starke Rückenschmerzen, dass er zu Hause bleiben musste. Ich klebte ihm ein Rheumapflaster auf, und er teilte mir mit, er werde sich endlich den liegengebliebenen Bankauszügen und Überweisungen widmen. Wir saßen beide in unseren Arbeitszimmern. Er machte seine Büroarbeit, ich schaute zum Fenster hinaus. Dann hörte ich ihn rufen. Er hielt eine Rechnung in der Hand:

«Weißt du, was diese verdammte Zirbenholzplatte kostet?

Ist dieser Axel wahnsinnig geworden? Hätte es nicht auch eine stinknormale MDF-Platte getan?»

Er hielt mir die Rechnung hin. Ich erschrak.

«Gabi, der Urlaub war nicht billig, aber er war schließlich das Geschenk zu deinem sechzigsten Geburtstag. Aber ansonsten bin ich jetzt in Pension, und du bekommst exakt 632,15 Euro Rente im Monat. Gabi, wir müssen kleinere Brötchen backen. Wir können uns überflüssigen Schnickschnack nicht mehr leisten! Wir wollen schließlich reisen, wir wollen was vom Leben haben!»

Ich nickte stumm. Ich dachte an die Kreditkartenzahlung an *Wonderroom*, die demnächst abgebucht werden würde.

«Komm mal her», er zog mich zu sich, «ich will, dass du glücklich bist, aber das muss jetzt alles eine Nummer kleiner werden.»

Am nächsten Tag ging er wieder renovieren. Bevor er ging, fragte ich ihn, ob Maxi nicht studieren müsse. Horst erwiderte, es seien noch Semesterferien. Ich rechte im Garten das tote Laub des letzten Jahres weg und las lustlos in den Vorschaubüchern für das Frühjahr.

Am folgenden Tag ging Horst wieder renovieren. Ich fragte, wie lange das noch dauern werde. Er meinte, mit etwas Glück drei Wochen. Ich sortierte die Gewürze über meinem Kochherd nach Alphabet.

Auch am nächsten Tag war Horst nicht da. Ich verlor die Nerven und rief Silke an.

Ich kenne Silke quasi schon immer. Wir waren in sehr jungen Jahren zu zweit mit dem Interrail-Ticket in Frankreich unterwegs gewesen, hatten am Pont du Gard zusammen filterlose Zigaretten geraucht und in billigen Straßencafés in Avignon schlechten roten Landwein getrunken. Wir waren mit einem klapprigen alten Käfer gemeinsam zum Zelten in Südspanien gewesen und per Anhalter auf diversen verregneten Musikfestivals, auf denen Silke es verstanden hatte, sich immer ein trockenes Schlafplätzchen in den VW-Bussen der anreisenden Bands zu verschaffen. Ich hatte es darauf nicht abgesehen. Ich kannte damals schon Horst. Damit verloren sich unsere gemeinsamen Interessen immer mehr. Silke jagte weiter ihrem Traumprinzen nach. Für mich hatte sich das erübrigt. Ich hatte ja Horst. Wir trafen uns nur noch in immer größeren Abständen auf einen Cappuccino und tauschten oberflächliche Neuigkeiten aus. Sie blieb eine Karnivore, eine Gottesanbeterin, die alles verschlang, was ein Y-Chromosom hatte. Ihr unsteter Lebenswandel machte es zu ihrem Leidwesen nötig, dass sie nach wie vor selbst für ihren Lebensunterhalt sorgen musste. Silke arbeitete bei der AOK.

Sie saß um diese Zeit sicher in ihrem Großraumbüro. Aber das hielt eine wie Silke nicht davon ab, wichtige Telefonate auf ihrem Handy entgegenzunehmen.

«Mal wieder zusammen Kaffee trinken? Immer gerne, Gabi, aber nicht diese Woche. Meine Kollegin ist krank – sagt sie. Ich mache hier die Überstunden, und sie, sie lässt sich Massagen verordnen! Und was ist mit mir? Ich mach mich hier kaputt! Scheiß AOK, von wegen Gesundheitskasse!»

«Das tut mir leid, Silke, ich dachte ja nur ...»

«Bist du nicht in deinem Buchladen?»

«Ich bin seit 1. Januar im Ruhestand.»

«Stimmt ja, hab ich vergessen.»

Ich hörte, wie sie mit ihren Fingernägeln, die sie regelmäßig in einem Nagelstudio mit psychedelischen rosa Mustern verschönern ließ, auf ihren Schreibtisch trommelte.

«Und jetzt weißt du nicht, was du tun sollst. Ein großes schwarzes Loch tut sich vor dir auf.»

Silke betrachtete sich aufgrund ihrer Tätigkeit als Expertin für alle möglichen psychischen Ausnahmezustände und Deviationen.

«Nein, mir geht's gut. Ich hatte nur Lust auf einen Cappuccino mit dir.»

«Das kommt davon, wenn man sich zu Entscheidungen drängen lässt, hinter denen man gar nicht steht.»

«Silke, Horst und ich waren uns immer einig ...»

«Jajajajaja.»

Es trommelte wieder auf dem Tisch.

«Aktionismus bringt da gar nichts. Du musst erst mal wieder deine innere Mitte finden. Warte mal.»

Ich hörte, wie Silkes Fingernägel auf einer Tastatur klickerten.

«Ich schau mal, was wir noch an Kursen frei haben.»

Es klickerte heftig.

«Da hätte ich was für dich: *Mein Beckenboden und ich. Mehr Weiblichkeit, starke Mitte, erfüllte Sexualität. Verwöhnen Sie sich selbst. Bitte Decke und bequeme Kleidung mitbringen.*»

«Nein, so was brauche ich wirklich nicht, Silke, ich wollte einfach mit dir Kaffee trinken gehen.»

«Du warst immer schon verklemmt, Gabi! Ah, da habe ich noch was für dich. *Hormon-Yoga. Natürliche Balance in den Wechseljahren.* Kommt für dich vielleicht ein bisschen spät, aber ich sage dir, jeder, der auch nur ein bisschen Selbstachtung hat, macht heute Yoga.»

«Lass mal, Silke, Horst meint, wir müssen sowieso sparen ...»

«Du bist doch bei der AOK, Gabi? Ich schummle dir ein paar Bonuspunkte rein, und schon haben wir dich auf der Liste.»

Es klickerte entschlossen.

«Supi, es hat geklappt! Kursbeginn ist am Freitag. Ich maile dir die Unterlagen. Mach ich doch gerne für dich, und wegen unseres Treffens auf einen Ca...»

Es tutete. Vermutlich kam Silkes Chef gerade aus seiner Frühstückspause zurück.

«Ich mache einen Yoga-Kurs. Kann sein, dass ich noch nicht zurück bin, wenn du von Maxi kommst», sagte ich am Freitagmorgen zu Horst.

«Yoga?», er spülte im Stehen den letzten Bissen seines Käsebrotes mit einem Schluck Kaffee hinunter. «Warum gehst du nicht endlich wieder einmal ins Fitnessstudio, wir zahlen schließlich dafür.»

«Keine Sorge, es kostet nichts. Es ist ein Kurs von der AOK. Ich verwende dafür meine Bonuspunkte.»

«Was denn für Bonuspunkte?»

Ich hatte Glück, denn in diesem Moment klingelte das Telefon, und Maxi bat darum, dass Horst den Schwingschleifer aus seiner Werkstatt mitbrachte. Und damit hatte Horst die Bonuspunkte vergessen.

Ich holte noch mal die Kursanmeldung hervor, die mir Silke gemailt hatte, und setzte meine Lesebrille auf: *«Hormonyoga. Natürliche Balance in den Wechseljahren. Der Kurs findet im Ortsteil Ostheim im Bürgertreff statt. Kursleiter: K. Büttner. Beginn: 16.30 Uhr. Bitte kommen Sie in Sportkleidung, da im Bürgertreff keine Umkleiden zur Verfügung stehen.»* Das sah der AOK ähnlich, alle Widrigkeiten auf die Versicherten abwälzen!

Noch in den siebziger Jahren war Ostheim ein Dorf gewesen, das sich hinter Getreidefeldern, Kartoffeläckern und Obstbäumen vor der wuchernden Stadt versteckte. Doch dann wurde der alte Ortskern von den ersten Einfamilienhäusern umzingelt, errichtet im Landhausstil mit Sprossenfenstern und maulwurfshügelartigen Terrassen, die nach Süden gingen. Immer mehr Stadtflüchtige kamen aufs Land, das schon lange kein Land mehr war. Ostheim wurde eingemeindet, eine neue Grundschule wurde gebaut und die Stadtbuslinie verlängert. Bald kamen ein Bürgertreff, ein Abenteuerspielplatz und ein interkultureller Garten dazu. Und schließlich spülte eine finale, große Bauwelle auch noch die letzten Getreidehalme und Saatkartoffeln in die Baugruben. Niedrigenergiehäuser, klein wie Hasenställe, mit Fahrradschuppen, Photovoltaikanlagen und schießschartenkleinen Fenstern zur Straße machten dem Landleben endgültig den Garaus. Umso eifriger pflegten die Neuankömmlinge das Brauchtum: Osterbrunnen schmücken, Kirchweihbäume aufstellen, Benefizadventsmärkte abhalten.

Der Bürgertreff stammte noch aus der zweiten Siedlungswelle der achtziger Jahre. Ein heimeliger Ort war der Bürgertreff nie gewesen. Er verband den Charme einer Vorortbahnhofshalle mit dem architektonischen Flair einer Kreissparkasse. Die Bürger nutzten ihn, um Stadtteilversammlungen abzuhalten und auf praktische Art runde Geburtstage, Silberhochzeiten und ähnliche unvermeidliche Veranstaltungen abzuwickeln. Die freudlose Atmosphäre und die harten, hellen Holzstühle sorgten dafür, dass hier niemand über die Stränge schlug.

Ich war zu spät dran. Am Freitagnachmittag schwappte eine große Blechlawine aus der Stadt zurück nach Ostheim, dorthin, wo einmal das Land gewesen war. Ich stand im Stau. Als ich den Bürgertreff erreichte, war es schon 16.40 Uhr. Zum Glück trug ich bereits meine alte Trainingshose, Turnschuhe, ein weites T-Shirt und eine bequeme Sweatjacke. Beim Yoga gilt es, sich zu entspannen, das weiß man ja. Ich ließ meine Winterjacke im Auto und stürmte in den Flachbau des Bürgertreffs, vorbei an der Anschlagtafel, dem Schirmständer, den Stapeln aus stabilen hellen Holzstühlen und den orangen Hewi-Garderobenhaken. Es gab offenbar nur einen großen Raum, davor lagen ein paar Sporttaschen auf dem Boden. Ich riss die Tür auf und sah etwa zwanzig Menschen auf Matten am Boden liegen, ihnen gegenüber lag ein Mann.

«'tschuldigung», keuchte ich, «ich wollte eigentlich …», meine Stimme stockte, «… Hormonyoga bei Frau Büttner machen.»

«Du bist Gabi?»

Der Mann erhob sich von seiner Matte. Er war klein, sehnig, in meinem Alter und trug eine pluderige gelbe Leinenhose, ein meerblaues Shirt und eine Holzkette um den Hals.

«Wir *machen* kein Yoga. Wir *praktizieren* hier Yoga. Und wie du siehst, bin ich ein Mann.»

Auf den Matten kicherte es.

«Ich bin Klaus Büttner. Es ist ein weitverbreiteter Irrtum, dass Hormonyoga eine reine Frauenangelegenheit sei. Ich sage nur Libidoverlust und Haarausfall.»

Ich sah erst jetzt, dass zwischen den vielen Frauen auch zwei Männer auf den Matten lagen.

«Da kann Yoga auch jedem von uns Männern helfen.»

Mein Blick rutschte unwillkürlich hinunter zu der dünnen gelben Pluderhose, aber ich konnte nichts Konkretes erkennen.

Klaus Büttners Stimme holte mich zurück: «Wir Yogapeople sind hier schon seit vielen Kursen eine Community, aber Neuankömmlinge sind uns immer herzlich willkommen.» Er legte die Hände aneinander und verbeugte sich. Dann sah er lange und still auf meine Füße.

Von einer Matte zischte es: «Die Schuhe!»

Wie dumm von mir. Ich bückte mich zu meinen altgedienten Turnschuhen.

Klaus sah mich immer noch still an.

«Und die Strümpfe!», zischte es wieder.

Ich zog auch noch die Socken aus und bedauerte, dass ich so lange nicht mehr bei der Fußpflege gewesen war.

Klaus deutete wortlos in eine Ecke, wo ein Stapel Matten lag, und dann auf den Boden. Ich schnappte mir eine Matte, setzte mich darauf und sah mich um. Die zwei anwesenden Männer schienen Hormonyoga bitter nötig zu haben. Auf sie wäre nicht einmal Silke abgefahren. Die Frau neben mir trug trotz ihrer eher fülligen Figur eine enge Baumwollhose und zwei dünne Trägerhemdchen übereinander, auf dem oberen ein aufgedrucktes Mandala. Ihre Nachbarin hatte ein bauchfreies Top in Orange und eine bestickte blassrosa Leinenhose in dem Stil an, den auch Klaus trug. Als Erstes würde ich wohl in Yogakleidung investieren müssen.

Alle anderen hatten inzwischen die Füße im Schneidersitz verschränkt, die Knie berührten rechts und links den Boden. Klaus ließ sich auf seiner Matte nieder, faltete mühelos die Beine ineinander und sah mich wieder still an.

Ich war wirklich guten Willens, aber ich kippte bei jedem Versuch, meine Beine zu einem Schneidersitz zu verschränken, seitlich weg, wie ein Kartoffelkäfer auf den ehemaligen Äckern von Ostheim. Klaus bedeutete mir, mich einfach auf meine Unterschenkel zu setzen, es gehe hier nicht um irgendeine Art von Leistung, sondern um Mindfullness und Achtsamkeit. Er schenkte mir ein mildes Lächeln.

Dann schlug er einen Gong. Ich sah mich um. Alle machten die Augen zu. Ich schloss ebenfalls die Augen und wartete. Nichts passierte. Ich zwinkerte ein bisschen. Klaus saß aufrecht mit geschlossenen Augen da, die Arme leicht auf die Knie gestützt, die Hände zur Seite abgewinkelt, Fingerspitzen aneinander.

Er hatte sehnige Unterarme, und an den Oberarmen erkannte man definierte Muskeln, die Pluderhose spannte sich zwischen seinen Beinen. Seine lockigen grauen Haare hatte er mit einem Haargummi zu einem Dutt, nein, eher zu einer Zwiebel am oberen Hinterkopf zusammengefasst, dort, wo bei mir ein unschöner Haarwirbel saß. Es war kein Dutt, wie meine Oma einen hatte, es war eben eher eine Zwiebel, wie sie von Hipstern in Berlin und München getragen wurde, die als Baristas in angesagten Kaffeeröstereien die Arabicas aus den Maschinen ließen.

Ich gönnte mir noch einen weiteren Blick auf Klaus. So eine gut sitzende Haarzwiebel mochte auch beim Yoga ihre Dienste leisten. Vermutlich gab sie Halt, wenn man einen Kopfstand machte. Vielleicht war die Haarzwiebel ja eine Erfindung aus Indien, gar aus Rajasthan.

Klaus öffnete die Augen, er schlug zum zweiten Mal einen Gong. Er sah mich scharf mit einem Anflug von Tadel an. Ich kniff schnell die Augen wieder zu und wartete.

Es passierte nichts. Doch. Jetzt. Offenbar hatte Klaus einen Kassettenrecorder in Gang gesetzt. Sanftes Meeresrauschen säuselte durch den Bürgertreff. Mir fiel unsere Toilettenspülung ein. Sie hakte manchmal. Ich musste Horst darüber informieren. Wenn er schon sparen wollte, dann bitte schön auch am Wasser.

Klaus schlug zum dritten Mal den Gong. Dann sprach er endlich mit uns. Ich schielte, aber alle hatten immer noch die Augen zu.

«Und wir atmen mit dem Lotos. Stell dir vor, mit dem Bauchnabel so sanft und leicht zu atmen wie eine Lotosblüte, die sich im Wind bewegt. Beim Einatmen öffnet sich die Blüte, beim Ausatmen schließt sie sich wieder.»

Mein Bauchnabel war eindeutig keine Lotosblüte. Ich hatte mir heute Mittag Bratkartoffeln gemacht.

«Und wir summen wie eine Biene. Wir legen die Hände auf die geschlossenen Lider und decken mit den Daumen die Ohren ab. Wir spüren den Atem, der Gaumen vibriert, wir hören das Summen.»

Ich summte aus Leibeskräften. Um mich herum war es ganz still. Ich machte die Augen auf. Alle starrten mich an.

«Und wir beginnen mit den Sonnengrüßen. Surya Namaskara A.»

Alle sprangen auf und streckten die Arme gen Himmel. Ich auch. Ich sah hinauf zur Decke des Bürgertreffs. Hässliche vergilbte Dämmplatten und eine sirrende rechteckige Neonlampe. Ich fragte mich, ob ich nun bald meinen spirituellen und hormonellen Frieden finden würde.

«Wir synchronisieren Atem und Bewegung. Wir gleiten langsam in eine dynamische Meditation.»

Das kannte ich noch aus meinem Buchladen. Wenn ich stundenlang Pakete mit den neuen Wallander- und Donna-Leon-Bestsellern aufschlitzte und zu Stapeln schichtete, war ich auch dynamisch, ohne zu denken.

«Und wir gehen in den herabschauenden Hund.»

Ich schaute nach rechts und links. Alle hatten die Beine auf der Matte aufgestellt, hatten den Kopf zur Yogamatte gesenkt, die Arme gestreckt, reckten ihre Hintern Richtung Neonleuchte und sahen aus, als wären sie Kinderrutschen auf dem Abenteuerspielplatz von Ostheim.

Ich versuchte es auch. Es war schwieriger als gedacht. Aber vielleicht würde es mir in Berlin nützen, wenn Paulchen etwas größer wäre und rutschen wollte.

«Ist ein Hands-on-Assist für dich okay, Gabi?»

Das war Klausens Stimme in der Nähe meines hochgereckten Hinterns. Ich hatte keine Ahnung, was er meinte, sagte aber ja.

Ich spürte, wie er sich von hinten über mich beugte und seine Hände seitlich an meinen Brustkorb legte. Sie waren klein und sehr fest. Beim Ausatmen schoben sie mich so weit es ging nach vorne zu meinen Armen, beim Einatmen drückten sie mein Hinterteil gegen seinen Bauch. Er stand hinter mir, weit über mich gebeugt und befahl mit sanfter Stimme: «Und-einnn-und-ausss-und-einnn-und-ausss.»

Er hatte nur seine dünne Leinenhose an. Seine Oberschenkel waren so fest wie seine Hände. Er sagte sanft: «Du musst lernen, die Asanas tiefer zu verstehen. Spürst du, was energetisch in dieser Haltung passiert?»

Er schob mein Hinterteil wieder gegen seine gelbe Leinenhose.

Ich sagte: «Ja, ich glaube, so langsam verstehe ich es.»

Am Hormonyoga schien wirklich etwas dran zu sein.

IM DRACHENBAUCH

Wie war deine erste Yoga-Stunde?»

Wir saßen beim Abendessen, ich hatte kurz vor Ladenschluss beim alteingesessenen Ostheimer Landmetzger noch schnell Hausmacher Wiener Würstchen erstanden und freute mich, dass Horst trotz seiner anstrengenden Renovierungsarbeiten meine eigenen Tagestätigkeiten würdigte. Ich häufte einen großen Löffel löwenscharfen Senf auf mein Würstchen und kaute: «Erst war es etwas gewöhnungsbedürftig, aber dann eigentlich sehr schön. Es sind auch ein paar Männer dabei. Wäre das nicht auch etwas für dich?»

Horst biss in seine Wurst: «Bestimmt nicht. Sollte diese Wohnungsrenovierung jemals zu einem Ende kommen und ich mich danach wieder ohne Schmerzen bewegen können, gehe ich ins Fitnessstudio. Außerdem werde ich beim Lehrerfußball gebraucht, ich bin der einzige erfahrene Linksaußen.»

«Schade. Yoga hat schon was. Du könntest durchaus davon profitieren.»

Horst schüttelte entschieden den Kopf: «Nee, Gabi, solche Warmduschersachen sind nichts für mich. Aber Würstchen haben sie hervorragende da draußen in Ostheim.»

«Tja», erwiderte ich und griff mir noch eins, «das kann man wohl sagen.»

Es stellte sich heraus, dass Horst auch am Wochenende im Grüntal bei Olga und Maxi zu tun hatte. Der alte Fliesenspiegel in der Küche musste heruntergeschlagen werden, damit die neue weiße Küche mit dem freistehenden Kochblock demnächst Einzug halten konnte.

«Maxi kann ungefähr so gut kochen wie du, Horst. Und außerdem – hat das Semester nicht inzwischen angefangen?»

«Er sagt, er hat alles im Griff. Mach dir doch nicht immerzu Sorgen.»

«Ich könnte euch am Samstag helfen, und dann hätten wir zwei Zeit, wenigstens am Sonntag einen Ausflug zu machen. Der Wetterbericht ist großartig, es soll schon ein Vorfrühlingstag werden.»

Aber der Kochblock hatte Vorrang. Ich überlegte ernsthaft, mir aus der Stadtbücherei als Nächstes ein Strickbuch auszuleihen. Ich habe das letzte Mal in meiner ersten Schwangerschaft gestrickt. Das sagt wohl alles über meinen Zustand. Ich versuchte es stattdessen mit Yogaübungen in meinem neuen Arbeitszimmer.

Am Montagmorgen war Horst wieder fort. Ich befand mich gerade im herabschauenden Hund, als das Telefon klingelte.

«Einen wunderschönen guten Morgen, Frau König, na, wie geht's denn so im wohlverdienten Ruhestand?»

Diese manisch-aufgedrehte Stimme kannte ich doch. Und sie löste unmittelbar ein unangenehmes Gefühl in meiner Magengegend aus. «Ich habe eine großartige Neuigkeit für Sie, Frau König.»

Jetzt wusste ich's. Das war kein Telefonanbieter, das war mein alter Chef. In meinem Kopf pulsierte es bis in die Ohren, ob wegen des herabschauenden Hundes oder wegen meines Filialleiters konnte ich in der Aufregung nicht entscheiden. Ich versuchte tief zu atmen und mich in einen Zustand von Mindfullness und Achtsamkeit zu versetzen, aber das funktionierte natürlich nicht.

«Sie können wieder stundenweise in Ihrer alten Abteilung in der dritten Etage arbeiten, zum Beispiel an zwei, drei Vormittagen die Woche für je drei, vier Stunden. Na, was sagen Sie dazu?»

Ich machte: «Äh, das geht nicht, ich habe Projekte ...»

«Wir brauchen Ihr profundes belletristisches Bücherwissen, Frau König, wir brauchen Ihre Kompetenz, Frau König, wir brauchen Ihre Leseerfahrung, ja, ich möchte sogar so weit gehen zu sagen, wir brauchen Ihre Lebenserfahrung.»

Das war für meinen Filialleiter ein geradezu poetischer Satz.

Aber der herabschauende Hund hatte mir einen klaren Geist verliehen.

«Wir brauchen Ihr Verkaufstalent, Frau König!», rief er ins Telefon.

Ich kannte ihn. Was er sagen wollte, war: «Wir finden sonst keine Dumme.»

«Sie garantieren einfach die Kundenbindung, Frau König!»

Was er meinte, war: «Der letzte Azubi ist zur Konkurrenz abgehauen. Jetzt müssen wir eine von den Alten exhumieren.»

«Ihre Belletristik-Verkaufszahlen im dritten Stock waren immer hervorragend, Frau König!»

Aber das hieß nur: «Wir haben versucht, den dritten Stock unterzuvermieten, aber kein Doofer will da rein. Also müssen wir da oben weiter Thomas-Mann-Bücher verkloppen.»

Dennoch: Ich sah mich schon mit meinen alten Kunden im Gespräch über den neuen Walser, den neuen Kehlmann, den neuen Franzen, den neuen T. C. Boyle. Ich sah mich die schönsten Frühjahrsneuerscheinungen auf einem Sondertisch arrangieren, sah mich meine persönlichen Leseempfehlungen auf kleinen Zetteln an meinen Lieblingsbüchern anbringen. Ich hörte Sätze wie: «Ich habe Sie so vermisst hier auf der dritten Etage, Frau König. Sie wissen doch, was ich gerne lese, empfehlen Sie mir einfach etwas.»

«Was bieten Sie mir fürs Zurückkommen?»

«Übertarifliche Bezahlung am Samstag, keine Lagerarbeiten mehr, keine Aushilfen an der Kasse im Erdgeschoss, keine Tätigkeiten als Springerin, Fahrt zur Leipziger Buchmesse mit Übernachtung.»

Wow. Das Wasser musste ihm bis zum Halse stehen.

«Ich könnte allenfalls stundenweise arbeiten.»

«Okay, Frau König».

«Bei freier Urlaubswahl.»

«Einverstanden.»

Langsam wurde mir schwindelig.

«Ich will bei der Dispo gegenüber der Zentrale mitreden.»

«Jetzt gehen Sie aber ein bisschen zu weit, Frau König ... In Ordnung, ich boxe das für Sie durch.»

«Ich überlege es mir.» Meine Stimme war rau.

«Ich brauche Ihr Ja bis morgen, Frau König.»

Tja, da half auch kein herabschauender Hund. Ich war so aufgeregt, dass ich die Gewürzdosen in meiner Küche noch einmal neu sortierte, diesmal nach Ablaufdatum.

Horst war staubig und grau, als er am Abend nach Hause kam. Aber ich kannte ihn gut genug, um zu wissen, wie ich seine Laune verbessern und ihn damit auf meine Neuigkeiten einstimmen konnte.

«Ich hatte noch ein tiefgekühltes Hirschfilet. Es gibt dazu Rotweinbirnen und Spätzle. Freust du dich?»

Tatsächlich hellte sich sein Gesicht auf, er schien mir arglos.

«Der Fliesenspiegel ist abgeschlagen und alles neu verputzt. Nächste Woche kommt die Küche. Olga hat in der Ankleide schon ihre Schuhe eingeräumt. Sie sagt, sie hat jetzt endlich Platz für alle ihre Schuhe.»

Er nahm sich eine kräftige Portion von meinen Spätzle.

«Horst, mein ehemaliger Chef hat angerufen. Er möchte, dass ich wieder stundenweise in meinem Buchladen arbeite. Die Konditionen sind besser, als sie jemals für mich waren. Er will mich unbedingt zurückhaben.»

Horst legte Messer und Gabel weg. Und dann sah ich etwas wie einen Erdrutsch in seinem Gesicht. Die Falte zwischen seinen Augenbrauen grub sich wie eine Scharte in seine Stirn, die Augen verdunkelten sich, die Wangen fielen ein, die Kiefer pressten sich aufeinander, und die Mundwinkel sanken nach unten.

«Ist das dein Ernst? Willst du das Angebot annehmen?»

«Du bist doch auch nie da.»

«Gabi, bei mir geht es um ein paar Wochen. Bei dir geht es um Monate, wenn nicht gar Jahre!»

«Er kommt mir in allen Punkten entgegen. Ich kann sogar die Urlaubszeiten in meinem Buchladen frei wählen.»

«In *deinem* Buchladen? Ist das immer noch *dein* Buchladen? Ist das jetzt nicht endlich *unsere* Zeit?»

Seine Nase trat spitz und weiß hervor, auf seiner linken Schläfe zeichnete sich eine bläuliche Ader ab. So hatte ich ihn nicht mehr gesehen, seit vor Jahren eine Polizeistreife Maxi betrunken nach Hause gebracht hatte.

Einen Moment lang war es ganz still. Ich hörte nur das Blut in meinen Ohren rauschen. Sie gaben mir in meinem Buchladen noch eine Chance. Und ich hätte sie zu gern ergriffen. Aber ich sah ja Horsts Gesicht. Ich atmete einmal tief durch, und dann sagte ich tatsächlich ganz ruhig:

«Horst, hast du im Ernst geglaubt, dass ich noch einmal in diesem Laden arbeite? Ich sage natürlich ab, ich wollte es dir nur erzählen. Wir haben schließlich einen gemeinsamen Plan. Natürlich halte ich mich daran.»

Er atmete schnaufend auf, seine Züge entspannten sich allmählich, er holte sich ein Bier, wir aßen, ich machte die Küche, er duschte, ich ging in mein neues Arbeitszimmer und begab mich in den herabschauenden Hund. Der Kater strich zur Tür herein.

Ich schrie: «Verschwinde, du blödes Vieh, ich will meine Ruhe haben.»

Ich weiß, das war auf dem Weg zur Sozialisation des Tieres ein falscher Schritt.

Am nächsten Morgen rief ich in meiner Buchhandlung an. Meine Kollegin Maja war am Telefon:

«Der Chef ist außer Haus, was immer das heißen mag. Vielleicht ist er beim Haareschneiden, vielleicht auch beim Schuhekaufen. Jedenfalls hat er wichtige Termine – du kennst ihn ja. Hat er dich etwa auch angehauen, wieder einzusteigen? Du fehlst mir unglaublich, Gabi, aber ich sage dir, er verheizt dich wieder. Der Druck aus der Zentrale ist zu groß.»

«Ich hatte auch nicht vor, wieder einzusteigen. Sag ihm Bescheid, dass er mit mir nicht rechnen kann. Mein Mann und ich haben andere Pläne. Bessere Pläne.»

«Ich versteh dich ja so gut», sagte Maja.

Dann starrte ich lange auf das Telefon. Was denn für Pläne eigentlich?

Gegen Mittag brachte ich die Bücher mit den Wohnideen, den Brotrezepten und den Katzennamen zurück in die Stadtbibliothek. Die mir schon bekannte grauhaarige Dame saß hinter dem Tresen. Sie nahm das Katzenbuch und hielt es unter den Scanner, um es von meinem Bücherkonto auszubuchen.

«Und, haben Sie einen Namen für Ihre Katze gefunden?»

Ich schüttelte den Kopf.

«Nein, ich glaube, unser Kater will keinen Namen. Er bleibt einfach der Kater.»

Sie sah mich zweifelnd an.

«Ich habe es mir überlegt, ich würde mich gerne ehrenamtlich bei Ihnen in der Leseförderung engagieren.»

Ihr Blick sagte mir, dass sie sich gerade fragte, ob jemand, der nicht einmal in der Lage war, einer Katze einen Namen zu geben, sich um fremde Kinder kümmern sollte.

«Haben Sie denn Erfahrung mit so etwas?»

«Ich habe drei Kinder großgezogen und ihnen jeden Abend eine Geschichte vorgelesen.»

«Und haben Sie schon einmal im öffentlichen Raum gelesen?»

Ich wollte schon mit nein antworten, da fiel mir mein Auftritt mit Pater Engelmar ein. Er hatte vor Weihnachten sein neues Kochbuch in unserer Buchhandlung vorgestellt, mich an seiner Seite. Ich war zwar nicht am Zustandekommen der Rezepte beteiligt gewesen, hatte aber mit diesem sehr berühmten Pater für die Bebilderung des Buches in seinem Klostergarten posiert. Ich hatte an dem Abend auch keine Rezepte vorgelesen, aber den Zuhörern viele gute Tipps aus meiner Kochpraxis mit auf den Weg geben können.

«Pater Engelmar?» Die Bücherfrau fiel augenblicklich in einen Zustand ekstatischer Verzückung, den ich ihr nicht zugetraut hätte. «DER Pater Engelmar? DER, der die ‹Neun Weisheiten des Glücks› und die ‹Zehn Schritte zur Achtsamkeit› geschrieben hat?»

«Genau der. Ich habe mit ihm zusammen sein neuestes Werk ‹Himmlisches aus der Klosterküche› verfasst.»

«Ich versuche seit Jahren, ihn für eine Lesung hier in der Stadtbücherei zu gewinnen. Aber man kommt einfach nicht an ihn heran. Könnten Sie bei ihm für unsere Bücherei ein gutes Wort einlegen?»

«Er ist ein Quotenrenner, er ist sehr beschäftigt. Aber ich kann ja mal sehen, was sich machen lässt.»

Die Wahrheit war, dass ich ihn seit jener Lesung nicht mehr gesehen hatte.

«Nehmen Sie mich jetzt für Ihr Leseprojekt?»

Die Bücherfrau nickte entschlossen: «Unsere Frau Nickel ist erkrankt. Sie wäre am Mittwochnachmittag im KiKu dran.»

«KiKu?»

«Kindertagesstätte Kunterbunt. Wir betreuen dort einmal in der Woche die Vorschulkinder. Ich sage Ihnen aber gleich, Sie müssen bei einigen der Kinder mit Störungen des Sozialverhaltens, ADS und Hyperaktivität rechnen. Aber wir wollen uns als Bücherei ja gerade an den Brennpunkten engagieren.»

«Ich dachte, ich lese hier im Haus.»

«Nein, nein, die Zeiten sind vorbei. Wir müssen raus, vor Ort sein, Leseimpulse dort setzen, wo es am nötigsten ist! Sie können es sich aber auch noch mal überlegen.»

«Nein», sagte ich, «das ist genau die Herausforderung, die ich suche.»

Ich selbst bin nie in einen Kindergarten gegangen. Mama war Hausfrau und ich ihr kleines Mädchen. Nur Frauen, die arbeiten mussten, gaben ihre Kinder fort. Ich spielte mit den anderen Kindern draußen in den Hinterhöfen und Gärten Verstecken. Wir kamen nach Hause, wenn es dunkel wurde, oder spätestens, wenn die Kirchenglocken sechs Uhr schlugen. Dann bekamen wir Brote und wurden ins Bett gesteckt.

Meine eigenen Kinder dagegen kamen mit vier Jahren in den Kindergarten. Was sie dort machten, war mir unklar. Es gab kein ausgefeiltes pädagogisches Programm. Sie spielten, malten, aßen Bananen, wurden dann von den Kindergärtnerinnen ins

Freie gescheucht, wo sie unter Aufsicht das taten, was wir auch getan hatten, und wurden mittags wieder abgeholt.

Inzwischen gibt es keine Hinterhöfe und keine Kindergärtnerinnen mehr. Es gibt Erzieherinnen. Die Zeit des Wildwuchses ist vorbei. Es wird erzogen. Es gibt Aktionstage und Projektwochen und kaum noch aufgeschlagene Knie.

Am Mittwochnachmittag fand ich mich pünktlich im KiKu ein. Ich hatte mir extra etwas Lustiges, Buntes angezogen. Eine Erzieherin erwartete mich schon an der Eingangstür. Sie hatte auch etwas Lustiges, Buntes an. Auf ihrem Namensschild stand «Frau Höfig-Hummel – Gruppenleitung.»

«Ich habe gehört, Frau Nickel ist krank, und Sie sind der Ersatz?»

«Ich bin Gabi König. Ich habe drei Kinder und ein Enkelkind.»

Sie sah mich zweifelnd an. «Frau Nickel hat immer ihr Xylophon mitgebracht. Haben Sie auch eines dabei? Die Kinder sind das so gewöhnt.»

Oh, da gab es schon den ersten Punktabzug.

Sie geleitete mich durch den Flur. Da hingen viele Kinderjacken und Mützen, und niedliche kleine Schuhpaare standen am Boden.

«Wir haben hier vier Gruppen. Wir haben die Igel-, die Fische-, die Bären- und die Sternchengruppe.»

Mir kamen erste Zweifel an der Pädagogik. Ich meine, wer will denn ein Fisch sein, wenn er auch ein Sternchen oder ein Bär sein könnte?

An der Tür zu den kleinen Kinderklos hing ein Anschlag für die Eltern: *«Am Samstag Kinderbasar mit Kuchenverkauf. Alle Größen. Verkaufsbeginn 10 Uhr, für Schwangere 9.30 Uhr.»*

Meine Mutter hätte mich nie auf einen Basar gegeben.

Wir erreichten eine erste Glastür, hinter der man schon Kinder in einem Stuhlkreis sitzen sah. Aber die Erzieherin ging daran vorbei.

«Sie lesen in unserer Vorschulgruppe, Frau König. Die ist recht lebhaft, darauf müssen Sie gefasst sein. Heute ist noch ein Vater dabei, weil sein Sohn gerade neu eingewöhnt wird. Lesen Sie zum ersten Mal?»

Ich nickte. Die Erzieherin ging zügigen Schrittes zu einem weiter hinten gelegenen Raum. Als sie die Tür öffnete, schlug mir das Geschrei von ungefähr zwanzig Kindern entgegen, von denen sich sofort vier auf Frau Höfig-Hummel stürzten, um mit sich überschlagenden Stimmen zu berichten, was der Alexander, beziehungsweise der Özcan, der Marcel und die Paula sich gerade für Gemeinheiten geleistet hatten.

Die Erzieherin ignorierte die Beschuldigungen und klatschte in die Hände. Wundersamerweise kehrte sofort Ruhe ein. Die Kinder liefen in eine Ecke und schleppten jedes ein kleines Stühlchen an und setzen sich dann brav im Kreis hin. Die Erzieherin, der anwesende Papa und ich holten uns auch Stühlchen. Das Stühlchen war noch niedriger, als ich gedacht hatte. Ich kauerte eher darauf, als dass ich saß, denn einerseits wollte ich aus erzieherischen Gründen nicht, dass mein lustiger bunter Rock allzu weit nach oben rutschte, und andererseits hatte ich Mühe, mich mittels meiner Sitzhöcker auf der wirklich sehr schmalen Sitzfläche so auszutarieren, dass ich nicht samt dem Stühlchen in den pädagogisch wichtigen Stuhlkreis kippte.

Ich hätte gerne gewusst, wie Frau Höfig-Hummel dieses Balanceproblem löste, aber sie war noch dabei, den Kindern vorbereitete Klebeschildchen mit ihren Namen auf den Pullovern zu befestigen.

Ich hatte es mit zwei Emmas, zwei Fatmas sowie je einer Paula, Efgenia, Hannah, Alina, Gülşen sowie einer Yessica und einer

Shakira zu tun. Bei den Jungs waren Alexander und Mahmud zweimal vertreten, außerdem gab es je einen Leon und Özcan, Paul und Pjotr, Marcel und Mahir.

Die Erzieherin klebte auch mir ein Namensschild an. Darauf stand «Oma Gabi».

«Können die Kinder das denn schon lesen?»

Sie sah mich streng an: «Das hat auch etwas mit Gerechtigkeit zu tun.»

Die Kinder musterten mich.

Frau Höfig-Hummel klatschte in die Hände und sagte: «Das ist Oma Gabi.»

Leise flüsterte sie mir zu: «Wir sind schon froh, wenn die Kinder eine Mutter und einen Vater haben, die alten Familienstrukturen über mehrere Generationen existieren nicht mehr. Da haben wir eine Leuchtturmfunktion.»

Der einzelne Papa, der sich rittlings auf seinen Kinderstuhl neben Leon gesetzt hatte, wirkte angestrengt. Er sah so aus, als habe er eben erst eines der letzten Niedrigenergiehäuser in Ostheim für seine Familie ergattert und frage sich jetzt, ob Leon hier genug Förderung erfahren würde, um das Abitur zu schaffen.

Die Kinder begannen langsam unruhig zu werden, sie rutschten auf ihren Stühlen hin und her. Efgenia kniff Gülşen in den Oberschenkel, die kreischte auf, und Frau Höfig-Hummel, die den Vorgang nicht bemerkt hatte, setzte Gülşen zur Strafe neben Mahir.

Pjotr fragte: «Warum hast du kein Ülofom dabei?»

Frau Höfig-Hummel verbesserte ruhig: «Es heißt Xylophon, Pjotr.»

Ich ergänzte milde: «Meine Tochter Kati hatte mal eins. Aber irgendwann hab ich's weggeschmissen, Pjotr.»

Alina krähte: «Ich habe eine Barbie, die spielt Gitarre. Ülofom spielen ist babyeinfach. Ich bring morgen die Barbie mit.»

Frau Höfig-Hummel korrigierte sanft: «Alina, du kennst unsere Vereinbarung: Wir bringen keine Spielsachen mit in die Einrichtung.»

Ich überlegte, ob das Wort Kindergarten womöglich auch schon auf dem Index stand, wie die Worte Kindergärtnerin, Schwester und Lehrling.

Frau Höfig-Hummel unterbrach meine Überlegungen, indem sie mit einer gewissen Schärfe in der Stimme sagte: «So, nun wollen wir uns alle mal konzentrieren. Oma Gabi liest euch heute vor.»

Ich holte meine Lesebrille hervor.

«Bist du ein Professor für Dinosaurier?», wollte Özcan wissen.

«Wir konzentrieren uns jetzt», wiederholte Frau Höfig-Hummel nachdrücklich.

Die rothaarige Paula fiel vom Stuhl, weil Alexander sie in die Seite geboxt hatte, Paula heulte, Frau Höfig-Hummel verbannte Alexander in die Igel-Gruppe und wiederholte: «Wir konzentrieren uns jetzt.»

Ich setzte mich, soweit es das Stühlchen zuließ, in Positur und begann:

«Ich habe euch ein lustiges Buch mitgebracht. Es erzählt von dem Kater Findus und heißt *Eine Geburtstagstorte für die Katze*. Ich habe nämlich auch eine Katze, und das war das Lieblingsbuch meiner Tochter Nina.»

Aber Frau Höfig-Hummel unterbrach mich sofort: «Tut mir leid, Frau König, aber so geht das nicht. Die Kinder sind es gewohnt, über die Vorlesegeschichte mitzubestimmen. Das ist uns in unserer Einrichtung sehr wichtig. In unseren Leitlinien heißt es: *Wir bieten den Kindern Entwicklungsmöglichkeiten und fördern ihre aktive Mitwirkung an Entscheidungsprozessen.*» Sie wies auf die Tür, an der ein umfangreiches Schriftstück mit der Überschrift *Leitbild unserer Einrichtung* klebte.

Dann setzte sie hinzu: «Fatma, hol bitte den Lesesack.»

Die anderen Kinder maulten, warum schon wieder Fatma das machen dürfe, Fatma streckte Marcel die Zunge heraus und hielt den blauen Leinensack in der Größe einer Einkaufstüte triumphierend hoch. Sie zog die Schnur auseinander und begann zu wühlen.

«Sie darf nicht gucken, aber sie guckt doch!», schrie Marcel, stürzte sich auf Fatma und begann sie zu boxen. Frau Höfig-Hummel verbannte ihn in die Bärengruppe, Fatma wühlte mit zusammengekniffenen Augen weiter und zerrte schließlich ein Buch aus dem blauen Lesesack.

Klar, sie hatte sich das größte Buch herausgefischt. Von wegen Mitwirkung an Entscheidungsprozessen! Frau Höfig-Hummel hatte das geschickt eingefädelt!

Ich hielt das Buch hoch, es hieß *Die Oma im Drachenbauch.*

«Papa sagt, es gibt keine Drachen», schaltete sich zum ersten Mal Leon ein und schaute zu seinem Papa hoch.

«Gibt es auch nicht, du musst keine Angst haben, Leon», erwiderte der, um sich dann an Frau Höfig-Hummel zu wenden: «Ich finde es nicht in Ordnung, wenn Kinder mit Angstfiguren diszipliniert werden sollen. Leon ist ein sensibler Junge ...»

Frau Höfig-Hummel lief rot an und presste hervor: «Können wir das bitte später klären?»

Shakira hatte die kleine Diskussion genutzt, um sich in die Mitte des Stuhlkreises zu pirschen und Fatma das Buch zu entreißen. Shakira wurde zur Strafe von ihrer Freundin Yessica weg- und neben Leon gesetzt.

Frau Höfig-Hummel hatte jetzt rote Flecken im Gesicht. Sie befand sich offenbar in einem pädagogischen Konflikt. Das Leitbild verlangte vermutlich eine vertrauensvolle und unverzügliche Diskussion mit den Eltern im Falle unterschiedlicher Erziehungsmaximen. Das Leitbild verlangte ja aber auch, entwicklungsbegleitende Projekte wie diese Lesestunde anzubieten. Also fauchte sie mich an: «Frau König, Sie müssen bitte schön mehr Präsenz und Autorität zeigen, sonst entgleitet Ihnen Ihre Vorlesestunde.»

Also begann ich zu lesen: «Oma Lydia wohnte in einem kleinen Haus am Meer auf der Insel Gotland ...»

Yessica krähte: «Was ist ein Gotland?»

Leons Vater schaltete sich ein: «Leon, du weißt doch, wo Gotland liegt. Sag es den anderen Kindern!»

Leon schniefte.

«Leon, erinnere dich doch bitte mal an das Was-ist-was-Buch. Aus Gotland kamen doch die Goten.»

Leon begann zu schluchzen.

Frau Höfig-Hummel sagte: «Es geht uns in dieser Einrichtung nicht um Bildungsversatzstücke, es geht uns um eine ganzheitliche Förderung der kindlichen Phantasie. Wir konzentrieren uns wieder ...»

Ich las: «Oma Lydia war noch recht rüstig. Zumindest so rüstig, dass sie es schaffte, jeden Morgen einen Spaziergang am Strand zu machen und oft vor ihrem Häuschen saß und strickte.»

Wo blieb hier eigentlich das Leitbild, Omas nicht als schwache alte Schrullen darzustellen?

«Ich habe keine Oma. Aber ich habe zwei Papas. Einen alten und einen neuen», unterbrach Paul meine Gedanken.

«Und wir konzentrieren uns wieder», wiederholte Frau Höfig-Hummel ihr Mantra, und ich las weiter:

«Eines Morgens, als Oma Lydia wieder vor ihrem Häuschen saß und strickte, kam ein großer grüner Drache durch die Luft geflogen. Er landete vor Oma Lydias Füßen. Er spuckte Feuer und Dampf, und dann verschluckte er Oma Lydia samt ihrem Strickzeug.»

«Jetzt reicht's aber», Leons Papa stand auf. «Leon, wir gehen.» Er zerrte den heulenden Leon hinter sich her zur Tür.

Frau Höfig-Hummel rief ihm hinterher: «Märchen sind Mutmachgeschichten! Sie sind pädagogisch wichtig! Der Drache spuckt die Oma wieder aus!»

Aber Leon und sein Papa waren schon auf und davon.

Ich nahm meine ganze Konzentration zusammen, tat, als habe ich den Zwischenfall gar nicht wahrgenommen, und bemühte mich, mit fester Stimme weiterzulesen.

«Oma Lydia kam im Magen des Drachen an. Alles war dunkel. Nach einiger Zeit wurde ihr langweilig, und sie begann zu stricken.»

«Wenn du so da sitzt, sieht man deine Unterhose, Oma Gabi», krähte Özcan.

Ich fuhr hoch, setzte mich gerade hin, das heißt, ich versuchte es, indem ich mein linkes Bein über mein rechtes schlug, zugleich den Rock nach unten zerrte und zusätzlich bemüht war, meine Sitzhöcker auszubalancieren. In diesem Moment kippte der Stuhl, und ich fiel in den Lesekreis. Die Kinder krähten vor Freude. Ich rappelte mich hoch, klappte das Buch zu und sagte: «Tut mir leid, Kinder, es war sehr schön bei euch. Nächste Woche kommt bestimmt die Oma Nickel wieder. Ich muss jetzt leider los. Ich habe noch eine Yogastunde. Vielleicht sieht man sich ja mal wieder.»

CAPRI SACCULUS

Abends fragte Horst mich beiläufig: «Und, wann gehst du wieder zum Vorlesen?»

Einen Moment lang war ich versucht, leichthin «Demnächst vielleicht» zu murmeln. Aber dann dachte ich: Horst ist doch mein Mann. Eigentlich sollte er wissen, wie es mir geht, und so antwortete ich wahrheitsgemäß: «Ich setze keinen Fuß mehr in diese KiKu-Tagesstätte. Die Kinder hauen und schubsen, sobald du ihnen auch nur den Rücken zudrehst. Ständig musst du jemanden ermahnen oder in einen anderen Raum verbannen. Und dann diese ausgetüftelte Pädagogik mit Namensschildern, Stuhlkreis, Geschichtensäckchen und Erziehungsleitbildern! Ich bin eine schlechte Vorlese-Oma.»

Horst tröstete mich damit, dass er aus jahrzehntelanger eigener Erfahrung wisse, wie nervenaufreibend es sei, den Schülerdompteur zu spielen. Er schlug vor, das Ende unser beider Pädagogikkarrieren mit einer schönen Flasche Rotwein zu feiern. Bei der zweiten Flasche Rotwein erzählte ich ihm, dass ich vom Stuhl gefallen sei, weil Özcan behauptet hatte, meine Unterhose gesehen zu haben, was ich für völlig unglaubhaft hielt. Horst erwiderte, dass auch er gerne wieder einmal meinen Slip sehen würde. Wir glucksten, tranken und lachten. Fast wäre es zum Äußersten gekommen, aber leider hatte Horst zu starke Rückenschmerzen.

Am Freitag besuchte ich meine zweite Yogastunde. Klaus saß bereits aufrecht auf seiner Matte, als ich wieder als Letzte ankam. Er legte die Hände vor seiner Brust aneinander, verneigte sich und sagte: «Namaste.»

Ich antwortete mit: «Hallo!», und querte zügigen Schritts den Raum des Bürgertreffs, um mir noch schnell eine Matte zu schnappen.

Ich begriff, dass Yoga im Grunde eine ziemlich sture Angelegenheit ist. Man macht immer das Gleiche. Erst kneift man die Augen zu und meditiert ein bisschen, während man möglichst laut und ostentativ atmet. Klaus schlägt seinen Gong, man überlegt, was man abends kochen könnte und ob man wieder mal die Betten abziehen müsste, dann steht man auf und beginnt mit den Sonnengrüßen, erst Surya Namaskara A, dann B. Dazwischen muss man immer wieder in den herabschauenden Hund gehen. Der ist wichtig, um sich einzubinden in die Ordnung des Lebens und um ein vertrauensvolles Energiefeld aufzubauen.

Klaus korrigierte mit leichtem Händedruck bei manchen der Damen die Haltung und kam dann auf seinen bloßen Füßen auch auf mich zu.

«Ich freue mich, dass du wieder den Weg in unser kleines Retreat gefunden hast, Gabi. Fühlst du dich wohl hier? Hast du Fragen?»

Ich keuchte ein bisschen, weil mein Kopf wegen des herabschauenden Hundes gerade so weit unten und mein Hinterteil so weit oben war.

«Gibt es eigentlich auch eine Übung …»

«Du meinst eine Asana?», korrigierte er sanft.

Ich versuchte zu nicken, was bei mir zum Einsturz der Hunde-Asana führte. Ich rappelte mich hoch: «Also, gibt es auch eine Drachen-Asana?»

«Oh», erwiderte Klaus, «das göttliche Tier in uns. Eine sehr fordernde Asana. Sie führt zu einer intensiven Öffnung von Hüfte und Leiste.»

Er gebot uns allen, wieder die Stellung des herabschauenden Hundes einzunehmen, dann einen Fuß nach vorne zwischen die Hände zu stellen, das hintere Bein möglichst weit zurückzuschieben und sich den Kopf in Verlängerung der Wirbelsäule zu denken.

«Spürt ihr, wie ihr euch für die Kräfte der Natur und ihre Botschaft öffnet? Spürt ihr, wie viel körpereigene Hitze der Drache erzeugt?»

In diesem Fall verzichtete ich auf ein Hands-on-Assist von Klaus.

Es wurde wieder ein einsames Wochenende. Zumindest brachte Horst am Sonntagabend die gute Nachricht nach Hause, die Renovierungsarbeiten seien so gut wie abgeschlossen, die Küche montiert und der Umzug könne demnächst beginnen.

Ich war am Montagmorgen gerade beim Staubsaugen, als das Telefon klingelte.

Ich hob ab, ohne mir die Mühe zu machen, den Staubsauger abzustellen.

«Ich grüße Sie, Frau König. Ich habe eine wunderbare Nachricht für Sie ...»

Ich legte augenblicklich den Hörer wieder auf. Hatte ich Maja nicht klar und deutlich erklärt, was sie meinem Chef ausrichten sollte?

Das Telefon klingelte schon wieder.

Ich hob ab und rief: «Nein, nein und nochmals nein! Suchen Sie sich eine andere Dumme für Ihre Bücher!»

Er war wirklich stur und dreist, das sah ihm ähnlich. Klar, das Wasser stand ihm ja bis zum Hals.

Ich machte den Staubsauger aus und starrte das Telefon an. Tatsächlich, er gab nicht auf.

«Stopp, Frau König, legen Sie nicht gleich wieder auf! Ich brauche Ihre Bankverbindung!»

«Wollen Sie mir etwa doch noch meine Überstunden bezahlen?»

«Legen Sie nicht auf!»

Das war ja gar nicht die Stimme meines Chefs.

«Na also. Nochmals: Ich grüße Sie. Brettschneider mein Name. Head of Marketing beim Arcanum-Verlag. Wir verlegen die Bücher von Pater Engelmar. Na, da verrate ich ja ausgerechnet Ihnen nichts Neues.» Er lachte komplizenhaft. «Sie wollen sicher endlich mal Cash sehen. Also raus mit der Bankverbindung!» Wieder stieß er sein bellendes Lachen aus. «P. E., wie wir ihn hier nennen», wieder das Lachen, «tja, P. E. kann machen, was er will, die Leute nehmen ihm alles ab, sogar, dass er kochen kann.» Ich hielt den Hörer etwas vom Ohr weg, weil die Lachsalve wieder losdröhnte. «Das Weihnachtsgeschäft lief bombastisch. Die *Klosterküche* steht seit Wochen auf Platz 1 der Sachbücher, aber das wissen Sie sicherlich. Laut meiner Info sind Sie ja Buchhändlerin.»

Sollte ich gestehen, dass ich seit dem 21. Dezember, meinem letzten Arbeitstag, keine Buchhandlung mehr betreten hatte?

«Ihr Honoraranteil ist ja nur Pillepalle, aber immerhin sind Sie mit dem Pater auf dem Buchcover abgebildet. Haben Sie tatsächlich mit ihm gekocht, oder sind die Fotos im Buch nur gestellt?»

«Na ja, direkt gekocht haben wir nicht.»

«Dachte ich mir schon. Aber wie Sie sich im Dirndl zu den Karotten im Klostergarten hinunterbeugen, das hat schon was. Also, ich denke, Ihr Honorar geht in Ordnung. Um genau zu sein, es sind 4531,99 Euro. Also, wohin damit?»

Ich stotterte: «Das Konto läuft auf meinen Mann.»

Er sagte: «Kein Thema», und notierte sich die Nummer.

«By the way, Frau König, P. E. hat mal wieder eine Formkrise. Schreibblockade, spirituelles Burnout, was weiß ich. Aber wir müssen schnellstens eine Marktstrategie für das Nachfolgeprodukt entwickeln. Der Kunde ist unersättlich. P. E. muss wieder an seinen Schreibtisch! Ich sage ihm immer, seine Bücher sind wie Tütensuppen. Auf den Tüten steht immer was anderes drauf, aber es ist immer das Gleiche drin. Suppe. Er meint, er habe schon alles durch: die neun Weisheiten des Glücks, die zehn Schritte zur Achtsamkeit, die 24 Engel der Stille, die 50 Schritte für die Seele, und das mit dem Kochbuch sei einfach nicht seins. Er habe seit seiner Ordensprofess 1986 nicht mehr gekocht. Kochen Sie?»

«Natürlich koche ich! Ich habe immer gekocht, meine Kinder haben jeden Tag etwas Warmes auf den Tisch bekommen. Ich liebe es zu kochen, Kochen ist Liebe!»

«Mh», machte er. «Kochen ist Liebe. Guter Spruch. Warum ist hier in diesem Laden bisher keiner drauf gekommen?»

«Kochen tröstet, Kochen ist Seelenfutter.»

«Ha!», machte er und lachte bellend. «Sagen Sie das noch mal: Kochen ist Seelenfutter – na, das wäre doch genau das Richtige für unseren Pater! Wir basteln einen Mix aus spirituellem Ratgeber und Kochbuch! Wir kreieren ein neues Genre! Da wird die Konkurrenz Augen machen!»

«Na ja», überlegte ich laut, «ich wüsste da schon noch ein paar passende Sprüche: *Nahrung für dein spirituelles Wachstum. Deine Küche – eine Oase der Achtsamkeit.*»

Na also, meine zwei Yogastunden bei Klaus trugen erste Früchte.

«Frau König, das ist top! Wissen Sie was? Ich hole Sie mit ins Boot. Sie sollten den guten alten P. E. ein bisschen coachen.

Wir schicken ihn ab nächster Woche auf Lesereise: Würzburg, Marienfeld, Berlin, Halle, Weimar, Kassel ... Erst hat er ein bisschen rumgezickt, wollte nur in Klöstern übernachten. Da fiel Bitterfeld natürlich erst mal raus!» Herr Brettschneider lachte in mehreren Salven. «Aber dann habe ich ihn überzeugt, das Ganze als Missionsreise zu sehen. Plötzlich wollte er sogar in Cottbus lesen. Frau König, Sie sollten ihn unbedingt begleiten und ihm kochtechnisch ein wenig auf die Sprünge helfen!»

«Sagten Sie, die Lesereise führt auch nach Berlin ...?»

«Machen Sie sich mal keine Sorgen, Frau König, ich mach das alles mit der Buchhaltung klar. Keine Angst, Sie müssen nicht mit P. E. im Kloster übernachten, wir besorgen Ihnen nette Hotels, Sie bekommen ein anständiges Lesehonorar – Sie sind ja quasi Mitautorin dieser *Klosterküche*, und wie ich höre, haben Sie einen ganz guten Draht zu P. E. Also bringen Sie ihn bitte schön auf Linie, flüstern Sie ihm ein paar gute Ideen. Von wegen Schreibblockade! Achtsame Küche! Kochen ist Liebe! Sie bringen ihm das schon bei. Und für den Rest haben wir ja das Lektorat.»

«Na ja, ich könnte mir da schon was ausdenken: Koch dich glücklich ... Entdecke deinen inneren Koch ...»

«Das ist top, Frau König! Das sind die richtigen Slogans! Danach sucht der Verbraucher! Also, wir sind uns einig, Frau König. Sie bringen uns P. E. auf Linie, Sie bekommen zeitnah den Reiseplan, und wir beide, we keep in touch. Alles klar, Frau König? Sie hören von uns! Ich grüße Sie!»

Er lachte noch eine weitere Salve ins Telefon, dann war Stille.

Ich starrte meinen Staubsauger an.

Umsonst nach Berlin, zu Nina und Paulchen. Umsonst nach Weimar. Da wollte ich schon immer hin. Plus Hotel. Plus Lesehonorar. Plus 4531,99 Euro aufs Konto. Da ließ sich wirklich nichts dagegen sagen.

Dachte ich. Aber dann kam Horst nach Hause.

«Du willst auf *Le-se-rei-se* gehen? Mit diesem Pater Engelmar? Diesem Dreckskerl? Er hat dir bei eurem ersten Treffen in die Bluse gestarrt!»

«Er hat eine Millionenauflage mit seinen Büchern, er ist ein Quotenrenner!»

«Er ist ein Laberer, ein esoterischer Weichspüler!»

«Er hat das Bundesverdienstkreuz bekommen!»

«Er hat dir in den Ausschnitt gestarrt!»

«Ich bekomme ein Lesehonorar, und ich komme umsonst nach Berlin, zu Nina.»

«Er ist ein Dreckskerl.»

«Er hat eine Schreibblockade. Ich könnte ihm heraushelfen.»

«Und dann hilft er *dir* aus irgendwas heraus?!»

«Das ist doch Unsinn! Erinnerst du dich an die Lesung vor Weihnachten in meiner Buchhandlung? Sie mussten ihn aus einer Eremitenklause im Bayerischen Wald holen. Er ist komplett harmlos.»

«Ich sage dir, er tut nur so.»

«Er ist ein Glaubensmann. Er ist in unserem Alter. Also definitiv harmlos.»

«Du wirst Maxis Umzug verpassen.»

«Ich werde dafür in Berlin sein, bei Nina und Paulchen.»

«Ich werde das Gefühl nicht los, dass du unserem gemeinsamen Ruhestand ausweichen willst, Gabi.»

«Wir haben doch noch gar nicht ernsthaft damit angefangen, Horst! Du bist den ganzen Tag weg, und nun bin ich eben auch mal ein paar Tage weg. Du wirst es kaum merken, schon bin ich wieder daheim. Und dann, dann könnten wir für ein paar Tage nach Barcelona fliegen. Du wolltest doch schon immer mal nach Barcelona! Dort ist es bestimmt schon warm, man kann draußen sitzen ...»

«Gabi, wir sind jetzt Rentner. Das Geld sitzt nicht mehr so locker, die Kreuzfahrt …»

«4531,99 Euro, Horst! Stell dir vor, ich bekomme über viertausend Euro vom Arcanum-Verlag für die *Klosterküche*. Sie ist seit Wochen auf Platz 1 der Sachbücher. Und ich hatte keine Ahnung davon!»

«Du bekommst viertausend Euro? Für dieses Buch? Einfach so?»

«Ja, einfach so. Freust du dich denn nicht?»

Aber die steile Falte auf Horsts Stirn wurde eher tiefer.

Ich telefonierte mit Nina in Berlin. Ich telefonierte mehrfach mit Herrn Brettschneider vom Arcanum-Verlag. Er übermittelte mir den Reiseplan und trug mir auf, ihm täglich über den mentalen Zustand von P. E. zu berichten. Ich beruhigte ihn, indem ich sagte, dass ich mit den pubertären Krisen von drei Kindern fertig geworden war und dass dagegen die Schreibkrise eines Mönchs ein Klacks sei. Er sagte wieder: «We keep in touch», und: «Ich grüße Sie.» Ich kochte für Horst vor, lieh mir in der Stadtbücherei einen Reiseführer von Barcelona, legte ihn auf Horsts Schreibtisch, dazu einen Zettel, auf dem stand: «Ich freue mich schon!», packte meinen Rollkoffer, und dann fuhr ich Richtung Würzburg, der ersten Station auf meiner Lesereise, auf meinen Knien die *Klosterküche*.

Vor meiner allerersten gemeinsamen Lesung mit Pater Engelmar in meiner Buchhandlung im Dezember hatte Horst mit mir geübt. Er hatte mit mir an meiner Stimmlage gearbeitet, mich an meine Lesebrille erinnert, und wir hatten gemeinsam überlegt, was ich auf dem Lesepodium erzählen sollte. Der ICE war unerwartet leer, er surrte vor sich hin, ich konzentrierte mich ganz auf meine Notizen, sprach einzelne Textstellen vor mich hin und markierte mit Lesezeichen die Rezepte, zu denen ich besondere Kochtipps geben wollte.

Als ich aufsah, begleitete rechts schon das schmale Band des Mains die Gleise. Links schoben sich die Weinberge in Wellenlinien an den Fluss heran. Die Hänge waren noch braun, die Rebstöcke kahl und krumm, die Rebzeilen wie mit einem übergroßen Rechen über die Hänge gezogen und beschienen von einer Sonne, die nicht mehr viel Zeit brauchen würde, um aus dem scheinbar toten, zurückgeschnittenen Holz winzige grüne Knospen zu locken, sie so lange sanft zu wärmen, bis die Weinblätter sich öffneten wie grüne Falterflügel, bis die Stöcke lange Ausläufer bekamen, bis sie sich um jeden Draht und Ast wanden, bis die Blätter sich der Sonne immer gieriger entgegenreckten, bis sie in ihrem grünen Schatten winzige Blüten austrieben, bis die kleinen grünen Beeren zu prallen Trauben heranwuchsen und mit der Kraft aus Erde und Wasser der Lese und Kelter entgegenreiften.

Der ICE verlangsamte seine Fahrt, und dann ratterte ich auch schon mit meinem Rollkoffer durch die Einkaufszone der Stadt, vorbei an Rossmann, Fielmann und Tengelmann, fand mein Hotel, war viel zu aufgeregt, um etwas zu essen, und war überzeitig am Eingang zum städtischen Kulturspeicher, wo ich laut Reiseplan den Pater treffen sollte. Rechts und links der Glastür lächelte er mir schon von zwei Plakaten entgegen. Ich wurde noch nervöser, als die ersten Lesungsbesucher eintrafen, verkrochen in praktischen Winterjacken. Auch mir war kalt, ein Fallwind von den Weinbergen hatte sich im Maintal verfangen und blies eisig um den Kulturspeicher. Die Glastür öffnete und schloss sich in immer kürzeren Abständen, die Zuhörer drängten ins Warme, ich trat von einem Fuß auf den anderen, teils vor Kälte, teils vor Nervosität. Ich sah auf die Uhr. Noch fünfzehn

Minuten bis Lesungsbeginn, noch zehn, noch sieben. Ich musste vorher wenigstens noch eine Toilette aufsuchen, um das vom Wind aufgewirbelte Lockenchaos auf meinem Kopf notdürftig zu bändigen, sonst sah ich auf dem Podium wie Medusa aus und ließ die Männer im Saal zu Stein erstarren.

Drinnen war es gut geheizt, die Sitzreihen hatten sich schon fast bis ans Ende des Saales gefüllt. Jemand hielt mich an und wollte meine Eintrittskarte sehen.

Ich wollte gerade erwidern: «Ich lese heute Abend hier», da sah ich Pater Engelmar im Mittelgang stehen. Ich griff in meine Haare, schließlich wollte ich ihn nicht erschrecken. Er hatte mich schon entdeckt und kam mit ausgebreiteten Armen auf mich zu:

«Gabi! Welch Lichtblick auf meiner irdischen Pilgerreise! Wie schön, dass Sie mich begleiten werden.»

Er drückte mich gegen seine Kutte. Ich hatte aus unmittelbarer Nähe nicht den Eindruck, dass er seit unserem letzten Treffen an physischer Substanz verloren hatte. Gerade wollte ich ebenfalls meiner Freude über unser Wiedersehen Ausdruck verleihen, da drängte sich ein Mann in einem Tweedjackett und mit offenem Hemdkragen dazwischen. Er hatte ein teures Designer-Metallschild am Revers, auf dem stand: «Dr. Meusel / Kulturamt.»

Stimmt, auf meinem Reiseplan stand: «Ansprechpartner vor Ort: Dr. Meusel / Kulturamt.»

Dr. Meusel legte jovial den Arm um den Pater und sagte: «Dann woll'n wir mal, Hochwürden.» Mich würdigte er keines Blickes.

Er schob den Pater durch den Mittelgang Richtung Podium. Das Licht im Saal ging langsam aus, Dr. Meusel enterte das Podium mit Schwung, half dem Pater hinauf und griff zum Mikrophon. Obwohl ursprünglich von schmaler Gestalt, hatte sich Dr. Meusels Leibesfülle im Laufe der Jahre zentral angesammelt.

Er schien ein Freund eines guten Tropfens zu sein, und er war in den langen Jahren im Kulturamt ein routinierter Redner geworden. Inzwischen war es stockdunkel im Saal, Dr. Meusel hatte das Wort. Ich hüstelte und sagte: «Äh, hallo, ich bin hier, um gemeinsam mit dem Pater ...»

Jemand machte: «Sch!»

Dr. Meusel schien mich nicht gehört zu haben. Er betätigte die Entriegelung seines Mikrophons und begann mit seiner Begrüßungsansprache. Er sprach vom geistigen wie vom geistlichen Auftrag des Kulturamts gegenüber dem Bürger, von der spirituellen Verwurzelung dieser Stadt bis in ihre Gründungstage, von der peregrinatio, der ewigen Pilgerschaft, die schon den heiligen Kilian aus Irland hierhergeführt habe und die auch den modernen Menschen antreibe auf der Suche nach Sinnhaftigkeit.

Ich hustete jetzt laut und deutlich und hielt die *Klosterküche* hoch.

Das tat Dr. Meusel auf dem Podium gerade auch. Die klösterliche Kochtradition führe uns zurück zu unseren Ursprüngen. Die Klosterküche habe auch in dieser Stadt einen hohen Stellenwert, er sage nur Karpfen, Frankenwein et cetera, und er verweise bereits an dieser Stelle gerne auf das im Herbst am Mainufer stattfindende Genussfestival, Faltblätter fände man am Eingang, und hiermit gebe er dem hochverehrten Lesegast dieses Abends das Wort.

Ich täuschte einen Hustenanfall vor. Jemand zischte: «Setzen Sie sich endlich, ich sehe nichts», ich tastete im Dunkeln nach einem freien Platz und hörte, wie Pater Engelmar gesegnete Grüße an alle in dieser ehrwürdigen Bischofsstadt aussprach. Er breitete die Arme aus und erzählte mit seiner schönen, sonoren Mönchsstimme vom Fasten und Feiern, von Selbstbegegnung und innerer Reinigung, vom Wiedererwachen der göttlichen

Natur, von der Vorfreude auf das Osterfest, vom Osterzopf als Symbol der geistigen Verflechtung der menschlichen Seele mit Gott, vom Ei als Symbol des göttlichen Anfangs in allem, vom Lamm Gottes und vom wiederkehrenden Licht, das jedes Kräutlein unter der Sonne wieder sprießen lasse, vom Frühling als Zeit der inneren Lauterkeit und Klarheit, klar und rein wie ein Schluck Wein im Kelch. Seine Rede plätscherte dahin wie die Wasser des Mains an der Schiffsanlegestelle unterhalb der alten steinernen Brücke, alle waren zufrieden, und niemandem schien aufzufallen, dass Hochwürden auf dem Podium kein einziges Rezept erläuterte. Man klatschte ausgiebig und dankbar, stellte sich erst am Verkaufsstand einer örtlichen Buchhandlung und dann, die *Klosterküche* in der Hand, in der langen Schlange vor dem Podium für eine Signatur an.

Ich stand am Ende der Schlange, trat von einem Fuß auf den anderen und fragte mich, wie der Abend weitergehen sollte. Es war schon fast zehn Uhr, als der letzte Lesefan seine Widmung erhalten hatte. Dr. Meusel sprach im Hintergrund in sein Smartphone, Pater Engelmar hob endlich den Kopf.

«Ah, Gabi! Wo haben Sie bloß den ganzen Abend gesteckt?»

Ich kam nicht zu einer Antwort, denn Dr. Meusel kam schon wieder auf den Pater zu: «Welch gesegneter Abend, Hochwürden. Ich bewundere Ihre spirituelle Kraft.»

Pater Engelmar machte eine Geste nach oben: «Sie kommt vom Heiligen Geist.»

«Apropos», erwiderte Dr. Meusel, «ich habe telefoniert. Sie reservieren uns im Heilig-Geist-Spital einen Tisch. Wenn wir uns beeilen, ist die Küche noch offen.»

Pater Engelmar schüttelte den Kopf: «Ich begreife diese Lesereise auch als Fasten- und Bußweg. Ich werde mich auf den Heimweg machen. Die Armen Schulschwestern haben mir Quartier gewährt.»

Dr. Meusel schien ernsthaft enttäuscht. Das Abendessen und die Weinprobe auf Rechnung des Kulturamts rückten in weite Ferne.

Mein Magen knurrte auch. So meldete ich mich aus dem Hintergrund zu Wort:

«Schon der heilige Benedikt sagt: ‹Flüssiges bricht das Fasten nicht.›»

Dr. Meusel drehte sich überrascht zu mir um: «Wer ist diese Dame?»

Pater Engelmar sagte: «Sie ist meine geschätzte Co-Autorin. Sie mag sich heute ein wenig im Hintergrund gehalten haben, aber wenn wir heute noch das Heilig-Geist-Spital aufsuchen wollen, dann nur zu dritt.» Dr. Meusel nickte willfährig. Wir machten uns auf den Weg.

Das Bürgerspital zum Heiligen Geist war zu dieser Stunde noch gut besucht. Hier wurde seit siebenhundert Jahren unter schweren Kreuzgewölben für das leibliche und geistige Wohl der Bürger gesorgt. Dr. Meusel empfahl, man solle sich die Orts- und Gutsweine sparen und angesichts der fortgeschrittenen Stunde direkt mit den ersten Lagen des Bürgerspitals beginnen. Er bestellte aus gegebenem Anlass eine 2014er Würzburger Abtsleite und drei Gläser. Pater Engelmar bat um Wasser, Dr. Meusel füllte dennoch unbeirrt drei Gläser. Er schlug vor, man solle auf die fränkische Herzogin Gailana trinken. Sie habe im Jahre 689 dafür gesorgt, dass der heilige Kilian in Würzburg ermordet wurde, und andernfalls wäre das mit der Bischofsstadt und dem Tourismus nichts geworden. Wir stießen an, Pater Engelmar nahm einen vorsichtigen Schluck. Dr. Meusel kaute, schmatzte und rollte den Wein im Mund, verkündete, der Wein habe den Geschmack von gelben Birnen und Kräutern und schlug vor, ein 2009er Großes Gewächs vom Würzburger Stein dagegen zu probieren. Der Muschelkalkrücken des Steines wölbe sich mainabwärts der Sonne entgegen und produziere mineralische Weine auf höchstem Niveau. Die Flasche kam, und Dr. Meusel fragte, ob die Küche noch geöffnet sei, da die Weine erst in Begleitung der ortstypischen Speisen ihren tieferen Charakter offenbarten.

Pater Engelmar lehnte ab und teilte mit, er werde sich ans Wasser halten. Ich erinnerte ihn daran, dass das erste Wunder Jesu die Verwandlung von Wasser in Wein gewesen sei. Er gab mir recht, schenkte sich kräftig vom Wein ein und erklärte den Würzburger Stein für eine wahre Gottesgabe. Dr. Meusel bestellte für uns beide Blaue Zipfel und Meefischli. Beides klang mir verdächtig, aber offenbar war es typisch, und ich aß ja auf Kosten des Kulturamts.

Der Würzburger Stein ging zur Neige. Pater Engelmar fragte, ob es noch weitere Getränke mit geistlichen Namen auf der Karte gebe, so wie die Abtsleite. Das gebe ihm ein besseres Gefühl beim Trinken. Dr. Meusel empfahl den Würzburger Pfaffenberg, einen noblen, leidenschaftlichen Wein. Pater Engelmar sagte, da spreche im Prinzip nichts dagegen. Dr. Meusel bedauerte, dass die Bibliotheca Subterranea, die wahre Bibliothek der Weisen, um diese Zeit geschlossen sei. Er trank zügig und erläuterte, so nenne der Eingeweihte den 4000 Quadratmeter großen Weinkeller unter dem Hause. Auch der Pfaffenberg war nicht übel. Pater Engelmar empfand ihn als süffiger als die Abtsleite. Die Meefischli kamen. Sie stellten sich als ausgebackene Weißfische heraus, die, so Dr. Meusel, nicht größer sein durften als der kleine Finger an der Steinskulptur des heiligen Kilian auf der alten Mainbrücke. Man aß sie im Ganzen, bis auf den Kopf. Pater Engelmar verweigerte die Aufnahme fester Nahrung, auch der Verweis auf den Fisch als Fastenspeise nützte nichts. Aber er habe auf der Weinkarte eine Domina entdeckt, ob man die als

Nächstes probieren wolle. Die blauen Zipfel kamen. Es waren gekochte, blässliche Bratwürste in einem Zwiebelsud. Ich sagte, dass ich den Namen und den Anblick dieses Gerichtes ekelhaft fände, die Sache an sich aber lecker. Dr. Meusel erwiderte, das sei noch gar nichts, der fränkische Bocksbeutel sei nichts anderes als *capri sacculus*, der Hodensack des Ziegenbocks. Die beiden Herren lachten wiehernd und einigten sich auf einen weiteren Pfaffenberg, der sei ihrer Überzeugung nach der Leckerste gewesen.

Irgendwann nach der nächsten Flasche kam die Bedienung und fragte, ob Dr. Meusel wie immer einen Bewirtungsbeleg fürs Kulturamt brauche, und wies darauf hin, dass jetzt Sperrstunde sei. Dr. Meusel behauptete, er fände alleine heim, und die Bedienung wies mir den Weg zum Quartier der Armen Schulschwestern. Der Pater an meinem Arm schwankte. Ich lieferte ihn an der Klosterpforte ab.

DER GUTE HIRTE

Eines musste man Dr. Meusel lassen: Er verstand etwas von seinem Job. Die Weine, die er ausgesucht hatte, waren alle von brillanter Qualität gewesen und erwiesen sich als erstaunlich verträglich. Ich frühstückte ordentlich in meinem Hotel, packte meinen Koffer und machte mich auf den Weg zu den Armen Schulschwestern.

Unterwegs klingelte mein Telefon, es war Horst.

«Wie war deine erste Lesung?»

«Schön. Der Herr vom Kulturamt hat sich großartig um uns gekümmert.»

«Und dieser Dreckskerl, benimmt er sich anständig? Ihr schlaft doch hoffentlich nicht im gleichen Hotel?»

«Pater Engelmar befindet sich in einer asketischen Phase. Er isst nichts, er nimmt nur Flüssiges zu sich, und er hat bei den Armen Schulschwestern genächtigt. Ich hole ihn jetzt ab.»

Horst schien erleichtert und erklärte, er müsse los, der Countdown für den Umzug laufe.

Es war ein herrlicher Morgen, windig, klar und mit einer ersten Ahnung von Frühling. Pater Engelmar stand mit seinem Koffer schon auf der Straße. Er trug über seiner Kutte eine braune Steppjacke, den Kragen hochgeschlagen. Er stand gebeugt und kniff die Augen zusammen.

«Dies ist kein gesegneter Morgen, liebe Gabi. Ich leide unter starkem Kopfschmerz und Lichtempfindlichkeit. Ich brauche unbedingt eine Sonnenbrille. Wir müssen auf dem Weg zum Bahnhof ein Brillengeschäft finden. Ich wollte bei den Schwestern nicht danach fragen, das Ganze ist mir sowieso äußerst unangenehm, aber wer hat mich gestern eigentlich ins Bett gebracht? Waren Sie das etwa?»

Ich schüttelte heftig den Kopf, und er nickte schwer: «Also ein Akt der Barmherzigkeit der Armen Schulschwestern. Gott möge es ihnen vergelten.»

Er lief mit Leidensmiene neben mir her.

Kurz vor dem Bahnhof kamen wir an einem Brillengeschäft vorbei. Er sagte: «Moment mal, bin gleich wieder da.» Er schien mir noch ein bisschen zu schwanken. Es dauerte nicht lange, und er kam mit einer blau verspiegelten Sportsonnenbrille heraus.

«Finden Sie das Modell übertrieben? Es absorbiert 80 Prozent des Lichts, es ist sogar gletschertauglich. Ich hoffe, das hilft gegen die Kopfschmerzen, aber vielleicht bin ich ja auch schneeblind geworden.»

Ich wollte sagen: «Keine Sorge, Sie sind einfach ein Pater mit Kater.» Stattdessen sagte ich: «Da vorne ist eine Apotheke, vielleicht sollten wir noch Aspirin für Sie kaufen.»

Auf dem Bahnsteig des Würzburger Bahnhofs blies der Wind nicht mehr frühlingshaft, sondern bitterkalt, und unser Zug hatte Verspätung.

«Warum findet die nächste Lesung eigentlich in Marienthal statt? Wir müssen zweimal umsteigen und ich habe den Ort nicht einmal auf der Landkarte gefunden.»

Pater Engelmar schien mich nicht zu hören. Er murmelte: «Der Weg der Passion führt durch die Dunkelheit und den Schmerz in die Herrlichkeit.»

Ich hielt ihm meine Wasserflasche und eine Aspirintablette hin. Er schluckte gehorsam.

«Der hochwürdigste Abt Quirin vom Kloster Marienthal wird mir aus meiner Krise helfen und mich wieder auf den rechten Weg der Askese leiten. Wir kennen uns seit vielen Jahren. Ich wollte ihn schon lange wieder einmal besuchen. Er hat ein gutes Wort für die *Leseinsel* eingelegt. Es ist inzwischen das einzige Buchgeschäft weit und breit. Da konnte ich nicht nein sagen.»

Endlich fuhr der Zug ein. Pater Engelmar hielt sich die Ohren zu, als die Bremsen quietschten. Ich half ihm mit dem Koffer, er sank auf einen Platz, behielt die Gletscherbrille auf und die Steppjacke an, und angesichts seiner verspiegelten Gläser konnte ich nur vermuten, dass er zum Fenster hinaus auf den Main starrte. Vielleicht schlief er auch.

Ich dachte über die erste Station meiner Lesereise nach, sah Fluss und Weinberge vorüberziehen und fragte mich, ob mir die zweite Etappe auf der *Leseinsel* in Marienthal mehr Einsatz abverlangen würde. Der Kopf des Paters schwankte hin und her, ich überlegte, ob er bis heute Abend überhaupt wieder vorzeigbar sein würde. Mein Handy klingelte.

«Brettschneider hier. Ich grüße Sie, Frau König! Alles bestens auf Ihrer Lesereise?»

Er gab mir keine Zeit für eine Antwort, sondern fuhr direkt fort: «Na also! Primstens! Wie weit sind Sie denn mit Ihrem Brainstorming für das neue Buch? Hat P. E. angebissen?»

«Das ist nicht ganz das richtige Bild, Herr Brettschneider. Er nimmt nämlich im Moment nur flüssige Nahrung zu sich.»

«Blödsinn! Sagen Sie ihm, das ist Blödsinn! Er soll was essen! Was ist das denn für eine scheiß Marketingidee, wenn er ein Kochbuch verkaufen will?! Sagen Sie ihm, er soll was essen!»

Der Pater mir gegenüber stöhnte. Er nahm seine Gletscherbrille ab. Sein Gesicht war kalkweiß. Er krümmte sich und stand ächzend auf.

«Der Weg der Reinigung ist ein beschwerlicher, liebe Gabi, ich muss ganz schnell mal wohin.»

Er hastete schwankend, in Steppjacke und Kutte, den Gang entlang Richtung Zugtoilette.

«War er das? Kann ich ihn mal sprechen?»

«Machen Sie sich keine Sorgen, Herr Brettschneider. Ich glaube, er ist auf einem guten Weg.»

Wir fuhren in einen Tunnel, und die Gesprächsverbindung wurde glücklicherweise unterbrochen.

Die *Leseinsel* erwies sich als der Traum jeder Buchhändlerin. Vor der sorgfältig abgebeizten Eichentür mit den Jugendstilelementen standen schon die Inhaberin und ihre einzige, jahrzehntelange Mitarbeiterin. Der Pater hatte immer noch seine Gletscherbrille auf. Er murmelte mechanisch: «Gesegnete Grüße», die beiden Damen nahmen es wie das päpstliche «Urbi et Orbi» am Ostersonntag, mit Verzückung. Die eine hielt uns die Tür auf, eine Glocke machte «bimbam», die andere sagte: «Wir sind alle schon ganz aufgeregt!», und wir betraten ihre Bücherwunderwelt. Tiefbraune, ehrwürdige Holzregale von den knarrenden Holzfußböden bis hinauf zu den Decken. Romane, Bildbände, Reiseliteratur, dazwischen ein paar Graphiken und kleine, handtellergroße Skulpturen. Altmodische Buchleitern, eine Leseecke mit einer Kaffeemaschine und ein paar Keksen unter einem Glassturz, schwere Tische mit handgeschriebenen Leseempfehlungen ohne die üblichen schwedischen Quotenmacher und eine Kinderecke mit einem großen Leseschiff, in das man hineinkrabbeln und mit dem man sich auf die große Abenteuerreise durch die Wunderwelt der Buchstaben und Geschichten machen konnte, von Takatuka-Land bis zu Robinsons

Eiland. Die *Leseinsel* war eine wahre Oase für Groß und Klein, weit entfernt von den Abverkaufsrampen der Großstädte.

Die beiden Damen hatten ein kunterbuntes Gemisch von alten Stühlen aufgestellt, das die Leseinsel noch kleiner erscheinen ließ, als sie war. Vorne, auf einem provisorischen Podest, standen ein rotes Plüschsofa und, auf einem Beistelltisch, ein Tulpenstrauß.

Die beiden Lesedamen sagten noch einmal, wie aufgeregt sie seien, weil der Pater ihnen die Ehre erweise. Es kämen der Bürgermeister, der Lokalredakteur und Herr Flintner, ob wir den kennen würden. Er sei ehemaliger Grundschullehrer und habe eine vielbeachtete Ortsgeschichte geschrieben, die auch überregional Aufmerksamkeit gefunden habe. Leider kannten wir den einzigen lebenden Autor der Stadt nicht. Die Bücherdamen kündigten an, dass es in der Pause Rotwein und Antipasti vom Lorenzo gebe. Der habe den Feinkostladen in der Hauptstraße, und solange es ihn und die Bücherinsel noch gebe, solle es bei dieser Kooperation auch bleiben. Dann schwirrten die beiden Damen davon, denn die ersten Lesungsgäste kamen schon, und der Lokalredakteur traf ein und zückte seine Kamera.

«Sie sollten die Gletscherbrille jetzt doch besser abnehmen.»

Der Pater sah immer noch kreidebleich aus.

«Gabi, könnten Sie heute mein guter Hirte sein und ein wenig auf mich aufpassen?»

Ich nickte: «Sie sollten heute etwas essen. Ich glaube, schon der heilige Benedikt hat gesagt, dass Wandernde und Reisende vom Abstinenzgebot befreit sind.»

«Vielleicht haben Sie recht. Vielleicht ist es an der Zeit, das Göttliche im Irdischen zu suchen.»

«Sage ich doch, nehmen Sie endlich etwas zu sich.»

«Bloß um Gottes willen keinen Wein mehr.»

Die beiden Bücherdamen kamen, um uns Herrn Flintner vorzustellen. Er machte uns beiden seine Ortsgeschichte zum Geschenk, einschließlich Widmung.

Schon eine Viertelstunde vor Lesungsbeginn war kein Stuhl mehr frei, an sämtlichen Bücherwänden lehnten Zuhörer, es kamen immer noch mehr. Man bedeutete uns, gemeinsam auf dem kleinen Plüschsofa Platz zu nehmen, und dann begann die Lesung.

Der Pater war tatsächlich nicht gerade in Hochform. Statt vom Engel der Mäßigung sprach er vom Ekel der Mäßigung, statt vom Engel der Heiterkeit vom Engel der Heiserkeit und statt von der Klosterküche von der Hosterklüche. Ich half ihm ein bisschen aus und übernahm den praktischen Teil. Ich erklärte die Marinade für das Osterlamm und die Konsistenz der Bärlauchspätzle. Man hörte mir aufmerksam zu. Ich nahm richtig Fahrt auf und war gerade dabei, meine kleinen Tricks bei der Zubereitung eines Biskuitteigs zu offenbaren, als ich aus den Augenwinkeln sah, wie dem Pater der Kopf auf die Brust sank. Ich fuhr meinen Ellenbogen aus und stieß ihn dem Pater in die Seite, während ich mit meinen Zuhörern vorsichtig den Eischnee unter den Teig hob. Er reagierte nicht. Ich mischte alle Zutaten zu einer fluffigen Masse und knuffte ihn noch einmal. Er grunzte ganz leise. Aus der ersten Reihe traf mich der vernichtende Blick einer der beiden Bücherfrauen. Ich hob meine Stimme und strich den Teig in eine Backform. Ich sprach laut von Fasten und von Ostern, aber nicht einmal auf diese Reizworte reagierte er. Es blieb mir nichts anderes übrig, als meine Hand auf seinen Oberschenkel zu legen und durch die Kutte unauffällig, aber feste zuzukneifen, so wie ich das als Kind schon gut konnte. Die Besitzerin der Leseinsel, die ja in der ersten Reihe saß, sah meine Hand auf seinem Bein und spitzte vor Entsetzen den Mund. Aber es wirkte. Der Pater fuhr hoch. Ich sagte:

«Bevor Pater Engelmar Sie nun noch einmal mitnimmt auf eine spirituelle Reise der Genüsse, sollten wir vielleicht eine kleine Verschnaufpause einlegen und uns den Köstlichkeiten von Lorenzo widmen.» Meine Zuhörer nickten bereitwillig, erhoben sich und strebten Lorenzos Buffet zu.

Der Pater fuhr sich über die Stirn, stand mühsam auf, sein Blick war noch glasig, aber er sagte:

«Danke, Gabi, Sie sind fürwahr mein guter Hirte. Kann es sein, dass ich ein wenig eingenickt bin? Ich glaube, ich probiere als Erstes das Vitello Tonnato. Gibt es auch Kaffee?»

Ich hatte keine Chance, während der Pause in der Nähe des Paters zu bleiben und aufzupassen, dass er nur Kaffee und keinen Wein trank. Die beiden Lesedamen bewachten ihn wie zwei Cerberusse. Offensichtlich beäugte nicht nur Horst eifersüchtig mein Verhältnis zu Pater Engelmar.

ZUCKERORGASMUS

Welch ein gesegneter Abend, das waren wirklich nette Buchhändlerinnen in Marienthal, und überaus anhänglich. Der Herrgott hat mich genesen lassen, ich erwarte mit Freuden, was dieser Tag bringen wird!»

Der Pater machte eine seiner weit ausladenden Gesten, seine Gletscherbrille hatte er ins Haar geschoben, seine Stimmung war hervorragend. Wir saßen nach zweimaligem Umsteigen endlich im ICE nach Berlin.

«Mir geht es auch so, Pater Engelmar, ich kann es kaum erwarten, in Berlin zu sein. Sie müssen wissen, meine Tochter und mein erstes Enkelkind leben dort. Möchten Sie mal ein Foto von Paulchen sehen?»

Er sah sich das Bild, das ich aus meinem Portemonnaie holte, mit freundlichem Interesse an.

«Wir alle sollten das göttliche Kind in uns wiedererwecken, liebe Gabi. Sie werden heute sicher bei Ihrer Familie nächtigen.»

Ich nickte: «Meine Tochter holt mich am Bahnhof ab, sie will unbedingt mit zu unserer Lesung kommen.»

«Mir werden für diese Nacht die Benediktinerinnen von Sankt Gertrud Quartier gewähren.»

Mein Telefon schrillte in der Handtasche. Ich dachte, es wäre Horsts Kontrollanruf, aber es war Herr Brettschneider vom Arcanum-Verlag.

«Ich grüße Sie, Frau König. Was macht P. E.? Haben Sie inzwischen mit ihm sprechen können wegen des nächsten Buchprojekts? Isst er endlich wieder was? Treiben Sie ihm bloß diesen Askesequatsch aus! Übrigens, die Lesung heute in Berlin hat mal ein etwas anderes Format. Ich habe es P. E. lieber noch nicht gesagt. Aber wir müssen marketingmäßig neue Wege gehen. Strike out in a new direction. Na, Sie kriegen das schon hin, Adresse haben Sie ja. Schöne Lesung heute, ich grüße Sie, und we keep in touch!»

«War das dieser Brettschneider? Er lässt mir einfach keine Ruhe, drängt mich dauernd zu einem neuen Buch.»

«Er wollte nur wissen, ob Sie wieder feste Nahrung zu sich nehmen.»

«Sehen Sie, liebe Gabi, der Mensch verlangt nach Nahrung für Körper und Geist. Er hat verlernt zu genießen, was Gott ihm geschenkt hat. Die vollkommene Askese ist ein Irrweg. Abt Quirin hat mich gestern Abend in einem langen Gespräch wieder auf den rechten Weg geleitet. Ich habe heute Morgen im Kloster ein Müsli der Dankbarkeit gegessen!»

«Da bin ich wirklich sehr erleichtert. Ich finde, die Küche ist ein heilsamer Ort. Wenn es mir schlecht geht, dann koche ich etwas Schönes. Kochen ist Liebe, Kochen macht glücklich.»

«Sie sind ein wahrer Küchenengel, liebe Gabi. Sie haben mich gestern Abend bei der Lesung gerettet. Ich fürchte, der Schlaf hatte mich tatsächlich für einen Augenblick übermannt.»

«Ich bin sehr froh darüber, dass Sie wieder feste Nahrung zu sich nehmen! Essen und Trinken kommen schließlich schon in der Bibel vor: das Wunder von Kanaan, die Speisung der Fünftausend ...»

«Wie wahr, liebe Gabi. Trost und Gemeinschaft, Wunder und Verkündigung, Brot und Wein, sie gehören seit jeher zusammen. Wir alle brauchen Nahrung für den Körper und Labsal für die Seele, nicht wahr?»

«*Seelenfutter* – wäre das nicht ein schöner Titel für Ihr nächstes Werk, Pater Engelmar? Sie kennen sich doch aus in diesen Dingen: Nahrung heilt die Seele, die Küche ist ein Ort der Achtsamkeit, das Tischgebet gewährt uns ein Innehalten der Dankbarkeit …»

«Liebe Gabi, wie recht Sie haben! Ich sprach vorher schon davon: Ich habe heute Morgen bereits auf Anraten von Abt Quirin ein Müsli der Dankbarkeit zu mir genommen. Es hat mir sehr wohlgetan.»

Er strich über seine Kutte.

Ich nickte aufmunternd: «Und die Antipasti von Lorenzo gestern Abend haben Ihnen doch auch geschmeckt.»

Er nickte versonnen und lächelte:

«Fürwahr, liebe Gabi, Sie haben recht. Essen ist eine Gottesgabe. Kochen ist eine Wertschätzung der Vielfalt der Schöpfung.»

Ich nickte bekräftigend:

«Schon im Paradies gab es Äpfel zu essen.»

Einen Augenblick lang schien er mir irritiert zu sein.

«Ich meine, das war doch schon mal ein Anfang.»

Er wiegte den Kopf.

«Wie auch immer», fuhr ich schnell fort, «wenn wir mal Evas Apfel und das letzte Abendmahl außer Acht lassen, dann ist Essen doch eine biblische Freude, ein himmlischer Genuss, Seelenfutter eben.»

Er griff nach meiner Hand.

«Ach, liebe Gabi, Sie wirken so inspirierend auf mich. Ich könnte mir fürwahr vorstellen, mit Ihnen gemeinsam noch einmal ein Kochbuch zu verfassen. Ein wahrhaft spirituelles Kochbuch. *Seelenfutter* wäre möglicherweise tatsächlich ein großartiger Titel.»

Er drückte meine Hand und machte Anstalten, sie in der Nähe seines Herzens auf seine Kutte zu legen. Glücklicherweise klingelte in diesem Moment schon wieder mein Handy. Ich erwartete einen neuerlichen Anruf von Herrn Brettschneider. Er würde begeistert sein, ich hatte den Pater so weit. Aber er war es nicht. Es war Nina. Sie schluchzte so laut in mein Handy, dass sogar der Pater es hören konnte.

«Mamutsch! Ich kann nicht zu deiner Lesung kommen. Philipp kriegt es wieder nicht hin! Er hat es mir fest versprochen, *einmal* rechtzeitig daheim zu sein und das Kind zu nehmen. Und was ist jetzt? Kundentermine! Ich sitze hier und kann nicht weg!»

Ich hörte, wie sie in ein Taschentuch schnaubte, während im Hintergrund das Kind greinte.

«Frag doch Silva. Sie wohnt schließlich im Haus, vielleicht kann sie so lange auf Paulchen aufpassen.»

«Schwiegermama? Sie macht mit ihrem Gekreische und Gefistel das Kind total verrückt, und ich muss das ausbaden. Dann brüllt er wieder die halbe Nacht.»

«Ist nicht so schlimm, Kind. Du kannst bestimmt ein andermal dabei sein. Die Lesung fängt schon um 17 Uhr an. Ich nehme mir gleich danach ein Taxi. Spätestens um 20 Uhr bin ich bei euch. Gib Paulchen einen Kuss. Ich freue mich!»

Aber im Moment freute ich mich gar nicht, ich schluckte heftig und starrte aus dem Fenster. Ich hätte Nina so gerne dabei gehabt.

«Haben Sie Kummer, Gabi? Brauchen Sie Trost? Wir könnten gleich nachher am Bahnhof in Berlin eine Bulette essen gehen – Sie wissen schon: Seelenfutter!» Der Pater lächelte verschmitzt.

«Ich fürchte, diesmal brauche ich einen anderen Trost.»

Er sah mich verständnislos an. Eine halbe Stunde später waren wir am Berliner Hauptbahnhof. Wir kauften für den Pater eine Bulette mit extrascharfem Senf, ich geleitete ihn zu einem Stehtischchen und sagte:

«Könnten Sie so nett sein und ein Viertelstündchen auf unsere Koffer aufpassen, während Sie Ihre Bulette essen? Ich bin gleich zurück.» Dann sprintete ich los. Wozu bekam ich schließlich einen Haufen Lesehonorar? Man musste es hier doch irgendwo ausgeben können! Tatsächlich, es gab eine Shoppingmall im Bahnhof. Ich stürmte ohne großes Nachdenken in die erste Boutique. Sie hieß *Zauberfrau*, und dort musste dieser knielange, zart roséfarbene Mantel aus leichter Wolle schon auf mich gewartet haben. Er hatte schöne große Taschen, er nahm den Frühling vorweg, er war weiß Gott nicht billig, aber er saß perfekt und war weich und zart wie ein Osterlämmchen. Ich ließ der Verkäuferin kaum Zeit, ihn in Seidenpapier einzuschlagen, unterschrieb in fliegender Hast den Kreditkartenbeleg und eilte zurück in die Bahnhofshalle. Pater Engelmar aß immer noch. Es war offensichtlich seine zweite Bulette.

«Jetzt geht es mir besser. Ich war schnell ein bisschen shoppen», ich deutete auf meine Einkaufstüte. Er hielt mir seine Bulette zum Abbeißen hin, ich lehnte mit einer Handbewegung ab. «Wir sollten uns jetzt ein Schließfach für unsere Koffer suchen, Pater Engelmar. Dann nehmen wir uns ein Taxi. Die Lesung findet in Spandau statt.»

Er nickte kauend.

Im Taxi thronte der Pater vorne neben dem Fahrer, ich saß hinten. Vielleicht hätte es uns zu denken geben sollen, dass unser Fahrer die genaue Adresse gleich zweimal in sein Navi eingab, den Pater von der Seite musterte und auch zweimal nachfragte, ob wir sicher dorthin wollten.

Ich liebe Berlin, schon weil mein erstes Enkelkind hier groß werden wird, aber der Verkehr ist eine Katastrophe. Wir fuhren von Stau zu Stau. Rushhour. Wir brauchten weit über eine Stunde. Selbst der Pater sprach nicht mehr vom Engel der Geduld, sondern trommelte heftig mit den Fingern gegen die Seitenscheibe. Es war 17.28 Uhr, fast eine halbe Stunde nach Lesungsbeginn, als sich der rote Pfeil auf dem Navi endlich dem Zielfähnchen näherte. Ich und mein rosa Mantel waren schuld, wenn die Zuhörer längst wieder auf dem Heimweg waren und der Veranstalter uns mit hochrotem Kopf einen Regress androhte.

«Da wärn wia. Na denn viel Spaß.»

Der Fahrer deutete auf einen großen Parkplatz, auf dem jede Menge Lkw standen.

«Wir haben hier eine Lesung. Ist das wirklich die richtige Adresse? Sind Sie sicher?», fragte ich.

«Janz sicha. Auf jeden Fall ist dat mal was anderes! Ick finde och, heutzutage muss Jott übaall sein.» Der Taxifahrer deutete erst auf die Kutte des Paters und dann auf den großen Parkplatz, von dem er behauptete, dass es die richtige Zieladresse sei.

Ich stieg nur zögerlich aus. Ich bat den Taxifahrer, noch ein paar Minuten zu warten, aber der dachte nicht daran. Er gab Gas, kaum dass wir die Türen zugeschlagen hatten. Es blieb uns nichts anderes übrig, als auf den großen Parkplatz mit den vielen Lkw zuzugehen. Und wir waren nicht die Einzigen. Jede Menge junger Leute hatten offensichtlich das gleiche Ziel wie wir. Wir waren schon fast bei den Lkw angekommen. Jemand hielt uns einen Flyer hin. Ich las «Erste Spandauer Foodtruck Convention».

Es waren also keine Lkw, es waren Trucks. Manche sahen aus, als seien sie direkt vom Highway 66 übers Meer nach Spandau gebraust, chromglitzernd und hochbeinig. Andere erinnerten mich an die gelben Schulbusse, mit denen man in Apartheidzeiten die Kinder nach Hautfarbe getrennt zu ihren Schulen gefahren hatte. Wieder andere waren wacklige alte Wellblechkastenwagen, nur wenig größer als die Ente, mit der Horst mich bei unseren ersten Rendezvous abgeholt hatte.

Jemand mit einer Strickmütze auf dem Kopf kam auf uns zu.

«Ey, cool, dass ihr da seid. Ich bin der Felix. Du bist der Pater – und du musst Gabi sein?»

«Gesegnete Grüße», erwiderte der Pater. «Wo ist der Veranstaltungsort? Es tut uns leid, dass wir uns verspätet haben.»

«Null Problem, holt euch doch erst mal was zu essen. Wir treffen uns nachher da hinten im Zelt.»

Er deutete über den staubigen Parkplatz mit den Lkw nach links.

«Kein Stress. Wir seh'n uns.»

Er steckte die Hände in die Hosentaschen und schlenderte zwischen den vielen jungen Leuten hindurch Richtung Zelt.

«Gabi, dies scheint mir ein besonderer Ort zu sein. Ich hätte nicht gedacht, dass Gott mich hierherführen würde. Alles hat seinen Sinn. Der Engel der Offenheit weist uns den Weg, wir sollen nicht erstarren, sondern uns an Maria ein Vorbild nehmen, die unerschrocken das Haus der Elisabeth betrat.»

Und so betrat der Pater unerschrocken die Welt der Foodtrucks, mich an seiner Seite.

Im Grunde waren all diese Lkw kleine Küchen, kleiner noch als die in meinem Reihenhaus, nur dass sie an der Längsseite Verkaufsaufbauten mit Vitrine und Klappdach hatten, so wie früher das Bäckerfahrzeug, das immer donnerstags in unserer Straße hielt.

In den Trucks standen junge Leute mit zu Stirnbändern verknoteten Tüchern im Haar, die hingebungsvoll hackten, rösteten, mischten, räucherten, wursteten und kneteten. Fast vor jedem Truck hatte sich eine Schlange mit jungen Leuten gebildet, die Wollmützen und grüne Parkas mit Fellbesatz trugen. Manche hatten auch dicke Bärte und Haarzwiebeln wie mein Yogalehrer. Die Foodtrucks hießen *Heißer Hobel*, *Stullenbüro*, *Rock 'n' Roll Kitchen*, *Pasta Taxi*, *Burrito Bandito*, *Soulfood* und

Tofutussies. Sie verkauften Pulled Pork Sandwich, Falafel, Tandoori-Hühnchen, Tom-Yam-Suppe, Smoothies, Craft Beer, Manufaktur-Bratwurst, Raw Chocolate und vegane Tortillas. Der Pater besah sich das Ganze mit Interesse.

«Gabi, was halten Sie von einem Burger vom Wagyu-Rind mit Burgerbun aus Sauerteig?»

«Ich hätte eher Lust auf etwas Süßes. Aber Sie sollten diesen Burger unbedingt probieren.»

Der Pater nickte: «Der Engel der Offenheit wird uns geleiten.» Er reihte sich in die Schlange ein.

«All-Day-Rub? Chili-Rub? Curry-Rub? Limetten-Majoran-Mayo? Jalapeño-Rucola-Mayo? Avocado-Salsa? Whiskey-BBQ-Sauce?»

«Ja», erwiderte der Pater und streckte die Hand nach dem gewaltigen Burger aus.

Wir hockten uns zwischen den Trucks auf einen Stapel Paletten – die jungen Leute, die dort bereits saßen, rückten freundlicherweise etwas zusammen, um uns Platz zu machen. Jalapeño-Mayo tropfte auf die Kutte. Der Pater aß, dann schlenderten wir weiter.

Ich entdeckte einen Truck mit kleinen, wunderschönen Kuchen. Es gab Tender Guerilla Crumble, Devil's Chocolate Cake und Naked Cake with Mangofrosting. Ich hob den Kopf und las über dem Tresen den Namen des Trucks. Er hieß *Zuckerorgasmus.*

«Ich glaube, ich habe keinen Hunger. Wir sollten endlich zu diesem Zelt gehen», sagte ich und schob den Pater entschlossen nach links, er folgte mir arglos.

Es war ein kleines rundes, rotgelbes Zelt, von Fahnen und Wimpeln gekrönt, mit dem vermutlich ein fahrender Zirkus names Colani, Alberti oder Barani mit ein paar Lamas, Pferden und Dromedaren durch die Lande getingelt war, bis das finanzielle Aus gekommen war.

Das Zelt hatte einen Holzboden und eine Manege. Auf den grob gezimmerten Bänken rundum saßen unglaublich viele junge Leute. Sie aßen, redeten und tranken Bier aus großen durchsichtigen Mehrwegbechern. Irgendwo legte ein DJ ohrenbetäubende Musik auf. Ich entdeckte Felix zwischen den Sitzreihen. Er unterhielt sich mit ein paar Gleichaltrigen. Als er uns sah, winkte er und kam auf uns zu.

«Cool, dass ihr da seid. Hat's euch da draußen gefallen?», schrie er gegen die Musik an.

«Großartig», schrie ich zurück, «dagegen ist die Grüne Woche ein Witz!»

Er nickte und schrie: «Die Leute sind echt voll geil drauf! Dann kommt mal mit!»

Wir stiegen eine kleine Holztreppe hinab, der Pater hob leicht die Kutte an, ich kramte nach der *Klosterküche* in meiner Tasche.

«Ich organisier euch mal zwei Stühle und ein Mikro», brüllte Felix uns zu.

Wir setzten uns in der Mitte der Manege auf zwei Klappstühle, jemand drehte urplötzlich die Musik ab, und Felix rief ins Mikro:

«Hey, was geht ab, Foodies! Ich hab euch hier den Pater und die Gabi mitgebracht. Die haben zusammen ein Buch geschrieben, das ist echt cool. Ich sag euch, total gute Küche gab's immer schon! Authentisch, ehrlich, direkt! Hey, ihr zwei, jetzt haut rein!»

Der DJ drehte noch einmal kurz die Musik laut, und dann kehrte auf einmal Ruhe ein. Die Wollmützengesichter wandten sich uns zu. Die Biere wurden zur Seite gestellt, die halbgegessenen Burger abgelegt, und der Pater begann zu erzählen. Er erzählte von der ersten Slow-Food-Bewegung der Geschichte. Er erzählte vom langsamen Essen, vom bewussten Essen, vom spirituellen Essen, von den Kräutern aus dem Klostergarten, von der Sorgfalt bei der Zutatenwahl, von der Ruhe bei der Zubereitung, vom Einklang mit den Jahreszeiten, von den Heilkräutern aus dem eigenen Anbau und von der Weisheit der Hildegard von Bingen. Ich lieferte dazu das Rezept für eine Wildkräutersuppe mit Spitzwegerich, Schafgarbe und Sauerampfer. Während der Pater weitersprach, überlegte ich fieberhaft, was ich als Nächstes erzählen sollte, da hämmerte die Musik schon wieder los, Felix sprang in die Manege und schrie wiederum gegen die Musik an:

«Und, Leute? Hab ich euch zu viel versprochen? Sind die zwei nicht echt cool? Ich finde, das ist einen geilen Applaus wert!»

Die Wollmützengestalten standen auf, klatschten, johlten und schrien: «Wow! Wow! Wow!»

Und nun lernte ich, warum der Pater landauf, landab so einen Erfolg hatte. Er erhob sich von seinem Klappstuhl, griff in die Tasche seiner Kutte, setzte die Gletscherbrille auf, zog mich vom Stuhl, nahm mich in den einen Arm und reckte den anderen zum Victory-Zeichen hoch. Auf den Rängen johlte und klatschte es noch mehr, einige hielten ihre Handys hoch und fotografierten uns.

Die Musik wurde immer noch lauter und lauter, ich erwartete, dass unsere Zuhörer sich wieder hinsetzten und wir weitermachen mussten, aber dem war nicht so. Offenbar waren alle der Meinung, dass die Lesung nun zu Ende sei. Die jungen Leute standen in aller Ruhe auf, unterhielten sich und schlenderten langsam Richtung Zeltausgang davon, um das Pfand für die Bierbecher einzulösen oder noch ein paar Falafel zu essen. Felix zog zwei Umschläge mit Geldscheinen aus der Hosentasche und meinte, das sei echt cool gewesen und wir bräuchten das Geld nicht zu quittieren, das sei schon okay so. Wir verabschiedeten uns herzlich von Felix, wobei der Pater immer noch die Gletscherbrille auf und den Arm um mich gelegt hatte:

«Ich sagte es ja heute Morgen schon, liebe Gabi: Dies ist ein gesegneter Tag. Ich mag diese jungen Leute. Dennoch muss ich gestehen, es war eine wirklich ungewöhnlich kurze Lesung.»

«Offenbar lang genug für die Generation Twitter.»

«Ich finde, Sie sollten jetzt auch etwas essen, liebe Gabi. Wie hieß denn der Truck mit den schönen kleinen Kuchen? Ich weiß doch, Sie sind verrückt nach Süßem.»

«Ich glaube, ich nehme heute doch lieber einen Burger.»

«Wie Sie wollen, Gabi. Ich glaube, ich nehme auch noch einen Burger.»

Der Pater wies mit der Gletscherbrille Richtung Zeltausgang. Ich schob ihn sanft am *Zuckerorgasmus* vorbei.

MEIN ROSA MANTEL

Es war tatsächlich nicht viel später als acht Uhr abends, als ich aus dem Taxi stieg, meinen Koffer nahm, den großen kopfsteingepflasterten Hof durchquerte, die geschwungene Holztreppe in den zweiten Stock hinaufstieg und klingelte. Ich weiß nicht, ob Nina schon gewartet hatte. Es dauerte jedenfalls nur einen Augenblick, und sie riss die Tür auf und rief: «Mamutsch!»

Philipp stand hinter ihr, das Kind auf dem Arm. Ich hauchte meiner Tochter einen Kuss ins Haar und stieß hervor: «Paulchen! Du bist ja schon wieder gewachsen!»

Er sah mich aus müden, geröteten Äuglein an und klammerte sich an seinen Papa. Ich fuhr Paulchen mit der Hand über sein Köpfchen. Er hatte tatsächlich einen dichten blonden Haarflaum bekommen. Ich beugte mich über ihn und roch seinen unvergleichlichen süßen Babyduft. Paulchen roch nach allem, wonach ich mich sehnte.

«Hast du schon was gegessen, Mamutsch? Ich habe uns was vom Türken besorgt.»

Ich streckte die Arme nach Paulchen aus, hob ihn von Philipps Arm und drückte ihn an mich. Er wand sich in meinem Arm und begann zu schreien.

«Wenn er sehr müde ist, fremdelt er, mach dir nichts draus. Ich bringe ihn ins Bett. Philipp, mach doch schon mal den Wein für uns auf.»

Nina nahm mir Paulchen wieder ab und verschwand, um ihn für die Nacht zu wickeln.

Philipp ist ein netter Junge, ich mag ihn wirklich. Ich sah, wie müde er war. Nina blieb verschwunden.

«Dieses Kind schläft einfach nicht. Was kann man denn da machen, Gabi?»

Ich zuckte die Achseln: «Das wird von selbst besser.»

«Von selbst? Und wann?»

Philipp goss uns Wein ein. Wir stießen an und warteten. Schließlich machte sich Philipp auf die Suche nach den Sachen vom Türken. Wir aßen zu zweit Fladenbrot, Oliven, Paprikacreme und Tintenfischsalat. Endlich tauchte Nina auf. Philipp trank sein Glas leer und sagte: «Schläft er endlich? Dann gehe ich jetzt auch ins Bett.»

Nina holte sich ein Glas, sah ihm nach und sagte zu mir: «So läuft das hier immer.»

Am nächsten Morgen schien die Sonne. Philipp war schon verschwunden. Paulchen lag auf einer Decke im Wohnzimmer, strampelte und schlug mit einer Rassel auf den Boden. Nina war offenbar schon seit sehr langer Zeit auf den Beinen, während ich tief und fest in dem Zimmer geschlafen hatte, das eigentlich Paulchen gehörte – falls der in den nächsten Jahren überhaupt vorhatte, das elterliche Schlafzimmer zu räumen.

«Papa hat schon zweimal angerufen. Er sagt, du hast dich seit vorgestern nicht gemeldet.»

«Seit vorgestern? Kann das sein?»

«Er klang ziemlich sauer.»

Ich griff sofort zum Telefon.

«Gabi, heute findet der Umzug statt. Wir könnten dich hier weiß Gott gut gebrauchen.»

«Horst, stell dir vor, Paulchen kann schon eine Rassel halten.»

«Soso, na sehr schön. Sag mal, wann hast du vor, wieder heimzukommen?»

«Horst, gestern hatte ich eine sehr interessante Lesung hier in Spandau, heute Abend bin ich in Halle, dann in Weimar, dann in Kassel, und dann komme ich heim, das weißt du doch.»

«Bis dahin sind wir fertig mit der Wohnung.»

«Du hast mich noch gar nicht gefragt, wie die Lesungen waren.»

«Tut mir leid, aber ich muss jetzt los, Maxi und ich müssen den Leihtransporter für den Umzug abholen.»

«Und ich muss mich um Paulchen kümmern.»

Aus meinem Handy tutete es. Ich warf es wütend auf den Wohnzimmertisch und beugte mich zu Paulchen hinunter. Er hielt seine Rassel in der Hand, schlug sie auf den Boden und krähte: «Ngäh, ngäh!»

«Nina», rief ich in die Küche, «du brauchst kein Frühstück zu machen, lass uns lieber rausgehen. Es ist so schönes Wetter, ich lade dich von meinem Lesehonorar ein! Gibt es hier in der Nähe ein richtig tolles Café?»

Ich hatte nicht bedacht, dass wir uns hier in einer Art Hochsicherheitstrakt befanden, den man nicht ohne Personenkontrolle verlassen konnte. Im Erdgeschoss, im Betriebsbüro, thronte Silvia. Im gläsernen Vorbau des Backsteingebäudes hatte sie ihren Kommandostand. Dort residierte sie zwischen Akten, Heftmappen, Briefablagen, zwei PCs und zwei Telefonen. Natürlich hatte sie Nina und mich schon registriert, als wir Paulchen in den Kinderwagen setzten und ihn auf den Hof hinausschieben wollten. Sie beendete augenblicklich ihr Telefonat, winkte uns imperativ, erhob sich von ihrem Bürostuhl und segelte auf uns zu.

«Ich habe schon von Philipp gehört, dass du da bist, liebe

Gabi. Lesereise? Was machst du denn für eine Lesereise? Wenn du jetzt das Kind nimmst, könnte ich Nina endlich einmal die wichtigsten Ablagen erklären. Wenn sie eines Tages doch beschließt, Philipp zu heiraten, und wenn ich einmal nicht mehr bin» – sie machte eine theatralische Bewegung gen Himmel –, «sollte sie wenigstens eine blasse Ahnung vom Geschäft haben.»

Nina bekam die steile Falte auf der Stirn, die Horst auch hat.

«Silvia, ich bin nur bis heute Nachmittag da, wir wollten gerade zusammen frühstücken gehen.»

«Frühstücken? Nun ja!» Sie lachte bitter auf. «Das ist natürlich eine überaus wichtige Tätigkeit. Na, dann viel Spaß.»

Sie drehte sich auf dem Absatz um und nahm wieder Kurs auf ihr Büro.

«So läuft das hier immer», sagte Nina noch einmal.

Wir frühstückten im Freien. Ich hatte Paulchen auf dem Schoß, er kaute an den Henkeln meiner Handtasche, grabschte nach meinem Brötchen und versuchte, meinen Filterkaffee umzuschmeißen. Denn hier trank kein Mensch mehr Cappuccino, alles war handgebrüht. Es hätte mir nicht besser gehen können. Auch Nina genoss es sichtlich. Wir probierten das Amaranth-Müsli, das vegane Nussbrot, den Kardamomjoghurt mit karamellisierten Pflaumen, den Schinken vom Iberico-Schwein und gönnten uns zum Schluss noch einen New Yorker Cheesecake.

«Könnt ihr nicht nach Berlin ziehen? Ihr fehlt mir. Silvia ist ...», Nina ballte die Faust und machte: «Hmpf.»

«Nina, trotzdem musst du mit ihr auskommen. Mein Zug nach Halle geht erst um 15 Uhr. Ich könnte Paulchen nehmen, und du lässt dir im Büro ein paar Sachen erklären.»

«Mamutsch, ich bin Floristin. Ich interessiere mich nicht die Bohne für Heizungsrohre!»

«Aber du interessierst dich für Philipp.»

Sie nickte widerwillig.

So machte sich Nina auf ins Büro zu Silvia, und ich trug das Kind hinauf in die Wohnung. Der Kleine war todmüde. Er war im Kinderwagen durch Berlin gefahren worden, er hatte zum ersten Mal in der Frühlingssonne in einem Café gesessen, er hatte auf zwei dicken Lederhenkeln herumgekaut, er hatte Autos hupen, Straßenbahnen klingeln, Müllautos rattern hören, seine Mama hatte ihm ein paar süße Krümel in den Mund gesteckt, die zum ersten Mal anders schmeckten als Muttermilch – alles sehr aufregend. Sein viel zu schweres Köpfchen lag an meiner Schulterbeuge, die Ärmchen hingen schlaff auf meiner Brust, er roch nach Sonne und Babycreme. Ich spürte, wie ein bisschen Speichel aus seinem Mund in meine Achselhöhle tropfte. Sein Köpfchen wog immer schwerer, ich ging mit ihm auf dem Arm im Wohnzimmer auf und ab und summte ein Lied, an das ich mich urplötzlich erinnerte, weil ich es meinen Kindern immer gesungen hatte. *Weißt du, wie viel Sternlein ste-he-hen an dem blauen Himmelszelt …?*

Sein Atem ging jetzt gleichmäßig und tief. Ich wanderte auf leisen Sohlen mit ihm in sein Zimmer, dorthin, wo mein Gästebett stand. Schlief er wirklich schon fest genug? Er stieß einen kleinen Seufzer aus, ich schlüpfte sachte aus meinen Schuhen und setzte mich in Zeitlupentempo auf das Bett, hob vorsichtig nacheinander meine Beine an und legte mich langsam rückwärts aufs Kissen. Jetzt lag das kleine Bündel auf meinem Bauch. Ich fühlte seine schlafgerötete Wange, den Flaum, der sie immer noch bedeckte, die runden Ärmchen hingen rechts und links schlaff herunter. Ich spürte die Bewegungen seines kleinen Brustkorbes gegen meinen Busen. Sein zarter Atem verband sich mit meinem kräftigen. Er lag wie auf einem großen Schiff, das sich hob und senkte, hob und senkte.

Ich schlief nicht, aber ich träumte.

Wir beide schwangen uns in die Luft, wir segelten mit den Störchen über den Nil bis zu den Pyramiden, wir rauschten mit den strahlend weißen Schiffen über das Meer und stiegen mit den Lachsen die Flüsse empor. Wir schwangen uns mit den Sturmvögeln über die Brandung und strichen mit dem Wind über die Roggenfelder.

Wir sahen die winzigen roten Käfer auf der Erde, wir sahen die Krokusknospen zwischen den Gräsern, wir sahen die märzgrünen Spitzen der Birken, wir sahen den ersten taumelnden Zitronenfalter zwischen den Häusern, wir sahen, dass der Dornbusch immer noch brennt und das Licht die Augen überflutet und dass aus dem Nichts das Wunder, das Leben, entsteht.

Paulchen. Es war der tiefste Frieden, den ich mir vorstellen konnte.

Ich war wohl doch eingeschlafen. Nina weckte uns. Ihr Gesicht war weich, und die senkrechte Falte auf der Stirn war verschwunden, als sie auf uns beide herunterschaute.

«Ich fürchte, du musst los, Mamutsch, dein Zug ...»

Für einen Augenblick überlegte ich, ob ich einfach hier liegen bleiben sollte mit Paulchen auf dem Bauch. Aber dann siegte das Pflichtgefühl. Nina nahm das erwachende Kind, ich warf meine Sachen in den Koffer und zog meinen neuen rosa Mantel an.

«Dein Mantel ist schön, Mamutsch, viel Glück bei der Lesung in Halle.»

Ich zögerte noch immer. Aber dann küsste ich Paulchen und Nina und ging.

Der Zug war pünktlich, ich vertiefte mich zur Vorbereitung auf den Abend noch einmal in die *Klosterküche*. Den Pater würde ich vor der Buchhandlung in Halle treffen. Eigentlich hatte ich mit dem unvermeidlichen Anruf von Herrn Brettschneider schon gerechnet.

«Frau König, ich grüße Sie. Heute Abend erwartet Sie eine große, umsatzstarke Buchhandlung, also geben Sie Gas! Wie weit sind Sie mit P. E.?»

«Ich habe auf dem Weg nach Berlin mit ihm gesprochen. Er war sehr angetan, ja, er war geradezu begeistert von der Idee, ein spirituelles Kochbuch zu schreiben. Den Titel *Seelenfutter* findet er großartig. Aber ehrlich gesagt, so neu ist die Idee nicht. Die jungen Leute in Berlin haben die längst gehabt. Ich habe dort sogar einen Foodtruck gesehen, der *Soulfood* hieß.»

Ich wollte Herrn Brettschneider nicht verraten, dass ich dort noch ganz andere Namen gelesen hatte.

«Ach was, Frau König. *Seelenfutter* ist genial! Der moderne Mensch ist orientierungslos. In der Küche und auch spirituell. Da schlagen wir mit dem Titel zwei Fliegen mit einer Klappe. Im Übrigen ist der moderne Mensch auch passiv. Er hasst Neues. Einmal Wallander, immer Wallander. Einmal Pater, immer Pater. Spirituelles Mönchswissen für den Herd von P. E., das wird ein echter Pageturner! Wir haben für unser neues Verlagsprogramm schon ein Fischstäbchen-Kochbuch und einen Sous-Vide-Prachtband in Planung. Da ist *Seelenfutter* die optimale Ergänzung. Also, Frau König, wir beide bleiben am Ball! Viel Spaß heute Abend, ich grüße Sie!»

In Halle regnete es. Ich hätte den alten Mantel anbehalten sollen. Der rosa Wollstoff sog die Nässe auf wie ein Schwamm. Ich sah mich nach einem Taxi um, aber bei diesem Wetter waren alle bereits im Einsatz. Ich klappte den Kragen meines Mantels hoch und wühlte in meiner Handtasche mit den angekauten Henkeln zwischen *Klosterküche*, Handy, Schminkbeutel und Reiseplan nach meinem kleinen billigen Klappschirm. Eine Bö fuhr über den Bahnhofsvorplatz, ich konnte nur mit Mühe den Schirm aufspannen. Ich trat von einem Fuß auf den anderen, ein leeres Taxi näherte sich, ich hob den Arm, das Taxi gab Gas und schoss an mir vorbei, eine Wasserfontäne traf meinen neuen Mantel. Ich fluchte. Weit konnte es in die Innenstadt eigentlich nicht sein. Ich duckte mich unter den kleinen Schirm und kramte nach dem Reiseplan. Herr Brettschneider hatte einen Stadtplan angehängt, auf dem mein Hotel und die Buchhandlung markiert waren. Ich beschloss, einfach draufloszulaufen. Mein Rollkoffer ratterte übers Pflaster. Ich hatte noch genügend Zeit. Ich würde erst einmal ins Hotel gehen und den Mantel wechseln und dann vielleicht noch irgendwo einen Kaffee trinken. Ich lief schneller. Der schwarze Basaltbelag glänzte. Auf diesem Pflaster war schon Georg Friedrich Händel entlanggegangen. Das hier musste der historische Marktplatz mit dem Roten Turm und der Marktkirche sein. Auf dem Platz wurden gerade Holzbuden aufgebaut, wohl für ein Frühlingsfest. Ich spitzte unter meinem Schirm hervor. Da vorne war ein großer Buchladen. Mal sehen, ob sie ein Plakat vom Pater und mir im Schaufenster hatten. Ich schritt schneller aus. Regen trieb mir ins Gesicht, ich stemmte den Schirm dagegen, der Rollkoffer in meiner linken Hand ratterte hinter mir her. Ich lief noch schneller.

Und dann war es auch schon zu spät. Ich sah, wie mein Schirm von einer Bö hochgehoben wurde, über die Straße flog, direkt auf das Schaufenster zu, und dort gegen die Scheibe knallte. Und da war noch ein Knall. Mein Mund tat auf einmal höllisch weh, in meinen Nacken bohrte sich ein Schmerzblitz, auf meine Tasche pladderte der Regen. Der Koffergriff ragte in den Regenhimmel, das Basaltpflaster glänzte wie eine makellose, allerdings schwarze Eisfläche. Neben meinem Gesicht auf dem schwarzen Stein breitete sich eine rote Blutpfütze aus. Sie hob sich leuchtend rot von all dem Schwarz ab. Der Regen verdünnte das Rot und schwemmte es in fadendünnen Rinnsalen in die Fugen des Basaltpflasters. Ich hob den Kopf. Da war niemand. Ich griff in mein Gesicht. An meinen Fingern rann Blut hinunter. Ich legte für einen Moment meinen Kopf wieder in die Pfütze und dachte: Ich träume ja nur. Ich rutsche doch nicht einfach auf dem nassen Pflaster aus und falle aufs Gesicht. Eine triefnasse Haarsträhne fiel über mein rechtes Auge. Ein irrer Gedanke schoss mir durch den Kopf. Wo waren meine Schneidezähne? Ich hob den Kopf wieder. Da lag nichts. Ich tastete mit der Hand meinen blutigen Mund ab. Sie schienen noch da zu sein.

Ich stemmte mich auf die Knie und sah mich um. Bei diesem Wetter war niemand unterwegs, der mir helfen konnte. Ich sah rotes Blut auf meinen rosa Mantel laufen, sah, wie es von dem Wollstoff zügig aufgesogen wurde und der Rest auf die schwarzen Steine tropfte. Ich stammelte: «Horst, Hilfe ...»

Irgendwo hinter mir klapperte die Tür einer leeren Holzbude im Wind. Ich versuchte aufzustehen. Die Welt drohte nach links zu kippen. Ich versuchte mich an meinem Koffergriff festzuhalten, aber der Koffer schlug neben mir auf dem Pflaster auf. Ich bückte mich nach meiner dreckigen Handtasche. Im meinem Gesicht explodierte der Schmerz, das Blut tropfte nun senkrecht nach unten. Ich versuchte, mich wieder aufzurichten, umklammerte die Handtasche und taumelte zu der leeren Bretterbude, fasste nach der im Wind schlagenden Tür und flüchtete mich ins Innere. Es roch nach Holz. Ich lehnte mich an die Wand. Wenigstens kein Regen und kein Wind mehr. Die Ärmel und die Vorderseite meines neuen Mantels waren rot marmoriert. Hier im Trockenen tastete ich noch einmal mein Gesicht ab. Die Zähne schienen an ihrem Platz zu sein. Mir fiel die Packung Taschentücher in meiner Handtasche ein. Ich zog die Tücher einzeln heraus und presste sie gegen Mund und Nase. Irgendwann waren sie nicht mehr in Sekundenschnelle durchweicht und tiefrot, sondern nur noch feucht und hellrosa. Ich tastete noch einmal in meiner Tasche und bekam meine Wasserflasche zu fassen. Ich schraubte sie auf und ließ Wasser über meine Hände laufen. Die Hüttentür schlug im Takt der Windböen auf und zu. Mir fiel mein Handy ein. Schließlich fand ich auch das in meiner Handtasche. Mit zittrigen Fingern drückte ich die Selfie-Einstellung und hielt es vor mein Gesicht. Ich erschrak nicht. Ich hatte nichts anderes erwartet. Eine klaffende Wunde auf dem Nasenrücken, aus der tropfenweise Blut sickerte, dazu eine Lippe, die sich von Sekunde zu Sekunde mehr aufzublähen schien, feuchte Haarsträhnen auf der Stirn und Straßendreck auf der Wange.

Ich glaube, ich dachte nicht nach. Ich handelte wie in Trance. Ich zog den blutigen Mantel aus, rollte ihn zu einem Bündel, klemmte ihn mir unter den Arm, ließ die blutig verfärbten Taschentücher auf dem Boden der leeren Bude liegen, griff meine Handtasche, stemmte die Brettertür gegen die Regenböen auf und versuchte mich zwischen den Buden zu orientieren. Dort, auf der anderen Seite des Platzes, unter dem Kirchturm, war eine Eisdiele. Der Regen trieb mich vor sich her. Ich lief so vorsichtig ich konnte über die spiegelglatten Pflastersteine. Kein Mensch war in der Eisdiele, wie denn auch. Ich betrat das Lokal, setzte mich und deponierte den zusammengerollten rosa Mantel auf dem Nebensitz.

Eine junge Frau kam. Sie sagte: «Mamma mia, soll ich holen Ambulanza?»

Ich schüttelte den Kopf. «Einen Espresso bitte.»

«Ich Sie bringen Eis.»

«No Eis bitte, nur Espresso.»

Ich wartete, bis sie verschwunden war, und ging zur Toilette. Im Licht erschrak ich nun doch. Ich hielt mich am Waschbecken fest, ließ Wasser über mein Gesicht und meine Hände laufen und versuchte nachzudenken.

Als ich wieder an den Tisch kam, war mein Espresso da. Daneben stand ein Glas mit Eiswürfeln. Ich fingerte einen aus dem Glas und hielt ihn gegen meine schwellende Lippe.

«Geht besser, Signora?»

Sie war wirklich ein Engel.

«Solle ich Sie bringe Tablette gegge die Smerz?»

Ich nickte.

Sie brachte mir zwei Aspirintabletten und ein randvolles Glas Wasser.

Ich hatte vergessen, dass es so nette Menschen auf der Welt gibt.

«Solle wir sie bringe heim?»

«Heim, ja, heim», murmelte ich. «Ich rufe meinen Mann an.»

Ich holte mit zitternden klammen Händen das Handy hervor und suchte Horsts Nummer.

Seine Stimme war barsch: «Wir sind mitten im Umzug. Was gibt's, Gabi?»

Es brauchte nur wenige Sätze. Er sagte: «Bleib, wo du bist. Ich setze mich sofort ins Auto. Ich hole dich.»

«Kann ich hier einfach sitzen bleiben, bis mein Mann kommt?», fragte ich die Signora.

«Habe Sie keine Mantel dabei? Ich Sie bringe Decke. Sie bleibe hier. Ich Sie passe auf.»

OLGA UND ILSE

Ich weiß nicht, wie lange ich bei dem italienischen Engel von Halle saß. Irgendwann stieß Horst die Tür zur Eisdiele auf. Er sah staubig und grau aus. Ich merkte, wie sehr er erschrak, als er mich sah.

Er sprach nur wenig auf der Heimfahrt. Es war stockfinster, er musste sich auf den Verkehr konzentrieren. Er fragte nur kurz: «Was ist mit dir passiert, Gabi?»

«Ich bin gestürzt, das Pflaster war nass.»

«Gestürzt? Einfach so? Warst du alleine? Wo war dieser Pater? Soll ich dich in die nächste Klinik fahren?»

«Ich war auf dem Weg vom Bahnhof zu unserer Lesung. Ich bin auf dem nassen Pflaster ausgerutscht. Ich brauche keinen Arzt. Die nette Bedienung hat mir Aspirin und Eiswürfel gegeben. Es fühlt sich nur alles geschwollen an. Es tut mir so leid, dass du mich holen musst. Es war bestimmt ein schrecklich anstrengender Tag und jetzt hast du auch noch die weite Autofahrt. Wie lief der Umzug heute?»

«Alles glatt gelaufen. Aber wir hätten dich weiß Gott gut gebrauchen können beim Putzen und Einräumen.»

Er sagte es nicht, aber ich meinte es trotz der Dunkelheit auf seiner Stirn zu lesen, rechts und links der steilen Falte über der Nase. Ich las dort: Siehst du. Ich habe es gleich gewusst. Du hättest daheim bleiben sollen.

Mein rosa Mantel sah aus, als sei ich in eine Messerstecherei geraten.

Mein Koffer war nach dem Sturz auf dem Marktplatz von Halle im Regen liegen geblieben. Ich hatte ihn einfach vergessen. Im günstigen Fall hat ihn irgendjemand gefunden und etwas Nützliches für sich darin entdeckt. Im ungünstigen Fall ist irgendwann ein Polizeitrupp mit Hunden aufgezogen, und die *Mitteldeutsche Zeitung* hat am nächsten Tag getitelt: *Herrenloser Koffer mit Damenunterwäsche auf dem Frühlingsfest gefunden. Rätselhafte Blutspuren – die Polizei tappt im Dunkeln.*

Am nächsten Morgen ging ich zum Arzt. Horst bot an, mich zu fahren, aber ich sagte: «Das geht schon wieder.»

Der Arzt besah sich ohne großes Mitleid den Schaden, untersuchte meine Schlauchbootlippen, desinfizierte meine Nase und meinte: «Da werden Sie auf jeden Fall eine schöne Narbe auf der Nase als Andenken zurückbehalten. Seien Sie froh, dass die Zähne noch drin sind. Und passen Sie in Zukunft auf. Sturzgefahr im Alter ist ein Riesenproblem.»

Auf dem Heimweg lief ich unseligerweise Silke in die Arme. Sie hatte einen anderen medizinischen Blick auf mein Problem: «Hast du was im Gesicht machen lassen? Ich hätte dir doch eine Adresse geben können. Ich überleg mir das auch schon lange.»

Ich hatte nicht nur meinen Koffer in Halle vergessen, ich hatte auch vergessen, dass ziemlich direkt gegenüber der Eisdiele eine Lesung mit dem Pater und mir hätte stattfinden sollen. Daran erinnerte ich mich peinlicherweise sogar erst am übernächsten Tag, als ich versuchte, ein weiches Toastbrot zu frühstücken. Ich rief sofort Herrn Brettschneider an, da ich nicht einmal wusste, ob der Pater überhaupt ein Handy besaß. Das Sprechen fiel mir mit der geschwollenen Lippe immer noch schwer.

«Hab schon erfahren, dass Sie ausgefallen sind, Frau König. Die haben auf Sie gewartet in Halle und Weimar. P. E. meinte, dass Sie vermutlich einfach länger bei Ihrer Tochter in Berlin geblieben sind. Na ja, egal, er schafft das schon alleine. Sind Sie denn wenigstens heute Abend in Kassel an Bord?»

«Nein, Herr Brettschneider», erwiderte ich. «Ich habe genug von Lesereisen. Im Grunde bin ich doch nur ein Anhängsel von Pater Engelmar. Eigentlich hat sich niemand auf dieser Lesereise für mich interessiert.»

«Nana, Frau König, so kenne ich Sie ja gar nicht. Bedenken Sie, dass sich in diesem Marktsegment gutes Geld verdienen lässt. Die Küche ist die Feuerstelle des modernen Menschen. Hier wärmt er sich emotional. Also seien Sie nicht blöd, Frau König, holen Sie sich ein Stück vom Kuchen.»

«Tut mir leid, Herr Brettschneider, ich habe eine andere Einstellung zu Büchern. Ich sehe mich nicht neben Sous-Vide- und Fischstäbchen-Kochbüchern. Sie finden sicher jemand anderen, der den Pater bei seinem nächsten Buch berät und mit ihm auf Lesereise geht. Sagen Sie ihm, es täte mir leid, und grüßen Sie ihn ganz herzlich von mir.»

Nur einen Tag später hatte ich eine Grußkarte von Pater Engelmar im Briefkasten. Vorne war der Gute Hirte abgebildet, auf der Rückseite stand: *«Gesegnete Grüße. Ich hoffe immer noch, dass Sie bald wieder an meiner Seite sind, liebe Gabi.»*

Horst sah die Karte liegen, las und blaffte: «*Liebe Gabi? An meiner Seite?* Was denkt sich der Dreckskerl?»

Ich hauchte mit meinen Schlauchbootlippen einen Kuss auf seine Wange und sagte:

«Keine Sorge, Horst, von Lesereisen habe ich die Nase gestrichen voll. Mal abgesehen davon, dass mir die immer noch höllisch weh tut. Außerdem wollten wir doch demnächst nach

Barcelona fahren. Hast du inzwischen schon mal in den Reiseführer geschaut?»

«Gabi, in Barcelona liegt die Durchschnittstemperatur im Februar bei 13 Grad. Das ist rausgeschmissenes Geld. Außerdem dachte ich, du willst so schnell nicht wieder fliegen.»

«Dann fahren wir eben woanders hin. DU hast doch gesagt, wir sind jetzt frei.»

«Natürlich, das sind wir auch. Aber ich bin jetzt in Rente, das Geld ...»

«Ich habe über viertausend Euro vom Arcanum-Verlag bekommen, und auch diese Lesereise war gut bezahlt. Dann fahren wir eben nach Paris! Wir nehmen uns ein Luxushotel in der Avenue Montaigne, wir gehen in den Louvre, wir gehen in die Opéra, wir gehen schick essen, wir hauen das ganze Geld auf den Kopf!»

Ich sah Horst scharf an. Er hatte wieder diese Falte auf der Stirn. Konnte es tatsächlich sein, dass er ein Problem damit hatte, dass es zum ersten Mal in unserer Ehe *mein* Geld war, und zwar nicht nur der schmale Zusatzverdienst einer schlechtbezahlten Halbtagsbuchhändlerin? Jedenfalls wich er mir aus, denn er wechselte abrupt das Thema:

«Ich habe ganz vergessen, dir zu sagen, dass Ilse vor ein paar Tagen hier angerufen hat. Ich bin nicht schlau geworden aus dem, was sie mir erzählt hat. Sie meinte, sie wolle dich sprechen, sie sei in der Nähe.»

«Ilse?!»

Da war es, mein schlechtes Gewissen. Das schlechte Gewissen ist weiblich. Es wispert: Du lässt deinen Mann zu Hause und gehst auf Lesereise, weil du gerne ein bisschen berühmt wärest und nicht weißt, wie du zu Hause den Tag füllen sollst. Das schlechte Gewissen ist weiblich. Es flüstert: Du lässt deinen Mann und deinen Sohn den Umzug alleine machen, weil du lieber in Berlin in der Sonne mit deiner Tochter und dem Enkelkind Kaffee trinkst. Das schlechte Gewissen ist weiblich. Es raunt: Ilse hat deinen Vater bis zuletzt gepflegt. Du hast versprochen, sie zu Weihnachten einzuladen. Du hast dein Versprechen gebrochen. Das schlechte Gewissen ist weiblich. Es schreit laut: Du bist egoistisch! Du bist eine schlechte Ehefrau! Du bist eine schlechte Mutter! Du bist eine schlechte Tochter!

Ich wiederholte: «Ilse?! Sie ist hier in der Nähe? Hast du dir ihre Telefonnummer geben lassen?»

Horst zuckte die Achseln: «Sie wird sich schon wieder melden.»

Das schlechte Gewissen ist ausschließlich weiblich.

«Vielleicht sollte ich Olga wenigstens ein paar Blumen zum Einzug bringen, wenn ich schon nicht beim Umzug geholfen habe.»

«Hm», machte Horst, «kannst du machen, sie hat noch ein paar Tage frei.»

Als Erstes brachte ich meinen rosa Mantel in die Reinigung. Ich kannte die Inhaberin seit Jahren. Ihre Hüftarthrose wurde immer schlimmer. Lange würde sie die Reinigung nicht mehr allein betreiben können. Bei dem Wetter trug sie eine dicke Strickjacke über ihrem Kittel und Wollsocken über den Strumpfhosen.

«Blut?»

Sie drehte und wendete den Mantel.

«Ein Autounfall? Sie Ärmste.»

«Hingefallen.»

Sie humpelte hinter ihrem Tresen entlang, um einen Zettel zu holen, den sie an meinem Mantel befestigte. Darauf schrieb sie: «Achtung Blut.»

«Ich will sehen, was ich tun kann, Frau König. Der schöne

Mantel! Aber in unserem Alter müssen wir es akzeptieren, wenn nicht alles wieder wie neu wird.»

Ich nickte und ging hinaus ins Wintergrau. Wenn wenigstens der Frühling endlich käme.

Als Nächstes wollte ich Olga in ihrer neuen Wohnung besuchen. Da gab es nur eins: Blumen! Blumen! Blumen! Im holländischen Blumenshop im Untergeschoss des Bahnhofs, zwischen Chrysanthemen in Folie, trostlosen Usambaraveilchen in Plastiktöpfchen und rachitischen, importierten Rosen aus Kenia fand ich einen riesigen flachen Weidenkorb, dicht an dicht bepflanzt mit Dutzenden dottergelben Osterglocken, einem himmelblauen Traubenhyazinthenwald und tatsächlich schneeweißen Schneeglöckchen. Darin steckte ein nostalgisches Metallschildchen, auf dem stand: «Looking forward to spring.» Ich fragte, ob ich die herrliche Blumenwiese auch ohne das komische Schild kaufen könne, aber es gehörte dazu.

Der Korb war schwer. Ich schleppte ihn zum Auto, fuhr ins Grüntal und war froh, dass es dort einen Aufzug gab.

Olga öffnete sofort. Sie trug ein bodenlanges graues Strickkleid mit einem schmalen Bindegürtel, die Haare zum Zopf zusammengebunden, sie war barfuß.

«Was für herrliche Blumen! Eine Frühlingswiese für meinen Tisch! Ich danke dir, Gabi! Komm rein! Was ist mit deinem Gesicht?»

Ich machte eine abwiegelnde Handbewegung: «Bin ein bisschen hingefallen.»

Im Flur fiel mein Blick als Erstes auf das wandbreite Glasregal mit den Schuhen. In meinem Alter ist man froh, wenn man Schuhe findet, in denen die Füße nicht schmerzen und in denen man nicht stolpert. Aber hier gab es alles, was Absatz hatte und Männern gefiel: Pumps und High Heels, Peeptoes und Kittenheels, mit Plateau und ohne, mit Riemchen und ohne, mit Strass und ohne, mit Keilabsatz und ohne, in Milk und Beige, Weiß und Schwarz, Nude und Creme, in Wildleder und Glattleder, in Metallic und Lack und in Rot, Rot, Rot.

Olga lachte ihr tiefes, tönendes Lachen: «Ich weiß, dass ich einen Schuhfimmel habe. Maxi sagt, er mag das. Das sind nur die Sommerschuhe, meine Stiefel sind im Schrank. Komm rein.»

Sie öffnete die Tür zum Wohnzimmer. Davon hatte mir Horst nichts erzählt. Ich hätte vorbereitet sein sollen. Es war großzügig, es war sonnenhell, es war geschmackvoll, es war wohltuend leicht und frei. Es gefiel mir sofort. Es war ganz anders als bei uns zu Hause. Die Hochglanzküche mit dem Kochblock in der Mitte ging direkt in das Wohn-Ess-Zimmer über. Ich sah einen Gasherd mit großen schwarzen Knöpfen in der Mitte des Küchenblocks, einen langen Esstisch, ein weißes Sofa, eine Glasvase mit einer weißen Calla, keinen Schnickschnack. Durch die Fenster sah man die Stadt im Talgrund liegen.

«Kaffee?»

Olga deutete zu der hochglänzenden Maschine mit den vielen Ventilen und dem Druckanzeiger, die neben einem mintfarbenen Retrowasserkocher, einem gleichfarbigen Blender für Smoothies und dem obligaten Basilikumtöpfchen auf der Arbeitsplatte stand.

Sie ging hinüber zu dem langen groben Eichentisch, über dem zwei messingfarbene Schiffsleuchten hingen, und deutete auf einen der Holzstühle, auf denen Schaffelle drapiert waren. Vielleicht hatte Herr Brettschneider ja recht, und die Küche war tatsächlich die emotionale Feuerstelle des modernen Menschen. Olga stellte meine Frühlingsblumenwiese in die Mitte des Eichentisches. Es sah perfekt aus.

«Wasser zum Kaffee, Gabi?»

Sie stellte keine Sprudelflasche auf den Tisch, sondern eine wassergefüllte Karaffe, in der Zitronenschnitze und Minzblätter schwammen. Im Vergleich zu dieser frühlingsfrischen Wohnung wirkte bei uns zu Hause erst recht alles alt, alt, alt.

«Eine tolle Küche. Hast du denn überhaupt Zeit zum Kochen?»

Sie brachte den Kaffee in zwei dickwandigen weißen Tassen im Kaffeehausstil und setzte sich zu mir.

«Maxi übt. Er ist schon ziemlich gut. Er kann schon Spaghetti alla carbonara und Spaghetti aglio e olio kochen. Außerdem gibt es ja den Pizzaservice. Und du wolltest ihm ja auch das Rouladenrezept aufschreiben.»

«Die ganze Küche ist weiß lackiert ...»

Olga lachte ihr dunkles, warmes Lachen.

«Kein Problem. Du weißt doch, dass ich in der Bionikforschung arbeite. Wir können viel von der Natur lernen.»

«Der Lotoseffekt?»

«Genau. Mein Spezialgebiet. Es ist eine Hochglanzversiegelung im Nanometerbereich. Man kann es für Fliesen, Kacheln, Acrylglas und Edelstahl anwenden. Wie eine Lotosblume reinigt sich das Material selbst. Ich weiß nicht, warum sich Frauen heutzutage mit dem Thema Haushalt noch so verrückt machen. Schließlich gibt es inzwischen für alles eine technische Lösung.»

Sie nahm einen Schluck Kaffee, die Sonne warf Strahlen auf den Eichentisch. Im Licht sah ich die feinen Fältchen um ihren Mund und um die Augen. Ich sah die Jahre, die sie von Maxi trennten.

Ich nahm noch einen Löffel Zucker nach und rührte in meiner Tasse.

«Olga, du weißt, dass Maxi noch mitten im Studium ist. Es wird noch ein paar Jahre dauern, bis er seinen Abschluss hat und finanziell auf eigenen Füßen steht.»

Olga lachte: «Gabi, mach dir keine Sorgen. Ich verdiene gut. Wo ist das Problem? Ich nehme an, bei euch war es Horst, der im Wesentlichen das Geld verdient hat. Geld ist doch nur Geld.»

«Aber es macht denjenigen abhängig, der weniger oder gar nichts verdient.»

Sie sah mich direkt an. Sie hatte schöne braune Augen mit honigfarbenen Einsprengseln und Fältchenstrahlenkränzen darum: «Gabi, da wo ich herkomme, in Moldawien, gibt es viele erfolgreiche Geschäftsmänner, die nicht studiert haben.»

«Was willst du damit sagen?»

«Ich sage dir, was Maxi sich nicht zu sagen traut: Das mit dem Lehramtsstudium wird wohl nichts mehr. Er jobbt nebenher bei einem Immobilienmakler. Er hat Talent im Verkauf, er verdient mit seinen Abschlüssen jetzt schon ganz gut.»

Ich spürte einen plötzlich aufwallenden Schmerz in meiner Nasenwunde und meinen verwundeten Lippen und merkte, dass meine Hand beim Umrühren des Kaffees zitterte:

«Olga, Maxi ist ein liebenswerter, charmanter, gutaussehender Junge. Das macht manche Dinge für ihn zu leicht. Es ist nicht sein erster Studienanlauf. Horst und ich, wir waren beide froh, dass er sich schließlich für das Lehramtsstudium entschieden hat, noch dazu mit der gleichen Fächerkombination wie Horst ...»

«Er ist aber nicht wie Horst.»

«Ich weiß. Hat er sich schon exmatrikuliert?»

Olga schüttelte den Kopf.

«Gibt es noch eine Chance?»

Olga schob ihre Kaffeetasse zur Seite, beugte sich über den Tisch und griff nach meiner Hand.

«Gabi, ich liebe deinen Sohn. Ich lege ihm keine Steine in den Weg. Er soll tun, was ihm guttut. Aber er fragt sich, wozu er überhaupt studieren muss. Außerdem hängt er durch die Renovierung und den Umzug mit seiner Semesterarbeit hinterher. Er sagt, er schafft das sowieso nicht mehr.»

«Und wenn Horst ihm hilft? Er ist doch vom Fach. Ich möchte nicht, dass Maxi vorschnell eine Entscheidung trifft, die er später bereut. Kannst du ihm nicht noch einmal ins Gewissen reden? Es geht doch nicht um schnelles Geld, das er im Moment verdient. Es geht um seine Zukunft!»

Und nun verstand ich, warum Maxi diese Frau liebte. Sie kam um den Tisch herum, nahm mich in den Arm und sagte: «Mach dir keine Sorgen, Gabi. Ich verstehe dich sehr gut. Ich werde mit Maxi noch einmal reden. Aber es gibt da dieses alte moldawische Sprichwort. *Wer ein Pferd unnötig treibt, muss am Ende zu Fuß gehen.* Letztlich muss er entscheiden.»

Zu Hause hatte sich auch Horst entschieden.

«Wir sollten tatsächlich nach Paris fahren. Es ist ja nur Geld, deins oder meins, egal.»

«Schön», erwiderte ich. «Ich kümmere mich in den nächsten Tagen um ein Hotel. Wir müssen ja nicht fliegen, wir könnten den TGV nehmen.» Aber ich dachte: «Wenn da mal nichts dazwischenkommt.»

Und genau so war es. Zwei Tage später kam Horst nach Hause. Er hatte mit Maxi die letzten Lampen in der neuen Wohnung an der Decke montiert. Er sagte: «Gabi, mach uns eine Flasche Wein zum Essen auf.»

Na ja, ich ahnte ja, was jetzt kommen würde.

«Gabi, Maxi und ich wussten nicht, wie wir es dir beibringen sollen.»

Ich murmelte: «Aha», und setzte mich vorsichtshalber schon mal hin.

«Reg dich jetzt bitte nicht auf: Maxi hängt mit seinem Studium ein bisschen hinterher. Er hat durch den Umzug seine

Semesterarbeit nicht geschafft. Kompliziertes Thema, ich habe ihm versprochen, dass ich ihm helfe. Dafür hat er mir versichert, dass er das Studium durchzieht. Es wird also erst mal nichts mit Paris. Ich hoffe, du bist nicht zu sehr enttäuscht?»

«Puh», dachte ich, «Olga ist wirklich ein Schatz.» Laut sagte ich: «Ich glaube, es hätte schlimmer kommen können. Gib mir Wein. Darauf trinken wir!»

Es war, als hätte Horst auf diese Chance gewartet. Endlich wieder eine Aufgabe. Es ging um die Integration von GPS- und Fernerkundungsdaten im Hinblick auf die Geomorphologie am Unterlauf des Jenissei – eine Gegend, die definitiv nicht auf der Wunschliste meiner Reiseziele für die nächsten Jahre stand. Er googelte, exzerpierte und schickte Fernleihanfragen an entlegene Bibliotheken. Ich räumte noch einmal meine Gewürze über dem Herd um und überlegte, ob ich nicht zu Nina nach Berlin fahren sollte.

Aber dann kam der Anruf. Ich hatte ihre Stimme seit dem Tod von Papa im letzten Herbst nicht mehr gehört. Sie sprach schleppend.

«Ilse?!» Sofort pochten meine Nase und die Lippen wieder, obwohl die Wunden langsam heilten. «Wir haben uns monatelang nicht gesprochen.»

«Ich würde eher sagen, du hast dich nicht mehr bei mir gemeldet, Gabi.»

«Es tut mir leid, Ilse. Es waren meine letzten Wochen als Buchhändlerin. Das Weihnachtsgeschäft war mörderisch. Ich war wochenlang nur zum Schlafen zu Hause.»

«Ich habe in letzter Zeit mehrfach versucht, dich zu erreichen.»

«Wir waren auf Kreuzfahrt.»

«Auf Kreuzfahrt? Bist du tatsächlich in den Ruhestand gegangen? Da bleibt natürlich wenig Zeit für Telefonate.»

«Ich weiß, es tut mir sehr leid. Ich hätte mich melden müssen.»

«Bei der Beerdigung deines Vaters hast du gesagt, ich gehöre zur Familie, und mir versprochen, du würdest mich zu Weihnachten einladen.»

«Ich hätte dir Bescheid geben müssen. Wir waren alle zu Weihnachten bei Nina in Berlin.»

«Außerdem wolltest du die Hinterlassenschaften deines Vaters bei mir abholen. Das kannst du jetzt tun. Ich wohne seit zwei Wochen im Seniorenstift Breitenbach. Von euch aus ist das ja nur ein Katzensprung.»

«Du bist nicht mehr in der Seniorenresidenz am Tegernsee? Du bist hier? Und warum?»

«Warum?», ich hörte Ilse trocken auflachen. «Das erkläre ich dir, wenn du es schaffen solltest, mich dieser Tage zu besuchen.»

«Ich komme noch heute vorbei, versprochen!»

«Versprochen?!» Ilse lachte wieder auf.

«Horst, ich muss noch heute zu Ilse. Sie wohnt jetzt in Breitenbach.»

«Hm», machte Horst, als sei diese Mitteilung das Normalste der Welt. Er scrollte sich gerade durch die Sibirienliteratur der Uni Köln.

«Ich gehe jetzt zu Ilse.»

«Hm», machte Horst nochmals, und ich ging.

DEN BAMBUS BIEGEN

Das Seniorenstift lag auf einer Anhöhe. Ich hatte mir außerhalb des Geländes einen Parkplatz suchen müssen, denn dort schien es ausschließlich Behindertenstellplätze sowie Parkplätze für die Stiftsleitung, den Notarztwagen, die Krankentransporte und die Kunden des angegliederten Sanitätsfachhandels zu geben. Eine breite Rampe mit chrombewehrten Handläufen zu beiden Seiten führte hinauf zum Eingang. Die gläserne Doppeltür schnurrte lautlos auf, als ich mich ihr näherte. Ein Schwall von Blumenkohlgeruch schlug mir entgegen. Ich fragte am Empfang nach Ilses Zimmer.

«Es ist gut, dass endlich jemand nach ihr schaut. Sind Sie die Tochter?», sagte die Frau hinter dem Tresen.

«Nein», erwiderte ich, «es ist komplizierter.»

Ich durchquerte die Eingangshalle. An den Wänden hingen in Öl gemalte Porträts mit kleinen Messingschildern darunter, die an längst verstorbene Wohltäter und Stiftsvorstände erinnerten. Vor einem großen Aquarium stand eine alte Dame mit Rollator und holte aus einer Tüte Handvoll um Handvoll Fischfutter und warf es ins Wasser. Mitten im Raum befand sich eine geräumige Sitzgruppe, auf der niemand saß. Ich ging in Richtung der Aufzüge und kam am Schwarzen Brett vorbei. Heute Nachmittag hielt Pfarrer i. R. Lütze einen Vortrag zum Thema «Pflücke die Blume am Wegesrand – die kleinen Freuden des Älterwerdens».

Die Bastelgruppe empfahl sich für den kommenden Mittwoch mit den Worten: «Wir wollen gemeinsam Grußkarten mit Frühlingsmotiven gestalten», und am heutigen Abend traf sich die Kegelgruppe im Bierkeller. Wer wollte, konnte wahlweise auch Fingergymnastik machen, und morgen würden die Kinder der Grundschule Breitenbach die Senioren mit Frühlingsliedern erfreuen. Der Speiseplan für heute Mittag kündigte Putengeschnetzeltes mit Blumenkohlgemüse an. Das hatte ich mir schon gedacht beziehungsweise es schon gerochen.

Ich musste mit dem Aufzug in den sechsten Stock fahren. Ich drückte den Aufwärtsknopf und sah auf der Anzeigenleiste über dem Aufzug zu, wie dieser sich in quälender Langsamkeit Stockwerk für Stockwerk hinaufarbeitete. Endlich ging die Tür auf. Zwei Damen mit Rollator parkten aus, dann konnte ich einsteigen. An der Wand des Aufzugs hing eine Aufforderung, zwischen dreizehn und fünfzehn Uhr Ruhe zu wahren, da die Senioren dann ihr Mittagsschläfchen hielten. Der Aufzug zuckelte nach oben. Ich klingelte an Ilses Apartmenttür. Es dauerte endlos, bis sie mir öffnete.

Im ersten Augenblick glaubte ich, die Frau am Empfang habe mir die falsche Zimmernummer genannt. Aber es war Ilse. Sie ging am Stock und stützte sich mit der linken Hand an der Tür zur Toilette ab. Ihre Haarfarbe hatte sich von einem gepflegten Platin in ein schmutziges Grau verwandelt. Ich versuchte, sie auf die Wange zu küssen, aber sie wich mir aus, drehte sich um und lief, mit der linken Hand an der Wand entlangtastend, in der rechten ihren Stock, zum Wohnzimmer. Was immer ich bisher von Ilse zu wissen glaubte, es passte nicht zu dem, was ich sah. Ich erkannte zwar ihre Möbel vom Tegernsee wieder, das Tischchen mit den geschweiften Beinen, das geschwungene Sofa, den Sekretär in der Ecke, aber der Rest war das blanke Chaos. Der Raum war fast zugestellt mit Umzugskisten, die sich kreuz und quer, übereinander und hintereinander stapelten. Bei einem Teil waren die braunen Klebestreifen, mit denen die Kisten verschlossen worden waren, aufgerissen. Kleider, Papiere, Schallplatten und Handtücher lagen auf dem Boden verstreut, das Sofa war mit Pullovern, Halstüchern und Bettwäsche bedeckt. Der einzig freie Platz war ein hellbraunes Sesselungetüm aus Leder. Sie humpelte dorthin, ließ sich hineinfallen und griff nach einer Fernbedienung. Irgendetwas in dem Sessel surrte und quietschte, ein Fußteil fuhr aus, der Sessel senkte sich mit dem Kopfteil langsam in die Schräglage und hob ihre Beine an.

So blieb sie liegen, die Augen geschlossen. Ich hörte ihren pfeifenden Atem. Die Ränder ihrer Lider waren gerötet, ein Spinnennetz von tausend Falten lag über ihrem Gesicht, das etwas Konturloses hatte. Vielleicht lag es daran, dass sie kaum noch Brauenhärchen hatte und aufgehört hatte, sie mit einem braunen Stift nachzustricheln. Wie alt war sie? Um ehrlich zu sein, ich wusste es gar nicht genau, in jedem Falle war sie ein paar Jahre jünger als Papa. Sie tastete mit geschlossenen Augen nach der Fernbedienung, der Sessel quietschte wieder, senkte ihre Füße und hob ihren Oberkörper etwas nach oben. Ich sah durch ihren Strickpulli, wie sich zeitgleich mit der Bewegung des Sessels ihre breiten, flachen Brüste nach unten bewegten. Offensichtlich hatte sie auch aufgehört, einen BH zu tragen. Sie schlug die Augen auf, deutete auf das Chaos und sagte: «Ich will nicht, dass jemand Fremdes in meinen Sachen wühlt. Ich will, dass du das einräumst.»

«Was ist passiert, Ilse?»

Der Sessel quietschte wieder und verhalf Ilse zu einer aufrechten Position: «Ich hatte einen Schlaganfall, kurz nachdem dein Vater gestorben war. Einen vollen Tag und eine Nacht neben der Badewanne zu liegen, kannst du dir das vorstellen? Niemand hat es bemerkt. Niemand dort in dieser tollen, schönen, vornehmen, idyllischen Seniorenresidenz hat mich vermisst! Niemand hat mich gesucht! Erst als die Putzfrau kam ... Nun ja, sie haben mich erst in die Klinik gebracht, dann haben sie mich in die Reha transportiert, und die ganze Zeit wollten sie mir weismachen, dass ich meinen Arm wieder richtig gebrauchen kann, wenn ich nur jeden Blödsinn mitmache und fleißig übe. Aber mir brauchen sie nichts vormachen. Ich wollte dort nicht bleiben. Du weißt, ich habe sonst niemanden auf der Welt. Dein Vater ist tot, ich habe keine Geschwister, keine Kinder, keine Enkelkinder. Ich habe nur dich. Hilf mir.»

«Natürlich», erwiderte ich sofort und griff nach Ilses Hand, «du hast Papa gerettet nach dem frühen Tod von Mama. Er hat glückliche Jahre mit dir verbracht, und du hast dich bis zuletzt um ihn gekümmert, auch als er schon dement war. Das werde ich dir nie vergessen. Wo sollen wir anfangen?»

Ilse deutete mit ihrem Stock zu einer Tür, die in ein weiteres Zimmer führte. Ich stieß sie auf. Ich sah ein zerwühltes Bett, eine Wäschekommode und einen riesigen alten Schrank, dessen Türen offen standen. Er war leer. Die Luft war stickig und überheizt. Ich riss das Fenster auf und ging zurück in das kleine Wohnzimmer. Keine einzige Kiste auf dem Berg war beschriftet. So fing ich irgendwo an. Ilse in ihrem Sesselmonster, die Beine wieder hochgefahren, gab die Kommandos. Als Erstes fand ich ihre Schlüpfer, ungefähr dreißig Stück. Sie trug mir auf, jeden einzelnen davon auszubreiten, zu Dritteln zu falten und dann mittig zusammenzulegen. Ich wollte gerade fragen, ob sie tatsächlich noch so viel Unterwäsche brauche, da fand ich ihre BHs, groß wie Pferdehalfter. Ilse wünschte, dass die eine Schale in die andere gestülpt werde. Dann fand ich die Unterhemden. Sie sind aus der Mode gekommen. Man trägt sie nur noch bei Eiseskälte oder beim Schifahren. Ilse hatte hiervon genug für einen ganzen Monat. Ich faltete auch sie nach Ilses Maßgaben. Die ersten beiden Kommodenschubladen waren bereits voll. Ilse dämmerte in ihrem Sessel, wurde aber sofort wach, wenn ich mich, aus dem Schlafzimmer kommend, wieder ihren Kisten näherte. Irgendwann kamen ihre gebrauchten Strumpfhosen zu Tage, und zwar als ein braunes Riesenknäuel, das wer weiß wer beim Packen am Tegernsee einfach in eine Kiste gestopft hatte. Ich trug sie, so wie sie waren, ins Schlafzimmer und ließ sie aufs Bett fallen. Ich überlegte, ob ich sie einfach unters Bett werfen und beim nächsten Mal heimlich in einer Plastiktüte abtransportieren sollte, aber dann machte ich mich doch daran, jedes einzelne Paar aufzurollen. Die Strümpfe klebten an meinen verschwitzten Händen. Es roch muffig, nach Fußschweiß und feuchter Pappe. Mein Blick fiel auf die Uhr, es waren Stunden vergangen: «Ich muss nach Hause. Bringen sie dir das Abendessen aufs Zimmer?»

Ich hörte von nebenan das Quietschen des Sessels und Ilses schleppende Schritte, dann stand sie in der Tür zum Schlafzimmer. Sie sagte: «Danke. Wann kommst du wieder?»

«Ich muss ihr helfen, Horst. Du weißt, was sie für Papa getan hat. Sie war nicht mit ihm verheiratet. Sie hätte das nicht tun müssen.»

Horst nickte: «Wenn du meinst. Ich hänge sowieso mit Maxis Semesterarbeit fest. Mir fehlt das Statistik-Grundwissen. Ich bin schon zu lange raus aus der Materie. Im Erdkundeunterricht an der Schule ging es ja nur noch darum, den Kindern klarzumachen, dass die Donau nicht in die Nordsee fließt.»

Ich gab ihm einen Kuss und sagte: «Du schaffst das schon.» Und was mich betraf, so hatte ich das auch vor.

Das nächste Mal fuhr ich schon morgens zu Ilse. Es hatte, entgegen dem Wetterbericht, noch einmal nachts geschneit, und ich rutschte an einer Ampel um ein Haar in ein anderes Auto.

Ilse empfing mich ohne Begrüßung. «Ich suche überall meine braune Strickjacke. Die heizen hier ja nicht anständig.» Das Chaos in ihrem Wohnzimmer war eher noch größer geworden.

«Setz dich hin, Ilse, ich finde sie schon.»

Der Sessel quietschte, ich fand Sommerröcke, Winterröcke, einen Morgenrock, mehrere Stricktücher, Ilses Krokotasche und das Seidenensemble, das sie an meinem sechzigsten Geburtstag getragen hatte. Es war verknittert und fleckig. Ich legte es zusammen und sagte: «Ich bringe es zur Reinigung.» Dann fand ich in einer der Kisten einen Pelzmantel.

«Zieh ihn an», sie deutete mit ihrem Stock auf mich.

«Ich trage keine Pelzmäntel.»

«Unsinn, es gibt nichts Besseres im Winter als einen Pelz.»

«Inzwischen gibt es Daunenjacken ...»

«Zieh ihn an, Gabi!»

Der Pelz lag schwer auf meinen Schultern, er reichte bis zu meinen Waden. Er roch wie die Strümpfe, die Unterwäsche und das Seidenensemble.

«Wenn ich tot bin, erbst du ihn. Dreh dich mal.»

Ich drehte mich.

«Siehst du, jetzt siehst du aus wie eine Dame. Irgendwo muss auch noch die Pelzkappe sein. Schau doch mal in der Kiste dahinten!»

Zum Glück blieb die Kappe verschwunden, vielleicht hatte sich am Tegernsee eine russische Putzfrau in sie verliebt und sie ihrer Babuschka in die Taiga geschickt.

Gegen Mittag sagte ich: «Ilse, du solltest aufhören, dir das Essen aufs Zimmer bringen zu lassen, du musst wieder unter Menschen. Ich begleite dich zum Speisesaal.»

«Ich habe gar keine Strümpfe an.»

«Ich helfe dir.»

Ich hatte schon immer ein Problem mit Füßen. Ich mag ja schon meine eigenen nicht. Ich versuchte gleichmäßig durch die

Nase zu atmen und nicht auf die gelben Nägel, die verhornten Stellen und die rissige Papierhaut zu achten. Ich begleitete Ilse in einer Kavalkade von Rollatoren zum Speisesaal. Es roch nach Rosenkohl. Ich verließ fluchtartig das Seniorenheim und rannte so schnell ich konnte zum Auto, trotz des Schnees. Ich kaufte mir unterwegs ein riesiges Stück Mohnkuchen und schlang es, im Auto sitzend, hinunter.

Der Schnee blieb nicht liegen, Nieselregen schwemmte ihn davon, auf den Straßen blieb nur der Splitt zurück, der auf dem Grund von braunen Riesenpfützen kleine Häufchen bildete. Es war Anfang März, und da war kein Schimmer von Vorfrühling.

Zwei Tage später empfing mich Ilse mit Leichenbittermine. «Ich habe Verdauungsbeschwerden. Das Essen ist grauenhaft. Gestern gab es Bohneneintopf. Ich hatte seit Tagen keinen Stuhlgang mehr, nur Blähungen.»

Ich versuchte diese Nachricht aus Ilses Intestinum zu überhören und machte mich wieder ans Kistenauspacken. Ich fand die Urkunde von Ilses Approbation als Zahnärztin und das Schreiben, mit dem sie vor vielen Jahren ihre Kassenzulassung zurückgegeben hatte, um mit Papa an den Tegernsee zu ziehen.

«Irgendwo in diesen Kisten müssen zwei Päckchen Backpflaumen sein. Sieh zu, dass du sie findest. Lang mal auf meinen Bauch, er ist schon ganz prall.»

Ich tat, als hätte ich auch das überhört, und begab mich auf die Suche nach den Backpflaumen, aber ich konnte sie beim besten Willen nicht finden.

«Ich bringe dir das nächste Mal welche mit, Ilse, die gibt es ja in jedem Drogeriemarkt.»

«Das nächste Mal? Und wann ist das? Wenn das schlimmer wird, führt es zu einem Darmverschluss. Du weißt, ich bin vom Fach.»

«Na ja», murmelte ich vor mich hin, während ich ein halbes Dutzend alter Handtücher aus einer Kiste barg, «du hattest es mehr mit Zähnen zu tun, damals in Wuppertal.»

Immerhin fand ich Ilses rosafarbene Gummiwärmflasche, ließ heißes Wasser hinein und trug sie zu Ilse und ihrem Sesselmonster. «Wenn es nicht besser wird, musst du mir einen Termin bei einem wirklich guten Internisten besorgen. Ich habe beim Essen gehört, dass hier im Haus nur ein Arzt arbeitet, der aus Syrien oder Südafrika kommt. Da gehe ich nicht hin.»

Ich verschwand erst einmal mit den Handtüchern im Schlafzimmer, der Schrank und die Kommode waren so gut wie voll.

«Ich konnte mich ja nicht um meine eigene Gesundheit kümmern, ich habe ja deinen Vater gepflegt», tönte es aus dem Nebenzimmer.

Ich stopfte die Handtücher in das Fach mit der Biberbettwäsche und kehrte zu Ilse zurück:

«Ilse, ich weiß das, und ich werde es dir nie vergessen.»

Dann fand ich die Kisten mit dem Geschirr.

«Vorsicht, Gabi, das ist ein französischer Hersteller aus Limoges. Möglicherweise hast du keine Ahnung, aber es ist sehr teuer gewesen.»

Ich fand es trotzdem wirr, bunt und hässlich.

«Es ist kein Platz mehr da, Ilse.»

«Dein Vater hat mir jedes Jahr ein Teil dazu geschenkt, so etwas gibt man nicht weg, meine Liebe. Wir haben uns damals alles hart erarbeitet.»

Sie schniefte auf und krümmte sich in ihrem Sessel. «Und meine Magenschmerzen werden auch immer schlimmer.»

«Darm», verbesserte ich, «es ist dein Darm.»

«Ich brauche die Backpflaumen spätestens morgen, und nimm die Kisten mit dem Porzellan mit. Stell sie erst mal bei euch im Keller ab, ihr habt doch ein großes Haus.»

Ich musste Horst bitten, mir die Kisten in den Keller zu tragen, denn ich hatte mir beim Einladen vor dem Stift den Rücken gezerrt. Wir stellten die Kisten in eine Ecke meiner Waschküche, in die Nähe von Horsts altem PC.

«Was sollen wir mit ihrem alten Kram?», fragte Horst und: «Du willst doch nicht morgen schon wieder zu ihr?»

«Sie hat sonst niemanden. Und du bist doch im Moment sowieso mit Maxis Semesterarbeit beschäftigt.» Horst nickte.

Am Abend erzählte er mir vom Jenissei und ich ihm von Ilses Verdauungsbeschwerden.

«Sie ist wie ein Krake, sie wird dich nicht mehr loslassen.»

«Sie hat Papa gepflegt», erwiderte ich. «Sag mal, haben wir irgendwo noch Backpflaumen?»

Ich brachte Ilse unsere Backpflaumen, ungeachtet des Verfallsdatums, und erfuhr als Erstes, dass Ilse sie sowieso nicht essen werde, denn sie habe mittlerweile Stuhlgang gehabt, allerdings nur drei Böppelchen. Ich versuchte, die Nachricht in meinem Kopf umgehend zu löschen, und machte mich wieder ans Auspacken. Und dann fand ich die kleine Kiste. Die Kiste, die ich schon vor Monaten vom Tegernsee hätte holen müssen, wenn ich auch nur ein bisschen mehr Respekt und Liebe für meinen Vater empfunden hätte. Darin war alles, was mir von ihm geblieben war. Ich nahm sie mit nach Hause und kniete mich davor. Das Hochzeitsbild von Papa und Mama, sie in einem Kleid aus amerikanischer Fallschirmseide, er in einem geborgten Frack. Ich, sein kleines Mädchen, im Strickkleid auf seinem Arm. Mama winkend in unserem ersten VW. Papa an der Ostsee beim Sandburgenbauen. Mama, schon ganz schmal, an ihrem 60. Geburtstag. Ihre Todesanzeige. Papas gute Manschettenknöpfe. Sein Taschenmesser, seine Lesebrille, ein Bild, das ihm Nina und Kati zum Geburtstag gemalt hatten, ein Holzschiffchen, das er für Maxi geschnitzt hatte, seine Taschenuhr.

Ich glaube, Horst hatte mich im ganzen Haus gesucht. Er beugte sich über mich und drehte mein verweintes Gesicht zu sich, dann kniete er sich neben mich und zog mich an sich. Ich verbarg mein Gesicht an seiner Schulter und schluchzte: «Ich war nach seinem Tod kein einziges Mal mehr am Tegernsee. Ich habe nicht einmal seine Sachen geholt.»

«Du hattest zu tun, du warst im Weihnachtsstress. In eurem Buchladen war die Hölle los.»

«Aber danach ...»

«Danach waren wir über Weihnachten bei Nina in Berlin ...»

«Und dann ...»

«Dann waren wir auf Kreuzfahrt ...»

«Ich habe es einfach vergessen, Horst. Wie kann man so etwas denn einfach vergessen?»

«Du hast es nicht vergessen, Gabi. Du hast es vielleicht verdrängt. Wir alle wissen, wie sehr du Papa geliebt hast ...»

«Ich war eine schlechte Tochter ...»

«Warst du nicht.»

«Doch ...»

Horst holte sein Taschentuch aus der Hosentasche, ließ mich schnauben, tätschelte meinen Rücken, bis ich mich halbwegs beruhigt hatte, und fuhr dann extra zum Bäcker, um für mich Kuchen holen. Und tatsächlich ging es mir danach schon ein wenig besser.

Am nächsten Morgen rief Ilse an: «Du musst vorbeikommen und mir die Haare waschen. Ich kann mich so nicht mehr sehen lassen, auch wenn das Publikum hier überhaupt kein Niveau hat.»

Ich kaufte Babyshampoo und stellte Ilses Schreibtischstuhl vor das Waschbecken. Sie ächzte, während sie den Kopf nach vorne beugte. Ihre Kopfhaut wurde rot beim Schamponieren, ihr Haar war dünn. Ich habe kein Talent zur Friseurin, das war bei meinen Wuschelhaaren auch nie nötig. Sie besah sich das Ergebnis im Spiegel, und ich sah mein Gesicht hinter ihrem, ungeschminkt und mit dem Narbenriegel auf der Nase. Sie sagte: «Ich weiß, ich bin für euch nur noch eine Last.»

Ich kaufte mir auf dem Rückweg wieder Kuchen, und aß ihn an der Stehtheke, mit Blick in den Regen.

Als ich daheim ankam, hatte es endlich aufgehört zu regnen. Horst war nicht da. Ich ging in den Keller und holte mein Gartenwerkzeug, der Kater folgte mir. Ich öffnete die Terrassentür, er schoss an mir vorbei und krallte sich in den Stamm des kahlen Fliederbusches, der nicht einmal einen Schatten warf. Ich ging in die Knie, packte die kleine Metallschaufel und stieß sie in die Erde. Die roch matschig und faulig. Ich hebelte einen braunen Erdklumpen mit der Schaufel heraus und sah ein paar tote Larven darin. Ich warf den Klumpen zur Seite und stieß wieder mit der Schaufel zu. Es knackte, ich förderte ein zerstörtes Schneckenhaus zu Tage. Die Erde war schrundig. Ich zerhackte ein einsames wässriges Schneeglöckchen und warf es zur Seite. Ich nahm die Hände. Die klebrige, kalte Erde schob sich unter meine Fingernägel, ich erwischte eine matschige Tulpenknolle und einen Regenwurm und warf beides zu den armseligen Schneeglöckchenresten. Meine Fingernägel schabten sich an einem Stein entlang in den Boden. Der Regenwurm wand sich. Das Loch wurde immer größer. Ich schwitzte. Der Kater war verschwunden. Ich warf ein paar verfaulte Blätter zur Seite und krallte meine Hände wieder in den Boden. Ich erschrak zu Tode, als ich Horsts Stimme hinter mir hörte: «Gabi, du hast keine Jacke an, es hat schon wieder angefangen zu regnen. Was verdammt noch mal machst du da?»

Ich richtete mich auf. Schmerz schoss in meinen Rücken. Ich

sah meine erdverkrusteten Hände und zuckte mit den Schultern: «Ich weiß es nicht.»

Er hieß mich, an der Terrassentür die Schuhe auszuziehen, und kam mit in die Gästetoilette, damit ich mir die Hände wusch.

Ich sagte: «Horst, ich fühle mich miserabel. Genau so war es bei Mama am Ende auch. Sie hatte auch diese schlimmen Rückenschmerzen.»

«Gabi, das ist doch etwas völlig anderes! Du hast Kisten geschleppt. Du bist ständig in diesem Altersheim. Das tut dir nicht gut.»

«Aber ich muss es tun, Horst. Es ist das Mindeste.»

«Du brauchst eine Pause, ich mach dir einen Kaffee.»

Ich folgte ihm in die Küche und sah das Kuchenpäckchen stehen, das er für mich besorgt hatte.

«Kati hat angerufen. Nächste Woche fangen ihre mündlichen Prüfungen an. Und Nina fragt, wann wir endlich wieder nach Berlin kommen.»

«Horst, ich habe mich zu wenig um Kati gekümmert. Sie war das typische Sandwich-Kind. Immer unproblematisch und anpassungsfähig zwischen ihrer großen Schwester und ihrem kleinen Bruder. Sie ist zu kurz gekommen ...»

Horst hatte den Kuchen ausgepackt und schob ihn zu mir herüber.

«Was ist los mit dir, Gabi? Du hast den Spätwinter-Blues. Du warst eine wunderbare Mutter.»

«Und Nina können wir auch nicht entlasten. Du musst Maxis Semesterarbeit zusammenbasteln und ich muss mich um Ilse kümmern. Das hatten wir uns alles irgendwie anders vorgestellt, nicht wahr?»

Horst nickte und lächelte ironisch: «Zumindest werden wir offenbar noch gebraucht.»

Ich aß den Kuchen auf, Horst setzte sich wieder an sein Statistikproblem, und ich ging hinauf in mein Arbeitszimmer. Ich strich über die schöne, unbenutzte, duftende Zirbenholzplatte, dann holte ich mir ein Schreibmaschinenblatt und schrieb in großen Buchstaben darauf: LOOKING FORWARD TO SPRING.

Ich lehnte das Blatt ans Fenster und setzte mich an meinen Schreibtisch. Das Blatt verdeckte den schattenlosen, leeren Fliederbusch.

Zwei Tage später waren Ilses Verdauungsbeschwerden unerträglich geworden.

«Ich hatte seit einer Woche keinen richtigen Stuhlgang mehr. Kannst du dir vorstellen, was das bedeutet, Gabi?»

Ich versuchte es mir nicht vorzustellen und versprach, mit ihr zum Arzt zu gehen. So schnell war kein Termin bei einem Internisten aufzutreiben, und Ilse erklärte sich schließlich bereit, doch den Stiftsarzt aufzusuchen. Ich begleitete sie.

Der Arzt tat mir leid, schon bevor ich ihn kennenlernte. Er praktizierte im künstlich beleuchteten Souterrain des Altenheimes. Entsprechend war die Klientel. Das Wartezimmer war mit Rollatoren vollgeparkt. Es stellte sich heraus, dass der Arzt weder aus Syrien noch aus Südafrika stammte, sondern aus dem Sauerland. Irgendwie hatte sich in der Nachrichtenkette des Stifts ein Übermittlungsfehler eingeschlichen. Er fragte mich, ob ich die Tochter sei. Ich antwortete mit Nein. Er fragte, ob es eine Patientenverfügung gäbe, ich antwortete: «Meines Wissens nicht.» Er fragte, ob ich bei der Untersuchung zugegen sein wolle. Ich antwortete nachdrücklich wieder mit Nein. Einen Moment lang sah er starr durch mich hindurch, als warte auch er schon lange auf den Frühling. Dann straffte er sich und bat Ilse nach nebenan ins Untersuchungszimmer.

Ilse war empört. Trotz eines drohenden Darmverschlusses hatte der Arzt ihr einfach ein Klistier verabreicht. Wir schafften es gerade noch in ihr Zimmer. Während ich die letzten Kisten auspackte, hörte ich die Geräusche von der Toilette. Sie sah erschöpft aus, als sie wieder auftauchte. Ihre linke Hand zitterte. Ich zog ihr das Kleid und die Strümpfe aus und brachte sie ins Bett.

«Du bist ein Engel», sagte sie und: «Vielleicht sterbe ich ja jetzt, dann seid ihr mich endlich los.»

Daheim fragte Horst: «Wie war es bei Ilse?»

Ich erwiderte: «Das möchtest du nicht im Detail wissen.»

Er knurrte: «Ich verbiete dir, da morgen wieder hinzugehen. Sie hat doch in ihrem Stift eine Rundumversorgung.»

«Horst, es ist noch nicht lange her, da lag ich mit einem blutigen Gesicht auf der Straße. Ich weiß noch gut, wie man sich fühlt, wenn niemand da ist und wie froh man ist, wenn sich dann doch jemand findet, der einem hilft.»

Die nächsten Tage brachte ich Ilse regelmäßig Suppe vorbei. Sie erholte sich zusehends. Sie sagte: «Du bist ein Engel», Horst sagte: «Jetzt ist aber Schluss.»

Nach ein paar Tagen beschloss ich, dass Ilses Zustand mir eine Besuchspause gestattete, und ging endlich wieder einmal zu meinem Yogakurs nach Ostheim.

Klaus begrüßte mich mit einem milden Lächeln: «Schön, dass du nun doch wieder den Weg in unsere Gemeinschaft gefunden hast, Gabi. Nicht auf der geraden Straße, sondern auf Umwegen findet sich oft das Leben.»

Ich sah mich um. Die beiden männlichen Yogaschüler waren verschwunden. Entweder hatte das Hormonyoga mittlerweile Wirkung gezeigt, oder sie waren zum Kickboxen abgewandert. Jedenfalls hatte Klaus angesichts dieser Situation beschlossen, sich ganz den weiblichen Göttinnen in uns zu widmen. Er hieß uns die Augen schließen und die Handflächen vor unseren Herzen aneinanderlegen.

Dann murmelte er in einem gleichmäßigen Singsang: «Du bist die weiße Göttin. Sie streift durch die Welt und weiß um ihre Unabhängigkeit.» Ich dachte: Ich bin aber verheiratet mit Horst.

Klaus fuhr fort: «Du bist die rote Göttin. Sie ist voll Reife, Fülle und Lust. Sie weiß um ihre Wirksamkeit.» Ich dachte: Ich muss endlich mit dieser Frust-Kuchenesserei aufhören.

Klaus rezitierte weiter: «Du bist die schwarze Göttin. Sie hütet die Mysterien. Sie ist Schoß und Gral zugleich.»

Ich dachte: Mir ist es ein Mysterium, wie das mit Ilse weitergehen soll.

Klaus forderte uns auf, den Kopf zum Himmel zu heben, die Arme weit zu öffnen und tief in unseren Leib hinein zu atmen. «Werde dir bewusst, dass jeder Atemzug einzigartig und unwiederholbar ist. Das Lebensrad dreht sich. Von einem Atemzug zum anderen bist du nicht mehr der gleiche Mensch.»

Ich dachte: Mein Leben verrinnt, es rauscht an mir vorbei.

Klaus forderte uns auf, die Position der Kriegerin einzunehmen. Ich wusste nicht, was er meinte, aber er gewährte mir wieder einmal ein Hands-on-Assist. Ich hörte seine sanfte Stimme hinter mir: «Dies ist eine herausfordernde Asana, Gabi. Sie verlangt Stärke und Stabilität. Begib dich langsam in einen sehr großen Ausfallschritt. Die Arme sind deine Schwerter. Du streckst sie kraftvoll nach vorne, in die Zukunft, und kraftvoll nach hinten, in deine Vergangenheit.» Ich kämpfte um mein Gleichgewicht. «Du darfst dich nicht verkrampfen, Gabi.» Zwei feste Hände legten sich auf meinen Nacken, dann auf meine Schultern, dann fuhren sie an meinem ausgestreckten Arm nach vorne, dann an meinem ausgestreckten Arm entlang nach hinten bis zu meinen Fingerspitzen. Ich hörte seine Stimme, gleichmäßig und ruhig und fest: «Ein starrer Baum zerbricht sehr leicht. Werde biegsam wie ein Bambus. Richte dich auf, flexibel und stark, du bist die Kriegerin. Ja, jetzt spüre ich die Kraft in deinem Körper. Du bist auf einem guten Weg.»

Ich war der AOK und Klaus sehr dankbar, denn sie halfen mir, beim nächsten Besuch im Altersheim alle drei Göttinnen plus die Kriegerin gegen Ilse in den Kampf zu schicken.

Es ging ihr eindeutig besser. Sie trug das rosa Seidenensemble und hatte sogar Lippenstift aufgelegt, der sich allerdings in den Linien um ihren Mund verlor. Die Fernbedienung ihres Sessels quietschte, sie richtete sich auf und streckte mir ihre Pergamenthand entgegen. Daran funkelte ein tiefblauer Saphir, umkränzt von Diamantsplittern: «Ich habe meinen Schmuck in der Zuckerdose gefunden. Du weißt, ich bin eine vermögende Frau.»

«Es geht mir nicht ums Geld, Ilse.»

Sie machte eine wegwerfende Handbewegung: «Am Ende geht es immer ums Geld, meine Liebe.»

«Ilse, ich habe einen Ehemann und ein eigenes Leben. Solange es dir gutgeht, komme ich in Zukunft nur noch einmal in der Woche zu dir. Du kannst mich jederzeit anrufen, wenn es dir schlechtgeht. Aber jetzt begleite ich dich hinunter in den Gesellschaftsraum. Um elf Uhr beginnt die Canasta-Runde. Es wird Zeit, dass du dich hier einlebst.»

DETLEV

Als ich nach Hause kam, stand Horst im Flur und telefonierte:

«Du hast Glück. Sie kommt gerade zur Tür herein. Ich geb sie dir mal.»

Er streckte mir das Telefon entgegen. Ich ließ meine Tasche fallen, bückte mich, um die seitlichen Reißverschlüsse meiner Stiefel zu öffnen, und streifte meine Jacke ab. Vermutlich war es Nina. Ich griff nach dem Telefon. Ich brauchte einen Moment, um die energische, ein wenig metallische Stimme zuordnen zu können.

«Gabi! Na endlich! Ich wollte, dass du es als eine der Ersten erfährst. Du kannst mir gratulieren! Ich werde heiraten. Ist das nicht großartig?»

Meine Stimme war tonlos:

«Sag mal, MM, bist du das? Woher rufst du an, und wen willst du um Himmels willen heiraten?»

«Wir sind zum Schifahren in Kitzbühel, und er heißt Michele. Wir haben uns in Lugano kennengelernt. Er stammt aus der italienischsprachigen Schweiz, na, ist auch egal. Gabi! Ich habe mich noch nie so gefühlt! Ich möchte, dass du dabei bist! Du bist meine älteste Freundin, du bist meine Blutsbrüderschwester, schon seit der ersten Klasse. Du musst bei der Hochzeit einfach dabei sein! Aber ich sage dir gleich: Es gibt keinen Polterabend, keine Blumen streuenden Kinder, keine albernen Reiskörner, keine dämlichen Tauben, kein Baumstammzersägen, kein Brautstraußwerfen, kein Tortenanschneiden und keinen Hochzeitswalzer. Ist das klar? Das ging jetzt alles ganz schnell mit uns beiden. Wir wollen zu unserer Hochzeit nur ein paar alte Freunde um uns haben. Und bitte keine Geschenke! Kein Raclettegerät, keinen Spargelkochtopf, keine Butterdose, keine Nudelmaschine. Ist das klar? Gabi, ich habe Schmetterlinge im Bauch! Wir heiraten an Ostern. Du bekommst die Einladung in den nächsten Tagen. Und jetzt sag einfach ja …»

Ich sagte: «Ja, aber …»

Aber MM nahm das für ein Ja. Und offenbar hatte sie noch eine Menge anderer Telefonate zu führen, denn da war nur noch das Tuten in der Leitung.

Ich starrte Horst an: «Das war MM. Sie sagt, sie will heiraten, einen Italiener oder so etwas Ähnliches. Er heißt Michele. Sie sagt, sie hat Schmetterlinge im Bauch. Horst, das ist doch nicht normal.»

Horst runzelte die Stirn: «MM? Marie-Luise Mahn, deine Jugendfreundin? War sie nicht schon mal verheiratet?»

«Allerdings, mit einem wesentlich älteren Mann. Er ist vor nicht mal einem Jahr gestorben. Sie schien ihn wirklich gemocht zu haben. Erinnerst du dich? Ich war auf seiner Beerdigung.»

«Und ist der Neue auch älter?»

«Horst, ich habe keine Ahnung. Ich weiß bisher nur, dass er Michele heißt. Wahrscheinlich ist er ein Heiratsschwindler. Ich glaube, durch ihre erste Ehe ist sie richtig reich geworden. Sie sagt, sie hat Schmetterlinge im Bauch. Das ist doch nicht normal. Ich meine, sie ist sechzig wie ich, und sie war immer die Vernünftigere von uns beiden und in allem perfekt. Sie sagt, sie schickt uns die Einladung. Wir sollen unbedingt kommen … Was soll ich da bloß anziehen, Horst?»

Aber woher sollte Horst das wissen? Er wusste ja nicht einmal, wie er die Statistikzahlen über den Jenissei in Maxis Semesterarbeit in den Griff kriegen sollte. Ich sage bewusst, in den Griff kriegen, denn dieses Problem stellte sich mir nach MMs Anruf als nächstes.

Ich stieg auf Socken in den ersten Stock hoch, Horst verschwand in seinem Arbeitszimmer hinter seinem Computer, der Kater folgte mir, ich öffnete die Schlafzimmertür und starrte in den Spiegel an der Schiebetür meines Kleiderschranks. MM, meine Pinkelgefährtin hinter der Schulmauer in der ersten Klasse, meine Spickzettelmitwisserin in der fünften Klasse, meine Zungenkussübungsleiterin in der siebten Klasse, meine Pettinginformantin in der neunten Klasse, diese MM hatte Schmetterlinge im Bauch. Ich wette, früher hätte sie gesagt, Schmetterlinge im Bauch hat man nur, wenn man Durchfall kriegt. Also, was war da los?

Ich sah mich auf Strümpfen vor dem Spiegel stehen und schob mit einem ärgerlichen Ruck die Schranktür auf. Der Kater neben mir nutzte die Chance und begann zwischen den Handtaschen und Sommerschuhen zu wühlen, die auf dem Schrankboden ein ziemliches Durcheinander boten, ein paar Staubflusen wirbelten auf, ich musste husten. Meine Augen wanderten über die Doppelreihe meiner auf Bügeln hängenden Strickjacken, Blusen, Blazer und Röcke. Das meiste war dunkelblau, grau, braun, schwarz, langweilig und alles andere als Michele-tauglich. Meine hellen Sommershirts und die paar Flatterkleider, die ich besaß, warteten zusammengefaltet im Fach über den Blusen auf wärmere Tage. Der Kater rumorte und scharrte zwischen meinen Sandalen. Ich sah meine Hosen und Pullover in Stapeln übereinanderliegen. Blau, braun, beige, schwarz. Das alles gehörte einer Frau, die ein Leben lang Bücher verkauft und ein ordentliches Leben geführt und garantiert keine Schmetterlinge im Bauch hatte. Der Kater hatte sich mit den Krallen in einer lang herunterhängenden Plastikfolie verhakt. Er fauchte. Ich griff nach dem plastikverhängten Kleidungsstück. Es war das Kleid, das ich mir für sündteures Geld zu meinem sechzigsten Geburtstag gekauft hatte. Es war ordentlich in der Taille über den Bügel gehängt, damit es in den Schrank passte, frisch aus der Reinigung, mit einem tiefen V-förmigen Ausschnitt, einem schwingenden Rock und so veilchenfarben, wie meine Augen wohl immer noch waren.

Ich riss die dünne Plastikfolie ganz herunter, der Kater schlug lustvoll die Krallen hinein und wälzte sich mit der Folie über den Schlafzimmerfußboden. Ich zerrte meinen Wollpulli über den Kopf, öffnete den Reißverschluss meiner Jeans und streifte das Veilchenkleid über. Der seitliche Reißverschluss ließ sich nicht schließen. Ich zog meine Wintersocken aus und versuchte es erneut. Der Reißverschluss ging immer noch nicht zu. Ich angelte mir ein Paar Sommersandalen aus dem untersten Schrankfach, schlüpfte hinein und versuchte es wieder. Der Reißverschluss ächzte nur. Ich entriss dem Kater seine Folie, scheuchte ihn erbost aus dem Schlafzimmer, starrte in den Spiegel und versuchte es ein letztes Mal. Es war nichts zu machen. Ich bekam das Problem nicht in den Griff. Die Kreuzfahrt und der Ilse-Stress hatten sich mit mehreren Kilo auf Hüften und Taille abgelagert. So war ich nicht Michele-tauglich und vor allem nicht MM-tauglich.

Ich überlegte. Bis Ostern waren es noch genau vier Wochen. Ich sah mich gezwungen, Maßnahmen zu ergreifen.

Am nächsten Tag, Horst saß über seinen Statistiken, betrat ich zum ersten Mal seit meinem letzten Arbeitstag wieder meinen Buchladen.

Damals, kurz vor Weihnachten, waren hier alle Eventflächen

vollgestellt gewesen mit Keksdosen, Wichtellaternen, Papierservietten mit Hirschen, Schneemännern und den Sehnsuchtskalendern fürs neue Jahr. Jetzt ging es unübersehbar geradewegs auf Ostern zu. Man fühlte sich unvermittelt wie in einem Hasenstall. Große Hasen, kleine Hasen, aus Plüsch, Stoff und Pappe. Auf Servietten, Henkelbechern und Tischläufern, überall hoppelten Hasen.

«Gabi! Na endlich schaust du mal bei uns rein!»

Ich hatte meine Kollegin Maja nicht kommen sehen. Wir fielen uns in die Arme.

«Mensch, warum hast du dich hier drei Monate nicht blicken lassen?»

Ich zögerte, sagte: «Ach, Kindchen ...», und fuhr dann schnell fort: «Sag mal, verkauft ihr hier auch noch Bücher?»

Maja lachte: «Na ja, besser ist es nicht geworden mit dem ganzen Kram. Aber ich kann dir die Häschenschule anbieten.» Sie griff auf einen Stapel.

Ich deutete Richtung Rolltreppe: «Ist ER da?»

Maja schüttelte den Kopf: «Keine Sorge, er ist unterwegs zu einer Filialleitertagung in Westfalen. Du kannst dir vorstellen, in welcher Stimmung er war.»

Ich nickte anteilnehmend. «Dann kann ich mich in Ruhe bei euch umsehen?»

Maja machte eine einladende Handbewegung: «Fühl dich wie zu Hause.»

Ich schluckte.

«Was läuft denn bei euch im Moment gut?»

«Also, das Kochbuch von Pater Engelmar, an dem du mitgearbeitet hast, verkauft sich immer noch. Wir empfehlen es nach wie vor oft, aber ER sagt, das Thema ist durch. Es muss was Neues her. Der Kunde will das so.»

«Und sonst?»

Maja lachte: «Du weißt ja, blutige Schweden gehen immer. Manche von diesen Nordländern hauen ihre Bücher mittlerweile im Dreimonatsabstand raus. Wie machen die das? Liegt es daran, dass es da oben fast nie hell wird? Ist es der Schnaps? Oder haben die alle einen Ghostwriter? Besser werden die Bücher jedenfalls nicht.»

«Und sonst?»

«Im Sachbuchbereich läuft immer noch das Thema Darm in allen Variationen. Darmpilze, Darmspülungen, Darmsanierung. Es ist ekelhaft. Und natürlich Regionalkrimis, aber das weißt du ja. Mord im Rathauscafé, Mord in der Stadtbücherei, Mord im Bahnhofsklo. Ich habe mal gezählt – wir haben inzwischen vier Deutschlehrer hier am Ort, die endlich ihren eigenen Roman geschrieben haben. Es ist ein Elend, Gabi.»

Ich nickte wieder anteilnehmend: «Also alles wie immer?»

Da hellte sich Majas Gesicht auf: «Nein, wir haben doch etwas Neues! Malbücher für Erwachsene! Das ist derzeit der Megatrend. Mandalas ausmalen ist wie Yoga mit dem Stift.»

Maja führte mich zu einem großen Abverkaufsrondell, auf dem stapelweise Zehnerpackungen von Glitzer-Gelstiften lagen und daneben Bücher, wie ich sie zuletzt an den Kindergeburtstagen meines Nachwuchses gesehen hatte. Es waren schlichte Malbücher in Schwarzweiß, aber mit leuchtend bunten Covern. Ich nahm eines in die Hand und las: «Spiritual. Malbuch für Erwachsene. Mit besinnlichen Motiven einen Ausgleich finden.» Auf dem nächsten stand: «Naturträume. Malbuch für Erwachsene. Mit den Wundern der Natur vom Alltag entspannen.» Man konnte Blumenranken ausmalen, Blätter, einen Fuchs, einen Bären und eine Schnecke.

Ich ließ das Buch wieder auf den Stapel fallen: «Ich male keine Schnecken aus. Ich habe einen Garten. Die Schnecke ist mein Feind. So kann ich nicht kreativ sein.»

Maja lachte: «Versuch's doch hiermit.»

Sie zeigte auf einen weiteren Stapel: «Träume, lache, tanze. Wundervolle Motive zum Ausmalen, Verschenken und Dekorieren.»

Ich warf einen kurzen Blick auf das Buch: «Das ist Muttertagsniveau. Bei meinen Kindern fand ich es süß, wenn sie mir etwas Ausgemaltes geschenkt haben. Sind jetzt alle Bücher so infantil?»

Maja schüttelte den Kopf: «Oben ist alles beim Alten. Zum Glück haben wir ja immer noch richtige Leser. Schau dich in Ruhe um. Und lass dich bald wieder hier sehen. Du tust mir gut, Gabi!»

Wir umarmten uns noch einmal, dann nahm ich die Rolltreppe in den ersten Stock, wo sich immer noch die Abteilungen Horror+Crime+Vampire, Erstes Lesen+Jugendbuch sowie Küche+Wein befanden. Für einen Moment zögerte ich, ob ich weiter hinauffahren sollte zu Körper+Geist und Reisen+Fremdsprachen und dann ganz hinauf in meine stille Welt der Belletristik. Aber meine Hände waren feucht und zittrig, und so nahm ich direkt Kurs auf die Abteilung Küche+Wein.

Wenn man, wie ich, sein Leben mit Büchern verbracht hat, weiß man, was der Kunde will. Er will einen knackigen Titel, er will ein gutes Cover und er will einen griffigen Klappentext.

Titel wie «Mit Diät ins Alter» haben auf dem Buchmarkt keine Chance. Ebenso wenig wie «Ich koche für dich. Rezepte aus dem Erzgebirge». Besser klingt schon «Antiaging-Food. Iss dich jung und schön» beziehungsweise «Landhausküche. Rezepte aus dem Herzen Deutschlands». Am Inhalt muss man ja nichts ändern.

Und an kreativen Titeln mangelte es wirklich nicht: Die reichten von «Freestyle in der Suppenschüssel» über «Krautkopf» und «Schärensommer» bis «Süßer Sonntag». Dieser letzte Titel hatte es mir besonders angetan. Das zugehörige Buch enthielt herrliche, großformatige Fotos, und beim Blättern stieß ich sofort auf ein geniales Rezept für eine Aprikosentarte und einen Brombeer-Coffee-Cake. Aber das war heute leider nicht meine Mission. Und auf dem Stapel nebenan herrschte ein anderer Ton: «5 Pfund in fünf Tagen». «Die Low Carb Revolution». «Das Almased Kochbuch». «SOS – Schlank ohne Sport». Ich blätterte lustlos. Eines wurde mir schnell klar. Weizen macht dumm. Zucker macht krank. Fleisch macht Krebs. Wenn ich eine Chance haben wollte, mich in vier Wochen wieder in mein Veilchenkleid zu quetschen, dann galten für mich ab sofort drei Worte: low, slow und no. Dafür wehte mir eine neue Freiheit entgegen: glutenfrei, laktosefrei, histaminfrei, cholesterinfrei, zuckerfrei, kalorienfrei. Manche Titel machten mir förmlich Angst: «Low Carb mit dem Spiralschneider». Nach Tattoos und Piercings nun Selbstverstümmelung mit dem Spiralschneider? Und was war die «5:2 Diät»? Richtete sie sich an Fußballfans und waren die Essensmaßgaben abhängig von den Spielständen der Bundesliga? Aber nicht Horst sollte abnehmen, sondern ich.

Langsam schwante mir: So würde das nichts werden. Aber dann sah ich *mein* Buch. Es hatte den Titel und die Botschaft, auf die ich gewartet hatte. Es versprach mir schlicht und einfach: «I make you sexy». Na also. Ich entschied kurzentschlossen, das Buch zu erwerben, ohne hineinzuschauen.

Auf dem Heimweg kaufte ich noch einmal ein, und zum Abendessen gab es große Schaschlikspieße mit viel Speck und Zwiebeln, dazu Ofenkartoffeln mit Sour Cream. Fett, Fleisch und Kalorien – alles, was ich mir ab morgen versagen würde.

Am nächsten Tag riss ich die Schutzfolie von meinem neuen Diätbuch herunter, schlug es in der Mitte auf, sog den Geruch von Papier und Druckerschwärze ein und begann dann mit der Lektüre. Im ersten Kapitel stellte sich der Autor vor. Er hieß mit

Vornamen Detlev. Nach meinem Dafürhalten deutete der Name auf einen Computernerd mit fettigen Haaren hin, aber mehrere Fotos zeigten einen kahlköpfigen muskelbepackten Fitnessguru mit Tattoos am Oberarm und breitem Lächeln. Sein Leben, so berichtete er, sei ein Weg der Erleuchtung gewesen. Vom übergewichtigen Arbeitstier zum körperbewussten Kerl. Vom Speckmoppel zur Sahneschnitte. Früher hatte er Neurodermitis, heute eine bessere Verdauung. Früher hatte er Akne, heute ein gesteigertes sexuelles Verlangen. Früher war er unglücklich, heute war er glücklich. Und smart. Und fröhlich. Und sexy. Und das würde er mich auch machen, dank Grünkohl, Zucchini und Acai-Beeren.

Ich hatte keine Ahnung, was Acai-Beeren waren, aber Detlev versicherte mir im Vorwort, sie hätten viele Antioxidantien, würden meinen Stoffwechsel ankurbeln und seien die Quelle meiner Jugendlichkeit.

Ich bin nicht leichtgläubig, und Detlev sah mir auf den Fotos so aus, als habe er bereits etwas zu viele Acai-Beeren gegessen, aber ich hatte keine andere Wahl. Vier Kilo in vier Wochen, das würde mir schon weiterhelfen. Also kaufte ich Quinoa, weil es bei den Inkas als Quelle des Lebens galt. Ich kaufte Amaranth, weil ihn die Azteken als heilige Pflanze verehrten. Ich kaufte Matcha-Tee, weil es das Traditionsgetränk der Samurai war. Und ich kaufte Acai-Beeren, weil sie mich so sexy machen würden wie Detlev.

Am ersten Abend der mir verbleibenden vier Wochen gab es einen veganen Sesamburger mit Chinakohl und für Horst Wiener Würstchen mit Kartoffelsalat. Horst starrte auf meinen Teller, aber ich kam jeglichem Kommentar zuvor: «Sag bitte nichts, Horst, ich muss abnehmen für diese Hochzeit, aber du bekommst weiter normales Essen. Willst du probieren?»

Horst schüttelte den Kopf, holte sich den Senf aus dem Kühlschrank und sagte: «Also, für mich musst du nicht abnehmen. Ich mag dich so knuffig.»

Knuffig? Hatte er knuffig gesagt? Sollte ich etwa die Knuffige auf MMs Hochzeit sein? Ich suchte mir entschlossen und hochmotiviert ein Frühstücksrezept mit Acai-Beeren aus Detlevs sexy Diätbuch heraus.

Der jähe Motivationseinbruch erfolgte leider schon am zweiten Tag meiner Diät. Detlev hatte mir ans Herz gelegt, meinen Körper zu entschlacken und zu entsäuern. Clean eating sollte jetzt mein Mantra sein. Keine Geschmacksverstärker, keine Fertigprodukte, kein Weißmehl, kein Industriezucker. Stattdessen zum Frühstück einen Grünen Krieger, der im Wesentlichen aus Brokkoli und Wasser bestand – angeblich eine wahre Detox-Wunderwaffe. Der Grüne Krieger schmeckte scheußlich. War mein Körper denn ein Kriegsschauplatz? War er ein verdreckter Hochofen, den man endlich von giftigen Schlacken reinigen musste? War mein bisheriges Essen schmutzig gewesen? Musste ich mich reinwaschen von meinen Schaschlik-Sünden?

Horst aß weiter Wurst, Käse und Brot und war trotzdem schlank. Das war einfach nur ungerecht.

Am dritten Tag stand mein wöchentlicher Besuch bei Ilse an. Ich wollte mich wohl selbst quälen, denn ich las am großen Anschlagbrett im Foyer, was heute für die Senioren auf dem Speiseplan stand. Es gab panierte Leber mit Kartoffelkroketten und Speckböhnchen. In meinem Zustand hätte ich sogar Leber gegessen. Und ich fragte mich, wieso alle Senioren in diesem Stift trotz ihrer tödlichen Essgewohnheiten so alt geworden waren. Im Nachhinein tat es mir leid, aber ich war an diesem Tag sehr unfreundlich zu Ilse.

Am nächsten Morgen brachte der Briefträger MMs schriftliche Einladung zur Hochzeit. Ihre steile Schrift mit den geschwungenen Ober- und Unterlängen erkannte ich sofort. Sie ist eine der wenigen, die noch mit Füller schreiben. Papier ist für mich etwas Sinnliches. Wenn ich ein neues Buch lesen will, schlage ich es als Erstes in der Mitte auf und stecke die Nase hinein. Manche riechen muffig, manche chemisch, manche duften nach Vanille. Manche Bücher fühlen sich steif und knittrig an, mal ist das Papier klebrig, mal glatt wie ein Mohnblatt. Dieses Papier war samtig, cremefarben, an den Rändern ein wenig fransig und mit winzigen faserigen Einschlüssen versehen. Büttenpapier. Ich klappte die Karte auf. Der Text war denkbar kurz. Da stand nur: *Marie-Luise und Michele*, darunter das Hochzeitsdatum und: *Keine Blumen. Keine Geschenke. Wir haben uns. Wir haben euch.*

Ich klappte die Karte zu. Auf der Rückseite war, genauso knapp, der Ort der Hochzeit angegeben: *Alte Industriehalle Rosenberg.*

«Horst», rief ich, «komm mal, das musst du dir ansehen!»

Er kam pflichtschuldigst aus seinem Arbeitszimmer, besah sich die Karte und sagte: «Ein bisschen wenig Text. Na und?»

«Sie heiratet in Rosenberg! Wieso das denn? Das war ein Kaff, das ist ein Kaff, und das wird immer ein Kaff bleiben!»

Horst zuckte die Achseln: «Vielleicht weil sie dort aufgewachsen ist, weil ihr beide dort gemeinsam zur Schule gegangen seid, weil es MMs Wurzeln sind ...»

«Glaub mir, es gibt dort nicht mal ein anständiges Hotel, nur den *Goldenen Anker.* Dazu diese alte Bleistiftfabrik am Ortsrand, in der sie offenbar feiern will. Kann dieser Michele ihr nicht mehr bieten? Was ist das für ein Kerl?»

Horst konnte mir darauf auch keine Antwort geben. Die fand ich erst, als ich den Büttenumschlag noch einmal in die Hand nahm. Da erst bemerkte ich, dass MM für mich noch ein blaues Kärtchen beigelegt hatte. Darauf stand: «Liebe Gabi, Michele wollte, dass wir in Positano heiraten, mir zuliebe wird es jetzt das gute alte Rosenberg. Ich liebe, liebe, liebe ihn dafür, und du musst dabei sein!»

Sie schien wirklich Schmetterlinge im Bauch zu haben. Ich legte die schöne Büttenkarte auf meinen kaum benutzten Schreibtisch und ging ins Schlafzimmer, um mein veilchenblaues Kleid noch einmal zu probieren. Es passte natürlich immer noch nicht. Mein Körper war eine einzige Problemzone. Ich hatte eine ausgeprägte Laktosetoleranz und Glutenverträglichkeit. Mein Körper brauchte High-Carb-Produkte wie Brot, Kuhmilch und Weißmehlnudeln, um zu funktionieren. Ich liebte nun mal veganfreien Cappuccino. Mayonnaise war der Kitt meiner Jugend, und zu Zeiten von Marilyn Monroe wäre meine Figur okay gewesen. Und den Vornamen Detlev fand ich ungeheuer blöd. Ich war kurz davor, meine Diät abzubrechen.

Aber dann kam mir, während ich an meinem Schreibtisch sitzend die Einladungskarte noch einmal in die Hand nahm, ein schrecklicher Gedanke: Was, wenn MM auch Peter Donat eingeladen hatte?

Ich bekam augenblicklich einen Schweißausbruch. Peter Donat mit dem immer etwas süffisanten Lächeln, Peter Donat, der ewige Blazer-Typ. Peter Donat, den ich seit Schulzeiten kannte und mit dem ich im letzten düsteren Herbst, als ich mit Horst nur noch gestritten hatte, um ein Haar im Fegefeuer gelandet wäre. Wie hatte mir das passieren können? Ich, fiebrig, schon halb entkleidet und atemlos, ohne Schuhe und ohne Verstand und nur noch von dem einen Gedanken durchglüht: einmal, einmal noch mit einem Mann lichterloh brennen. Kein Flämmchen, sondern ein lodernder Feuerball. Nein, ich hatte mich nicht selber gerettet. Im letzten Moment hatte ich die Nachricht von Horst auf dem Handy gelesen, dass es Papa schlechtgehe, und der Feuerball war sekundenschnell zu Asche zusammengesunken. Asche auf mein Haupt. Horst durfte das nie erfahren.

Ich ließ die Büttenkarte fallen, schlich mich hinüber zu Horsts Arbeitszimmer und lugte hinein. Er saß versunken über Maxis Semesterarbeit, der Drucker ratterte, der Kater stolzierte auf der Fensterbank entlang. Ich stahl mich auf Zehenspitzen die Treppe hinunter, nahm das Telefon von der Ladestation, schlüpfte ins Wohnzimmer, schloss die Tür hinter mir und wählte MMs alte Handynummer. Ich hatte Glück, offenbar gab es die Nummer noch. Ich hörte ihr helles Lachen, dann meldete sie sich.

«Hier ist Gabi. Ich habe deine Einladung bekommen. Wo bist du gerade, MM?»

«Mit Michele an der Amalfiküste, vorgezogene Flitterwochen.» Sie lachte so ausgelassen, dass ich das Glitzern der Sonne auf dem Meer vor mir zu sehen glaubte.

«MM, ich will dein Liebesglück nicht stören, sag mir nur schnell, ob Peter Donat auch eingeladen ist.»

Im Hintergrund klirrten Gläser.

«Natürlich ist er eingeladen, Gabi.»

«Dann kann ich nicht kommen.»

Ich hörte von ferne eine sonore Männerstimme etwas auf Italienisch sagen.

«Gabi, du musst kommen, du bist meine älteste und beste Freundin. Im Übrigen: Du weißt, ich hatte auch mal was mit ihm.»

«Ich hatte nichts mit ihm, ich hatte nur fast was mit ihm.»

«Na also.»

«Aber bei dir ist es dreißig Jahre her, bei mir gerade mal sechs Monate. Und ich habe Horst. Er darf das nie, niemals erfahren.»

«Gabi, von mir erfährt keiner was. Und ich brauche dich an diesem Tag. Du bist meine Blutsbrüderschwester.»

«Entweder Horst oder Peter. Sie können unmöglich beide auf der Hochzeit erscheinen.»

«Ich fürchte, das ist dein Problem, Gabi. Die Antipasti kommen, ciao, ciao, ci vediamo, carissima.»

Sie lachte noch einmal ihr Sonnenlachen und legte auf.

Ich starrte in den Garten hinaus, dann riss ich die Terrassentür auf, schnappte mir mein Gartenwerkzeug und begann auf die Erde zwischen den sprießenden Narzissen einzuhacken.

Ich hörte Horst erst, als er direkt hinter mir stand:

«Gabi!» Er strahlte und streckte mir einen Stapel mit bedrucktem Papier entgegen: «Ich hab's geschafft! Maxis Arbeit ist fertig. Gib mir einen Kuss! Du kannst mir gratulieren!»

Auffordernd hielt er mir seine Wange hin, ich rappelte mich hoch und küsste ihn mit kalten Lippen.

Am nächsten Tag fuhren wir ins Grüntal, um Maxi seine Semesterarbeit zu übergeben. Olga war bei der Arbeit, und als Horst in der Diele verschwand, um einen letzten Dübel in der Wand zu versenken, nahm ich mir meinen Sohn vor:

«Maximilian, dein Vater hat sich sehr viel Mühe mit dieser Arbeit gegeben. Ich hoffe, du gedenkst dein Studium fortzusetzen. Dein Vater glaubt fest daran.»

Maxi lächelte auf mich herab und legte den Arm um mich: «Mum, mach dir doch nicht immer Sorgen. Ich studiere erst mal weiter. Das wird schon alles.»

Ja, das konnte ich nur hoffen. Auf dem Heimweg sagte ich zu Horst:

«Diese Hochzeit ist so eine Retro-Geschichte. Altes Hotel, alte Bleistiftfabrik, alte Freunde von früher, das Brautpaar ist auch nicht mehr jung. Das wird ein langweiliger Tag. Du musst wirklich nicht mitkommen. Du kennst ja niemanden. Ich weiß doch, dass du solche Feiern hasst.»

Aber Horst erwiderte: «Da lass ich dich doch nicht alleine, Gabi. Wir haben doch jetzt Zeit. Natürlich begleite ich dich.»

«Na denn», murmelte ich und dachte mir, wenn ich schon auf ein Desaster zusteuere, dann will ich wenigstens sexy dabei aussehen.

Und so machte ich ernst mit Detlevs Anweisungen. Ich aß Goji-Beeren, Chiasamen und Acerolakirschen, weil das Powerfrüchte waren. Ich schluckte Grüntee-Zimt-Kapseln, weil die den Stoffwechsel anregten. Ich trank vegane Energiedrinks aus Grünkohl, weil der das neue Superfood war. Ich aß Spartanerhirse und Thunfisch mit Spinat. Ich buk für Kati einen Schokokuchen als Nervennahrung für die Prüfungszeit und schleckte nicht einmal vom Teig. Ich aß nur noch Zucchininudeln und Low-Carb-Sushi. Meine Pfunde schwanden, meine Laune auch. Auch Horst war frustriert. Maxis Seminarleiter hatte die Jenissei-Arbeit nur mit «ausreichend» bewertet. Horst wetterte gegen den Niveauverlust im Lehrkörper der deutschen Universitäten, aber er bestand weiter darauf, mich auf MMs Hochzeit zu begleiten.

DIE GOLDENEN FRÜCHTE

Vier Tage vor dem großen Ereignis besuchte ich noch einmal Ilse.

«Du bist zur Hochzeit deiner besten Freundin eingeladen? Ich wollte, dein Vater und ich hätten auch noch heiraten können. Wir hatten es immer vor.»

Davon hatte Papa mir nie etwas erzählt. Ilse als meine Stiefmutter! Hätte ich sie dann Mama nennen müssen …?

Ilse unterbrach meine Gedanken: «Der Bräutigam ist Italiener?»

«Nein, er ist Schweizer, aus dem italienischsprachigen Teil.»

Ilse wischte meine Anmerkung mit einer Handbewegung beiseite: «Die Italiener halten sehr auf Stil. Italienische Hochzeiten sind immer pompös.»

Woher wusste sie das? Stammte sie nicht aus Wuppertal?

«Hol mal meinen Pelz.»

«Ilse, wir haben April. Das Wetter soll am Wochenende herrlich werden.»

«Hol mal den Pelz.»

«Er ist mir zu groß.»

Sie stampfte mit ihrem Stock auf und deutete Richtung Schlafzimmerschrank.

«Er ist mir zu groß, ich habe ihn doch schon mal probiert.»

Ihr ausfahrbarer Wohnzimmersessel quietschte, sie machte Anstalten, selbst aufzustehen.

«Wunderbar. Er steht dir. Hol mal meine Schmuckschatulle.»

Die bewahrte sie mittlerweile unter ihren Büstenhaltern auf.

«Nimm das Saphirkollier und die blauen Ohrringe mit den Diamanten raus. Das sind Erbstücke von meiner Großmutter, sie hatte Grundbesitz in Ostpreußen. Ich leih sie dir für die Hochzeit. Ich will, dass du mal wie eine richtige Dame aussiehst. Aber du erbst sie erst, wenn ich tot bin.»

Ich legte Ilses spektakulär blaues Kollier und die passenden Ohrringe an und stellte mich im Pelzmantel vor ihren Schlafzimmerschrank. Wenn man sich das Gesicht wegdachte, sah ich aus wie die alternde Liz Taylor deutlich nach ihrem Cleopatrafilm und kurz vor ihrer zweiten Scheidung von Richard Burton.

Aber etwas Ähnliches stand mir mit Horst womöglich auch bevor, wenn er hinter die Geschichte mit Peter kam.

«Dieser Schmuck macht mich alt», wagte ich einzuwenden.

«Quatsch, du machst endlich etwas her. Nimm den Schmuck mit, ich will ihn aber nach dieser Hochzeit zurückhaben. Und lass den Pelzmantel gleich an.»

Ich hatte das Gefühl, dass alle Senioren mir nachstarrten, als ich in großer Robe durchs Foyer des Stiftes segelte.

Daheim stellte ich mich noch einmal vor den Spiegel. Ilses Schmuck mochte einer Cleopatra würdig sein. Aber was hatte es der gebracht? Einen römischen Feldherrn als Liebhaber, und am Ende waren sie beide tot. Wenn ich ähnliche Katastrophen verhindern wollte, dann musste ich zum Schutz meiner Ehe und meiner selbst zu den äußersten Mitteln greifen.

Also bekam ich zwei Tage vor der Hochzeit Durchfall. Jedenfalls sagte ich das Horst. Ich legte mich ins Bett, ließ trotz des herrlichen Frühlingstages die Rollos halb herunter und ächzte:

«Horst, es geht mir nicht gut. Ich habe mir im Seniorenstift einen Virus eingefangen. Ilse sagt, der grassiert dort seit Tagen und ist sehr aggressiv. Wahrscheinlich ist es dieser hochansteckende Norovirus. Wir können nicht zur Hochzeit fahren.»

Horst meinte, er werde sofort unseren Hausarzt um einen Notfallbesuch bitten, er wisse doch, wie wichtig mir MMs Hochzeit sei.

Ich wehrte heftig ab, er fuhr dennoch mit dem Auto los und brachte aus der Apotheke Imodium-Kapseln mit. Er setzte sich an mein Bett und nötigte mich, sofort zwei Kapseln zu schlucken. Am Abend saß er wieder an meinem Bett und reichte mir ein Wasserglas und weitere zwei Kapseln. Ich begann mir ernsthaft Sorgen zu machen, dass ich mir mit meiner Taktik womöglich früher als Ilse einen Darmverschluss einhandelte, und erklärte, dass es mir schon bessergehe.

So nahm das Schicksal seinen Lauf.

Wir fuhren nach Rosenberg und nahmen im *Goldenen Anker* Quartier. Den kannte ich noch aus meiner Schulzeit und von jenem unseligen Klassenabend, an dem ich hier im letzten Herbst meine Ehe aufs Spiel gesetzt hatte. Zumindest gab man uns nicht das gleiche Zimmer, in dem ich vor ein paar Monaten Peter Donats Hände überall gespürt hatte.

Horst legte den Koffer auf unser Doppelbett, öffnete ihn und erklärte, das Hotel sei doch ganz hübsch, was ich denn dagegen hätte. Ich starrte auf das Bett, nahm das veilchenblaue Kleid aus dem Koffer und ließ es über Kopf, Schultern und Hüfte abwärts rutschen. Es passte wieder. Horst musste mir helfen, den seitlichen Reißverschluss zu schließen, weil meine Hände zitterten. Ich überlegte kurz, ob ich nicht doch Ilses Schmuck anlegen sollte. Aber wie ein aufgetakelter Zweimastsegler wollte ich dann doch nicht aussehen. Und den Pelz hatte ich sowieso zu Hause gelassen.

Dann fuhren wir zur alten Bleistiftfabrik. Ich hatte diesen Ort noch aus meiner Kindheit in Erinnerung: die rumpelnden Lkw auf dem Kopfsteinpflaster, die staubigen Ladungen von Zedern- und Pinienholz für die Umhüllungen der Stifte, die müden Männer in den blauen Monturen, die Fabriksirene am Abend. Warum nur gerade hier, MM?

Unser Wagen ratterte über das von jahrzehntelangem Frost aufgebrochene Pflaster des alten Werkhofs zum Parkplatz. Es war fast schon sommerlich warm. Ich setzte im Aussteigen meine schwarze Sonnenbrille auf. Einerseits, weil mich heute Kopfschmerzen quälten, andererseits, weil ich im Moment des Wiedersehens mit Peter meine Augen verbergen wollte.

Die Fabrik lag ziegelbraun und staubig da, wie ein vergessenes Fossil. Ich stöckelte auf meinen hohen Schuhen zwischen den Grasbüscheln über den Parkplatz, den Blick auf meinen Weg konzentriert. Wir bogen um die Ecke. Auf den Eingang der Werkhalle lief ein breiter, endlos langer roter Teppich zu, der fast schon wie die Landebahn eines Flugzeugs anmutete. An seinem Ende stand ein Mann mit ausgebreiteten Armen: «Grüezi! Sono Michele.»

Michele umarmte mich überschwänglich, Horst und er tauschten ein herzhaftes Schulterklopfen, und ich verstand sofort, was mit MM passiert war. Der Mann hätte auch Tenor in einer Verdioper sein können. Groß, nicht gerade schlank, aber mit einer Stimme tief aus dem Brustkorb und einer körperlichen Präsenz, die dafür sorgte, dass man diesem Kerl gerne ein paar Tage dabei zugesehen hätte, wie sein Urlaubsbart wuchs.

«Fühlt euch wie zu Hause!»

Michele deutete auf die weißen Stehtische rechts und links des roten Teppichs, wo schon andere Hochzeitsgäste mit Gläsern unter leinenbespannten Marktschirmen und extra aufgestellten Olivenkübeln standen. Durch meine Sonnenbrille scannte ich alle in Windeseile. Er war nicht da. Aber das sagte natürlich noch nichts. Ein bildhübsches Mädchen mit einer weißen Kellnerinnenschürze näherte sich und hielt uns ein silbernes Tablett entgegen. Die hochstieligen Champagnergläser darauf trugen einen weißen Eispelz wie die Robe einer Schneekönigin, im Glas tanzte die fast durchsichtige Scheibe eines weißen Pfirsichs in den Perlen des Champagners. Ich nahm einen nervösen Schluck. MM war nirgends zu sehen. Wir nickten freundlich in die Runde, neue Gäste trafen ein.

«Kennst du irgendjemand?», raunte Horst.

Ich schüttelte den Kopf.

«Und wo ist die Braut?»

Ich zuckte die Achseln.

«Möchten Sie etwas von unserem Flying Buffet?», fragte ein anderes hübsches Mädchen. «Frittierte Calamari mit Orangencreme, Garnele mit Chili-Dip, Orangen-Lavendel-Praline, grüner Spargel mit Oliventapenade, Salzzitrone mit süßer Dattel ...» Ich aß etwas von einem kleinen Tellerchen, unfähig, mich auf das Essen zu konzentrieren.

Immer neue Gäste bogen um die Ecke, liefen über den roten Teppich und wurden von Michele umarmt und geküsst, als gehörten sie alle schon immer zur Familie. Peter Donat war nicht dabei. Vielleicht hatte er ja freundlicherweise rechtzeitig vor der Hochzeit Durchfall bekommen? Das war, wenn ich es mir recht überlegte, für einen Gentleman eigentlich das Mindeste, was man erwarten konnte. Langsam schöpfte ich Hoffnung. Nur noch vereinzelt trafen Gäste ein, die hübschen Mädchen mit den kleinen Tellerchen brachten unentwegt Nachschub. Es gelang mir, wahrzunehmen, was ich da eigentlich aß: Prosciutto, Melone, Wolfsbarschfilet. Er kam nicht. Meine Kopfschmerzen ließen nach. Michele klatschte in die Hände und machte eine weit ausholende Geste. Seine Stimme füllte den ganzen Fabrikhof:

«Cari amici, wer hätte gedacht, dass ich noch einmal Hochzeit feiere? Marialuisa, la sposa mia, sie weiß noch nicht, was sie heute hier erwartet. Dieses Fest ist mein Geschenk an sie, sie wollte hier heiraten, an diesem Ort. Aber wo bleibt sie, Madonna mia?!»

Er machte eine theatralische Geste zum Himmel und lachte: «Lasst uns Champagner trinken, bis sie kommt. Auf Marialuisa!»

Da ratterte es über das Kopfsteinpflaster, ein Auspuff knatterte, es hupte durchdringend, Michele breitete die Arme aus, eine mintfarbene, auf Hochglanz polierte Oldtimerlimousine mit steilen Heckflossen bog um die Ecke und rollte geradewegs über den roten Teppich auf uns zu. Ich sah sofort, wer am Steuer saß und wer die Frau auf dem Beifahrersitz war. Und da war auch der Kopfschmerz zurück. Peter Donat bremste, stieg aus, ging um das alte Gefährt herum, streckte MM galant die Hand entgegen und geleitete sie zu Michele. Was dachte sich der Kerl eigentlich? Jemand, der schamlos genug war, seine Ex-Geliebte zur Hochzeit zu geleiten, dem war alles zuzutrauen. MM ging inzwischen das letzte Stück des roten Teppichs entlang. Sie trug einen blassseidenen, weich fallenden Hosenanzug, keinen Schmuck, kein Brautsträußchen, kein Hütchen, keinen Ring, kaum Make-up. Sie schritt mit einem Lächeln auf Michele zu, als sei sie die Starsopranistin, die den siegreichen Feldherrn nach der Schlacht empfängt. Es fehlten nur noch die Fanfaren. Er griff sehr langsam nach ihrer Hand, sah ihr in die Augen, beugte seinen Kopf hinunter und küsste ihr die Hand. Ich merkte, wie mir die Tränen kamen. Ich wischte sie mir ab, und mein Blick fiel auf Peter Donat. Er musterte mich und Horst mit einem schiefen Lächeln.

Michele fasste derweil seine Braut galant am Ellenbogen, wandte sich an die Hochzeitsgesellschaft und rief: «Avanti, amici!», und dann schritt das Brautpaar hinein in die alte Werkhalle, und wir, die Geladenen, folgten ihm.

Als Erstes war da dieser unglaubliche Duft. Süß, herb und betörend, würzig, bitter und einfach sonnig. Und dann war da das Licht, das durch die riesigen altmodischen Fenster auf das lange doppelte Spalier von Zitrusbäumen fiel, das von einem Ende der Werkhalle bis zum anderen reichte. Da waren alle Varietäten dieser mythischen Frucht: narbig-raue Zedratzitronen, kleine sauergrüne Limetten, bittersüße Pomeranzen, erlesene Raritäten wie die Hand Buddhas mit ihren fingerlangen Segmenten, riffelige, birnenförmige Bergamotten, schwere gelbgrüne Pomelos und die süßeste von allen, die Mandarine, gelb wie die Sonne über dem Golf von Neapel.

Michele hob beide Arme in einer weitausladenden Geste in Richtung der Hochzeitstafel, einem langen hölzernen Tisch, der sich zwischen den Zitrusbäumen durch die ganze alte Werkhalle zog, einzig dekoriert mit dicken silbrigen Kerzenständern und quittegelben Mimosen. «Accomodatevi! Setzt euch!», rief er. «Non abiamo alcun regolamento tavolo! Es gibt keine Tischordnung!»

MM stand, an die Schulter von Michele gelehnt, mit geschlossenen Augen da und sog lange den süßen Duft der Zitrusblüten ein. Dann schien sie wieder zu sich zu kommen, öffnete die Augen, drehte sich im Kreis und rief: «Ihr Lieben, was für ein wunderbarer Ort! Michele ist ein wahrer Zauberer!»

Sie küsste ihn auf den Mund, alle klatschten und waren noch damit beschäftigt, den rauen Betonboden der Halle, die fleckigen grauen Wände, die offenliegenden Heizungsrohre und die abgeblätterte Farbe, die ganze rohe Hülle dieses Ortes mit dem betörenden Duft, dem üppigen Grün und den überbordenden Früchten an den Bäumen in Verbindung zu bringen. Einige Gäste gingen von einer mannshohen Pflanze zur anderen und griffen nach Pomelo, Zitrone und Buddhas Hand, wie um sich zu vergewissern, dass dies alles hier tatsächlich existierte.

Ich nutzte die Augenblicke des Staunens und der Unvorhersehbarkeit, um mich zu MM durchzuschlängeln, und zog sie in eine Ecke. Sie strahlte mich an: «Was sagst du, Gabi? Ist er nicht wirklich wunderbar? Wir haben gestern schon hier im Standesamt geheiratet. Danach hatte er ein Picknick auf der Wiese für uns zwei vorbereitet!» Sie sah mich an, als habe sie noch nie, nie zuvor in ihrem Leben an ein Picknick auf einer Wiese gedacht. Ich flüsterte: «Aber warum verdammt noch mal lässt du dich ausgerechnet von Peter Donat zu deiner Hochzeitsfeier fahren?»

MM lachte auf: «Mein Vater ist tot. Warum soll das nicht einer meiner Ex-Lover machen? Das hat doch was Familiäres. Wir haben in unserem Alter schließlich alle eine Vergangenheit!»

Klar, ihre Peter-Donat-Vergangenheit lag schon ein paar Jahrzehnte zurück, meine gerade mal sechs Monate. Ich wollte mich eben wieder zu Horst durchdrängeln, da stand tatsächlich Peter vor mir. Er trug einen Blazer, keine Krawatte, dafür ein schneeweißes Einstecktuch. Eine Hand hatte er lässig in der Hosentasche.

«Gabi!»

«Peter.»

«Schön, dich zu sehen. Seit wann hast du diese Narbe auf der Nase?»

«Das tut doch jetzt nichts zur Sache. Mein Mann ist dabei!»

«Natürlich.»

«Bis später.»

«Warte, Gabi.»

«Nein, Peter, nein, nein, nein.»

«Das letzte Mal hast du, wenn ich nicht irre, jajaja gesagt.»

«Ich bin verheiratet.»

«Das seid ihr meistens, aber ihr tut es trotzdem.»

«Lass mich, Peter.»

«Man sieht sich im Laufe des Abends, Gabi.»

Horst hatte von alledem nichts mitbekommen. Als ich mit hochrotem Kopf zu ihm zurückkehrte, sah er mich nur kurz irritiert an und meinte: «Willst du nicht endlich die schwarze Sonnenbrille abnehmen, Gabi?»

Ich schob mir die Sonnenbrille ins Haar und erwiderte: «Lass uns da hinten am Ende des Tisches Platz nehmen, wir kennen ja niemand.» Horst nickte arglos, ich registrierte aus den Augenwinkeln, dass Peter ganz am anderen Ende beim Brautpaar stand.

Nach und nach nahmen alle Platz, es gab keine Teller und kein Besteck. Die hübschen Mädchen reichten nur Champagnergläser und weiteres Fingerfood. Ich nahm einen kleinen Dolce. Ich biss hinein und schloss beim Essen für einen Moment die Augen. Mein Herz klopfte wild. Das kleine Gebäck schmeckte süß nach Marzipan und zugleich bitter nach Kaffee. Ich öffnete die Augen wieder und sah, wie Peter mich lange ansah, dann am anderen Ende der Tafel Platz nahm. Das Schlimmste war abgewendet. Dachte ich.

Nur das Brautpaar stand noch. Langsam wurde es still. MMs Lächeln verriet Ahnungslosigkeit ebenso wie Erwartungsfreude. Sie wandte Michele ihr Gesicht zu. Der räusperte sich, und man hörte ein Zittern in seiner Stimme, das mehr war als Opernpathos:

«Marialuisa, mia vita, du wolltest hier heiraten, wo du geboren bist. So musste ich den Garten der Götter zu dir bringen. Denn diese goldenen Früchte sind ein Göttergeschenk, das wussten schon die Griechen und Römer. Sie wachsen am Ende der Welt, im Garten der Hesperiden. Ich habe sie zu dir gebracht, obwohl es schwierig war, fast eine Aufgabe für einen Herkules. Aber nun sind sie hier, deiner würdig. Und sie verheißen uns heute wie in den uralten Mythen, was wir uns ersehnen: Jugend, Schönheit und Unsterblichkeit. Ja, sie sind deiner ebenbürtig, denn sie können beides gleichzeitig: betörend duften und blühen und zugleich reife Früchte tragen. Welch ein Wunder! Und so will ich dir keinen Ring anstecken, Luisamia, im Beisein unserer Freunde …»

Und da versagte ihm die Stimme. Er holte ein weißes Satinband aus der Jackentasche, nahm seine Braut an der Hand, führte sie zu einem der Orangenbäume, brach ein Blütenbüschel heraus, schlang das weiße Band ein paar Male um ihr schmales Handgelenk, band eine Schleife, schob die Blüte darunter und küsste ihr die Hand.

Eine MM weint nicht, das wusste ich. Dennoch sah ich, wie nahe sie daran war. Wir alle waren es. Und wir retteten uns in ein begeistertes Klatschen und ein Hoch auf das Brautpaar. Aber Michele war mit seiner Ansprache noch nicht am Ende, er hatte seine Fassung wiedergewonnen und bedeutete uns, ihm noch einen Moment zuzuhören:

«Wir wollten keine Hochzeitsgeschenke. Stattdessen erbitten wir eure Zeit, eure Liebe und euer Miteinander – kurzum: Wir wollen mit euch kochen! Ihr findet am Ende des Gangs die alte Werksküche. Ich habe sie ein wenig herrichten lassen. Unser Hochzeitsmenü wird aus einer einfachen Panzanella, Raviolini mit grünem Spargel und Ricotta, Wolfsbarsch mit Rosmarin und Aprikosen mit Zabaione bestehen. Avanti amici, wir sehen uns in der Küche!»

Am Ende des Zitrusspaliers tauchten die hübschen Bedienungen auf, sie hielten Stapel von langen weißen Küchenschürzen in den Händen und lächelten uns entgegen.

Gemeinsames Kochen für das Brautpaar also. Was für ein großartiger Einfall – nein, was für eine Katastrophe!

Ich hatte den unmittelbaren Impuls wegzulaufen, nichts wie zurück ins Hotel. Aber das Letzte, was ich tun sollte, war, Horst und Peter hier gemeinsam am Kochherd zurückzulassen. So setzte ich meine schwarze Sonnenbrille wieder auf und sagte zu Horst: «Nette Idee.»

«Sag mal, kennen wir nicht den Mann, der die Braut hergefahren hat? Er starrt dich schon die ganze Zeit an. Ist das nicht ein alter Schulkamerad von dir?»

«Ja, du hast recht», sagte ich leichthin, «Peter Donat. Du erinnerst dich an ihn? Wir haben uns zufällig letzten Sommer in Bayreuth wiedergesehen.»

Und damit hatte auch alles wieder angefangen. Jahrzehnte nachdem er, damals schon im Blazer, über den Schulhof geschlendert war, Jahrzehnte nachdem ich mit ihm mein erstes und einziges Germanistiksemester absolviert hatte, Jahrzehnte nachdem er sich fast alle meine Freundinnen zur Brust genommen hatte, nur mich nicht. Der Stein war wieder ins Rollen gekommen, und ich war den Abhang hinabgerollt, bis fast ganz nach unten.

«Willst du ihn nicht begrüßen, Gabi?»

«Später», murmelte ich, «später.»

Ich hatte es nicht eilig, in die Küche zu kommen. Der Plan war, zu sehen, wohin sich Peter bewegte, um dann, Horst in meinem Schlepptau, den größtmöglichen Abstand von ihm wahren zu können. So machte ich Horst auf die eine oder andere Zitruspflanze aufmerksam, nötigte ihn, an einem Kumquatbaum und an einer Zedratzitrone zu schnuppern, bis wir schließlich die Letzten waren, die über einen längeren Gang die Werksküche erreichten.

Es war eine große Kantinenküche mit langen Edelstahlarbeitsflächen, alt, verbeult, aber auf Hochglanz poliert, mit großen, abgeschlagenen, aber frisch geputzten steinernen Spülbecken und zwei mächtigen Herden. Aber das war es gar nicht. Es waren die Bilder. Übermannshohe Acrylgemälde, die an jeder freien Wand lehnten und provisorisch von der Decke hingen.

Alle in Rot und in Schwarz mit ein wenig Weiß und Grau und alle mit einem einzigen, obsessiven Thema. Sex. Eine Frau mit Reiterstiefeln auf einem Holzhocker, die Hand im Schritt. Eine andere, nur mit halterlosen Strümpfen bekleidet. Ein Mann in Untersicht, aus einem roten Wirbel emporsteigend. Eine auf einem Tisch kniende Frau, der sich ein Jüngling nähert. Eine nackte Göttin mit Flügeln, auf der Weltkugel balancierend, die Peitsche in der Hand.

«Puh», machte Horst, «zumindest scheint sich das Brautpaar über seine ehelichen Pflichten im Klaren zu sein.»

«Gefällt es euch, amici?», da war das sonore Lachen von Michele. Er schob sich zwischen uns und legte seine Arme um uns beide. «Ein bisschen lasziv, aber wir sind ja alle keine Anfänger mehr. Ein Küchentisch ist immer noch ein Küchentisch.» Er lachte wieder. «Ich hätte für uns auch ein paar Bilder von Richter organisieren können, natürlich nur als Leihgabe, aber ich dachte, diese gefallen Marialuisa besser.»

«Richter? Welcher Richter? DER Richter?», unterbrach ich.

«Na, ihr wisst doch, dass ich Kunsthändler bin. Aber jetzt habe ich vor, weniger zu arbeiten.»

Nein, das wusste ich alles nicht, ich dummes Huhn.

«Avanti, es gibt verschiedene Stationen für die einzelnen Gänge. Ich habe alle Zutaten organisiert. Wir haben drei Profiköche, die euch unterstützen. Die Rezepte liegen auf den Arbeitsflächen, und dahinten steht ein grünes Sofa mit einer großen eiskalten Champagnerflasche, wenn es euch nach einer Pause und Stärkung verlangt. Allora, buon divertimento!»

Er klopfte uns auf die Schultern, ich nahm die Sonnenbrille ab und dachte, Peter ist ganz da hinten, da, wo der Berg von Aprikosen liegt, also bleiben wir hier vorne. Auf der Arbeitsfläche direkt vor uns türmte sich ein Stapel länglicher italienischer Weißbrote, dazu Unmengen von Gurken, Tomaten und Zwiebeln. Das waren wohl die Zutaten für die Panzanella. Offensichtlich hatte niemand Lust auf die Herstellung von toskanischem Brotsalat, denn an dieser Station hatte niemand Halt gemacht. Alle Hochzeitsgäste drängelten sich lachend und schwatzend mit ihren weißen Schürzen um die Pastastation und die Nachspeise.

«Den ganzen Berg kleinschnippeln?» Horst warf einen zweifelnden Blick auf den Berg Brote samt den Zwiebeln, Tomaten und Gurken daneben. «Ich glaube, ich gehe mit Michele erst mal etwas trinken.»

«Perfetto», lachte der, «dein Mann gefällt mir, Gabriella. Avanti, Horst, wir zwei nehmen einen Schluck.»

Da stand ich mit meinen Broten und Zwiebeln. Das Schicksal nahm seinen Lauf, Horst war weg, und ich war machtlos.

Ich nahm mir das lange Küchenmesser und das Holzbrett, überflog das bereitliegende Rezept und begann Weißbrot zu schneiden. Scheibe um Scheibe, Würfel um Würfel, die knusprige Kruste brach und splitterte, mit der einen Hand hielt ich das Brot, mit der anderen schnitt ich und schnitt. Ich sah meine Hand, die das Brot umfasste, ich sah den Ehering an meinem Ringfinger. Wenn ich irgendwann plötzlich in die Klinik eingeliefert werden würde, müsste man ihn herunterfräsen, so tief hatte er sich in meinen Finger gegraben.

«Ich habe gesehen, wie du am Tisch das kleine Törtchen gegessen hast. Wer so isst, der hat immer noch Hunger.»

Mir war natürlich sofort klar, wer da hinter mir stand und mit mir sprach. Mein Messer rutschte ab und fraß sich ins Schneidbrett. Ich drehte mich abrupt zu Peter um.

«Probier diese Aprikose, Gabi. Ihre Haut ist weich, mit winzigen Härchen darauf.»

Peter biss in die Aprikose und hielt sie mir dann dicht vor den Mund.

«Eine Frau, die so lustvoll isst wie du gerade, die tut auch andere Sachen gerne. Schläfst du noch mit deinem Mann?»

«Schsch!» Meine Blicke flogen panisch durch den Raum. Horst saß mit dem Bräutigam auf dem moosgrünen Sofa, trank Champagner und unterhielt sich bestens.

«Warum bist du hier, Peter?»

«Na, MM hat mich eingeladen. Vielleicht schreibe ich auch eine Reportage, du weißt ja, ich bin Journalist.»

Er deutete auf das Bild über uns an der Wand. Da war eine halb entkleidete, glühend rote Frau gerade dabei, die Hemdknöpfe eines liegenden Mannes zu öffnen. «Ich könnte über reife Liebespaare schreiben. Über erfahrenen Sex. Über das Suchen und Finden ein Leben lang.»

Ich drehte mich abrupt von ihm weg und begann wieder zu schneiden. Ich wusste, dass ich mir in den Finger schneiden würde. Ich glaube aber, ich tat es nicht absichtlich. Das Weißbrot färbte sich rot.

«Ich hole dir ein Pflaster, Gabi.»

«Danke, es geht schon.» Ich warf das Messer hin und deutete auf einen der Köche mit weißer Haube.

«Er weiß bestimmt, wo es hier Verbandszeug gibt.»

Peter folgte mir nicht. Als ich mit einem wasserdichten Pflaster am Finger zu meiner Arbeitsstation zurückkam, war er verschwunden. Und auch Horst saß nicht mehr auf dem moosgrünen Sofa.

Sie standen beide ein Stück weit entfernt an einer blankpolierten Arbeitsfläche. Jeder hatte einen glänzenden großen Fisch vor sich liegen. Sie hatten sich Stechschutzhandschuhe über die Linke gezogen, die Fischschuppen flogen glitzernd, ein paar Damen standen bewundernd mit Champagnergläsern dabei. Peter hatte seinen Fisch an der Schwanzflosse gepackt und führte wieder einmal das Wort: «Du musst sie festhalten,

Horst. Lass sie nicht eine Sekunde los. Und dann immer in eine Richtung arbeiten, gleichmäßig und fest.»

Eine Hitzewelle überflutete mich. Horst mühte sich an seinem Fisch ab.

Peter drehte seinen Fisch um. Er legte seine Hand auf den glänzenden Leib. Die lange Messerklinge schob sich in den Bauch, fuhr am Rückgrat entlang, und Peter löste mit einer sorgsamen, aber entschlossenen Bewegung das Filet des Fisches heraus. Die Damen nahmen einen Schluck Champagner. Er lächelte sein schiefes Lächeln in ihre Richtung und schmunzelte: «Man braucht wie bei allen wichtigen Dingen eine feste Hand, ein gutes Auge und ein wenig Geduld. Ich hoffe, der Fisch wird Ihnen schmecken, meine Damen.» Die Damen kicherten.

Irrte ich mich, oder streifte mich sein Blick? Horst hatte inzwischen auch ein zerzaustes Filet präpariert.

«Gabriella, ich höre, du hast dich geschnitten? Ich sollte dich unterstützen!» Da war wieder der Gastgeber. Er griff nach einem der bereitliegenden Messer, krümmte die Fingerspitzen ein und schnippelte in Windeseile mit wiegendem Schnitt und ohne hinzusehen Tomaten und Gurken.

«Ich habe mich mit deinem Mann unterhalten! Molto simpatico! Ich habe ihm von einem Bronzekünstler aus Perugia erzählt, den ich endlich unter Vertrag habe. Er kreiert phantastische surrealistische Trinkgefäße, die Sammler reißen sich darum. Ich habe Horst ein Foto gezeigt, und er hat sofort erkannt, wie stark der Mann von etruskischen Einflüssen inspiriert ist. Wir haben uns über etruskische Bronzen und Verhüttungsanlagen unterhalten. Dein Mann ist ein Lexikon, fantastico!»

«Ich weiß, wir waren letztes Jahr mit dem Wohnmobil in der Gegend, er hat alles fotografiert, er war ja Lehrer. Und gleich nach seiner Pensionierung hat er bei der VHS einen Kurs zur Geschichte des etruskischen Bergbaus gegeben. Na ja, es hat ihm über die erste Zeit hinweggeholfen.»

«Wir sollten gemeinsam eine Reise dorthin unternehmen: Chiusi, Tarquinia, Vetulonia, Perugia! Ich kenne da unten ein paar wirklich interessante Leute. Horst zeigt uns alles, und abends feiern wir das Leben. Un estate italiana, Gabriella!» Er lachte, verteilte die Berge von Weißbrot, Tomaten, Zwiebeln und Gurken auf mehrere tiefblau lasierte große Tonschüsseln und goss reichlich Olivenöl darüber.

«Und du, Gabriella, warst du auch Lehrerin?»

«Ich habe angefangen, Germanistik zu studieren ...»

«Brava! Du bist Wissenschaftlerin?» Michele sah mich erwartungsvoll an.

«Nein, nein. Ich habe es mir nicht zugetraut. Ich habe nach einem Semester wieder aufgehört. Ehrlich gesagt, ich bereue es noch heute, dass ich so schnell aufgegeben habe. Nein, ich bin dann nur Buchhändlerin geworden.»

«Was heißt hier *nur*, Gabriella? Das ist doch großartig, fantastico!», er umarmte mich. «Du musst mir Lesetipps geben, wenn ich bald weniger arbeite.»

Ich nickte, wir mischten gemeinsam die Panzanella in den Schüsseln und streuten Petersilie darüber.

Und dann begann das Essen. Michele rief: «Avanti amici, a tavola!» Gemeinsam mit ihm trug ich die großen Tonschüsseln mit Panzanella zu Tisch. Die hübschen Mädchen hatten, während wir alle in der Werksküche kochten, schnatterten und tranken, den langen Tisch mit Leinenservietten, bläulich dicken Gläsern, schweren cremefarbenen Tellern und altmodischem Silberbesteck eingedeckt. Die Panzanella schmeckte köstlich, trotz der simplen Zutaten. Die Zitrusblüten dufteten, die Profiköche hatten dafür gesorgt, dass trotz unserer Mithilfe die Raviolini zart, perfekt geformt und von einer subtil schmelzenden

Füllung waren. Ich erlebte noch einmal eine Schrecksekunde, als Peter Donat und Horst sich über den Tisch hinweg ein Zeichen gaben und in der Küche verschwanden. Aber sie wollten nur unter dem Klatschen der Hochzeitsgäste die filetierten und inzwischen gebratenen Fische servieren. Das Essen schmeckte nach Erde, Meer und Sonne, der Wein von den Hängen des Vesuv ließ die Stimmung steigen, das gemeinsame Kochen hatte einander fremde Menschen nähergebracht, alle duzten sich, ständig lief jemand hin und her, brachte mehr Ravioli aus der Küche oder nahm den hübschen Mädchen die Flaschen ab, um die Tischnachbarn mit mehr Wein zu versorgen. Ab und zu streifte mich ein Blick von Peter, über den ganzen Tisch hinweg. Eine Mittvierzigerin mit Dreifachperlenkette hatte sich zu ihm gesetzt. Er goss ihr Wein ein und bedachte sie mit seinem jahrzehntelang eingeübten lässigen Charme. Es war das schiefe Lächeln, das ich kannte, es war die Art, sich hinüberzubeugen und eine ironische Bemerkung zu machen. Es war die souveräne Geste mit der Linken. Ich kannte das alles bestens. Und ich konnte mir vorstellen, wie es weitergehen würde. Ja, ich wusste, wie das alles weitergehen würde, fast alles wusste ich.

Horst war derweil bester Dinge, er erbot sich, mir in Zukunft auch Fische zuzubereiten, und erzählte von der geplanten gemeinsamen Reise ins Etruskerland.

Als die letzten Fischplatten leergegessen waren und nur noch Zitronenhälften und Rosmarinzweige auf den Silberplatten lagen, hatte ich das Gefühl, dem allen hier wenigstens für einen Augenblick entfliehen zu müssen. Ich angelte unter dem Tisch nach meinen hochhackigen Schuhen und machte mich auf den Weg ins Freie.

Ich schwöre, ich tat es mit den lautersten Absichten. Ja, ich schwöre es. Es war schon fast dunkel, die Luft war kühl und frisch. Man hörte das Lachen der Hochzeitsgäste. Ich atmete tief durch. Meine Füße brannten, ich bückte mich nach den Schuhen, zog sie aus, und als ich meinen Kopf wieder hob, schoben sich jene Hände unter mein wirres Haar, die ich überall wiedererkannt hätte. Er drehte meinen Kopf zu sich, und weil ich ohne Schuhe sehr viel kleiner war als er, musste er sich zu mir herunterbeugen. Ich erkannte auch seinen Kuss. Er schmeckte wie beim letzten Mal, nach holzigem Rotwein. Ich erkannte auch seinen Körper, so nahe bei mir. Er drängte mich zurück, wir stießen gegen die raue Ziegelwand der alten Werkhalle, seine Hände glitten zu meinen Hüften hinab.

«Gabi, ich kann dir unmöglich dabei zusehen, wie du jetzt gleich diese Zabaione probieren wirst. Es macht mich verrückt, wenn du dabei die Augen schließt, wie vorhin. Du hast etwas an dir, wenn du isst ...»

Er küsste mich tiefer und leidenschaftlicher als je zuvor. Und da war wieder dieser Feuerball, der auf mich zurollte, glühend rot und unaufhaltsam, unauslöschlich und vernichtend. Sein Kopf sank in den blauen Ausschnitt meines Kleides, der Seidenstoff verhakte sich an der Ziegelwand. Er umfasste mit beiden Händen meinen Busen, sein Mund war an meinem Hals, hinter meinem Ohr. Er flüsterte Dinge, nach denen ich mich sehnte und die mir seit Lichtjahren kein Mann mehr ins Ohr geraunt hatte. Ich spürte seinen Atem an der Stelle, wo meine Halsschlagader pulsierte, ich spürte seinen Atem auf meinen nackten Schultern, ich spürte seinen Atem in der Nähe meines Herzens. Ich weiß nicht, was passiert wäre, wenn er mir nicht noch einmal das Gesicht zugewandt und mich angesehen hätte. In diesem Moment sah ich ganz nahe über mir seinen Mund. Und da sah ich, was ich doch auch kannte: den ironischen Zug darum. Ich sah die Kühle in seinem Augenblau, und vor allem sah ich das Siegesgewisse in seinem Lächeln. Ich wollte etwas sagen, aber er verschloss meinen Mund mit seinem nächsten Rotweinkuss.

Aber der schmeckte plötzlich bitter. Er schmeckte gierig. Er schmeckte routiniert. Er schmeckte so, wie er allen Frauen geschmeckt hatte und schmecken würde.

«Nein!», stieß ich hervor. «Nein!»

«Gabi, nun komm schon!»

«Nein, Peter, nein! Ich bin nur eine leere Stelle auf deiner Liste. Der goldene Apfel, der in deiner Kollektion noch fehlt. Das reizt dich. Du willst mich haben, weil du gewinnen willst. Immer. Lass mich los.»

Er nahm sofort seine Hände von mir, zog sein Einstecktuch aus der Blazertasche, wischte sich meinen Lippenstift vom Mund, lächelte schief und sagte: «Schade, Gabi, wie du willst. Aber ich schwöre dir, schlussendlich hätten wir es beide nicht bereut.»

Ich bückte mich nach meinen Schuhen und rannte barfuß zu den Toiletten, nur weg. Ich lehnte den Kopf gegen den Spiegel und hoffte, dass niemand hereinkam. Ich kühlte mein Gesicht unter fließendem Wasser, lehnte mich gegen die Tür und versuchte, ruhig zu atmen.

Als ich endlich den Zitronengarten wieder betrat, war der Nachtisch abserviert, die Gäste standen mit kleinen Espressotässchen herum, und Horst schien mich nicht vermisst zu haben. Michele stand bei ihm, sie unterhielten sich angeregt. Ich hatte mich wieder beruhigt, nur meine Schuhe waren staubig. Ich stellte mich zu den beiden, Michele schwärmte von all den Plänen, die er mit MM hatte, von all den Orten, die sie sehen würden. Aber plötzlich brach er mitten im Satz ab und starrte zur Tür. Da stand MM. Sie hatte die Kleidung gewechselt. Sie trug einen bodenlangen roten Fellmantel, wie nur MM ihn tragen konnte, rote Schuhe und einen Hauch von einem knöchellangen cremefarbenen Kleid mit dünnen Trägern. Sie kam direkt auf uns zu und streckte Michele ihre Rechte entgegen, an die immer noch das Satinband mit der Orangenblüte gebunden war.

«Komm», sagte sie, «ich will mit dir tanzen.»

Plötzlich standen da in der Tür der Werkhalle vier langbeinige Frauen mit Paillettenkleidern und blinkenden Saxophonen und ein junger Mann mit tiefschwarzem Haar. MM ließ den roten Mantel fallen. Nur noch bekleidet mit dem eleganten Hauch von Kleid, griff sie nach Micheles Hand. Er stammelte: «Vita mia ...», die Mädchen hoben ihre Saxophone zum Mund, der junge Mann atmete ein, und es war das einzig denkbare Lied. Es war eine Rumba, schwer, lasziv und leuchtend.

Che bella cosa è na jurnata 'e sole
n'aria serena doppo na tempesta!
Pe' ll'aria fresca para già na festa ...
Che bella cosa è na jurnata 'e sole.
Ma n'atu sole cchiù bello, oi ne',
'o sole mio sta nfronte a te!
'o sole, 'o sole mio, sta nfronte a te,
sta nfronte a te ...
it's now or never
come hold me tight
kiss me my darling
be mine tonight.

Und dann tanzten wir alle.

«Dein Kleid ist am Rücken schmutzig», sagte Horst.

«Ich weiß, ich bin irgendwie an den Ziegelsteinen hängengeblieben», versetzte ich.

Michele rief: «Avanti, amici!»

Wir tanzten bis tief in die Nacht.

Nur Peter Donat blieb verschwunden.

IT'S NOW OR NEVER

Zitrusfrüchte gehören zu den ältesten Kulturpflanzen der Menschheit. Ihre Züchtung begann wahrscheinlich vor 4000 Jahren in China. Heute erinnert nur noch der Name Apfelsine, der Apfel aus Sina, an diese ferne Herkunft. Von China kamen Zitronen, Orangen, Pampelmusen und Mandarinen über Tausende Kilometer per Schiff westwärts über das Meer an die Küsten Indiens und mit Karawanen durch die Wüsten und Gebirge nach Europa. An den Renaissancehöfen Italiens war ein Fest ohne die goldenen Äpfel als Speisewürze und Dekoration undenkbar. Die Zitrusmanie erreichte in der Barockzeit ihren Höhepunkt. Selbst in den Orangerien des kühlen Potsdam kultivierte man 1200 Zitruspflanzen. Für die Griechen wuchsen sie in den paradiesischen Hesperidengärten, vom Drachen Ladon bewacht, und für die arabischen Poeten waren die Zitrusfrüchte himmlisches Gold, von der Erde zu Kugeln geformt.

Das starke Licht der Frühlingssonne fiel auf meinen Schreibtisch, ich strich über die aufgeschlagenen Seiten meines Buches, las und besah mir die fein gezeichneten Illustrationen von Pomeranzen, Blutorangen und Pampelmusen. Das kleine, leinenbezogene Büchlein musste noch aus dem Besitz von Mama stammen. Von ihr hatte ich meine Leseleidenschaft geerbt, aber im Gegensatz zu mir war sie auch immer eine begabte Gärtnerin und Pflanzenliebhaberin gewesen.

Ich kratzte mit dem Fingernagel über die Schale der wulstigen Zedratzitrone, die neben meinem Buch lag. Michele hatte im Zitrushain der Werkhalle großzügig geerntet, und jeder der Hochzeitsgäste – nun ja, bis auf Peter Donat, der verschwunden blieb – hatte zu sehr später Stunde ein paar der goldenen Früchte mit nach Hause getragen. Aus den punktförmigen Öldrüsen der dicken Schale verbreitete sich ein grüner, frischer Duft in meinem kaum benutzten Arbeitszimmer.

«Gabi, was ist nun, kommst du mit ins Studio?»

Horst stand vermutlich schon mit seiner gepackten Sporttasche im Flur, während er das zu mir hinaufrief.

Ich stand auf, ging aus dem Zimmer und beugte mich von der obersten Treppenstufe zu ihm hinunter.

«Ich komme vielleicht morgen mit. Heute ist Ilse-Tag.»

«Ach, du Ärmste. Kannst du trotzdem mal wegen der kaputten Nespressomaschine nachhaken? Ich lege dir die Nummer der Hotline hin.»

Er machte sich gutgelaunt auf den Weg zum Sport.

Ich kehrte in mein Arbeitszimmer zurück. Auf dem Schreibtisch lag neben der Zitrone und dem Buch auch noch MMs Einladung. *Keine Blumen. Keine Geschenke. Wir haben uns. Wir haben euch.* Jetzt waren die beiden wahrscheinlich schon auf dem Weg in die Flitterwochen. Was sich Michele wohl für MM ausgedacht hatte und was sie für ihn? Was auch immer es sein mochte, es würde einzigartig, phantasievoll und voller Liebe sein.

Ich nahm wieder Mamas altes Buch zur Hand. Die Leimbindung war brüchig, das Lesezeichen ausgefranst, manche der Seiten waren fleckig. *Botanik der Zitruspflanzen, die Zitruspflanze in Mythos und Kunst, kulinarische Zitruskunde.* Es gab also auch einige Rezepte. *Weißes Nougat mit Orangenöl. Zitruskuchen aus Capri. Baci di limone.* Baci. Di. Limone. Baci. Ich musste unbedingt das blaue Kleid in die Reinigung bringen. Die Ziegelwand hatte Flecken auf dem Rücken hinterlassen, die sich nicht ausbürsten ließen. Baci di limone. Ob Mama das Rezept je ausprobiert hatte? Ach, Mama. Ich überflog die Zutaten. Butter, Puderzucker, Mehl, Mandeln und natürlich Zitrone, das hatte ich alles da.

Ich nahm die schwere Zedratzitrone in die eine Hand, Mamas Buch in die andere, ging hinunter in die Küche und öffnete den Kühlschrank, um die Butter herauszunehmen. Der Kater hatte das vertraute Geräusch gehört, kam von irgendeinem Schlafplatz angeflitzt und maunzte bettelnd um meine Beine. «Geh raus in den Garten. Die Vögel singen!» Ich scheuchte ihn ins Freie und begann, mit einem kleinen Küchenmesser die Schale so dünn wie möglich von der männerfaustgroßen Zitrone zu schaben. Eine Wolke von Frühlingsfrische verbreitete sich nun auch in der Küche.

Nichts beruhigt mich mehr als das Kneten von zuckrigem Teig. Es lenkt ab, es besänftigt, es tröstet und heilt. Ich arbeitete mit beiden Händen, trotz des Pflasters an meinem Finger. Ich verknetete die Butter mit dem Puderzucker, dem Saft und der abgeschabten Zitronenschale, ich siebte das Mehl, mahlte die Mandeln und rollte schließlich den fertigen Teig aufs Blech und schnitt ihn in Streifen. Und während der Teig buk, verschlug ich noch mehr Butter und Puderzucker und Zitronensaft zu einer cremigen Füllung, und als die Kekse fertig und ausgekühlt waren, nahm ich jeweils zwei davon, strich die Creme dazwischen und drückte die Kekse gegeneinander. Die Creme hielt die beiden Kekse sofort zusammen. Natürlich. So war das eben. So war das gedacht mit den Küssen. Unweigerlich. Unaufhaltsam. Ich nahm eine der fertigen Süßigkeiten und schob sie mir in den Mund. Cremig. Knusprig. Sahnig. Sehr süß und ein wenig sauer. Ich schloss die Augen und schmeckte. Es waren die Zitronenhaine über dem Meer. Es war die Leidenschaft der brennenden Sonne. Es war die aufsteigende Feuchtigkeit des Meeres. Es war die Essenz der steinigen Erde, der Geschmack der goldenen Früchte, die Spannung der Gegensätze. Das Weiche und das Feste, das runde Süße und das spitze Saure. Und da merkte ich es. Ich aß mit geschlossenen Augen. Ich riss die Augen auf, schob die Schüssel mit der Creme von mir, rannte aus der Küche, durchs Wohnzimmer und stieß die Terrassentür auf. Der Kater lauerte unter einer blühenden Forsythie. Ich atmete tief durch und murmelte: «So, Gabi, jetzt lassen wir mal den emotionalen Blödsinn, machen schnell diese Kekse fertig und kümmern uns dann um die kaputte Nespressomaschine.»

Ich probierte keinen einzigen der fertigen Baci mehr und versuchte, mich auf das Gespräch mit der Nespresso-Hotline einzustellen.

Unsere schwarzglänzende Nespressomaschine, die Horst in einem Anfall von ökologischem Wahnsinn im letzten Herbst ohne mein Zutun gekauft hatte, war also nach nur wenigen Monaten defekt. Wahrscheinlich war unser stümperhafter Umgang mit dem innovativen Milchschaumsystem, dem Varioregler für heiße Milch, der Auto-Clean-Funktion und dem Flow-Stop-System für die Kontrolle der gewünschten Kaffeemenge daran schuld. Unsere alte Melitta-Maschine hatte ich rausgeschmissen, und solange unsere Lattissima Mysterious Black auf den komplizierten Wegen über Paketdienste, Diagnosezentren und Packstationen nicht wieder in unsere Küche zurückkehrte, waren wir auf Nescafé-Pulver zurückgeworfen. Die Hotline zwang mich durch das Drücken diverser Nummern, meinen Kundenwunsch zu konkretisieren, und ließ mich schließlich zur Stimme eines menschlichen Wesens vordringen. Leider hatte ich die Kundennummer, unter der all unsere Daten und Kaffeevorlieben gespeichert waren, nicht zur Hand. Die Dame schickte mich noch einmal in eine Musikwarteschleife, aber dann hatte sie meine Maschine in ihrem Kaffeedatenkosmos ausgemacht. «Sie haben noch die alte Lattissima? Ehrlich gesagt, eine Reparatur lohnt sich da kaum noch. Ich kann Ihnen die neue Prodigio empfehlen. Sie können mit der Maschine via Bluetooth über Ihr Smartphone kommunizieren.»

Ich erwiderte, dass ich verheiratet sei, mich seit kurzem im Ruhestand befinde und versuche, wenigstens die Kommunikation mit meinem Mann aufrechtzuerhalten. Sie entgegnete, das könne ich natürlich halten wie ich wolle, aber es werde schon noch ein paar Tage dauern mit der Lattissima. Zum Trost und Abschluss teilte sie mir noch mit, ich könne den Verbleib meiner Maschine aber im Internet tracken. Ich fragte: «Wie, tracken?» Woraufhin sie antwortete, dass ich den Aufenthaltsort meiner Maschine im Internet mitverfolgen könne. Ich erwiderte, ich sei zwar in Rente und hätte nun mehr Zeit, als mir lieb sei, aber das sei mir denn wirklich zu blöd.

Ich füllte ein Tütchen mit Zitronenkeksen, verstaute diese und Ilses Schmuck in meiner Handtasche und den Pelz in einer Plastiktüte und fuhr ins Seniorenstift Breitenbach. Im Foyer roch es nach Sauerkraut, Ilse empfing mich mit der Frage: «Und, wie fanden sie ihn?»

Ich war versucht zu antworten, dass er meiner Meinung nach immer noch sehr gut, eigentlich zu gut aussah, aber sie meinte ihren Schmuck. Ilse ist ein sehr dominanter Mensch, der zu unerwarteten emotionalen Reaktionen fähig ist, und ich finde, dass es Situationen gibt, in denen eine Notlüge nicht direkt ins Fegefeuer führt. Außerdem hätte mich Peter wohl kaum mit seinem Kuss gegen die Hauswand gedrückt, wenn ich bekleidet mit einem fast bodenlangen toten Tier vor ihm gestanden hätte. Ich antwortete also unwahrheitsgemäß: «Alle Hochzeitsgäste waren von dem Schmuck und dem Pelz sehr beeindruckt.»

Ilse nickte wissend und streckte ihre Hand aus, um die Halskette und die Ohrringe wieder in Empfang zu nehmen, und wiederholte: «Das erbst du alles eines Tages, aber erst, wenn ich tot bin.» Dann fragte sie: «Apropos Hochzeit, wann gedenken eigentlich deine Kinder zu heiraten? Nina hat doch schon einen Sohn.» Ich erwiderte, die jungen Leute sähen das heute alles nicht mehr so eng. Ilse äußerte, das läge auch daran, welches Vorbild die Eltern gäben. Ich beschloss, ihr die Zitronenkekse nicht auszuhändigen, sondern sie selbst zu essen. Dann erzählte sie mir noch von einem Feuerwehr- und Notarzteinsatz am Vortag. Eine Seniorin habe eine Elektroplatte angelassen, das ganze sechste Stockwerk musste wegen der Rauchentwicklung evakuiert werden, nicht auszudenken, was mit der Schmuckschatulle passiert wäre. Sie sei gezwungen gewesen, wegen des Notfalleinsatzes zwei Stunden auf ihrem Rollator im Foyer auszuharren. Sie habe die Notärztin gefragt, ob diese, da sie nun schon mal hier wäre, auch gleich ihren eingewachsenen Zehennagel ansehen könnte, aber die habe abgelehnt. Und das unter Kollegen! Ich überlegte mir im Stillen, dass meines Wissens Ilse keine Notärztin gewesen war, sondern Zahnärztin in Wuppertal, aber sie unterbrach meine Gedankengänge:

«Ich weiß nicht, ob ich unter diesen Umständen überhaupt in diesem Seniorenstift bleiben werde. Das Essen ist ungenießbar, und außer Kegeln und Canasta gibt es kein Kulturprogramm. Euer Haus steht doch quasi leer, alle Kinder sind fort. Ich könnte bei euch einziehen! Ich zahle Miete, und du versorgst mich, natürlich gegen Bezahlung. Du bekommst ja kaum Rente, und Horsts Lehrerpension ist vermutlich auch nicht gerade üppig.»

Ich starrte sie an, und ich glaube, mein Mund stand eine Weile offen, bevor ich zu einer Antwort fand. «Ilse, das geht nicht. Ich habe doch Horst. Wir sind jetzt beide in Rente, wir haben endlich Zeit. Wir wollen endlich frei sein.»

«Frei?» Ilse machte eine wegwerfende Bewegung mit ihrer knochigen Hand. «Und was konkret meinst du damit?»

Ich hätte antworten können: auf Hochzeiten gehen, endlich nach Barcelona fahren, Zitronenplätzchen backen. Aber das hätte Ilse wohl kaum überzeugt. Und mich auch nicht. Die Wahrheit war, dass ich es nicht wusste. So schwiegen wir beide. Schließlich sagte sie: «Du hast mir meinen Pelz noch nicht zurückgegeben.»

«Doch», erwiderte ich, «er liegt dort in der Tüte.»

«Häng ihn in den Schrank», blaffte sie, «ich hoffe, er hat keine Brandlöcher.»

Ich wollte eigentlich sagen: «Er hat höchstens Motten», aber wegen Papa tat ich es nicht.

«Wenn du nächste Woche kommst, bring mir Orangensaft mit, aber einen anständigen. So etwas gibt es hier nicht, und wie es aussieht, muss ich hier meine letzten Tage verbringen.»

«Bis nächste Woche», murmelte ich.

«Und denk an den Orangensaft!», rief sie mir nach.

Ich zog Ilses Apartmenttür hinter mir zu, griff in meine Handtasche, holte die für sie bestimmte Tüte mit den Plätzchen heraus und aß sie auf dem Weg zum Auto alle auf. Während MM sich wahrscheinlich inzwischen als verliebte Braut durch die schönsten Gegenden Italiens flitterte, war ich zwei Tage nach der Hochzeit schon wieder hart auf dem Boden der Realität gelandet, zwischen Mottenpelz, Erbschmuck, Rollatoren und defekter Kaffeemaschine …

Ich beschloss, mir selbst ein wenig Trost zu spenden, und hielt auf der Heimfahrt bei einem großen Bau- und Pflanzenmarkt. Jetzt war hier Hochsaison für Zieräpfel, Hyazinthen, Kaiserkronen und die ersten Hochstamm-Margeriten und Containerrosen, obwohl die Nächte dafür noch viel zu kalt waren. Ich fand im Gewächshaus ein hinreißendes, schulterhohes Orangenbäumchen mit lanzettförmigen Blättern, schneeweißen Blüten, honigschwerem Duft und einem üppigen Besatz von kleinen grünen und größeren, bereits sonnengelben Früchten. Ein daran hängender bebilderter Zettel versprach mir auf Italienisch, Russisch und Englisch: «Maximum pleasure for many years.» Es war weiß Gott nicht billig, aber ich würde es ja für viele Jahre haben.

Ich rollte gerade mit meinem Einkaufswagen und der wippenden Zitruspflanze auf die Kassen zu, als es hinter mir «Mensch, Gabi!» schrie. Die Stimme kannte ich, aber mit dem schweren Einkaufswagen waren mir schnelle Fluchtmanöver verwehrt. Und schon hatte Silke mich eingeholt. Sie musterte mich von oben bis unten und befand dann:

«Das Hormonyoga scheint dir gutgetan zu haben, Gabi. Die Narben im Gesicht sind fast verheilt, man sieht nur an der Nase noch was. Hast du figurtechnisch auch was machen lassen? Du siehst schlanker aus.»

Ich nickte: «Fast fünf Kilo, jedenfalls bis ich über meine Zitronenkekse hergefallen bin.»

«Und wie hast du so toll abgenommen?»

«Mit Detlev. I make you sexy.»

«Nee! Du hast es endlich getan? Ich sag's doch! Abwechslung im Bett ist der beste Jungbrunnen. Aber dir hätte ich es echt nicht zugetraut.»

«Detlev kocht vor allem mit Zucchini. Du musst dir einen Spiralschneider zulegen für die Zucchininudeln. Aber daran gewöhnt man sich.»

Silke glotzte.

«I make you sexy. Silke, es funktioniert tatsächlich. In jeder Hinsicht. Man erlebt da Sachen, sage ich dir! Aber ich habe die Nase voll davon. Du kannst Detlev haben. Ich schicke ihn dir.»

Ich ließ sie verdattert stehen und schob meinen Wagen Richtung Kasse.

Horst war schon vom Sport zurück.

«Horst, warum heiraten Nina und Philipp eigentlich nicht? Sie haben doch ein gemeinsames Kind.»

«Ach, Gabi, da fällt mir ein, Nina hat vorhin angerufen. Sie kommt eventuell mal vorbei.»

«Was soll das heißen, sie kommt mal vorbei? Bringt sie Paulchen mit? Kommt Philipp auch? Sind sie auf der Durchreise? Fahren sie endlich mal zusammen in Urlaub?»

Horst zuckte die Achseln: «Keine Ahnung.»

Er sah den Teller mit den Zitronenkeksen stehen und griff danach.

«Hast du mal wegen der Nespressomaschine nachgefragt, Gabi?»

«Sie ist kaputt. Die wollen uns eine neue aufschwatzen, eine, die übers Handy mit uns spricht.»

«Und was kostet die?»

Diesmal zuckte ich die Achseln. Ein paar Keksbrösel fielen auf den Küchenboden.

«Wie schmecken dir die Kekse, Horst?»

«Hm», machte er, «ich weiß nicht, ob wir schon wieder eine neue Kaffeemaschine kaufen sollten, auch wenn man sie über eine App steuern kann.»

«Findest du nicht, dass die Kekse nach Zitronen schmecken, nach Süden, nach Amalfiküste, nach Liebe und nach Leidenschaft und nach dieser wunderbaren Hochzeit?»

«Ehrlich gesagt, Gabi, mir war das bei dieser Feier fast ein bisschen viel Pathos und Leidenschaft. Aber jetzt sind wir ja wieder zurück in unserem richtigen Leben.»

«Im richtigen Leben? Und was meinst du damit?»

«Unser Haus. Unsere Kinder.»

«Die sind doch nicht mehr da.»

«Und dich.»

Ich ging den Besen holen, um die Krümel zusammenzufegen, schleppte das Orangenbäumchen vom Auto auf unsere Terrasse, steckte Detlev in einen Umschlag, brachte ihn zur Post und dachte mir: «Ich werde auch weiterhin Kekse mit geschlossenen Augen essen, so viel ist sicher. Aber was soll ich sonst mit meinem Leben machen?»

Am nächsten Tag ging ich wie versprochen gemeinsam mit Horst zum Sport. Eigentlich war ich länger in diesem Fitnessstudio Mitglied als er. Früher hatte ich hier einen festen Termin am Samstagnachmittag. Ich hatte mich hier mit meinen anderen Fitnessmädels getroffen, wir hatten am Tresen auf den Barhockern gesessen, XL-Cappuccinos getrunken, über unsere Männer und unsere Kinder getratscht und nebenbei auch ein wenig Sport gemacht. Aber das war lange her. Ich hatte am Ende meiner Buchhändlerinnenlaufbahn so viele Überstunden angesammelt, dass meine Kraft für Sport nicht mehr reichte. Nun war ich zwar schon mehr als ein Vierteljahr in Rente, aber irgendwie hatte es nie gepasst.

Unseligerweise hat das Computerzeitalter nicht nur in der Kaffee-Welt sondern auch in der Welt des Sports Einzug gehalten. Also musste ich als Erstes meinen Mitgliedsstick in den Empfangs-PC stecken, um meine Trainingsdaten zu laden. Dass mein Trainingsprogramm abgelaufen war und ich mich bei einem der freundlichen Coaches melden sollte, war mir klar, aber dass ich zum letzten Mal vor fast genau einem Jahr hier gewesen sein sollte, zeigte doch nur, dass man sich auf Computer nicht verlassen kann.

Im Gegensatz zu mir benahm sich Horst hier, als sei das sein zweites Zuhause. Er schien praktisch jeden zu kennen, allen voran den Studioleiter, der ein ehemaliger Schüler von ihm war. Wir begaben uns für die Aufwärmphase zunächst zu den Standfahrrädern. Horst stellte blind den Sattel auf die richtige Höhe und begann sofort zu strampeln. Ich stieg auf, ab, schraubte, versuchte es noch mal, rutschte von den Pedalen und dachte, jetzt habe ich endlich Zeit und mache Sachen, zu denen ich überhaupt keine Lust habe.

Nun ja, Lust auf Sport hatte ich auch früher nicht gehabt, deshalb waren wir Mädels hier ja immer am Samstagnachmittag verabredet gewesen. Denn da kamen nicht nur die Rentner und Hausfrauen, sondern auch die Studenten, die jungen Familienväter und Berufstätigen. Die trugen keine überknöchelhohen Socken und keine Frotteestirnbänder und keine Turnhosen aus der Abba-Zeit, sondern irgendwas. Und was immer sie trugen, sie sahen gut darin aus. Ihre Hintern waren knackig, ihre Haltung war aufrecht, sie zählten nicht durch die Zähne die Pull-downs mit, sie lachten, machten mühelos ihre Sit-ups, und dann gingen sie wieder. Und uns taten sie gut. Sie waren die Kraft und das Leben und die Unbeschwertheit. Wer das sucht, sollte definitiv nicht um 10 Uhr morgens an einem Werktag ins Fitnessstudio gehen. Während ich mich auf meinem Parcours durch die Gerätelandschaft quälte, erfuhr ich unfreiwillig,

1. was der Orthopäde zur Hammerzehe meiner Nachbarin an der Beinpresse geäußert hatte,
2. dass bei meinem Nachbarn am Rudergerät die nächste Darmspiegelung anstand,
3. dass die Nachbarin am Variostepper einen Prolaps hatte. Ich konnte zum nächsten Gerät fliehen, bevor ich erfuhr, wo sich der Prolaps befand,
4. dass nächste Woche bei Aldi Jogginghosen im Angebot seien,
5. dass Heinz, der sonst montags auch immer da war, letzte Woche einen Herzinfarkt hatte,
6. dass die Therme in Bad Abbach Seniorennachmittage anbot, Kaffee inklusive.

Ich überlegte, ob ich vielleicht lieber noch einen Hormonyogakurs mit Klaus machen sollte, der hatte doch bisweilen etwas Inspirierendes gehabt, oder ob ich besser mal im Garten die Hecke schnitt.

Horst hatte für uns beide schon Mineraldrinks bestellt, als ich meine Geräterunde endlich absolviert hatte. Ich hatte es nicht gewagt, unter seinen Augen zu schummeln und wie früher das ein oder andere Gerät auszulassen. Aber auch er hatte einen ziemlich roten Kopf, als er mir mein Glas hinschob.

«Gabi, ich finde es toll, dass du endlich mitgekommen bist! Das machen wir jetzt dreimal die Woche. Du wirst sehen, wie gut dir das tut! Wir wollen doch beide hundert Jahre alt werden.»

Ich wischte mir den Schweiß vom Kinn und nahm einen ersten kühlen Schluck.

«Großer Gott, hundert Jahre? Weißt du, Horst, ich habe Angst, dass ich so werde wie Ilse, und ich glaube, die ist erst achtzig.»

«Statistisch gesehen hast du noch mindestens 21 Jahre vor dir und mit ein bisschen Sport deutlich mehr.»

Ich starrte in mein Glas, kleine Bläschen stiegen auf, die vielen guten Sportmineralien hatten das Wasser trübe gemacht. Ich dachte, ich sollte den Sport schnellstmöglich wieder aufgeben. Wenn Nina und Paulchen in der Nähe lebten, wäre es vielleicht anders. Dann hätte ich noch einmal eine Aufgabe, ich könnte mit dem Kleinen in Gummistiefeln durch die Pfützen hopsen, Seifenblasenlauge selber machen, altmodische Kastanienmännchen basteln und quietschbunten Hagelzucker auf Plätzchen streuen.

«Und was machen wir dann mit der vielen Zeit, die wir uns hier erturnen, Horst?»

«Ich dachte, du wolltest mit mir nach Barcelona fahren. Und ich sollte doch mal den Garten auf Vordermann bringen.»

«Und du meinst, das reicht für die nächsten Jahre?»

«Ich möchte endlich meine Dias digitalisieren. Das dürften so an die fünftausend sein.»

«Was denkst du, wie lange das dauern wird?»

«Ich schätze, ein paar Monate.»

Ich schwieg.

Er legte seine Hand auf meine: «Und du, Gabi, was möchtest du machen?»

«Das ist die Frage, Horst, das ist die Frage.» Ich nahm einen Schluck von dem Mineraldrink. «Na ja, fürs Erste könnte ich Kati oder Nina anrufen. Ich könnte auf Paulchen aufpassen oder Kati bei der Examensvorbereitung moralisch unterstützen.»

Ich trank entschlossen meine Sportmineralien aus.

Zu Hause rief ich Nina an. Aber sie ging nicht ans Telefon.

So versuchte ich es bei Kati.

«Wie geht es dir, mein Schatz? Was macht das Examen?»

«Gut, bisher läuft alles nach Plan.»

«Hast du schon Prüfungen gehabt?»

«Ja.»

«Und?»

«Alles prima, Mama, hab ich doch gesagt.»

«Ist der Schokoladenkuchen angekommen?»

«Ach so, ja. Vielen Dank, der war sehr lecker.»

«Soll ich dir noch mal einen schicken – als Nervennahrung?»

«Nicht nötig, ich gehe in die Mensa.»

«Soll ich dich für ein paar Tage besuchen kommen und dich bekochen? Ich störe dich auch nicht.»

«Jetzt lieber nicht, Mama, ich brauch meinen Lernrhythmus.»

«Wann ist denn die letzte Prüfung?»

«Mitte Mai.»

«Du meldest dich, wenn ich doch mal vorbeikommen soll?»
«Na klar. Mach dir keine Sorgen, Mama.»
«Wir halten die Daumen.»
«Das ist lieb. Grüß Papa.»
«Mach ich. Tschüs.»

Ich starrte den Telefonhörer an. Ich fühlte mich leer und nutzlos.

Am nächsten Tag lag ein Brief der AOK im Postkasten. Ich riss ihn auf. Es war eine Eintrittskarte darin und ein AOK-Post-it mit krakeliger Schrift: «Tausend Dank für das sexy Buch! Detlev ist toll! Als Dankeschön habe ich uns Eintrittskarten für die Oldies-Nacht organisiert. Wir treffen uns am Eingang. Tschüssi, Silke»

Was sollte ich machen? Ich hatte ja keine Termine mehr, auf die ich mich herausreden konnte. Also ging ich mit Silke zu dieser Oldies-Nacht. Sie fand in unserem neuen, verglasten, bananenförmigen Shoppingcenter statt. Dort, wo an verregneten Samstagen Familien mit Kleinkindern und das halbe Umland sich mit Döneressen und hundehaufengroßen Eisportionen zwischen den üblichen Kettenläden die Zeit vertrieben, traten heute die Stars der Vergangenheit auf. Etwas Kultur stand schließlich auch einem Einkaufsparadies gut zu Gesichte. Und so gab es Begrüßungshostessen, Security-Leute, eine Bühne, Glitzerdiscokugeln und Gratis-Piccolöchen in kleinen Schraubflaschen. Auch Silke und ich hatten, eh wir es uns versahen, zwei mäßig kalte Flaschen mit rosa Strohhalmen in der Hand. Hinter uns drängelte es, die Oldies-Tour war ausverkauft.

Ich dachte, dass ich am besten sofort für eine Stimmungsgrundlage sorgen sollte, auch wenn der Sekt ziemlich süß schmeckte. Ich warf also den Strohhalm in den nächsten Abfalleimer und setzte die Flasche an, trank sie in drei Zügen leer und warf sie dem Strohhalm hinterher. Die nachströmenden Besucher schoben uns durch die Mall. Eine Hostess hielt mir unaufgefordert ein weiteres Sektfläschchen hin, ich griff zu. Über der Bühne war in halber Höhe ein Fischernetz mit Plastikfischen drapiert. Ich nahm noch einen Schluck. Silke dirigierte mich zu einem strategisch günstigen Platz am Stamm einer Plastikpalme, von wo man die Bühne in voller Breite überblickte.

Salesmanager sind die besseren Kulturbeamten. Sie wissen, was der Verbraucher will. Bedürfnisbefriedigung, und zwar sofort. Also gab es kein Vorprogramm und keine lange Reden, sondern die Party startete direkt mit dem Besten von gestern. Und das war offensichtlich ein älterer Herr namens Gabriel Roberts. Mir schien, dass er sich in den letzten Jahren etwas zu viel in Einkaufscentern und Teppichläden aufgehalten hatte, denn sein Gesicht sah blass und aufgedunsen aus. Sicherheitshalber nahm ich noch einen Schluck von meinem Piccolöchen. Gabriel Roberts schien irgendwann einmal einen Megahit mit dem Titel «Die Nacht im Maisfeld» gehabt zu haben. Der Funke sprang sofort über. Alle sangen: «Was ist schon dabei, hossa eins zwei drei.» Der Hit war mir damals wohl irgendwie entgangen. Gabriel Roberts rotierte mit dem Becken, als mache ihm seine künstliche Hüfte Probleme. Ein paar Frauen kreischten. Ich nahm noch einen Schluck aus meinem Fläschchen und winkte eine der Hostessen mit Nachschub herbei. Nach zwei weiteren seiner Hits schien Gabriel Roberts Asthma sich zu melden, denn auch er winkte nun, zwei Security-Leute halfen ihm von der Bühne herunter, und er begann ungefragt unter den Zuschauern Autogrammkarten zu verteilen, auf denen er aussah wie Harald Juhnke im Delirium.

Inzwischen hatte Babsi Balinsky die Bühne erklommen und begann da oben richtig Party zu machen. Sie trug ein ziemlich durchsichtiges Kleid, das wie eine weiße Häkeltischdecke aussah, und hatte etwas von einer explodierten Zuckerwattekugel an sich. Da konnte selbst Detlev nichts mehr machen. Aber Babsi hatte sich die Fröhlichkeit ihrer großen Zeit bei Radio Luxemburg bewahrt, wippte mit den Füßen und bewegte ihre Hände wie mein alter VW seine Scheibenwischer. Sie sang etwas von ihrem Boy und von ihrem ersten Kuss, obwohl bei ihr unübersehbar die Wechseljahre längst historisch waren. Die Leute klatschten und schunkelten, Babsi wippte und winkte und wuselte und wich nicht von der Bühne, bis der nächste Golden Oldie sie quasi von der Bühne schubste.

Ich trank eine weitere Sektflasche leer und rieb mir die Augen. Aber tatsächlich – da oben stand der letzte Mann außerhalb Brasiliens, der noch Minipli trug. Er schüttelte seine nachgefärbten schwarzen Kräusellocken, beugte sich erstaunlich gelenkig für sein Alter nach vorne, griff nach der Hand einer Zuschauerin, die gut zum Motto «Das Beste von gestern» passte, und zog sie auf die Bühne. Sie zierte sich etwas, ließ sich den kräftigen Griff der Schlagerlegende um ihre Hüften dann aber gerne gefallen und begann mit überschwänglichen Tanzbewegungen. Der Pseudo-Brasilianer stimmte seinen seinerzeit größten Hit an, der vom Rum in Barbados handelte und in dem sich dieser wieder und wieder auf «um» und «dumm» reimte. Ich überlegte, ob ich noch einen vierten Piccolo verkraften würde.

Der Pseudo-Brasilianer schien mit seinem Liedgut hauptsächlich alkoholische Fragen zu umkreisen, denn sein nächster Hit handelte von rotem Wein aus Kreta, wo man doch weiß, dass heutzutage jeder Grieche nur noch Chardonnay und Pinot grigio auf der Karte hat. Danach kündigte der Pseudo-Brasilianer ein Medley seiner größten Hits an, fixierte mich, zwinkerte mit seinem rechten Auge, als habe er einen nervösen Tick, entblößte seine teuren dritten Zähne zu einem breiten Lachen, schüttelte noch einmal seine Lockenmähne und versuchte, mich auf die Bühne zu winken. Ich stürzte den Rest meines Piccolos herunter, überlegte einen winzigen Augenblick und ging dann hinter dem Stamm der Plastikpalme in Deckung. Ich sah gerade noch, wie statt meiner Silke die Bühne enterte. Den Rest wollte ich mir ersparen.

Ich nahm mir ein Taxi. Der Fahrer sagte: «Na, die Dame, waren Sie auch auf dieser Damals-Tour?»

«Das ist nichts für mich», erwiderte ich. «Ich bin doch kein Super-8-Film, der rückwärts läuft.»

Er zuckte die Achseln und sagte: «Wohin will denn die Dame?»

Ich erwiderte: «Ja, wenn ich das nur wüsste.»

Er erkundigte sich, ob ich etwas getrunken habe. Ich antwortete wahrheitsgemäß mit Ja.

Er fragte, ob ich mich jetzt denn mal langsam entscheiden könne, wo ich hinwolle, das Taxameter laufe.

In meinem Kopf herrschte ein ziemliches Piccolo-Durcheinander. Ich hörte mich sagen: «Wenn schon zurück, dann will ich dahin, wo sich die größte Pleite meines Lebens abgespielt hat, dahin, wo es am meisten weh tut. Vielleicht kann man da ja noch was reparieren. Ich weiß bloß noch nicht, wie ich es Horst beibringen soll.»

Der Taxifahrer meinte, wenn ich was zu reparieren hätte, dann solle ich das gefälligst mit meinem Horst besprechen, er sei hier nur der Taxifahrer. Und er zähle jetzt bis drei, und dann solle ich ihm sagen, wo ich hinwolle, oder sein Taxi verlassen. Ich stieg aus, knallte die Tür zu und machte mich zu Fuß auf den Heimweg. Vielleicht würde ja die frische Luft Ordnung in meinen Kopf bringen.

CREDIT POINTS

Statt in einen narkotischen Alkoholschlaf zu fallen, quälte ich mich mit endlosen Gedankenschleifen durch die Nacht. Horst neben mir schlief so tief und entspannt, wie er es seit seiner Pensionierung fast immer tat: alle Aufgaben gelöst, alle Ziele erreicht, endlich im wohlverdienten Ruhestand.

An den ausgefransten Rändern dieser Nacht kippte ich immer nur für kurze Zeit in den Schlaf, schreckte wieder hoch, grübelte, wälzte mich und fand doch keine Antwort auf meine Fragen: Soll ich mich tatsächlich noch einmal meiner Vergangenheit stellen? Traue ich mir zu, etwas besser zu machen als vor vierzig Jahren? Habe ich den Mut für einen Schritt ins Unbekannte, so wie MM und Michele? Wage ich das zu tun, was ich in den nächsten Jahren am liebsten tun würde? Kann ich das Horst zumuten? Und wie soll ich es ihm beibringen? Er hat sich unser Leben doch ganz anders vorgestellt.

«Kommst du, Gabi? Wir müssen los.»

Um 9.30 Uhr stand er mit seiner Sporttasche im Flur, denn ein festes zeitliches Gerüst war seiner Meinung nach ja gerade im Ruhestand unabdingbar.

«Ich habe kaum geschlafen, vielleicht war der billige Sekt schuld und diese ganze Nostalgiegeschichte gestern Abend. Ich kann heute nicht ins Studio mitkommen.»

«Aber das nächste Mal kneifst du nicht. Du weißt, Sport tut dir gut.»

Ich nickte.

Kaum hatte Horst die Haustür hinter sich ins Schloss fallen lassen, lief ich hoch in mein Arbeitszimmer. Ich strich über die leere, duftende Zirbenholzplatte, die Axel mit so viel Liebe montiert hatte und an der ich in den letzten Monaten nicht mehr getan hatte, als hin und wieder eine Geburtstagskarte an alte Bekannte zu schreiben. Ich sah mich hier sitzen mit gesenktem Kopf, zwischen aufgeschlagenen Büchern, Notizen und Referatstexten. Ich würde schreiben, exzerpieren und lernen, und die nächsten Jahre hätten ein Ziel.

Ich stand wieder auf, ging nach nebenan und schaltete in Horsts Arbeitszimmer seinen PC ein. Noch war ja nichts entschieden. Vielleicht gab es auch gar nichts zu entscheiden, weil ich ohnehin keine Chance hatte. Ich gab bei Google die Namen unserer Stadt und der Uni sowie die Stichworte Germanistik und Bachelor ein. Der Kater war mir gefolgt und stupste mit seiner feuchten Nase gegen den Bildschirm. Ich scrollte mich die Startseite des Instituts für Germanistik und Komparatistik hinunter: Studium, Lehre, Forschungsprofil, Partnerschaften, Studienberatung, Prüfungstermine, du lieber Himmel, so weit war ich ja noch längst nicht. Die erste Hürde?! Wo war die erste Hürde? Da, hier endlich stand es: «Keine Zulassungsbeschränkung.» Meine rechte Hand zitterte, ich presste den sich sträubenden Kater an mich, der fauchte.

Weitere Informationen, wo fand ich hier weitere Informationen? Ich klickte mich durch sämtliche Menüpunkte, verfing mich beim Suchen in Prüfungsordnungen und Modulvorschlägen und beschloss schließlich entnervt, dass ich Hilfe brauchte. Ich griff zum Telefon:

«Maximilian!», meine Stimme war so schrill, dass der Kater

seine Ohren nach hinten klappte, vom Schreibtisch sprang und das Weite suchte.

«Ist was passiert, Mama?»

«Nicht direkt oder vielmehr noch nicht. Dein Vater ist gerade nicht hier. Ich brauche deine Hilfe. Komm schnell.»

«Blutest du? Soll ich den Notarzt alarmieren? Bist du gestürzt?»

«Quatsch. Warum soll ich gestürzt sein? Nun komm schon. Duschen kannst du später. Es eilt. Ich muss etwas herausfinden, bevor Papa zurück ist. Und Maxi – du frühstückst jetzt nicht, du fährst direkt los! Mach schnell!»

Ein junger, trainierter Mann braucht vom Grüntal bis zu uns circa 25 Minuten mit dem Fahrrad. Er war offenbar tatsächlich direkt losgefahren. «Gut, dass du da bist, Maxi, im Notfall kann man sich eben doch auf euch verlassen. Frühstück bekommst du später. Komm mal mit hoch.»

«Bist du okay, Mama?»

«Natürlich bin ich okay. Es eilt mir nur. Dein Vater kommt demnächst zurück. Und vorher muss ich Bescheid wissen.»

Ich schob ihn in Horsts Arbeitszimmer und drängte ihn, auf dessen Sessel Platz zu nehmen. Maxi starrte auf den Bildschirm und machte «Hä?» und dann: «Aber ich studiere doch Erdkunde und Englisch auf Lehramt.»

«Es geht ausnahmsweise mal nicht um dich, Maximilian. Obwohl ich sehr hoffe, dass du dein Studium fortsetzen wirst. Aber diesmal geht es um mich.»

Er machte noch mal «Hä?» und sah mich an.

«Ich will studieren. Ich will meinen Bachelor in Germanistik machen.»

Er kam über sein «Hä?» nicht hinaus.

«Ich habe damals schon nach einem Semester abgebrochen.

Das wurmt mich heute noch. Ich finde, es ist nicht zu spät. Statistisch gesehen habe ich noch mindestens zwanzig Jahre Zeit.»

«Aber dein Abi ist vierzig Jahre alt! Verfällt so ein Zeugnis nicht irgendwann?»

«Jetzt mach aber mal einen Punkt.»

«Mama, das ist nicht mehr wie damals, so ein bisschen rumsitzen und stricken und mit dem Professor quatschen. Das ist total verschult, das ist der totale Druck! Auf alles gibt es Punkte, und wehe, du schaffst das nicht! Schon mal was von ECTS gehört?»

Ich schüttelte den Kopf.

«Mensch, Mama, du hast es doch gut! Wenn ich könnte, würde ich sofort mit dem Studium aufhören!»

«Maximilian, über dich sprechen wir ein andermal. Jetzt hilf mir mal herauszufinden, was ich an Unterlagen brauche und wie die Einschreibefristen sind. Wenn es daran nämlich scheitert, muss ich gar nicht erst mit deinem Vater reden.»

Schweigend und flink wie ein Wiesel klickte sich Maxi durch die Uniseiten.

«Semesterbeginn: 1. April.»

«Also gut, dann bin ich sowieso zu spät dran.»

«Warte doch mal, Mama. Vorlesungsbeginn ist der 15. 4., letzter Immatrikulationstag ist der 10. 4.»

«Das ist morgen! Kannst du mir ausdrucken, welche Unterlagen man braucht?»

«Ich versteh dich einfach nicht, Mama.»

Und dann stand plötzlich Horst in der Tür: «Was verstehst du nicht, Maximilian? Und was macht ihr an meinem PC?»

Unser beider Köpfe fuhren herum. «Ich habe mir auf dem Crosstrainer eine Muskelzerrung geholt.» Horst humpelte in seiner kurzen Sporthose zum Drucker, der gerade ratterte und damit begann, bedrucktes Papier auszuspucken.

Er wartete, starrte auf das langsam herauslaufende Papier und griff danach, kaum dass die Druckergeräusche verstummten.

«Germanistik?! Noch ein Studienwechsel, Maximilian? Wir hatten schon zwei Semester Buchwissenschaft, ein halbes Semester Sinologie, eineinhalb Semester Kommunikationswissenschaft und dann das Lehramtsstudium. Sie werden dich einfach exmatrikulieren, mein Lieber!»

Horsts Gesicht lief rot an, links zeigte sich an der Schläfe eine pochende Ader.

«Horst, reg dich doch nicht so auf.» Ich strich ihm übers Gesicht. «Es geht nicht um Maxi, es geht um mich.»

«Ich geh dann mal», machte Maxi.

«Soll ich dir nicht schnell noch Frühstück machen, mein Junge? Ich habe Eier im Kühlschrank.»

«Nee danke, ich glaube, ihr beide klärt das erst mal alleine.»

Ich begleitete Maxi nach unten: «Nimm Papa das nicht übel, er macht sich eben Sorgen um dein Studium.»

«Schon klar, versteh ich ja. Aber dich verstehe ich nicht, Mama. WARUM?»

«WARUM?», presste auch Horst zwischen den Zähnen hervor, als wir uns wenige Minuten später in der Küche gegenüberstanden.

«Ich will wissen, ob ich das kann.»

«Du hast damals aus freien Stücken nach einem Semester aufgehört. Da kannten wir uns noch gar nicht. Du warst auch nicht schwanger. Du hast einfach aufgehört.»

«Ich hatte falsche Vorstellungen, und ich habe es mir nicht zugetraut.»

«Inzwischen sind vierzig Jahre vergangen, Gabi! Du hast Kinder bekommen. Dein Leben ist eben anders verlaufen. Bereust du das etwa? Jetzt hätten wir endlich Zeit für uns.»

«Wir haben immer noch so viel Zeit vor uns, Horst! Mindestens zwanzig Jahre, laut Statistik. MM hat doch auch noch einmal etwas ganz Neues angefangen. Sie hat sich getraut – auch auf die Gefahr hin, dass es schiefgeht. Ich mache mir eben nichts aus Leseförderung, wenig aus Yoga und ehrlich gesagt auch nichts aus dem Fitnessstudio. Und beim Plätzchenbacken komme ich nur auf dumme Gedanken. Ich will's noch mal wissen, Horst!»

«Aber du warst doch eine leidenschaftliche, überzeugte Buchhändlerin.»

«Ja, das war ich wirklich. Aber manchmal denke ich eben auch, ich habe etwas versäumt.»

«Du hast Torschlusspanik.»

«Nein. Ich habe einen Traum. Ich möchte ihn verwirklichen.»

«Und unsere Träume, unsere Pläne?»

«Das Sommersemester ist Mitte Juli schon wieder zu Ende, und das Wintersemester geht erst im Oktober los. Wir haben also genug Zeit zum Verreisen.»

«Du wirst nur Arbeit und Stress haben. Das bringt doch nichts.»

«Als du damals das Angebot als Seminarlehrer angenommen hast, wusstest du auch, dass du kaum mehr verdienen, aber viel mehr Arbeit haben wirst.»

«Das war doch etwas anderes. Ich war im Beruf. Mir war die Arbeit mit den jungen Nachwuchslehrern wichtig, ich wollte sie gut auszubilden.»

«Horst, sieh mich an.»

Ich legte den Arm um ihn.

«Für mich wäre das noch einmal ein großes Ziel, ein Traum. Aber ich mache es nur, wenn du einverstanden bist. Ich will es nicht gegen deinen Willen tun.»

Die rote Ader an seiner Schläfe pochte noch immer.

«Gib mir eine Nacht zum Nachdenken, Gabi.»

Er drehte sich um, die Tür fiel hinter ihm ins Schloss, und ich sagte mir, dass noch nichts entschieden war. Wahrscheinlich fand ich nicht einmal mein Abiturzeugnis. Es war nicht bei den Unterlagen für unseren Hauskauf, es war nicht bei meinen Rentenbescheiden, es war nicht bei den Impfpässen der Kinder. Das hat man davon, wenn man die Dokumentenablage auf den Ruhestand verschiebt. Ich fand es am späten Abend zwischen den Kontoauszügen von 1998 und den Briefen von Nina aus dem Schullandheim. Es sah aus wie ein historisches Dokument aus dem Stadtarchiv. Mathe hatte mir damals fast das Genick gebrochen, die Noten in Geschichte, Erdkunde, Sozialkunde und Bio sprachen dafür, dass meine Interessen damals eher im außerschulischen Bereich lagen. Aber in Deutsch hatte ich eine Zwei.

Am nächsten Morgen saßen wir uns schon sehr zeitig beim Frühstück gegenüber. Horst sah angeschlagen aus.

«Ich habe mein Abiturzeugnis gefunden.»

«Du tust es also wirklich, Gabi?»

«Horst, ich habe zugunsten der Familie immer verzichtet.»

«Worauf? Es ist dir immer gutgegangen.»

«Ich habe darauf verzichtet, zu fragen, was ich mit meinem Leben anfangen will.»

«Haben wir nicht immer alles gemeinsam entschieden?»

«Ja. Aber mein Spielraum war immer eng.»

«Und jetzt willst du deine Wünsche verwirklichen, egal, was ich dazu sage?»

«Heißt das, du sagst nein?»

«Wie könnte ich. Du bist ein freier Mensch.»

Ich griff nach seiner Hand:

«Horst, ich wünsche es mir so sehr.»

Er schwieg lange. Schließlich stieß er hervor: «Brauchst du das, um glücklich zu sein, Gabi?»

Ich sah ihn an: «Horst, ich habe es mir nie verziehen, dass ich damals versagt habe.»

Wieder schwieg er lange.

«Also gut, Gabi. Ich unterstütze dich. Aber du versprichst mir, dass du es nicht übertreibst. Es muss genug Zeit für uns bleiben. Für Urlaube. Für das Leben.»

Ich nickte, stand auf, ging um den Tisch und küsste ihn.

Wenn man ein gewisses Alter erreicht hat und sich Herausforderungen stellen will, für die man eigentlich nicht mehr in Frage kommt, muss man sich vor allem auf seine Lebenserfahrung besinnen. Diese sagte mir, dass am letzten Einschreibetag in der Zulassungsstelle der Andrang riesig sein würde. Meine Kinder machten auch immer alles auf den letzten Drücker. Aber was sie garantiert nicht schafften, war, sich um eine Minute nach acht Uhr morgens im Studentensekretariat einzufinden. Ich war also die Erste und Einzige. Die Frau hinter dem Tresen war mittleren Alters, also deutlich jünger als ich. Offenbar war sie von dem plötzlich einsetzenden Publikumsverkehr völlig überrumpelt. Sie hatte einen Kaffeepott mit dem verblassten Porträt des Universitätsgründers in der Hand. Daraus roch es nach billigem, zu heißem Kaffee.

Offensichtlich hatte sie noch nichts davon getrunken, denn sie war noch weit von ihrer amtlichen Hochform entfernt. Sie streifte mich mit einem Blick und murmelte etwas, das ich als das Wort «Einschreibung?» identifizierte, schob mir mit schweren Lidern ein grünes Formular über den hohen Holztresen und nuschelte: «Ausfüllen. Abiturzeugnis? Personalausweis?» Sie stellte ihren Kaffeepott neben meinem wertvollen Abizeugnis auf dem Tresen ab, der Kaffeedampf ließ ihre Brillengläser beschlagen, sie sah mir apathisch beim Ausfüllen meines Zulassungsantrags zu. Auf ihren Brillengläsern bildeten sich kleine

Wassertröpfchen, ihr Kaffee roch scharf, immerhin formulierte sie jetzt aber etwas klarer: «Vier Semesterwochenstunden kosten 100 Euro, wenn Sie mehr wollen, wird's teurer.»

«Man muss die Stunden bezahlen?»

«Ja, was dachten Sie denn? Dachten Sie, dass für Rentner in diesem Lande absolut alles umsonst ist, sogar das Gaststudium?»

«Moment mal. Ich will mich nicht als Gasthörerin einschreiben, sondern ganz normal studieren und meinen Bachelor in Germanistik machen.»

Zwischen uns stand eine heiße Wolke von Kaffeedunst.

Sie sah mich an, als hätte ich ihr nun endgültig den Tag versaut:

«Weiß die Dame eigentlich, was so ein Studienplatz kostet? Will die Dame es genau wissen? Sech-zig-tau-send Euro! Und ich rede nicht von einem Medizinplatz! Hat die Dame schon mal was von Regelstudienzeit gehört? Von Studienpraktika? Vom Bologna-Prozess? Von ECTS-Punkten?»

Da waren sie schon wieder, diese Punkte. Aber so ließ ich mich nicht abfertigen:

«Ich habe zwar noch nie was von ECTS-Punkten gehört, aber ich habe von Studienabbrechern gehört, von überqualifizierten Taxifahrern, von Hausfrauen mit Doktortitel, von Ärzten, die nach dem Examen in die Schweiz und nach Schweden gehen! Machen Sie denen auch einen Vorwurf?!»

Die Dame hinter dem Tresen blies wütend in ihren Kaffee, dann griff sie nach meinem grünen Formular, hielt es über ihre Kaffeetasse, zerriss es in kleine Stücke und knallte mir dann ein gelbes hin.

«Wie Sie meinen. Ausfüllen, unterschreiben. Hier ist Ihr Studienbuch, hier sind die Beratungsadressen und hier die Infos für die O-Woche. Viel Spaß.»

Und dann stand ich vor der Tür des Studentensekretariats. Ich hielt mein grünes Studienbuch in der Hand und die Beratungsadressen für mein Studentenleben. Ich blätterte flüchtig darin. Adressen der Mensen und Cafeterien, Ansprechpartner bei Aids, Alkoholismus, Suizidgefährdung, Prüfungsangst, ungewollter Schwangerschaft. Na, wenigstens die Ansprechpartner für den letzten Fall würde ich nicht in Anspruch nehmen müssen. Jetzt war nur noch die Frage, was eine O-Woche und was ein ECTS war.

Direkt neben dem Studentensekretariat war ein winziges Café mit einem Dutzend Stahlrohrstühlen, in dem ich noch nie gewesen war. Auch hier war ich die erste Kundin. Der rothaarige junge Mann hinter diesem Tresen hatte allerdings schon ein Lächeln für mich.

«Was darf's denn für dich sein?»

Ich fühlte mich fast schon dazugehörig.

«Kaffee.»

«Decaf? Doubleshot? Lowfat? Sojamilch?»

Nein, ich gehörte doch noch nicht dazu.

Ich zog mich mit dem Kaffee, von dem mir unklar war, was er nun tatsächlich beinhaltete, in eine Ecke zurück und begann mit zitternden Händen, meine Unterlagen durchzusehen. Was um Himmels willen war eine O-Woche? Als ich es herausgefunden hatte, sah ich, dass eigentlich alles ganz einfach war. Vor dem Studentensekretariat hatte sich, wie nicht anders zu erwarten war, eine lange Schlange gebildet. Und eine O-Woche war nichts anderes als eine Orientierungswoche für Anfänger, also vielmehr für Erstis wie mich. Kneipenbummel, Stadtrallye, Orientierungsvorlesungen. Die Stadt und die Kneipen kannte ich nach all den Jahren vermutlich besser als die meisten Professoren, aber was ein ECTS war, da war ich langsam doch gespannt drauf.

Am frühen Abend fragte ich Horst: «Horst, du hast mir doch versprochen, mich zu unterstützen. Hast du eine Ahnung, was so ein ominöser ECTS ist?»

«Keine Ahnung. Aber wir könnten es googeln.»

«Lass mal, ich muss morgen sowieso zu dieser Einführungsveranstaltung. Haben wir was zum Essen daheim?»

Hatten wir nicht. Wir beschlossen, den Pizzadienst anzurufen. Das passte doch irgendwie zu meinem neuen Leben als Studentin.

Die Orientierungsvorlesung für die Bachelorstudenten an der Philosophischen Fakultät fand im Audimax statt, und es kamen nicht etwa ein paar Dutzend von diesen Erstis, sondern mehrere hundert. Ich konnte es kaum glauben. Was trieb bloß all diese halbwüchsigen Mädchen und kaum ausgewachsenen Jungs in ihren Turnschuhen und mit ihren Rucksäcken und Wasserflaschen hierher? Was wollten sie alle werden? Cheflektoren? Leitende Redakteure? Bildungsminister? Der ansteigende Hörsaal füllte sich immer mehr, ein Holzklappstuhl nach dem anderen wurde belegt. Nur rechts und links von mir waren noch Plätze frei. Roch ich nach Mottenkugeln? Oder nach altem Schweiß? Hatte ich Seniorenschuhe an? Sah meine Bluse aus, als komme sie aus dem Theaterfundus? Warum war ich die einzige Alte hier? Überall schnatterte es. Na endlich, ein pickeliger junger Mann schob sich an mir vorbei, nahm aber nach einem kurzen Seitenblick zwei Klappstühle weiter Platz. Hatte er das Gefühl, seine Mutter sitze neben ihm? Oder gar seine Großmutter? Ich holte meinen nagelneuen Kollegblock aus der Tasche. Alle um mich herum schienen es entspannt anzugehen. Man verschickte WhatsApp-Nachrichten oder nuckelte an den Wasserflaschen. Wie hatten wir damals auch nur eine einzige Vorlesungsstunde ohne Dehydrierungsattacke überstanden? Und wie hatten wir die Kommunikation zur Außenwelt aufrechterhalten? Und warum setzte sich einfach NIEMAND neben mich? Doch, da kam ein Mädchen in Turnschuhen. Ihr Blick war fest auf ihr Handy gerichtet, sie klappte blindlings mit einer Hand den Holzstuhl herunter, tippte mit der anderen Hand weiter und plumpste auf den Klappstuhl. Dann sah sie mich an. Sie hatte kleine dunkle Mäusekulleraugen, und ich las Verständnislosigkeit in ihrem Blick: «Bist du, ich meine, sind Sie auch neu hier?»

Die Wimpern klimperten über den Mäuseaugen. Sie sah mich an, als sei ich die große schwarze Katze.

«Na ja ... äh, nein, ich mache hier ... äh ... nur das Controlling.»

«Ah, okay», erwiderte sie und wandte sich beruhigt wieder ihrem Handy zu.

Und dann trat unten der Lutz ans Mikro und sagte, dass wir uns hier ja alle selbstverständlich duzten und dass er von der Fachschaft sei und dass er es cool finde, dass wir alle da seien und dass er uns jetzt nur mal so grob einen Überblick über den Studienaufbau geben wolle. Er spielte mit der Fernbedienung seines Laptops wie ein alter Hase, und dann knallte er uns nur mal so grob die Fakten um die Ohren. Bis zum Bachelor sechs Semester Regelstudienzeit, sprich 180 ECTS-Punkte, die wir bis dahin unbedingt erwerben müssten. ECTS stehe für European Credit Transfer System, aber das sei ja eh allen klar.

«Credits, Leute, also das sind die Punkte. Ein Credit entspricht dreißig Zeitstunden, also für Lehrveranstaltungen, Hausarbeit, Klausurvorbereitung, Basismodule gibt's Credits, klar, Leute?»

Hätte den Vorteil, dass die Credits auch in Paris, Barcelona oder Budapest anerkannt würden, aber das würde jetzt zu weit führen. Meine Nachbarin tippte weiter auf ihrem Handy. Ich notierte auf meinem Block die Zahl 180, aber das half mir auch nicht weiter.

«Und ganz wichtig, Leute, loggt euch so schnell wie möglich über die Uni-Plattform *mein.campus* ein! Prüfungsverwaltung, Termine, Skripte, Zusatzmaterialien, das läuft alles über *mein.campus*, auch die Rückmeldung zum nächsten Semester, also nicht vergessen, Leute! Und jetzt kommen wir mal zu den einzelnen Bachelor-Studiengängen hier an der PhilFak, also Fächerkombinationen, Basismodule, Aufbaumodule und so.»

An dieser Stelle ließ ich meinen Kollegblock fallen, und es kam wie eine Welle auf mich zu, an die ich mich schlagartig wieder erinnerte. Herzrasen, Atemnot, Schweißausbruch, Klammer im Nacken, bohrender Kopfschmerz. Ich wusste es, ich würde es auch diesmal nicht schaffen. Ich griff blindlings nach meiner Tasche, vergaß meinen Block, flüsterte, würden Sie mich bitte mal rauslassen, schaffte gerade noch die paar Stufen zum Ausgang, öffnete und schloss die Tür zum Audimax, lehnte mich draußen gegen die Betonwand und heulte los.

DER REICHENBORN, DER REICHENBORN

Als ich nach Hause kam, sah Horst sofort, was mit mir los war.

«Horst, ich bin nur kurz hier, um mein Studienbuch zu holen. Ich fahre gleich noch einmal in die Stadt und gehe mich wieder exmatrikulieren. Ich fühle mich wie Charlys Tante unter all den Kindern! Und was das Schlimmste ist: Ich weiß nicht mal, wovon die reden! Basismodule, Prüfungsplattformen, elektronischer Studentenausweis – ich bin zu alt, Horst, ich schaffe das nicht!»

Er sah mich scharf an: «Aber du wolltest es doch unbedingt, oder?»

Ich nickte verunsichert.

«Du hast mir gesagt, du hättest in deinem Leben etwas versäumt.»

«Ja. Schon.»

«Und jetzt wirfst du alles hin, noch bevor es losgegangen ist? Glaubst du, das wirst du dir je verzeihen?»

Ich spürte, wie mir wieder Tränen in die Augen stiegen.

«Ich habe das Gefühl, die haben mich in ein Labyrinth gesperrt, Horst. Ich finde mich darin nicht zurecht.»

Horst verschränkte die Arme auf dem Rücken und ging im Wohnzimmer auf und ab, wie früher wahrscheinlich vor seinen Schulklassen. Plötzlich hellte sich sein Gesicht auf.

«Erstens: Wenn es für dich so wichtig ist, solltest du dich nicht so schnell geschlagen geben. Zweitens: Wozu finanzieren wir seit Jahren Maxis diverse Studiengänge? Er muss sich doch auskennen in diesen Dingen. Ich ruf ihn jetzt mal an.»

«Der studiert doch nicht Germanistik», schluchzte ich.

«Lass mich mal machen», sagte Horst, «ich gehe jetzt telefonieren.»

Und so kam es, dass Maxi einen Kumpel fragte, der wieder einen Kumpel hatte, der letztes Semester Aushilfs-Hiwi in der Institutsbibliothek der Germanisten gewesen war, und der machte mir meinen Stundenplan, mit Credits, Basismodulen, Einführungsseminaren, Überblicksvorlesungen und allem Drum und Dran. Der Kumpel meinte, es sei besser, ich ginge es gleich sportlich an, dann hätte ich hinten hinaus mehr Luft. Ich wusste nicht, was er meinte, aber so landete ich in meiner ersten Linguistikvorlesung, denn Linguistik, Neuere deutsche Literaturgeschichte und Mediävistik sind die drei Säulen in der Wandelhalle des Germanistikstudenten.

Mein erster Vorlesungstag nahm einen verhaltenen Verlauf. Es ging erst um elf Uhr los. Ich hatte zuvor also noch Zeit, daheim schnell das Bad zu putzen und in fliegender Eile für Horst das Mittagessen vorzubereiten. Er sollte ja nicht allzu sehr unter meinen neuen Aktivitäten leiden. Die Sonne schien auf die maroden Betonstufen vor dem Hörsaalgebäude, prallgelbe Löwenzahnblüten schoben sich aus den Ritzen, meine jungen Kommilitonen hockten auf dem krautigen Wiesenstück neben der Eingangstür und tranken aus ihren Wasserflaschen oder aus dampfenden Pappbechern. Der Hörsaal füllte sich nur langsam. Man schlenderte herein, schob lässig die Sonnenbrille ins Haar und nahm gemächlich Platz. Ich besah mir das alles aus einer der obersten Reihen des Hörsaals. Ähnlich wie im Audimax war die Bestuhlung so spartanisch, dass sie darin wohl nur vom Gestühl im Bayreuther Festspielhaus übertroffen wurde. Vielleicht war auch das ein Grund dafür, dass ich hier das einzige fossile Ersti war. Meine Altersgenossen waren wahrscheinlich alle bei der Rückengymnastik. Natürlich wusste ich aus meinem fernen ersten Germanistiksemester, dass Professoren immer einen Anlauf von 15 Minuten brauchen, bevor sie in die Arena der Wissenschaften stürmen. Aber inzwischen war es 11.25 Uhr. Ah, jetzt betrat eine energische Frau meines Alters den Hörsaal. Während ich als schlechtbezahlte Halbtagsbuchhändlerin vergammelt war, hatte sie eine akademische Karriere hingelegt, die männlichen Professoren das Fürchten gelehrt, möglicherweise sogar die Linguistik revolutioniert und wegweisende Lehrbücher verfasst. Sie klopfte da unten ans Mikrophon:

«Sind Sie für die Einführungsvorlesung Linguistik da?»

Na, das konnte sie sich ja wohl denken. Vielleicht machte das Schreiben von so vielen bedeutenden Lehrbüchern auch etwas wirr im Kopf.

«Die Vorlesung von Frau Professor Füssling muss heute wegen Krankheit leider ausfallen.»

Ach so, die Sekretärin.

Das Auditorium johlte vor Freude, als sei man in der 7. Klasse und habe gerade erfahren, dass es heute hitzefrei gebe.

«Dann gemma jetz ein Bier trinken», hörte ich vor mir einen männlichen Ersti zu seinem Nachbarn sagen.

Ich dachte: «Kinder, tut's nicht, nicht am Vormittag und nicht in der ersten Vorlesungswoche.» Aber ich sagte es nicht, denn Kinder müssen ihre eigenen Fehler machen. Stattdessen beschloss ich, dem örtlichen H&M einen meiner raren Besuche abzustatten. Ich brauchte so eine destroyed Jeans mit diesen Löchern am Knie, um mich langsam dem Erscheinungsbild meiner Kommilitonen anzugleichen.

«Wie war dein erster Vorlesungstag?», fragte Horst, als ich mit meiner Vorlesungsumhängetasche und einer Plastiktüte nach Hause kam.

Ich entschloss mich zu einer sybillinischen Antwort: «Ich vermute, wie früher deine ersten Schultage nach den großen Ferien. Man muss sich erst mal warmlaufen.»

Horst nickte verständnisvoll, und ich dachte mir, so schlimm wird das mit dem Studieren vielleicht doch nicht werden, ich mache uns heute Abend ein feines Gulasch.

Aber dann war Frau Professor Füssling wieder genesen oder zumindest war sie wieder da oder zumindest war ein trüber Schatten von ihr da. Sie sprach ohne Begrüßung und mit gesenktem Kopf und leiernder Stimme, als habe diese ganze bescheuerte Linguistik ihr den schönen Frühling versaut, und das nicht erst seit diesem Jahr und nicht erst, seit sie im Zuge des Bologna-Prozesses Semester für Semester die gleichen Folien, Tabellen und Hyperlinks an die kalkweiße Leinwand beamen musste für eine Horde von ignoranten postpubertären Kapuzenträgern. Aber denen würde sie es schon zeigen. Sie begann harmlos mit dem Unterschied zwischen Semantik und Semiotik, leitete zum diachronischen beziehungsweise synchronischen Aspekt der strukturalistischen Sprachwissenschaft über, wies auf Homonymie und Polysemie hin, die trotz einer gewissen terminologischen Unschärfe bis heute geläufig und für die Erklärung lexikalischer Vieldeutigkeit nützlich seien, erwähnte nur am Rande, dass sich die eben eingeführten Begrifflichkeiten unter der semantischen Relation der Ambiguität zusammenfassen ließen. Dann erläuterte sie, dass Worte, die kategorial auf derselben Hierarchiestufe stünden, als Kohyponyme zu bezeichnen seien, für sie gelte logischerweise gegenüber ihren Hyperonymen dasselbe Unterordnungsverhältnis. Sie unterstrich, dass die strukturalistische Semantik in der

Hauptsache drei Typen von Antonymie unterscheide, nämlich die Kontrarität, die Komplementarität und die Konversion, siehe hierzu im Wesentlichen die einführende Literatur von Busse und Ullmann. Nach dieser kleinen Einführung werde sie nun auf den illokutionären Akt als Kernpunkt der Searl'schen Sprechakttheorie eingehen. Und dann kam sie richtig in Fahrt. Nach 45 Minuten hatte sie offenbar das Gefühl, dass es ihr bessergehe. Sie kündigte nur noch an, dass diese Einführungsvorlesung Teil des Basismoduls 1 sei, mit einer 60-minütigen Klausur beendet und mit 3 ECTS bewertet sei. Nun fühlte sie sich wieder frisch und stark. Im Gegensatz zu uns. Als sie grußlos aus dem Hörsaal rauschte, machte sich betretenes Schweigen breit.

Der Biertrinker von vorgestern raunte seinem Nachbarn zu: «Ich glaub, ich verschieb das Basismodul aufs Wintersemester. Im Wintersemester kann ich mich besser konzentrieren. Gibt's hier in der Nähe einen Biergarten?» Ich dachte wieder: «Kinder, tut das nicht», aber ich sagte es nicht.

Ich kaufte mir in der Cafeteria einen Latte macchiato und dachte, dass ich mir diese Bücher von Busse und Ullmann besorgen musste, sonst würde das hier nichts werden mit den Kohyponymen, und das waren erst die ersten 3 ECTS von 180.

Den Abend verbrachte ich also mit Busse und Ullmann statt mit Horst, obwohl mich das keinen Schritt weiterbrachte.

Am nächsten Morgen standen wir nebeneinander im Badezimmer und putzten uns die Zähne. «Du musst schon wieder los?», fragte Horst durch den Zahnpastaschaum. Ich nickte und gurgelte: «Und du?»

«Sport. Ich mache jetzt etwas mehr.»

«Ist das gut für dich?»

«Tja, Gabi, jeder macht eben, was er machen muss.»

Ich wischte mir den Mund ab: «Ich bringe auf dem Rückweg

Spargel vom Markt mit. Ich koche uns heute Abend was Schönes.»

Er nickte wortlos, ich trank meinen Kaffee im Stehen, fütterte die Katze und machte mich wieder auf den Weg.

An diesem Morgen schienen sich die düsteren Schatten von Frau Professor Füssling und ihrer Searl'schen Sprechakttheorie zu verflüchtigen. Auf meinem Stundenplan stand meine erste Vorlesung in Literaturgeschichte. Der Titel lautete: «Von der Aufklärung zum bürgerlichen Realismus». Das hörte sich zunächst nach dem Verlaufsprotokoll meiner Ehe an, in Wirklichkeit handelte es sich aber um Basismodul 2, begleitet von einem Tutorium und einer Abschlussklausur und wiederum bewertet mit 3 ECTS.

Und hier traf ich sie nun alle wieder, meine Altersgenossen. Sie sicherten sich schon zwanzig Minuten vor Vorlesungsbeginn Plätze in den ersten Reihen, trugen dünne Aktenmappen und beige Kleidung, die Damen hatten schwarze Brillen auf den Nasen, die ganz verwegenen Herren doppelt geschlungene dünne Schals um den Hals. Man begrüßte sich mit Handschlag, die älteren Herren machten stehend mit den älteren Damen Konversation, man unterhielt sich über Teneriffa, Golfen und was sonst noch so vorgefallen war seit Ende des Wintersemesters. Einer der älteren Herren winkte mich heran: «Sie sind neu hier? Willkommen an Bord. Hemmenholtz mein Name. Wir sind hier eine eingeschworene Gemeinschaft. Ich bin schon seit zehn Semestern Gasthörer. Ein bisschen Kunstgeschichte, ein bisschen Zeitgeschichte, ein bisschen Literatur, aber ehrlich gesagt, was Hänschen nicht lernt ... na, egal. Es ist jedenfalls recht unterhaltsam. Nehmen Sie doch Platz.» Er schien dereinst in seinem Berufsleben eine Führungsposition bekleidet zu haben, denn er wies sehr bestimmt auf den Platz, der neben ihm noch frei war.

«Ich bin keine Gasthörerin, ich mache hier meinen Bachelor. Und ich sitze schon da hinten.» Ich wies in eine eher unbestimmte Richtung.

«Den Bachelor? Linguistik? Mediävistik? Klausuren? Den ganzen Kram? Und warum?»

Das hätte nun denn doch zu weit geführt. Ich verzog mich in die hinteren Reihen und wartete, bis die eigentlichen Studenten auf den letzten Drücker in den Hörsaal huschten, die iPhone-Stöpsel noch in den Ohren, in den hintersten Reihen niedersanken, und bis Professor Reichenborn den Hörsaal betrat. Ich meine, was hätte er denn mit diesem Namen anderes werden sollen als Literaturprofessor? Er war von ansehnlicher Gestalt, verfügte über eine schöne, zu seinem Namen passende Stimme und begann seine Vorlesung mit einem Goethe-Zitat:

«Kennst du das Land, wo die Zitronen blühn,
Im dunkeln Laub die Goldorangen glühn,
Ein sanfter Wind vom blauen Himmel weht,
Die Myrte still und hoch der Lorbeer steht,
Kennst du es wohl?»

Herr Hemmenholtz dröhnte: «Geht das nicht lauter?»

Ich dachte: «Saß in den Vorlesungen damals eigentlich Peter neben mir? Wir haben doch gemeinsam angefangen, wir waren gemeinsam in diesem Hölderlin-Seminar, bevor ich alles hingeschmissen habe und er fertig studiert hat und Journalist geworden ist. Wie war das damals? Hatte ich Herzklopfen? Hat er mir eines seiner lässigen Komplimente gemacht? Hatte ich meinen gestreiften Strickpullunder an und er seinen Blazer?» Ich wusste es einfach nicht mehr.

Professor Reichenborn begann mit einer geschmeidigen Tour d'Horizon durch den Weinberg der Literaturgeschichte im Allgemeinen, gab dann eine kurze Einführung in das Semesterthema und beamte anschließend ein gutes Dutzend Folien mit Literaturempfehlungen an die Hörsaalwand, um uns diese im Schnelldurchgang zu erläutern, bis ein Stundengong wie in meiner alten Schule ertönte. Professor Reichenborn unterbrach seinen Gedankengang für eine kurze Vorlesungspause, meine jungen Kommilitonen nutzten diese, um im Freien eine rauchen zu gehen und an ihren Wasserflaschen zu nuckeln, und Herr Hemmenholtz machte noch einen Anlauf, mich in seine Seniorengruppe zu integrieren. Er arbeitete sich aus seinem Klappstuhl hoch, kam durch den nahezu leeren Hörsaal zu dem geöffneten Fenster, an dem ich lehnte, und schnarrte:

«Kennen Sie den schon? Der Reichenborn, der Reichenborn, der hat des Knaben Wunderhorn», er lachte wiehernd. Ich erwiderte kühl, dass mir diese anzügliche Form der Literaturgeschichte fremd sei, worauf er beleidigt das Weite suchte. Dann kehrten der Wunderhornmann und die Studenten zurück, und wir begannen mit der Vernunfts- und Gefühlskultur der Aufklärung, mit Klopstock, Wieland und Lessing. Es war ein bisschen seicht und oberflächlich, und ich dachte, dass das noch die gleichen engen Sitzreihen wie vor vierzig Jahren waren, dazu die gleichen grauen Stahlrohrgestelle vor den Knien, in die keiner mehr seine Aktenmappe stellte außer Herr Hemmenholtz, und meine Blicke glitten träge über die runden Rücken und gebeugten Köpfe hinaus zu den grünenden Bäumen, wie damals.

Nach dem Ende der zweiten Vorlesungsstunde zog die Seniorentruppe ermattet zum gemeinsamen Kaffeetrinken ab, auf mich aber wartete das Begleittutorium, das von Lisa gehalten wurde, die gerade an ihrem Master bastelte. Wir hockten in einem kahlen Raum zusammen, ich alleine war so alt wie drei meiner

Mitstudenten, aber man beschloss dennoch, dass wir uns alle duzten. Alina äußerte, sie sei gerade megagenervt, allein schon wegen dieser Literaturliste. Dieser de Boor mit seiner Literaturgeschichte, das seien ganze zwölf Bände. «Hey, zwölf! Ich meine, da kann man's doch gleich lassen.» Tilmann ergänzte, er habe sein Gäpjir zwar eigentlich gerade hinter sich, aber da gehe er doch lieber wieder nach Australien und schere Merinoschafe. Laura teilte mit, sie habe nach dem Abi auch ein Gäpjir gemacht, aber sie habe sich für Work & Travel entschieden und zum Beispiel in Jakarta gekellnert. Natalie hingegen hatte das Gäpjir als Bufdi bei der Feuerwehr in Friedrichshafen verbracht. Ich fragte, was denn das sei, ein Gäpjir.

Tilmann sah mich ein wenig mitleidig an und sagte: «Gap ist gleich Lücke, Year ist gleich Jahr, okay? Gap Year ist gleich Lückenjahr, klar? Ich meine, wer will sich denn nach dem Abi gleich diesen ganzen Stress hier geben?»

Lisa, unsere Tutorin, ergänzte, das hätte sie nach dem Bachelor auch machen sollen, die Masterarbeit, das sei schon eine megaharte Zeit, das sollten wir uns echt gut überlegen, ob wir das auch noch dranhängen wollten. Ich fing gerade an, darüber nachzugrübeln, dass ich nicht nur ein, sondern etwa vierzig Gap Years hinter mir hatte, aber da regte Lisa an, dass wir uns jetzt mal mit der Vorlesung beschäftigen und ruhig Fragen stellen sollten. Schweigen senkte sich über die Runde.

Schließlich raffte sich Alina auf: «Also, über diesen de Boor mit den zwölf Bänden komm ich echt nicht weg. Aber der Reichenborn hat ja gesagt, wir sollen krass lesen.»

Ich erwiderte sanft: «Er hat gesagt, wir sollen Grass lesen. Das ist ein berühmter Autor des 20. Jahrhunderts.»

Alina reagierte mit einem angewiderten: «Echt jetzt?»

Ich konnte mich nicht zurückhalten, noch zu ergänzen: «Und *Werthers Echte* sind zwar Karamell-Toffees, aber es gibt auch einen Roman von Goethe, der ‹Werther› heißt. Sehr emotional, der würde euch gefallen. Nach seinem Erscheinen gab es eine Selbstmordwelle.»

Tilmann fuhr auf: «Terrorismus?»

«Nein», entgegnete ich, «Liebeskummer.»

«Ey, du kennst dich ja echt gut aus», lobte Laura. «Wo weißt'n das alles her?»

«Gap Year», erwiderte ich, «als Buchhändlerin.»

Wir kamen überein, dass ich ihnen einen kleinen Abstract schreiben würde, worum es in diesem Werther ging, und ihnen beim nächsten Mal erklären würde, was es mit der Ringparabel auf sich hatte. Lisa bedankte sich nach dem Tutorium bei mir und fragte, ob ich sie ein bisschen bei ihrer Masterarbeit unterstützen könne, ich hätte ja wohl echt voll die Ahnung, und als ich daheim ankam, hatte ich den Spargel vergessen.

Horst sah mich an, als habe er das schon geahnt. So setzte ich mich sofort wieder auf mein Fahrrad, strampelte noch einmal los Richtung Markt, stieß fast mit einem anderen Fahrradfahrer zusammen, kaufte Spargel und Frühkartoffeln und Zutaten für eine Béchamelsauce und Schinken, strampelte zurück, leerte meine Einkäufe in der Küche aus und musste mich am Herd festhalten, weil mir so schwindelig war. Horst lehnte in der Tür und sagte: «Du machst zu viel. Du solltest deinen Blutdruck kontrollieren.»

«Ich habe keine Zeit, zum Arzt zu gehen. Ich muss für das Tutorium ein Exposé zu Goethes Werther schreiben.»

«Im Badezimmerschrank ist ein Messgerät.»

«Seit wann das denn?»

«Das gab es neulich günstig bei Lidl.»

«Vielleicht solltest du lieber mal deinen Blutdruck kontrollieren, Horst. Du machst zu viel Sport. Dein Kopf ist ganz rot.»

Die steile Falte schob sich zwischen seinen Augenbrauen zusammen, und im selben Augenblick dachte ich: «Gabi, so geht das nicht.» Ich gab mir einen Ruck, ging auf ihn zu, gab ihm einen Kuss auf die Wange und sagte: «Jetzt koche ich uns erst mal was Schönes.»

In der nächsten Zeit kam ich selten dazu, etwas Schönes zu kochen. Ich beschäftigte mich mit dem mittelalterlichen Heldenepos, der Tabulatur des Meistersangs, dem Topos der Fortuna in der Literatur, nicht zu reden von strukturalistischer Semantik und dem Problem sprachlichen Handelns als intentionalem Akt des Individuums. Ich aß in der Mensa, lernte auf der Institutswiese mit einem Kaffeebecher neben mir und fand heraus, dass die Unibibliothek bis spätabends geöffnet war.

Und was tat Horst inzwischen? Für meinen Geschmack machte er zu viel Sport, ich fand nicht, dass es ihm guttat. Er digitalisierte unsere Dias und ließ sich von mir erklären, wie man Schinkennudeln macht, damit es auch mal etwas Warmes zum Essen gab.

Ich vergaß den wöchentlichen Besuch bei Ilse, was mir postwendend einen erbosten Anruf von ihr eintrug. Ich bat Horst, nur dieses eine Mal für mich einzuspringen. Er sagte: «Ich mache hier inzwischen den ganzen Haushalt, aber das ist nun wirklich deine Baustelle.»

Also fuhr ich spätabends noch zu Ilse hinaus. Sie sah gerade eine Traumschiff-Folge und hatte entsprechend keine Lust, sich mit mir zu unterhalten. Gut möglich, dass sie mir testamentarisch ihren Pelzmantel wieder entzog.

Ich taumelte zwischen zaghaftem Optimismus und Verzweiflung, je nachdem, ob Literaturgeschichte oder Mediävistik oder gar Linguistik auf dem Stundenplan stand. Ich fürchtete mich vor den Semesterklausuren und vor meinem ersten Referat. Ich war gerade auf dem Weg zu meinem Kurs über Fortuna, die wankelmütige Göttin, als das Handy in meiner Umhängetasche klingelte. Es war Horst. Er sagte: «Du musst sofort nach Hause kommen. Nina ist da.»

Ich erwiderte: «Ich kann jetzt nicht, in dem Kurs gilt Anwesenheitspflicht, ich brauche die Punkte. Fahren sie jetzt endlich mal zu dritt in Urlaub?»

«Sie sind zwar zu dritt da, aber anders, als du denkst, Gabi. Du solltest wirklich nach Hause kommen.»

In meinem Bauch begann es zu grummeln, ein ungutes Gefühl breitete sich in mir aus, mein Puls beschleunigte sich, ich kannte doch Horsts Stimme. Was war da los? Ich schwang mich auf mein Fahrrad und machte, dass ich heimkam. Ich hatte den Hausschlüssel noch nicht ins Schloss gesteckt, da riss Nina schon die Tür auf. Sie hatte Paulchen auf der Hüfte sitzen, und anstatt von Philipp stand da hinter ihr ein Hund.

Ich stammelte: «Was ist das für ein Hund, und wo ist Philipp?»

Horst tauchte nun auch im Türrahmen auf und versetzte knapp:

«Das ist ja das Problem.»

«Und wer ist das?», ich deutete auf den Hund.

«Das ist Wolli, Mamutsch, er ist mir in Berlin zugelaufen. Ich habe es nicht fertiggebracht, ihn ins Tierheim zu geben.»

«Er sieht aus wie ein Schaf.»

«Er ist ganz lieb.»

«Das geht nicht. Wir haben doch den Kater.»

«Gabi, das ist nun wirklich nicht der Kern des Problems. Könnt ihr jetzt erst mal alle reinkommen?»

Der Hund sprang schwanzwedelnd an mir hoch und bellte, Paulchen begann auf dem Arm von Nina zu greinen, die Katze schlidderte an mir vorbei ins Freie und verkeilte ihre Krallen in unserem Vorgartenkirschbaum, und ich fragte: «Und was ist der Kern des Problems?»

«Philipp. Es geht eben nicht mehr.»

«Was geht nicht mehr?»

«Na, alles in Berlin. Philipp hat nie Zeit. Es geht immer nur ums Geschäft. Können wir erst einmal hierbleiben, Mamutsch?»

«Müssen wir das ganze Problem an der Haustür besprechen? Könntet ihr jetzt bitte endlich reinkommen?» Horst schob uns in den Flur.

«Weiß Philipp überhaupt, wo du mit dem Kind steckst?»

«Er wird es sich denken können.»

Im Flur stand Paulchens Kinderwagen, daneben lag Ninas vollgepackter Rucksack.

«Bist du etwa mit dem Zug gekommen?»

Sie nickte: «Wie denn sonst? Hätte ich einen von unseren Lieferwagen nehmen sollen?» Sie hatte Tränen in den Augen.

«Ich habe immer gesagt, ihr solltet heiraten.»

«Was hat denn das damit zu tun?» Sie begann zu schluchzen, Paulchen greinte auch lauter.

«Ich mach uns erst mal Kaffee», unterbrach Horst.

«Und wo wollt ihr alle schlafen?», ich deutete in erster Linie auf den Wollhund.

«Na, in meinem alten Kinderzimmer, dachte ich.»

«Das ist jetzt mein Arbeitszimmer, dort liegt alles voller Bücher. Ich studiere jetzt.»

«Studieren? Wieso musst du denn studieren?»

«Schon gut», Horst kam mit einer Kaffeetasse aus der Küche, «ich kümmere mich um alles.»

Ich streckte die Arme nach Paulchen aus, hob ihn von Ninas Arm, machte: «Schsch, mein Kleiner», und setzte hinzu: «Also gut. Ich denke, du kannst in Maxis altem Zimmer schlafen.

Aber das geht nur für ein oder zwei Tage. Du musst unbedingt mit Philipp reden. Und jetzt bringen wir erst mal deine Sachen hoch.»

Horst nahm Ninas schweren Rucksack, ich trug das übermüdete Kind, der Hund schnüffelte die Treppenstufen nach oben. Im ersten Stockwerk hielt Nina einen Moment vor der geschlossenen Tür ihres alten Zimmers inne, aber ich schob sie sanft weiter Richtung Dachgeschoss, wo Maxi aus den Zeiten seiner wechselnden Frauengeschichten immer noch ein Basislager unterhielt. Ich ging in sein derzeit unbenutztes Zimmer voraus. Staubkörnchen wirbelten in den Sonnenstrahlen, die durch das Dachflächenfenster fielen.

«Was soll DAS denn?»

Nina zeigte in die Ecke gegenüber dem Fenster.

«Das ist Thomas Mann. Er wellt sich ein bisschen. Er ist auf dem Weihnachtsmarkt in ein Schneegestöber gekommen, ich musste ihn im Heizkeller trocknen, ich habe ihn neulich hier hochgebracht.»

«Das ist ein lebensgroßer Pappaufsteller!»

«Na ja, er sollte eigentlich mal für eine redigierte Gesamtausgabe seiner Werke auf meiner Etage werben. Meine Kolleginnen haben ihn mir zum Abschied geschenkt, weil er mein Lieblingsschriftsteller ist.»

«Sie haben ihr auch einen Gutschein für eine Reise auf den Lido von Venedig geschenkt, aber sie hat keine Zeit zum Urlaubmachen, sie studiert ja jetzt», ergänzte Horst aus dem Hintergrund und ließ Ninas Rucksack auf den Boden plumpsen.

Der Wollhund bellte Thomas Mann an. Paulchen auf meinem Arm begann ernsthaft zu schreien. Nina wies auf Maxis französisches Bett an der Wand. «Ich leg mich erst mal mit Paulchen hin.»

«Mach das», erwiderte ich, «aber das hier geht höchstens

für zwei Tage oder so, du musst nachher unbedingt mit Philipp telefonieren.»

Horst und ich gingen hintereinander die Treppe wieder hinunter, oben hörte man das Kind weinen.

Er lief vor mir, ich sprach gegen seinen Rücken: «Ich kann mich gar nicht richtig freuen, dass Paulchen hier ist, Horst. Sie haben ernsthafte Probleme in Berlin. Und bei uns kommt alles durcheinander. Wie soll ich da studieren, Horst?»

Er blieb auf halber Treppe stehen und drehte sich um:

«Hör mal zu, Gabi, das ist kein Grund, wieder davonzulaufen. Du studierst, ich kümmere mich hier um alles. Es ist ja nur für ein, zwei Tage. Wir müssen eine Liste machen. Paulchen braucht Windeln und Fläschchen und eine Krabbeldecke und Babytee.»

«Und Gemüsegläschen und Milchpulver», ergänzte ich.

Am Abend machte Horst für uns Schinkennudeln, schleppte den Kinderwagen nach oben, damit das Kind darin schlafen konnte, ging mit dem Wollhund Gassi, und dann machten wir uns eine Flasche Wein auf, und Nina erzählte. Vom Heizungsbaugeschäft. Von Schwiegermama Silvia und ihren Erziehungsansichten. Von Philipp und seinen Überstunden. Vom zahnenden Paulchen und seinen durchgeschrienen Nächten. Und ich dachte, das werden wohl mehr als zwei Tage. Horst holte eine zweite und dann eine dritte Flasche Wein aus dem Keller. Nina erzählte von Oma Silvias zweitem Wohnungsschlüssel. Von Philipps Nächten im Gästebett und Paulchens ersten Trotzanfällen. Ich dachte, das könnte ein längerer Aufenthalt werden und forderte Horst auf, mir Wein nachzuschenken.

In der Nacht hörte ich im zweiten Stock das Kind schreien und den Hund bellen, und am Morgen hatte ich Kopfschmerzen und einen Kater. Aber es half nichts. Auf meinem Stundenplan standen Frau Professor Füssling und ihr Einführungsseminar zur Genderlinguistik.

Da ich mich erst am letzten Tag eingeschrieben hatte, war Professor Füsslings Seminar das einzige gewesen, in dem es noch freie Plätze gab. Kein Wunder. Sie hatte im Vorlesungsverzeichnis angekündigt, in der Veranstaltung werde es um die Frage gehen, wie die Geschlechterdifferenz spezifische Dimensionen der sozialen und ökonomischen Wirklichkeit strukturiere beziehungsweise wie weitere Differenzen und Verhältnisse Geschlechtlichkeit auf der Ebene von Institutionen strukturierten, aber auch, in welchem Zusammenhang die Rede von der Natur des Geschlechts zur Herstellung wissenschaftlicher Objektivität stehe. Das alles unter der methodologischen Perspektive Referenz und Kohärenz. Sie hatte gehofft, mit dieser Fragestellung alle Aspiranten in die Flucht geschlagen zu haben. Das war ihr nicht gelungen. Wir hatten ja keine andere Wahl.

Sie war gerade dabei, einen ihrer Gendertexte unter dem Aspekt der Textkohärenz zu untersuchen. Vielleicht machte sie aber gerade auch etwas völlig anderes. Ich war mir da nicht sicher, denn ich hatte ja Kopfschmerzen und schlecht geschlafen. Und das muss wohl auch der Grund für den Kurzschluss in meinem Kopf gewesen sein. Ich schraubte meine Wasserflasche zu, knallte sie aus einem Impuls heraus auf den Tisch und meldete mich. Sie warf mir einen genervten Blick zu und blaffte: «Sie da hinten, was gibt's?»

Ich holte einmal kurz Luft, und dann legte ich los: «Ich glaube, dass die Linguisten damals in den siebziger Jahren, als Goethe und Schiller und die Lyrik für tot erklärt wurden, ihre Basiscamps zu Füßen des Literatur-Himalaya errichtet haben. Und seitdem behaupten sie, niemand käme da mehr rauf ohne Linguistik-Atemmaske.»

Frau Professor Füssling zischte: «Was Sie nicht sagen! Da haben wir wohl einen kleinen Reinhold Messner hier sitzen. Sie meinen, Sie können ohne Atemmaske auf die Achttausender?!»

Meine Kommilitonen verfolgten unser Wortgefecht mit kuhäugigen Blicken. Wahrscheinlich hielten sie Reinhold Messner für Ötzi.

Aber jetzt war ich richtig schön in Fahrt:

«Ich habe in meinem Leben Tausende von Vorableseexemplaren, literarischen Bestsellern und verkannten Ladenhütern gelesen, aber nicht ein einziges Mal hat es mich dabei nach der Hilfestellung eines Linguisten verlangt.»

Frau Professor Füssling zischte noch einmal: «Was Sie nicht sagen, Frau ...?»

«... König, Gabi König. Ich war Buchhändlerin.»

Das Gesicht von Frau Professor Füssling verfinsterte sich, und sie schwor sich wohl in diesem Moment, endlich das längst überfällige Freisemester bei der Fakultät durchzusetzen, und wenn sie sich dabei vor dem Zimmer des Dekans ganz ungendermäßig nackt ausziehen musste. Und genauso wild entschlossen war sie, sich ihre schöne Wissenschaft nicht von selbsternannten Praktikern und Achttausenderbesteigern kaputtmachen zu lassen. Und so ätzte sie:

«Frau König, ich sehe, Sie sind genau die Richtige, um uns in der übernächsten Woche ein Basisreferat zur linguistischen Textanalyse zu liefern. Literatur dazu finden Sie auf der Website zu dieser Veranstaltung. Wo waren wir stehengeblieben?»

Rums. Das hatte mir noch gefehlt.

Als ich nach Hause kam, machte mir Horst die Tür auf. Er sah abgehetzt aus.

«Gabi, komm schnell rein, Nina telefoniert mit Berlin. Paulchen ist im Wohnzimmer, wir müssen unbedingt Steckdosensicherungen anbringen. Er kann schon robben, man kann ihn keine Minute mehr alleine lassen.»

Er lief eiligen Schrittes zurück ins Wohnzimmer, von wo ein

durchdringendes Klappern zu hören war. Paulchen thronte auf dem Boden auf einer alten Decke zwischen meinen Rührschüsseln. Er hatte einen meiner Schneebesen in der Hand, krähte, lachte und schlug mit dem Schneebesen auf die Schüsseln ein. Durch das Terrassenfenster sah ich, wie der Wollhund gegen einen Busch pinkelte. Der Kater hockte auf dem Terrassentisch, machte einen Buckel und fauchte.

«Kannst du auf das Kind aufpassen? Ich muss noch Milchpulver kaufen.»

«Horst, es war kein guter Tag. Ich habe mir selbst gerade ein Bein gestellt. Ich muss im Linguistik-Seminar ein Referat halten, zur Strafe.»

«Zur Strafe? Du bist doch keine Schülerin!»

«Es ging um Achttausender und ob man dafür Atemmasken braucht.»

«Ich verstehe kein Wort. Nimmst du jetzt das Kind?»

Ich nickte, ging in die Knie und strich über Paulchens runden Kopf mit dem zarten Haarflaum: «Er sieht eindeutig wie Philipp aus. Beeil dich. Ich muss wieder an den Schreibtisch.»

Die nächsten Tage vergingen mit langen, emotionalen Telefonaten mit Berlin, mit Fläschchenmachen, Tellergrabschen, Sesselhochziehen, Spielzeugklappern, Windelwechseln, Bäuerchenmachen und Kinderhochstuhlkaufen. Das Ganze lag im Wesentlichen bei Horst, denn ich musste ja in Vorlesungen und Seminare gehen, lernen und ein Strafreferat schreiben. Die Friedensverhandlungen mit Berlin verliefen stockend.

«Der Kerl soll einfach herkommen und Nina und sein Kind heimholen!», ereiferte ich mich eines Abends, als Paulchen von seiner Mama gerade ins Bett gebracht wurde.

«Das ist nicht so einfach, Gabi. Die Auftragsbücher in Berlin sind voll. Philipp kann seine Kunden nicht einfach sitzenlassen.»

«Hier ist es gerade alles auch nicht so einfach. Wenn das so weitergeht, schaffe ich das Semester nicht.»

«Du gibst jetzt nicht auf, Gabi! Das würdest du dir nie verzeihen.»

«Ihr gebt jetzt nicht auf!», sagte ich auch zu meinen Kommilitonen im nächsten Tutorium zu Professor Reichenborns Vorlesung. «Das würdet ihr euch nie verzeihen!»

Reichenborn hatte sich angewöhnt, jede seiner Doppelstunden mit einer Breitseite an Literaturhinweisen zu eröffnen. Inzwischen waren wir bei der Dichtung der Romantik angekommen, draußen war ein herrlicher Frühsommertag, wir brüteten über dem romantischen Nationalgefühl von Clemens Brentano, und ich glaubte, meine Mitstreiter mit einem passenden Gedicht aufheitern zu können und rezitierte, ganz im Sinne von Brentano und Herrn Hemmenholtz: «Der Reichenborn, der Reichenborn, der hat des Knaben Wunderhorn.»

Alina sagte: «Wie jetzt?»

Ich dachte mir: Kinder, ich erkläre euch das, wenn ihr groß seid, laut sagte ich: «Ach, lassen wir das.»

Als ich die Haustür aufgeschlossen hatte, traf ich im Flur auf Horst, der mit ausgestreckten Armen ein splitternacktes Kind vor sich hertrug. Beide wirkten abgekämpft. Horsts Gesicht war tiefrot, die Ader an der Schläfe trat wieder hervor. Paulchen greinte vor sich hin, sein Mund war orange verschmiert, und der kleine Po war auch verschmiert, nur in einer anderen Farbe.

«Er weigert sich, Karottenbrei zu essen, aber der ist doch gesund.»

«Haben unsere Kinder jemals Karottenbrei gegessen? Isst du Karottenbrei, Horst?»

Horst ignorierte meinen Einwand: «Aus Rache hat er die ganze Windel vollgeschissen …»

«Horst!»

«… und beim Wickeln ist er nicht zu bändigen, er dreht sich wie ein Brummkreisel.»

«Und wo steckt Nina?»

«Sie telefoniert schon wieder seit einer Stunde mit Berlin.»

«Komm, wir gehen das Kind waschen.»

Horst trug das Kind mit ausgestreckten Armen ins erste Stockwerk. Oben im Bad lag schon wieder das Blutdruckmessgerät herum. Wir hielten Paulchen über das Waschbecken und säuberten ihn gemeinsam von oben bis unten. Er fand das offensichtlich lustig. Er prustete und quiekte und patschte mit den Händchen ins Wasser. Wir ließen ihn eine Zeitlang am Waschbeckenrand sitzen, patschten, lachten, bespritzten uns mit lauwarmem Wasser, er machte «Ngääh!» und «Räääh!», und wir fanden ihn außergewöhnlich hübsch und hinreißend und für sein Alter außergewöhnlich weit entwickelt. Schließlich hüllte ich ihn in mein Handtuch und sagte:

«Ich bringe ihn mal zu Nina hoch. Die soll ihn wickeln und ihm etwas Frisches anziehen.»

Oben klopfte ich, hörte durch die Zimmertür Ninas schnelles Reden, das noch schneller als sonst klang. Ich klopfte noch einmal und trat schließlich ein, Paulchen auf dem Arm. Ich sah sofort die zerknüllten Tempotaschentücher auf Ninas Schoß liegen, und in einer plötzlichen Aufwallung ging ich auf sie zu und drückte ihr Paulchen in den Arm: «Gib mir mal den Hörer, Nina, nimm du das Kind.» Ja, ich riss ihr den Telefonhörer förmlich aus der Hand: «Philipp, dein Sohn ist hier, deine Frau ist hier, auch wenn du sie immer noch nicht geheiratet hast. Du kommst jetzt endlich her, ihr klärt eure Konflikte, und dann fahrt ihr wieder gemeinsam nach Hause. Erinnere dich bitte schön an den letzten August und an all das, was Nina durchgemacht hat, um euer Kind auf die Welt zu bringen.» Und dann sagte ich noch den Satz, den Horst mir erst am Morgen gesagt hatte: «Ihr gebt jetzt nicht auf. Das würdet ihr euch nie verzeihen.»

Aber die Stimme, die mir antwortete, war gar nicht die von Philipp, es war die von Silvia.

Im Gegensatz zu mir schien sie einen kühlen Kopf zu bewahren:

«Ich höre, du studierst jetzt, Gabi. Warum auch immer. Da ist es in der Tat unverantwortlich, dir ein Kind anzuvertrauen.»

«Horst ist doch da. Auch Männer können Babys füttern und wickeln. Er macht das hervorragend.»

«Ich erwarte, dass ihr Nina und das Kind endlich wieder nach Hause schickt.»

«Und ich erwarte, dass ich jetzt mit Philipp reden kann.»

«Er hat Kunden.»

«Er hat einen Sohn. Ich will ihn jetzt auf der Stelle sprechen.»

Silvia sparte sich eine Erwiderung und schickte mich stattdessen in die musikalische Warteschleife ihres Berliner Heizungsgeschäftes. Aus dem Hörer erklang «Für Elise», so ziemlich das einfallloseste und abgenudeltste Warteschleifenstück, das ich mir denken konnte. Ich lief im Zimmer auf und ab, Nina saß mit Paulchen im Arm auf dem Bett und verfolgte mich mit ihren Blicken. Ich lief hin und her, das Stück begann von vorne. Ich trat nervös mit dem Fuß gegen Thomas Mann, der immer noch in der Ecke des Zimmers stand. Er geriet etwas ins Schwanken, das Styropor quietschte. Sein weißer Sommeranzug hatte auf meiner Abschiedsfeier auf dem Weihnachtsmarkt eine Portion Glühwein abbekommen. Er sah mich mokant und herablassend an. Elise machte mich wahnsinnig.

«Philipp? Ah, na endlich, hier ist Gabi. Du erinnerst dich? Deine Schwiegermama in spe. Hör zu, ich liebe Paulchen mehr als mein Leben. Ich will, dass er ein glückliches Kind wird. Er braucht euch beide. Also verdammt noch mal, komm her.»

Thomas Mann sah mich streng an. Der hatte ja auch keine Ahnung. Familiendinge hatte immer Katia geregelt. Ich trat mit dem Fuß gegen ihn. Er zeigte sich unbeeindruckt.

«Jaja, Philipp, ich weiß, dass du viel zu tun hast.»

Ich sollte diesen arrogant lächelnden Literaturnobelpreisträger endlich auf den Müll schmeißen.

«Manchmal sind die Auftragsbücher egal. Setz dich in einen von euren Lieferwagen, komm her, und sprich mit Nina!»

«Keinen Urlaub?»

Ich schnitt eine Grimasse in Richtung von Thomas Manns affig gepflegtem Oberlippenbärtchen.

«Nächste Woche ist Pfingsten. Da sind ein paar Tage frei, sogar im Heizungsfachhandel.»

Und dann verhalf mir Thomas Mann, obwohl er ja familientechnisch immer eine Katastrophe gewesen war, zu einer genialen Idee.

«Philipp, du kommst einfach hierher, und Horst und ich fahren über Pfingsten nach Venedig auf den Lido. Ich habe da noch einen Gutschein für das Hotel Excelsior, das Abschiedsgeschenk meiner Kollegen. Ihr könnt in unserem Haus ein paar Tage Urlaub machen. Wir überlassen es euch über Pfingsten.»

Was soll ich sagen? Er stimmte zu. Nina sprang auf, drückte mir einen Kuss auf die Wange und sagte: «Dankedankedanke, Mamutsch! Sag mal, gibt es zu Pfingsten überhaupt noch freie Hotelzimmer in Venedig?»

Aber ich erwiderte: «Das ist das kleinste Problem.»

Dann machte ich die Tür auf und rief durch das Treppenhaus nach unten: «Horst, wo bist du? Es gibt gute Nachrichten! Wir fahren in Urlaub!»

Er reagierte nicht, auch er schien zu telefonieren. Ich stürmte die Treppe hinunter, um ihm die frohe Botschaft zu überbringen. Im Erdgeschoss standen alle Türen offen, er saß auf dem Küchenhocker und winkte mich mit einer heftigen Handbewegung zu sich. Im Wohnzimmer wälzte sich der Kater auf Paulchens Decke und biss in eine Kinderwindel, und den Hund hatte irgendjemand ausgesperrt. Er drückte seine feuchte Schnauze von außen gegen die Terrassentür und jaulte. Ich beschloss, erst einmal den Kater hinauszujagen, die Windel sicherzustellen, den Hund hereinzulassen und dann zu Horst in die Küche zu gehen. Aber da hatte der sein Gespräch schon beendet.

Wir sagten beide wie aus einem Munde: «Gute Neuigkeiten!»

«Du zuerst, Horst!»

«Nein, du zuerst, Gabi!»

«Philipp hat ...»

«Kati hat ...»

«War das etwa Kati am Telefon? Warum hast du mir nicht Bescheid gesagt?!»

«Gabi! Das wollte ich doch gerade!»

«Ich weiß, aber all diese Tiere im Haus machen mich ganz konfus! Was hat Kati erzählt?»

«Sie hat ihre letzte mündliche Prüfung gerade bestanden! Sie hat ihr Examen geschafft, mit Auszeichnung!»

Ich fiel Horst um den Hals: «Dann müssen wir sie bald besuchen fahren!»

«Sie kommt, Gabi! Sie sagte, sie wollten uns noch einmal sehen. Sie kommen am Donnerstag vor Pfingsten, für eine Nacht.»

«Donnerstag vor Pfingsten? Das geht nicht. Da kommt auch Philipp aus Berlin. Und ich wollte am Freitag mit dir für ein paar Tage nach Venedig fahren. Ich habe doch noch diesen Gutschein.»

«Nach Venedig? Ich dachte, du hast so viel Stress in der Uni?»

«Hab ich auch. Aber Nina und Philipp haben auch Stress.

Und der ist schlimmer. Wir überlassen ihnen für ein paar Tage das Haus. Da können sie sich streiten und versöhnen, ganz ohne Silvia-Oma und ohne dieses Heizungsgeschäft.»

«Dann müssen wir Kati absagen.»

«Kati absagen? Wie stellst du dir das vor, Horst? Du weißt, wie empfindlich sie ist. Sie kommt sowieso so selten heim. Sie bleibt ja nur für eine Nacht.»

«Wo sollen die denn alle schlafen?»

«Philipp soll gefälligst bei Nina schlafen, und für Kati haben wir noch die alte Ausziehcouch im Hobbyraum. Könntest du da unten ein bisschen aufräumen, Horst? Ich muss dringend lernen.»

«Wir hätten Ninas altes Kinderzimmer so lassen sollen, wie es war.»

«Horst!»

«Also gut, ich räume im Keller auf», brummte er.

«Und Horst, wir brauchen auf dem Lido ein Hotel, ich weiß nicht, ob es im ‹Excelsior› überhaupt noch Zimmer gibt ...»

«Ich kümmere mich darum», brummte er noch einmal.

«Wir sollten für den Donnerstagabend auch Maxi mit Olga einladen. Er sieht ja seine Schwestern so selten.»

«Ich kümmere mich drum.»

«Wenn schönes Wetter ist, könnten wir grillen. Wir besorgen einfach Steaks und Bratwürste und den guten Kartoffelsalat von unserem Metzger.»

«Ich kümmere mich drum.»

«Und Horst, ich glaube, der Kater hat die letzte Windel von Paulchen angefressen.»

«Ich kümmere mich drum.»

GOGOL MOGOL

Und auf einmal wurde das Nest wieder voll. Sehr voll. Nachts lag ich wach, natürlich. Ich nahm meine Finger zu Hilfe: Nina, Philipp, Paulchen. Drei. Wir beide. Fünf. Maxi und Olga mussten unbedingt kommen. Sieben. Vielleicht sollte ich aus Nächstenliebe auch Ilse einladen, war ja schon egal. Also acht. Der Kater und der Wollhund. Zehn. Und Kati. Elf. Tatsächlich elf? Oder etwa sogar zwölf?!

Ich fuhr hoch und rüttelte an Horsts Schulter. Er schrak zusammen, fasste sich an die Brust, und seine Stimme kam verwaschen, aus dem Tiefschlaf:

«Waschischlosch, Gabi, ich habe fest geschlafen!»

«Was hat sie genau gesagt?»

«Wer hat waschgeschagt?»

«Na, Kati!»

Er blinzelte und richtete sich auf, nun halbwegs bei Sinnen.

«Horst, du hast doch gestern mit Kati telefoniert. Was hat sie GENAU gesagt?»

«Äh ... sie hat gesagt, dass sie kommt!»

«Das hast du mir gestern anders erzählt!»

«Herrgott, Gabi, es ist zwei Uhr nachts!»

«Überleg mal! Was hat sie genau gesagt?»

«Dass sie uns noch einmal sehen wollen.»

«Wer ist *sie*?»

«Woher soll ich das wissen?»

«Hast du nicht nachgefragt?»

«Nö.»

«Das kann doch nicht wahr sein!»

«Na, vielleicht hat sie einen Freund.»

«Oder eine FREUNDIN?»

«Herrgott, Gabi, es ist zwei Uhr nachts.»

«Und warum hat sie ‹noch einmal› gesagt?»

«Woher soll ich das wissen?»

«Hattest du das Gefühl, sie ist krank? Womöglich sehr schwer krank?»

«Gabi, jetzt mach mal einen Punkt!»

Er zog sich die Bettdecke über die Ohren und drehte sich um. Ich hörte ihn erst schwer, dann tief und ruhig atmen, und so blieb ich mit meinen Sorgen mal wieder allein.

Mit den gesamten Vorbereitungen freilich blieb Horst allein.

Er kümmerte sich nicht nur um Paulchen und Nina, er überzog für den anstehenden Besuch auch alle Betten neu. Ja, er strich mit dem Rest meiner teuren Farbe die Wände in unserem alten, unansehnlichen Hobbyraum, wo Kati und wer auch immer schlafen sollten, er putzte die Fenster und besorgte Getränke und Grillwaren für alle.

Inzwischen quälte ich mich mit meinem Strafreferat. Ich war zwar immer noch der Meinung, in der Welt der Bücher ohne Linguistik-Atemmaske auszukommen, aber ich brauchte die ECTS-Punkte. Und mein Referat stand genau an jenem Donnerstag vor Pfingsten auf dem Programm, an dem die ganze Familie ins heimische Nest zurückflattern wollte.

Frau Professor Füssling hatte keinen guten Tag. Die Gender-Hochschulkommission, der sie vorsaß, hatte sich geweigert, das Porträt des Universitätsgründers aus dem Logo zu streichen und durch das Bildnis einer unbekannten Studentin aus dem Kosovo zu ersetzen. Meine Ausführungen zur linguistischen Textanalyse verfolgte sie mit säuerlicher Miene. Ich glaube, sie gab mir die Referatpunkte nur deshalb, weil ich als über sechzigjährige Buchhändlerin in ihrem Seminar eindeutig auch eine Randgruppe repräsentierte.

Ich schaffte es gerade noch nach Hause, bevor unser Besuch eintraf. Ich ließ meine Seminarunterlagen auf meinen schönen Schreibtisch fallen, hastete ins Badezimmer, fuhr mir vor dem Spiegel einmal kurz mit den Fingern durch die Haare, sah mein gerötetes Gesicht, die Flecken am Hals, die ich immer bekomme, wenn ich vor mehr als fünf Leuten reden muss, und dachte: «Das Referat wäre geschafft, und jetzt sind sie also gleich alle wieder hier in diesem Haus. Nina, Kati und Maxi, das Dreigestirn meines Lebens. Und natürlich Horst, aber der gehört zum unvergänglichen Inventar.» Von unten hörte ich Paulchen krakeelen. «Und dazu also noch ein Enkelkind und eine Fast-Schwiegertochter aus Moldawien und ein Fast-Schwiegersohn aus Berlin (wehe, er erscheint hier heute nicht!). Außerdem aus Gründen der Pietät und des Mitleids eine Fast-Schwiegermutter aus dem Seniorenheim, ein namenloser Kater in höherem Alter und ein zugelaufener Wollhund aus Berlin. Das Haus wird also ziemlich voll. Bliebe noch die Frage, wen Kati eigentlich mitbringt.»

Ich fuhr mir mit meinem rosenholzfarbenen Lippenstift einmal zügig und eher großräumig über den Mund, presste für einen Augenblick Ober- und Unterlippe aufeinander, dachte, ich könnte noch schnell aufs Klo und eine andere Hose anziehen, aber da hörte ich schon das alte Klingelsignal: Kurz-lang-kurz-kurz. Das benutzte nur eine. Kati. Ich polterte so schnell ich konnte die Treppe hinunter und riss die Haustür auf. Und da stand sie tatsächlich. Ich fiel ihr in die Arme:

«Herzlichen Glückwunsch zum Examen, mein Schatz! Geht es dir gut? Bist du gesund?»

Sie lachte: «Wieso? Klar bin ich gesund. Ich bin nur müde nach der ganzen Lernerei!»

Ich nahm ihr Gesicht zwischen meine Hände und sah sie an: die etwas mandelförmigen, hellen Augen einer Mondgöttin, die porzellanzarte Haut, die keine Schminke nötig hatte, das kräuselige, hochgesteckte Haar, das sie so kindlich aussehen ließ. Dann küsste ich sie und hörte sie sagen:

«Mama, ich habe noch jemanden mitgebracht.»

Da erst nahm ich den Mann wahr, der hinter ihr stand. Er hatte leicht graumeliertes, stoppelkurzes Haar, trug eine Brille mit Drahtgestell und ein kleinkariertes Hemd. Sagen wir mal so, mein erster Eindruck sprach nicht dafür, dass sich die beiden auf der Reeperbahn kennengelernt hatten. Ich wollte ihn in meiner großen Kati-Wiedersehensfreude auch gleich umarmen, aber er blieb sehr aufrecht und ziemlich steif stehen, streckte mir seine Hand entgegen und sagte: «Guten Tag, Frau König. Jens Titus mein Name.»

Ich riss mich also zusammen und erwiderte ebenso ordentlich: «Freut mich, Herr Titus. Ich bin Katis Mutter, Gabi König. Kommen Sie doch rein. Die anderen sind schon im Garten.»

Dort standen Nina und Paulchen, Horst hantierte am Grill. Die beiden Mädchen fielen sich unter Gequieke in die Arme und küssten sich, Kati knuddelte Paulchen und fragte: «Wo ist eigentlich Philipp?»

Nina machte: «Pah, äh, der ist momentan nicht da. Ich erklär's dir später. Ich hoffe, er kommt heute noch aus Berlin.»

Dann deutete Kati auf den Hund: «Und wer ist das?»

Nina kraulte den Wollhund: «Das ist Wolli. Er stammt aus Berlin. Er versucht sich noch mit unserem alten Kater anzufreunden.»

Wolli wedelte mit dem Schwanz.

Dann fiel Kati Horst um den Hals und sagte: «Papa, ich möchte dir jemanden vorstellen.»

Katis Begleiter streckte auch Horst die Hand entgegen und sagte: «Guten Tag, Herr König. Jens Titus mein Name.»

Horst erwiderte leicht verwirrt: «Jens Titus? Sie sind vermutlich mit unserer Kati befreundet? Soso.»

Ich dachte mir, dass ein Gläschen Sekt immer ein probates Mittel ist, ungewohnte familiäre Situationen zu überspielen, klatschte in die Hände und rief: «Auch wenn wir noch nicht komplett sind, sollten wir als Erstes auf Katis Wohl trinken. Sie hat es sich verdient. Schließlich ist sie die Erste in der Familie, die ein richtiges Universitätsdiplom hat. Horst, machst du den Sekt auf?»

Ich sah, dass auf Horsts Schläfe wieder die Ader anschwoll, und ruderte schnell zurück: «Ich meine, ein Staatsexamen für das Lehramt ist natürlich auch großartig.»

Horst warf mir einen scharfen Blick zu und ließ den Korken knallen. Er flog in einer elliptischen Bahn und schlug in meinen aufblühenden Rosenpflanzungen ein.

«Für mich nur ein Schlückchen, ausnahmsweise», sagte Jens Titus.

Horst warf auch ihm einen scharfen Blick zu.

Nina, Kati, Jens Titus, Horst und ich stießen auf Katis Examen an. Der Kater nutzte die Gelegenheit, schnappte sich eines der bereitliegenden rohen Fleischstücke und verschwand im Gebüsch, Wolli folgte ihm bellend, man hörte Jaulen und Fauchen, aber dann schoss Wolli wieder unter den Büschen hervor und jagte ins Wohnzimmer, wo er sich unter einem Sessel verkroch. Der Kater blieb siegreich mit dem Fleisch zurück.

Es klingelte wieder. Diesmal war es Maxi, er führte Ilse am Arm. Sie ging zwar am Stock, war aber tipptopp gekleidet, und ich sah sofort, dass sie ihren Saphirring am Finger hatte. Nur für den Pelz war es eindeutig zu warm. Vor ein paar Tagen hatte sie am Telefon lamentiert: «Danke für die Einladung. Ich habe die Familie ja leider seit dem Tod deines Vaters nicht mehr gesehen. Aber ich weiß gar nicht, wie ich zu euch hinauskommen soll. Ich bin ja gehbehindert.»

Ich hatte sie daran erinnert, dass es hierfür die segensreiche Einrichtung des Taxis gebe. Der Begriff Taxi komme von Taxameter, denn das Prinzip sei, dass man am Ende der Fahrt für die zurückgelegte Entfernung bezahle. Ilse schloss das für sich aus, die Taxifahrer seien inzwischen ja alle Ausländer, da wisse man nie. Ich konnte Maxi überreden, sie abzuholen.

Ilse sah sich, auf Maxis Arm gestützt, auf unserer Terrasse um. Als sie Paulchen auf dem Arm seiner Mutter erblickte, hob sie ihren Stock hoch, deutete damit energisch in seine Richtung und sagte: «Ist das das Kind? Ich erinnere mich noch gut an den letzten August. Es war ja quasi eine Sturzgeburt. Gut, dass ich seinerzeit dabei war.»

Ich dachte bei mir: «Die Geburt hat mehr als zwölf Stunden gedauert, das Kind ist ganz normal in einer Klinik zur Welt gekommen, und du hast alle nur verrückt gemacht», aber laut sagte ich: «Maxi und Ilse, ihr solltet auch auf Katis Examen anstoßen. Darf's für dich ein Gläschen Sekt sein, Ilse?»

Ilse nickte widerwillig und zeigte dann mit dem Stock auf Jens Titus: «Und wer sind Sie, junger Mann?»

Kati legte ihren Arm um ihn und sagte: «Das ist Jens. Er ist Juniorprofessor an meinem Institut. Er hat einen Ruf für zwei Jahre ans Massachusetts Institute of Technology bei Boston erhalten. Und gestern habe ich erfahren, dass ich dort auch eine Doktorandenstelle bekomme! So, jetzt wisst ihr es! Ist das nicht eine Wahnsinns-Überraschung?»

Ihre Augen funkelten.

«Sie hat ein brillantes Examen gemacht», Jens' Augen strahlten hinter seiner Drahtgestellbrille, er küsste Kati auf die Wange und legte seinen Arm um ihre Hüfte.

«Ihr geht zusammen nach Amerika? Für zwei Jahre?!»

«Ja, fürs Erste, Mama.»

Katis dunkle Augen sprühten.

Ich sah Horst an. Er kannte mich einfach. Er verstand mich mit einem Wimpernschlag.

«Das ist doch nicht schlimm, Gabi. Da fliegt man nicht mal neun Stunden rüber. Wir wollten doch sowieso mal in die Staaten. Wir kommen dich besuchen. Ich bin stolz auf dich, Kati-Schatz. Gratulation zu der tollen Chance.»

Horst schenkte uns Sekt nach, aber bevor ich auch mit Maxi und Ilse anstoßen konnte, schaltete sich Jens Titus ein, der weiteren Alkohol verweigerte:

«Frau König, ich möchte nicht stören, aber es hat schon zweimal geklingelt. Erwarten Sie noch weitere Gäste?»

«Allerdings. Meine Fast-Schwiegertochter und mein Fast-Schwiegersohn fehlen noch.»

«Lass mal, Mamutsch, ich gehe nachsehen. Vielleicht ist es ja endlich Philipp.»

Nina war schon auf dem Weg, das Kind auf dem Arm. Sie blieb lange weg. Als sie wieder auftauchte, hatte sie tatsächlich Philipp im Schlepptau.

Ich knurrte: «Das wurde aber auch wirklich Zeit, mein Lieber, dass du dich hier blicken lässt.»

Philipp erwiderte: «Ich habe geklingelt und geklingelt. Ich dachte, ihr wollt mich gar nicht mehr reinlassen.»

Horst klopfte Philipp auf den Rücken und sagte: «Quatsch! Alles klar, mein Junge?»

Philipp klopfte Horst gleichfalls auf den Rücken und antwortete: «Alles klar, Horst.»

Ich dachte bei mir: «Vielen Dank. Dies war ein ausführliches männliches Kriseninterventionsgespräch. Damit ist alles gesagt und alles wieder in Ordnung.»

Laut sagte ich: «Hört mal alle zu: Wir freuen uns wahnsinnig, dass ihr alle heute Abend hier seid. Papa und ich werden morgen in der Frühe für ein paar Tage auf den Lido nach Venedig fahren. Die Berliner können in aller Ruhe hier im Haus ein paar Tage Urlaub machen, und Kati und äh» – «Jens», soufflierte Horst –, «ja, also die beiden müssen ja morgen wieder nach Hause, und dann geht es für sie nach Boston.» Meine Stimme bebte. Aber da klingelte es schon wieder. Maxi sagte: «Ich gehe aufmachen. Ich denke, das wird endlich Olga sein. Sie wollte direkt von der Arbeit herkommen.»

Und sie war es. Sie sah frisch aus wie ein Apfelsorbet. Sie hatte modisch den Frühsommer eingeläutet mit einem grasgrünen Seidenkleidchen und Schuhen, die andere Frauen nur auf Barhockern sitzend tragen können. Sie balancierte eine riesige Glasschüssel mit einer gelblichen Creme darin auf den Händen und verkündete fröhlich: «Das ist Gogol Mogol. Eine Nachspeise aus meiner Heimat!»

Ilse deutete mit dem Stock auf Olga: «Sie sind aber nicht die junge Dame, die an Gabis 60. Geburtstag in Maxis Begleitung war?»

Ich warf Ilse einen scharfen Blick zu, aber sie war nicht zu stoppen: «Ich glaube mich zu erinnern, dass die junge Dame seinerzeit Mona hieß. Sie hatte eine Katzenhaarallergie und war Veganerin. Essen Sie Fleisch?»

«Und wie!», versetzte Olga fröhlich und zwinkerte Maxi zu.

Ilse deutete auf die Nachspeise: «Und wo kommen Sie und dieser Pudding her?»

«Moldawien», verkündete Olga wieder fröhlich. Eigentlich sagte sie: «Maldawien.»

«Ist das nicht im Ostblock?», versetzte Ilse scharf.

«Äh – Horst», rief ich, «wir sollten endlich mit dem Grillen anfangen!»

Und das taten wir auch, das heißt, Horst grillte, weil das bei uns immer noch Männersache ist. Ich holte nur den Kartoffelsalat aus der Küche und Schälchen für Olgas moldawische Nachspeise. Horst widmete sich den riesigen Platten mit rohen Bratwürsten und Steaks. Er schwitzte am Grill, während wir uns unterhielten und Kati sich gratulieren ließ. Ich versuchte mich an Jens Titus heranzuarbeiten und sagte: «Ich nehme an, Sie haben Kati an der Uni kennengelernt? Ich habe auch noch einmal angefangen zu studieren. Mögen Sie noch ein Gläschen Sekt?»

Erst hielt er die Hand über sein Glas, sagte aber dann doch: «Na ja, Frau König, heute könnten wir ja ausnahmsweise mal fünfe gerade sein lassen, ich nehme noch ein ganz kleines Schlückchen.»

Dann schwieg er wieder. Ich dachte mir: «Er ist wahrscheinlich auf einer Hallig aufgewachsen und in seinen ersten Lebensjahren nur mit Stockenten sozialisiert worden. Dann ist er bestimmt frühzeitig auf ein Eliteinternat hinter Meppen gewechselt. Und dann hat er vermutlich an diversen Star-Universitäten Karriere gemacht. Und auf die Frage nach seinen Hobbys antwortet er wahrscheinlich: Schach, Klezmer-Musik und Arbeiten mit meiner 5-Achsen-CNC-Fräse. Aber zu Kati passt er eigentlich ganz gut.»

Ich sah, dass Horst ganz rot im Gesicht war und rief: «Maxi, kannst du deinen Vater bitte mal beim Grillen ablösen? Ich glaube, er braucht dringend eine Pause!»

Olga rief: «Ich übernehme das gerne. Horst (eigentlich sagte sie: «Charst»), jetzt ruhst du dich mal ein bisschen aus!»

Sie nahm ihm die Grillzange aus der Hand und bedeutete ihm, sich einen Moment hinzusetzen.

Ilse winkte mich zu sich, richtete wieder ihren Stock auf Olga und vermerkte gut hörbar: «Nettes Mädchen. Aber ist sie nicht ein paar Jährchen zu alt für deinen Jungen, Gabi?»

Ich dachte mir: «Papa, ich hab sie nur dir zuliebe eingeladen», und sagte überlaut: «Olga macht das großartig, dabei dachte ich immer, Grillen sei Männerarbeit! Wir können uns jetzt alle setzen, es geht gleich los!»

Und dann aßen wir alle und tranken (bis auf Paulchen und auf Jens Titus, der meinte, man solle es auch nicht übertreiben), Paulchen hopste auf Philipps Schoss herum, Nina hatte endlich wieder ein Lächeln auf den Lippen, Horsts Gesichtsfarbe normalisierte sich wieder, Ilse fragte, wer sie nachher heimfahren werde, und Olga servierte ihren cremig-gelben Gogol Mogol. Niemand wusste, was das eigentlich war, aber es schmeckte allen gut. Auch Jens Titus langte kräftig zu, und schließlich verkündete Olga, der Gogol Mogol enthalte 24 Eigelb, 18 Löffel Zucker, 8 Löffel Cognac und 4 Löffel weiteren Likör, egal was. Jens Titus fragte irritiert: «24 rohe Eigelbe?»

Olga nickte fröhlich: «Ja. Mindestens. Es könnten auch ein paar mehr gewesen sein. Es war aber auch mehr Cognac.»

Jens Titus fragte: «Und was ist mit den Salmonellen?»

Olga erwiderte: «Dagegen trinken wir jetzt Schnaps. Charst, du hast doch Schnaps?»

Unter diesen Umständen genehmigte sich auch Jens Titus notgedrungen ein Gläschen. Ich räumte die Teller ab, Nina brachte Paulchen ins Bett, und Kati half mir. Als sie das letzte Tablett in der Küche abgestellt hatte, machte sie die Tür hinter sich zu und sagte: «Mama, ich muss dir noch etwas sagen.»

Sie sah wohl, dass sich meine Augen vor Schrecken weiteten, und so fuhr sie schnell fort: «Es ist nichts Schlimmes, im Gegenteil. Du hast es dir ja wahrscheinlich schon gedacht: Jens und ich sind zusammen. Er liebt mich, und ich liebe ihn. Wir wollen in Amerika in aller Stille heiraten. Es ist nämlich etwas kompliziert.»

Ich ließ den Abwaschlappen in die Spüle fallen: «Du bist schwanger, stimmt's?»

Die kleinen Kringellöckchen um ihr helles Mondgöttinnengesicht wippten: «So ähnlich.»

«So ähnlich gibt's nicht.»

«Wart's doch mal ab, Mama.»

Sie holte aus ihrer Jackentasche ein Foto und hielt es mir hin: «Jens war schon mal verheiratet. Es gibt eine Exfrau, und es gibt zwei Kinder. Das sind sie. Wenn wir verheiratet sind, werden sie ja quasi auch eure Enkelkinder. Sie sind elf und dreizehn Jahre alt.»

Ich sah in die Gesichter zweier Jungs, die aussahen wie Jens. Schlau und mit Brille. Wie hatte Jens das passieren können? Im Labor? An der CNC-Fräse?

Ich starrte das Foto an: «Dann wirst du ihre Stiefmutter, Kati?»

Sie nickte lächelnd.

«Und die beiden sind dann Paulchens Onkels? Oder sind es dann die Cousins?»

Sie sagte: «Ach Mama, jetzt freu dich doch! Ich bin soooo glücklich!»

Und so nahm ich meine Tochter in den Arm und sagte: «Wenn du glücklich bist, dann bin ich es auch!»

Ich küsste sie und schob sie Richtung Küchentür: «Wir sollten es Papa erzählen.»

Sie nickte, wir gingen Arm in Arm auf die Terrasse zurück, und ich rief:

«Horst, komm mal her und bring den Schnaps mit. Du wirst ihn brauchen können. Es gibt gute Nachrichten!»

Er näherte sich ahnungslos, und ich dachte mir: «Jetzt wird das Nest langsam wirklich voll.»

EXCELSIOR

Hugo und Willi.»

Ich dehnte die Worte «Hugooo» und «Williii» in meinem Mund zu sehr langen Vokalen und hielt das Foto hoch, das Kati mir überlassen hatte, sodass Horst es mit einem kurzen Seitenblick vom Steuer aus sehen konnte. Wir waren inzwischen auf der Autostrada kurz vor Brixen.

«Sie sehen beide so schlau aus mit ihren Brillen. Was macht man mit solchen Jungs, Horst? Schach spielen? Ich kann kein Schach, nur Mühle.»

Horst überholte einen Lkw, der bayerische Milch zur Verarbeitung in italienischen Mozzarella über die Alpen fuhr.

«Darüber müssen wir uns wohl kaum Gedanken machen, Gabi. Kati geht nach Amerika, und die zwei Jungs leben in Bremen bei ihrer Mutter. Ich schätze, wir werden sie kaum je zu Gesicht bekommen.»

«Aber wir *müssen*, Horst! Sie gehören bald zur Familie!»

Horst steuerte an einem überladenen Sattelschlepper mit entrindeten Holzstämmen vorbei.

«Horst, was haben wir falsch gemacht? Warum will keines unserer Kinder ganz normal heiraten? Die eine will nicht oder will vielleicht doch, aber er will nicht oder vielleicht doch. Die andere heiratet heimlich in Amerika und schleppt uns gleich zwei halbwüchsige Schlaumeier ins Haus.»

Horst überholte ein Wohnwagengespann mit aufgeschnallten Mountainbikes und einem Paddelboot auf dem Dach.

«Gabi, ich würde meine Hoffnung in Olga setzen. Sie hat mir gestern gestanden, dass sie sich eine richtig große moldawische Hochzeit mit Hochzeitslader und Geldscheinen im Dekolleté wünscht.»

Er warf mir einen kurzen Seitenblick zu: «Aber das ist dir vermutlich auch nicht recht.»

«Wie hat Katia das eigentlich gemacht? Ich meine, sie hatte nicht nur drei, sie hatte sechs Kinder, und davon war mindestens eines schwul und eines lesbisch.»

«Woher kennst du solche Leute?»

«Ich meine Katia Mann, Horst! Die Frau meines Lieblingsschriftstellers!»

«Ach so, die. Komische Verhältnisse.»

«Immerhin verdanken wir Thomas Mann unseren Kurzurlaub. Mein Abschiedsgeschenk von den Kollegen. Drei Nächte auf dem Lido.»

«Wir hätten fliegen sollen.»

«Du weißt, die Flüge waren schon alle weg, und außerdem habe ich Flugangst. Brauchst du eine Pause? Der Verkehr ist verrückt. Du siehst müde aus.»

«Bis Verona schaff ich's noch, dann machen wir Kaffeepause.»

«Willst du ein kaltes Steak? Ich habe eingepackt, was gestern übriggeblieben ist. Kati und dieser Jens wollten auch zeitig aufstehen und wieder heimfahren, und Nina hat versprochen, dass sie heute das Haus wieder in Ordnung bringt.»

Wir schwiegen, Horst konzentrierte sich auf den dichten Verkehr. Es war immer dasselbe – am Brennersee dachte ich: «Jetzt sind wir in Italien!», doch dann rückten die grauen Bergriesen von beiden Seiten immer näher aneinander, legten ihre dunklen Schatten auf das beängstigend schmale Band der Asphaltstraße, drückten die endlose Schlange von Lkw, Wohnwagen und Wohlstandsautomobilen immer dichter zusammen, legten eine Schicht von ewigem Motorenlärm, Dieselgeruch und Reifenrattern über das Tal, schnürten uns ein zwischen einer rostigen Mittelplanke auf der linken Seite, einem eisig grünen Fluss auf der rechten Seite und einem engen Schlund von schrundigem Fels. Ein Tal von grauen Riesen mit einem Rinnsal von kleinen Spielzeugautos, nach Norden, nach Süden, bepackt mit den unsinnigsten Dingen: Surfboards und Reiseführern, Putenhälsen und Schweinedärmen, Garagentoren und Gummilitzen. Und nichts wünschte ich mir auf diesen Fahrten so sehr wie den Anblick der ersten Zypresse.

Und irgendwann, als ich es nicht mehr zu hoffen wagte, war sie da. Kurz vor dem Gardasee. Schwarz und scharf geschnitten, ein Ausrufezeichen vor dem verheißungsvollen Himmel, und all die Großen fielen mir ein, die mir diese Sehnsucht eingepflanzt hatten: *Ich hoffe nicht zu sterben, bevor ich das gelobte Land gesehen habe ... Es ist mir, als wenn ich hier geboren wäre und nun von einer Grönlandfahrt zurückkäme ... Ach, was wird es mich daheim nach der Sonne frieren ...* Und das waren nur die Größten von ihnen: Goethe und Dürer, Lichthungrige, Meereshungrige, Schönheitshungrige. Vielleicht war auch ich, wie der Frankfurter Dichterfürst, ein schwächliches Kind gewesen, und man hatte mir die kleine Säuglingsbrust mit Wein eingerieben, und so war, ihm wie mir, für immer ein mediterranes Herz mit einem Hang zu gutem Wein geblieben.

«Horst, soll ich dich ablösen? Du siehst müde aus.»

«Du fährst doch so gut wie nie längere Autobahnstrecken, Gabi. Bis Verona sind es nur noch ein paar Kilometer. Gib mir einen Kaugummi.»

Ich kramte im Handschuhfach, stieß wieder auf das Bild unserer neuen Enkelkinder, fand ein Päckchen mit brüchigen, alten Kaugummistreifen, wickelte einen aus und schob ihn Horst in den Mund.

«Horst, ich freue mich wahnsinnig auf diese paar Tage in Italien nach all dem Stress. Es wird uns guttun. Wenn ich irgendwann mein Studium abschließen sollte, möchte ich Italienisch lernen. Selbst Thomas Mann, dieser alte hanseatische Stockfisch, lässt seinen Felix Krull – natürlich auf Italienisch – sagen: ‹Es gibt keinen Zweifel, auch die Engel im Himmel sprechen Italienisch.› Kannst du dir vorstellen, in ein paar Jahren mit mir einen Italienischkurs zu machen? Horst? ... Horst?!»

Er machte eine jähe Kopfbewegung, als schüttle er sich. In derselben Sekunde raste ein eiskalter Schrecken von meinem Kopf bis in meine Fingerspitzen. Er war in einen Sekundenschlaf abgeglitten, noch ein oder zwei Wimpernschläge, und unser Italientraum wäre in einer schrecklichen Explosion aus Stahl, Leitplanken und berstendem Glas geendet.

«Horst! Bist du wach?! Was war das?»

«Nichts. Alles in Ordnung.» Er rieb sich die Augen.

«Wir fahren sofort von der Autobahn ab und machen eine Pause.»

«Die nächste Raststätte ist hinter dem Autobahnkreuz Milano-Venezia.»

«Nichts da, wir fahren an der nächsten Abfahrt ab, ganz egal, wohin. Du brauchst einen Kaffee und eine Pause.»

Er knurrte zwar etwas von «Zeitverlust», aber nach zwei Kilometern, in denen ich ihn wie ein anschlagender Wachhund einen Einbrecher fixierte, nahmen wir die nächste Ausfahrt, bezahlten an der Mautstation und fuhren aufs Geratewohl auf den nächsten Ort zu.

Horst hat seit Jahrzehnten die Gewohnheit, in jeder Stadt, egal ob Metropole oder Provinzkaff, direkt das Zentrum anzusteuern. Von Parkleitsystemen, Stellplätzen außerhalb von

Stadtmauern oder gar Shuttlebussen hält er nichts. Er ist der Ansicht, die wenigsten Automobilisten hätten die Schneid, in einer fremden Stadt geradewegs ins Zentrum zu fahren, deshalb sei dort immer ein Parkplatz frei. Und so ließ er sich auch in diesem Fall nicht von der eindringlichen Frauenstimme unseres Navigationsgeräts abhalten: «Achtung! Sie nähern sich einer nur beschränkt befahrbaren Zone. Achtung! Sie erreichen in wenigen Metern eine nur beschränkt befahrbare Zone!» Horst nahm die Mitteilungen unseres Navis als positive Verstärkung und setzte seine Fahrt fort. Er bremste erst ab, als von links ein Bündel voluminöser BHs die Sicht verdeckte, rechts ein Verkaufsstand mit billig imitierten Kinderturnschuhen gefährlich nahe rückte und seitlich jemand gegen die Scheibe klopfte und etwas von «Oggi Mercato!» rief. Horst tippte seinen rechten Zeigefinger zum Gruß an eine imaginäre Schirmmütze auf seinem Kopf, rief: «Capito!» und: «Va bene!», setzte ein paar Meter zurück, kam neben einem Rudel von Vespas und einem Kastenwagen mit offener Ladefläche, auf der sich gewaltige Wassermelonenkugeln stapelten, zum Stehen, stellte die Zündung ab, stieg aus, streckte sich und sagte: «So, da wären wir. Ein Kaffee wäre tatsächlich nicht schlecht.»

Ich versuchte einzuwenden, dass das Absolutes-Halteverbot-Schild da drüben ausdrücklich für die Markttage gelte, aber Horst fragte, ob ich heute noch auf den Lido wolle. Na also. Und in zehn Minuten seien wir hier wieder weg.

Irgendetwas machen wir nördlich der Alpen falsch. Der Mensch braucht keine riesigen Konsumtempel aus Beton, keine Shoppingmalls aus Glas und Stahl, er braucht weder künstliche Belüftung noch naturidentische Wohlfühlaromen noch beruhigende Lautsprecherklänge. Der Mensch braucht einen Markt, auf dem sich die Verkaufsflächen unter Bergen von bunten T-Shirts, Badelatschen und rosa Bettdecken biegen. Er braucht einen Markt, auf dem man Fahrradschläuche, Gemüsehobel, Frotteesocken und zehn verschiedene Sorten Tomaten kaufen kann. Er braucht einen Markt, auf dem unter riesigen Sonnenschirmen rosa Marzipanfrüchte, beißender Schafskäse aus den Bergen, Kanarienvögel und Staubsauger angeboten werden. Er braucht einen Markt, auf dem gehandelt, diskutiert und geschwatzt wird, auf dem sich billige Plastiktüten mit Zucchini, schwarzen Oliven und steifem Stockfisch füllen. Einen Ort, wo man im Menschengewimmel ungeniert Damenslips und geräumige Büstenhalter gegen die Sonne halten kann. Dann hat der Mensch Lust zu kaufen. Und so erstand ich einen orangefarbenen Bikini mit Schleifchen an den Hüften, obwohl ich seit Jahren nur noch einteilige Badeanzüge trage, und Horst ergatterte an einem Werkzeugstand einen spottbilligen Steckschlüsselsatz, auf den er, wie er mir versicherte, schon lange scharf war.

Wir tranken in einer kleinen Bar zwei höllenstarke doppelte Espressi, stiegen, von niemandem behelligt, in unser Auto, setzten unsere Fahrt fort und erreichten schließlich die Poebene.

Vielleicht bin ich die Einzige, die diese Landschaft liebt. Natürlich liebe ich die runden Risottokörner, die hier heranreifen. Ich liebe aber auch den staubigen Dunst über den raschelnden Maisfeldern, das silbrige Geflirr der Pappelblätter, ja sogar den durchdringenden Gestank aus den Schweineställen liebe ich. Ich sehe vor meinem inneren Auge, wie Giuseppe Verdi über seine Güter streift, ein «Humpapa» auf den Lippen, seinen Landarbeitern Anweisungen gibt und daheim, in seiner Villa, eine neue Oper komponiert. Ich sehe den trägen, sumpfigen Fluss. Ich will in die Richtung, in die er fließt. Dort liegt Venedig.

Es muss ein reziprokes Verhältnis gelten: Je hässlicher die Umgebung, umso schöner die italienische Stadt. Danach muss die schönste von allen Venedig sein. Mestre ist giftig und trostlos. Selbst sie grauen Monsterparkhäuser von Venedig, die wie Trichter die mit dem Auto in der Lagunenstadt ankommenden Touristen aufsaugen, sind chaotisch, dreckig und unanständig teuer. Trotzdem gibt es keinen Schutz gegen diese Stadt, auch wenn man schon unzählige Male hier war, auch wenn längst alles gesagt, geschrieben, abfotografiert und gefilmt ist.

Und so fuhren auch wir bis zum Ende der Brücke, die in die Lagune führte, parkten unseren Wagen, nahmen unsere Koffer und bestiegen eines der schwer rumpelnden Vaporetti, die vom Morgengrauen bis in die tiefe Nacht mit heulendem Gelärme Millionen von Fremden über die S-förmige Linie des Canal Grande in eine Stadt schaufelten, die vom Wasser aus aussieht, als sei sie aus marmoriertem Papier geschnitten. Wir tauchten ein in eine Wunderkammer aus pastellig unverputztem Ziegelstein und glänzendem Marmor, in eine Welt, über die das milchige Licht von Tizian und Bellini gegossen schien. Den Reiseführer in der Hand, standen wir an der Reling und buchstabierten das Architektur-Alphabet der Kunsthistoriker: Arkaden und Gitter, Fialen und Nischen, Portale und Kapitelle, Loggien und Zinnen. Und die Namen der Palazzi zerschmolzen auf der Zunge wie die nie geschmeckten Kreationen eines genialen Eismachers, geheimnisvoll und unwiderstehlich: Palazzo Foscari Contarini, Palazzo Calbo Crotta, Palazzo Flangini, Palazzo Memmo Martinengo Mandelli, Palazzo Molin Querini, Palazzo Gussoni Grimani Della Vida, Palazzo Bolani Erizzo, all dies in den Farben Himbeer und Melone, Blutorange und Weinrot, Erdbeer, Granatapfel und Brombeer.

«Wir hätten uns direkt in Venedig ein Hotel suchen sollen. Warum musste es ausgerechnet der Lido sein?»

«Das weißt du doch, Horst. Weil Thomas Mann dort logiert und seine berühmteste Novelle geschrieben hat. Meine Kollegen wussten, dass mein Lieblingsbuch auf dem Lido spielt.»

«Ich weiß, ‹Der Tod in Venedig›. War dein Lieblingsautor damals nicht schon verheiratet?»

«Na ja ... ja. Das war er. Er hatte schon vier Kinder mit Katia. Zwei Jungs und zwei Mädchen.»

«Und da macht sich der Kerl zum Affen und steigt einem halbwüchsigen Lümmel hinterher?! Pfui Teufel, sage ich da!»

«Das ist Literatur, Horst. Das Buch wurde in über 40 Sprachen übersetzt.»

«Ich finde es trotzdem degoutant.»

«Wir müssen aussteigen, Horst. Dort drüben legt das Schiff zum Lido ab.»

Und dann sahen wir zurück auf den Campanile, die Markuskirche, den Dogenpalast und die Seufzerbrücke. Das Linienboot hinüber zum Lido nahm schnell Fahrt auf. Horst wiederholte, es sei ein Jammer, diese Stadt wieder zu verlassen, noch bevor man hier überhaupt richtig angekommen sei, und dieser Thomas Mann werde ihm immer verdächtiger, ein Eigenbrötler ohne Sinn für touristische Höhepunkte. Er hätte sein Buch doch jederzeit auch an der Rialtobrücke spielen lassen können, dann hätten wir jetzt auch etwas davon. Ich beruhigte ihn mit der Auskunft, dass das Vaporetto nicht einmal zwanzig Minuten hinüber bis zum Lido brauche, aber ich hatte das Gefühl, dass sich zwischen Horst und Thomas Mann einfach kein warmes Verhältnis aufbauen wollte.

Die Kirche von San Giorgio Maggiore schwamm im Abendlicht wie ein Schwan in einem See von Mandelmilch. Die Paläste schienen nun über den silbrigen Wassern zu schweben: Grau mit einem Hauch von Rosa und Blau wie ein verblichenes Aquarell. Als wir uns mit den Gesichtern zum Fahrtwind wandten, stellten wir mit Überraschung fest, dass der Lido schon zum Greifen nahe war. Ein langer, schmaler Landriegel gegen das offene Meer, ein Schutzwall gegen die Feinde. Pax tibi Marce. Friede sei mit dir, heiliger Markus.

Nun ja, als wir die Endstation des Lido erreichten, stritten wir erst einmal darüber, wie wir eigentlich zu unserem Hotel kommen sollten. Das Vaporetto leerte sich schnell und vollständig, die neuen Fahrgäste standen schon am Anleger hinter den Zugangsschranken und warteten darauf, dass wir mit unseren Rollkoffern endlich das Boot verließen und dieses wieder Richtung Venedig ablegen konnte. Ich bestand auf einem Taxi, Horst entgegnete, dann gebe es heute Abend aber nur Pizza, er traue den italienischen Taxifahrern bezüglich der Fahrpreisgestaltung nicht über den Weg. Wir nahmen trotzdem ein Taxi. Die Fahrt war nicht weit und kostete auch nur 14 Euro.

Uns erwartete kein Hotel, sondern ein gigantischer orientalischer Palast mit maurischen Loggien, Zinnen, Kuppeln und minarettähnlichen Türmen. Das ehrwürdige Grandhotel Excelsior glich eher der feudalen Residenz eines schwerreichen Dogen als der Unterkunft eines übermüdeten Rentnerehepaares. Man empfing uns mit der angemessenen Grandezza, fragte, warum wir uns ab San Marco denn nicht des kostenlosen Hotelboots bedient hätten, und händigte uns einen pfundschweren Schlüssel aus. Horst sah sich in der Hotelhalle um mit ihren schlanken Säulen, den beiden Sphinxen und den drei nackten Bronzefiguren, die in der Mitte einen Springbrunnen in die Höhe stemmten, und sagte:

«Da haben dir deine Kollegen ja ein sehr anständiges Hotel ausgesucht. Pizza passt nicht. Zu diesem Hotel nicht und zu Thomas Mann auch nicht.»

«Er hat hier übrigens gar nicht gewohnt», erwiderte ich.

«Jetzt verstehe ich gar nichts mehr», gab Horst zurück.

«Ich erklär's dir später. Ich hätte nach der langen Reise große Lust auf ein Picknick am Strand. Mal abgesehen von den abenteuerlichen Preisen, die sie hier vermutlich für ein Abendessen veranschlagen. Was hältst du davon?»

Unser Zimmer war groß wie eine Luxussuite, wenngleich es nur seitlichen Meerblick bot. Der Fußboden bestand aus kühlen, gesprenkelten Terrazzosteinchen, die Minibar verbarg sich hinter einem geschnitzten, orientalisch anmutenden Holzgitter, und im Badezimmer gab es zwei Waschbecken, zwei Bidets, eine freistehende Badewanne und Handtücher dick wie Orientteppiche.

Der Strand lag goldfarben im letzten Licht. Ich hatte noch Koteletts von zu Hause dabei, wir plünderten die Minibar und ließen uns in den weichen Sand fallen. Weit hinter uns tafelten amerikanische und russische Millionäre auf den Terrassen des Grandhotels. Man hörte Stimmen, Gelächter und Klaviermusik. Die Wasser des Adriatischen Meeres leckten leise über den Sand. Gleich würden Damen in langen weißen Leinenkleidern mit geschnürten Taillen und ausladenden Hüten vorbeipromenieren. Herren in hellen Sommeranzügen mit auf dem Rücken verschränkten Händen würden über Börsenkurse dozieren, kleine Jungs in Matrosenanzügen von polnischen Kindermädchen zur Ordnung gerufen werden, Mädchen mit langen Korkenzieherlocken nach Muscheln suchen, ein nicht mehr junger, soignierter Herr mit übereinandergeschlagenen Beinen vor einem Strandzelt sitzen und schreiben, ein grell geschminkter Geck die aufgeräumte Langeweile der guten Gesellschaft stören.

«Und, wo hat er nun gewohnt?»

«Wer?»

«Na, Thomas Mann. Seinetwegen sind wir doch hier, oder?»

«Es gab damals zwei mondäne Luxushotels auf dem Lido. Dieses hier und das ‹Des Bains› ein Stück weiter den Strand hinunter. Dort hat er mit Katia und seinem Bruder 1911 logiert, dort hat er diesen polnischen Jungen gesehen, und dort ist ihm die Idee zu dem Buch gekommen. Aber nun steht das Hotel leer und verfällt. Niemand wohnt dort mehr. Nur hier im Excelsior ist der Geist dieser Epoche noch zu spüren. Deshalb sind wir hier.»

Horst machte uns beiden noch zwei Bier auf, wir stießen an und tranken, versonnen aufs langsam schwarz werdende Meer blickend.

Das Frühstück am nächsten Morgen war im Übernachtungspreis enthalten, und es war spektakulär. Nicht wegen der Opulenz des Buffets, die hielt sich in Grenzen, wir waren ja in Italien, wo nur Touristen nach dem Aufstehen mehr als ein Cornetto an der Bar zu sich nehmen, sondern wegen des Lichtes, das sich am Morgen fast rechtwinklig von Osten über die Lagune und die schützenden Inseln des Lido und Pellestrinas ergoss. Es verwandelte die Oberfläche des Meeres in die silbrig glänzende Haut eines Riesenfisches, den sorgsam gerechten Sandstrand in eine Schneise von Blattgold und die Frühstückstische unter den Sonnensegeln auf den Terrassen des Excelsior in ein gletscherhelles Weiß, das fast schon in den Augen schmerzte. Ich würde jederzeit die Seele meiner Nespressomaschine verkaufen für einen Cappuccino aus einem dieser chromglänzenden, wasserzischenden Ferraris der Kaffeekultur, die man hier für unverzichtbar hielt. Hier wurde man verschont mit Kakaokrümeln auf dürftigem Milchschaum, und niemand wagte es, nach Sojalatte oder Caramel Frappuccino zu fragen. Ich liebe dicke weiße Servietten, das schwere Hotelbesteck und die silbernen Schälchen mit den Papiertütchen voll braunem und weißem Zucker für den nächsten Cappuccino.

Am Nachbartisch saß ein Paar in unserem Alter, er mit exakt gestutztem Kinnbart, sie mit einem sehr geraden Näschen, das ihr ein Chirurg ins Gesicht geschneidert hatte und das ihr das Aussehen eines putzigen Äffchens gab. Sie stocherte schweigend in einer Tranche Ananas, er las die «Zürcher». Ein Stück weiter lümmelten zwei Mädchen vor ihren Handys, die Kapuzen ihrer Pullis trotz der Wärme weit ins Gesicht gezogen. Ein asiatisches Manga-Mädchen mit riesiger rosa Schleife im Haar und ganz in rosa Spitze gewandet, hielt ihren Handystick hoch, um ein Selfie zu schießen. Zwei Japaner frühstückten hastig, ihre Umhängetaschen schon über den Schultern. Eine Gruppe Russen in Badelatschen schob lärmend zwei Tische zusammen, ohne sich um die Kellner zu scheren. Die ertrugen diese Unbilden mit Blicken, die uns deutlich vermittelten, dass wir allesamt Unwürdige seien und es Gäste vom Schlage eines Thomas Mann hier leider nicht mehr gab. Sobald einer der Tische verwaist war, weil einer von uns sein Frühstück beendet hatte oder sich Nachschub vom Buffet holen wollte, stürzte sich ein Rudel von Tauben im Sturzflug auf den Tisch, schlug mit den Flügeln, lärmte, stritt sich um Rühreireste und Räucherlachs, balgte sich um Weißbrotscheiben und warf mit schlagenden Flügeln Wassergläser und Blumendekoration um. Die Kellner schien das nicht im Mindesten zu kümmern.

«Sieh dir das an, Horst! Das Excelsior wird von einer Taubenplage heimgesucht. Hat man sie vom Markusplatz hierher vertrieben? Das ist ja ekelhaft!»

«Mir ist heiß, Gabi. Was wollen wir unternehmen?»

«Unternehmen? Ich wollte eigentlich gar nichts unternehmen.»

«Schon gut, schon gut. Es ist *dein* Abschiedsgeschenk von *deinen* Kollegen.»

«Ich würde gerne das Gefühl verstehen, mit dem er hier vor hundert Jahren am Strand gesessen und Tag für Tag diesem Jungen hinterhergeschaut hat. Lass uns für heute eines der Segeltuchzelte am Meer mieten. Sie sehen noch genauso aus wie auf den alten Fotos.»

Horst sagte lustlos: «Gut, wie du willst», es war ja mein Abschiedsgeschenk, und so war dies die einzig mögliche Antwort. Ich zog meinen Badeanzug an, steckte das Thomas-Mann-Buch in die Tasche des weißen Hotelbademantels, der warm und schwer wie ein russischer Pelz auf meinen Schultern lag, auch Horst zog den Bademantel über die Badehose, wir durchquerten mit unbewegten Mienen die Hotellobby mit den Palmen, Liliengestecken, Säulen und Sphinxen, als sei es der Drehkreuzbereich unseres örtlichen Freibades, und ließen uns eines der hoteleigenen Strandzelte in erster Reihe des Sandstrandes zuweisen. Der mit Anzug und Schlips bekleidete Bedienstete rollte stoisch die vordere Wand des Segeltuchzeltes hoch, zog zwei hölzerne Liegestühle aus der Hütte, breitete riesige weiße Frotteetücher darüber, reichte mir wortlos zwei weitere Frotteestapel, zwei eisgekühlte Miniflaschen mit Mineralwasser und zuoberst die Hotelrechnung über 90 Euro zur Unterschrift. Ich überlegte, wie ich Horst diese monströse Rechnung verheimlichen konnte und dass ich nun aus Kostengründen unweigerlich den ganzen Tag hier verbringen musste, legte meinen Bademantel ab und Thomas Mann auf meinen Bauch.

Horst legte sich ebenfalls auf seine Liege.

Nach zehn Minuten sagte ich: «Ist es nicht wunderschön hier? Das Wetter ist herrlich, und dieser endlose Blick aufs Meer, wo hat man das sonst …? Hast du nichts zum Lesen dabei?»

Horst brummte ein vages «Nein».

«Möchtest du, dass ich dir etwas aus dem *Tod in Venedig* vorlese?» Ich deutete auf das Buch auf meinem Bauch. Ich nahm das Geräusch von der Nachbarliege als ein Ja.

«Nun lenkte Tag für Tag der Gott mit den hitzigen Wangen nackend sein gluthauchendes Vierergespann durch die Räume des Himmels …

Der Sand glühte. Unter der silbrig flirrenden Bläue des Äthers waren rostfarbene Segeltücher vor den Strandhütten ausgespannt ... Dann schien es ihm wohl, als sei er entrückt ins elysische Land, an die Grenzen der Erde, wo leichtestes Leben den Menschen beschert ist.»

Horst hatte sich aufgesetzt, die Füße im Sand, in Fluchtposition.

«Es gefällt dir nicht.»

«Doch, doch.»

«Du möchtest lieber etwas anderes tun.»

«Nein.»

«Fahrrad fahren zum Beispiel.»

«Nein.»

«Ich habe gesehen, dass man im Hotel Räder ausleihen kann. Ich bin dir nicht böse.»

«Kommt nicht in Frage. Wir machen schließlich gemeinsam Urlaub.»

«Nur für zwei oder drei Stunden. Ich lese und spaziere bis zum ‹Des Bains›. Nimm den Zimmerschlüssel, aber vergiss nicht, ihn an der Rezeption zu lassen. Du machst deinen Sport, ich lese, dann treffen wir uns wieder hier.»

«Kommt nicht in Frage.»

«Horst!»

«Also gut, wenn du darauf bestehst.»

Er war schneller weg, als man einen Espresso zubereiten kann. Ich streckte mich auf meiner Liege aus und las und las, und die schönsten Stellen sprach ich halblaut vor mich hin: «*Mit Erstaunen bemerkte Aschenbach, daß der Knabe vollkommen schön war. Sein Antlitz, bleich und anmutig verschlossen, von honigfarbenem Haar umringelt ... erinnerte an griechische Bildwerke aus edelster Zeit ... schön wie ein zarter Gott, herkommend aus den Tiefen von Himmel und Meer ... Seine Kniekehlen glänzten und ihr bläuliches Geäder ließ seinen Körper wie aus klarerem Stoffe ge-*

bildet erscheinen … Die Nacht schritt fort, die Zeit zerfiel … Und ein schauerlich reger Verkehr herrschte zwischen dem Kai der neuen Fundamente und San Michele, der Friedhofsinsel … ein nicht mehr erträglicher Durst peinigte ihn … Vor einem kleinen Gemüseladen kaufte er einige Früchte, Erdbeeren, überreife und weiche Ware, und aß im Gehen davon … Er hatte mit … Schwindelanfällen zu kämpfen, die von einer heftig aufsteigenden Angst begleitet waren … Er … ging zum Meere … Über das weite, flache Gewässer … liefen kräuselnde Schauer von vorn nach hinten. Herbstlichkeit, Überlebtheit schien über dem einst so farbig belebten, nun fast verlassenen Lustorte zu liegen … Vom Festlande geschieden … wandelte er … im Meere, im Winde … Ihm war, als ob der … dort draußen ihm lächle, ihm winke; als ob er, die Hand aus der Hüfte lösend, hinausdeute, voranschwebe ins Verheißungsvoll-Ungeheure. Und, wie so oft, machte er sich auf, ihm zu folgen.»

Ich ließ mit einem Seufzen das Buch sinken und sah auf. Aber da war kein ätherischer Knabe, der mich ins Jenseits lockte. Der Strand hatte sich gefüllt, fast alle Luxushütten waren belegt. Kinder bewarfen sich mit Sand und schoben im seichten Wasser prall aufgeblasene Monstergummitiere vor sich her. Ältere Herren lasen ihre «Gazzetta dello Sport», ihre Strandliegen in den Sonnenanbetungsmodus gedreht. Damen liefen mit Telefonino am Ohr im Sand auf und ab. Uns Nordländern mochten die Hautärzte mit ihren Screenings die Lust an der Bräune ausgetrieben haben, hier galt sie noch als Abzeichen eines perfekten Sommers. Und auch die hier offenbar selbstverständliche Liebe zum eigenen, unvollkommenen Körper wurde am Strand lustvoll zelebriert. Die Damen zeigten in majestätischer Haltung Schwangerschaftsstreifen, Bäuche und Cellulite, während sie im Wasser stehend gestikulierten und parlierten. Die Herren präsentierten haarige Rücken, kahl geschorene, wellige Schädel und reichlich schwere Goldkettchen auf ebenfalls behaarter

Brust. Da ließ ich Thomas Mann in den Sand fallen und dachte mir: Das kann ich auch! Wozu besitze ich einen orangefarbenen Bikini mit Schleifchen an den Hüften?

Ich rappelte mich hoch, schon taumelig von der Sonne. Vor meinen Augen tanzten schwarze Punkte. Ich durchquerte im Frotteemantel die Lobby, holte mir den pfundschweren Schlüssel, schloss unsere Zimmertür auf und dachte: Einmal noch im Leben! Hier kennt mich ja niemand! Nicht einmal Horst sieht mich so!

Aber wo war dieser verdammte Bikini? In meinem Koffer offensichtlich nicht. Ich wühlte. Vielleicht hatte ich die dünne kleine Plastiktüte nach unserem Marktbesuch hastig in Horsts Koffer gestopft? Ich kramte zwischen seinen Socken und Shirts. Er hatte tatsächlich das neue Blutdruckmessgerät eingepackt. Wie süß! Er schien sich ernsthaft Sorgen um mich zu machen. Na ja, es war auch etwas viel gewesen in letzter Zeit. Da war ja das kleine Miststück. Orange, mit überdimensionalen Schleifen rechts und links am Höschen und made in Cambodia. Sand rieselte auf den Terrazzoboden, als ich mich aus meinem Einteiler schälte. Der orange Slip bedeckte gerade mal das Allernötigste, und beim Waxing war ich in meinem ganzen Leben noch nicht gewesen. Das Oberteil saß prall. Ich meine, ich habe drei Kinder gestillt, und die Jahre lassen alles größer und schwerer werden. Aber die Körper der anderen Damen am Strand hatten offenbar ja auch schon so einiges miterlebt. Entschlossen machte ich mich auf den Weg. Ich warf einen kurzen Blick in den Mahagoni-Spiegel neben der Zimmertür – und fast wäre ich wieder umgedreht. Die Farbe Orange mag frühreifen Brasilianerinnen gut stehen, an pensionierten Buchhändlerinnen wirkt sie etwa so erotisch wie ein Dinkelspelzkissen, das man in einen neonfarbenen Bezug steckt. Die ausladendenden Schleifen an den Hüften lenkten zusätzlich den Blick auf eine meiner zentralen

Problemzonen. Aber wenn ich mich einmal für eine Sache entschieden habe, dann ziehe ich sie auch durch.

Den Gang durch die Lobby absolvierte ich allerdings doch lieber im locker übergehängten Frotteebademantel. Die Rezeptionisten waren zwar durch die spätsommerlichen Filmfestspiele, und die damit alljährlich anreisenden Filmsternchen und Journalistengeschwader, außerdem durch wodkaselige Millionäre und ihre hyperventilierenden, magersüchtigen Gattinnen gegen so ziemlich alles abgebrüht, aber ich in meinem orangefarbenen Schleifenbikini war schon ein schweres Geschoss.

Trotzdem beachtete mich niemand, auch nicht, als ich vor meiner sündteuren Strandhütte den Bademantel fallen ließ. Ich sah mich um. Man telefonierte weiter, man kommentierte wie zuvor das Wetter und die Wassertemperatur und den Stand der Sonne und das letzte Spiel von Juventus. Neben meiner Liege lag noch Thomas Mann im Sand. Ich hob das Buch auf, klopfte den Sand heraus, klappte es zu und legte es so auf meine Liege, dass die Buchvorderseite nach unten zeigte, denn das hier würde er nicht sehen wollen und in keinem Falle billigen. Ich trat aus dem Schutz des Leinensegels hervor in die grelle Sonne. Seit Jahren, ach was, seit Jahrzehnten, hatte keine Sommersonne mehr meinen Bauch beschienen. Er war so weich und blass und rund wie ein gut geführter Hefeteig. Und er mochte das Licht. Warum auch nicht? Niemand interessierte sich für ihn. Ich lief Richtung Wasser. Es war angenehm kühl, aber nicht kalt. Es rann in winzigen Wellen über meine Füße, ich spürte das glasige Knirschen unter den Fußsohlen, das nur ganz feiner, weißlicher Sand verursacht. Ich platschte mit den Füßen, das Wasser spritzte hoch bis zu meinem Bauch. Die Schleifen auf meinen Hüften wippten. Ich lief durch das flache Wasser der Sonne entgegen. Kinder lachten und warfen sich mit der ganzen unbändigen Lebensenergie ihrer kleinen Körper ins Wasser, ältere Frauen standen beieinander mit aufgestützten Händen in den Hüften. Sie trugen Bikinis in den unglaublichsten Farben, wir nickten uns zu, ab und an bückte ich mich und hob eine kleine Muschel aus dem Sand, ich kann nicht anders. Ich dachte mir, er hat doch alles gut gemacht, mein Körper, ich kann ihm dankbar sein. Ich lief und lief, den Bauch in der Sonne, die Füße im Wasser. Die luxuriösen Strandhütten hatte ich längst hinter mir gelassen, zwischen den hochbeinigen Aussichtsplattformen der Strandwacht herrschte nun ein buntes, planloses Gewimmel von Sonnenschirmen, grell bedruckten Strandtüchern und verstreutem Plastikspielzeug. Ich sah nach links, meine Augen tränten im grellen Sonnenlicht, hier musste es irgendwo sein, sein Hotel. Ich nahm den nächsten Strandabgang hoch zur Straße, die parallel zum Sandstrand lief, und dann stand ich direkt davor. Und das berühmte, gefeierte «Des Bains» war nichts mehr als eine traurige Ruine hinter einem Bauzaun, die hohen Fenster verrammelt, das Eingangstor mit einer doppelten Eisenkette gesichert, die Mauern von Efeu aufgebrochen, ein Schild davor: «Divieto di sosta.» Wo einst die Hautevolee unter Kronleuchtern diniert hatte, wo mein Dichter dem polnischen Knaben hinterhergeschmachtet hatte, war das Licht verloschen und die Musik verstummt. Ein Spekulationsobjekt, das niemand haben wollte. Ich sah an mir herunter. Meine Aufmachung in diesem orangen Bikini war so würdelos wie dieser Ort. Mein Bauch begann sich rot zu färben. Ich sollte zusehen, dass ich wieder in den Schatten kam. Und ich sollte da sein, wenn Horst von seiner Radtour zurückkam.

SEPIA NERA

Man säubert die Tintenfische unter Wasser und zieht die Tintensäckchen und die Fangarme aus den Körperbeuteln. Man trennt die Augen oberhalb der Tentakeln ab und drückt die Kauwerkzeuge aus der Mitte heraus. Man schneidet Außenhaut und Flossen ab und teilt die Tuben mit einem scharfen Messer in dünne Ringe. Man brät sie in Olivenöl und Knoblauch an, gibt Weißwein und die schwarze Tinte dazu und lässt das Ganze eine gute Stunde kochen, bis der Tintenfisch weich und die Sauce eingekocht ist.

Venedig hat die Form eines riesigen Fischs. Das Maul im Westen, beim Campo di Marti, die Flosse im Osten, Richtung Arsenale. Was soll man hier anderes essen als Fisch? Nur die Törichten und die Touristen bestellen graurosafarbenen Lachs, lederne Jakobsmuscheln oder sündteure Doraden.

Ansonsten isst man hier Moeche, kleine Strandkrabben, die einem am Lido über die Füße laufen. Sie werden noch lebend in flüssigen Backteig getaucht, 30 Minuten darin liegen gelassen und dann in siedendem Öl gebacken. Der Panzer ist dann so weich, dass er sich am Gaumen zerdrücken lässt, Beine und Scheren leisten kaum Widerstand.

Venedig ist ein Unding. Hier isst man Fisch.

Der Portier des Excelsior hatte uns das «Polpo» empfohlen, das Hotelboot hatte uns über die Lagune gefahren, das Wasser platschte gegen die steinerne Begrenzung der Piazetta, die Gondeln schaukelten, die Touristen fotografierten, der geflügelte Löwe in luftiger Höhe wandte uns den Rücken zu, und von den Cafés vor den Prokurazien wehten Wiener Walzerklänge herüber. Tauben sahen wir nur wenige, sie schienen sich auf den Lido geflüchtet zu haben. Das «Polpo» lag seitab des Rummels auf einem kleinen Campo mit tieferliegender Zisterne und gotischem Steinaufsatz, einer Kirche mit marmorner Schaufassade, schmalen, hohen Patrizierhäusern mit glockenförmigen Kaminen und eben dem «Polpo». Im Freien gab es nur wenige Tische, zum Glück hatte das Excelsior für uns reserviert. Die Tische im Inneren des Lokals waren ausnahmslos noch leer. Die Venezianer würden drinnen speisen, und sie würden viel später am Abend kommen. Die Karte war klein und schnörkellos. Crostini mit weißen Bohnen und Sardellen, Linguine mit Thunfisch, Risotto mit Muscheln, Oktopus und als Zugeständnis an die Touristen Fritto misto. Kein Fleisch, keine Fegato alla veneziana, nicht einmal Taubenbrüstchen.

«Ich nehme die Sepia nera mit Pasta. Ich wollte immer schon einmal diesen schwarzen Tintenfisch probieren.»

Horst sah mich entgeistert an.

«Du weißt, dass ich beim Essen furchtlos bin, Horst. Probier du doch die Sarde in saor. Gebratene Sardinen, geschmort mit Zwiebeln, Rosinen, Pinienkernen und Weißwein. Bestimmt sehr lecker.»

«Ich hätte Lust auf Ossobuco oder ein Mailänder Schnitzel.»

«Horst!»

«Also gut, wenn du meinst, probiere ich diese Sardinen.»

«Und eine schöne Flasche Wein dazu für uns beide, Horst.»

«Aber erst mal ein Bier.»

«Du hast dich beim Fahrradfahren zu sehr verausgabt, Horst.»

«Ich hatte Gegenwind bis Pellestrina.»

«Du machst zu viel, Horst.»

«Das sagt die Richtige.»

«Ich war den ganzen Tag am Strand. Du lagst völlig ausgepumpt auf dem Bett, als ich ins Zimmer kam.»

Der Kellner brachte ein eiskaltes Bier und eine Flasche Verdicchio.

Tatsächlich hatte Horst, als ich ins Zimmer gekommen war, nicht einmal auf den Anblick meines orangen Schleifenbikinis reagiert. Der Kellner stellte ungefragt Crostini mit einer samtig zerpflückten weißen Kabeljaucreme auf den Tisch. Es schmeckte köstlich. Horst stürzte sein Bier hinunter, dann stießen wir mit dem Wein an.

«Uns bleibt ein Tag auf dem Lido, Gabi. Wir sollten uns danach noch für ein paar Tage ein Hotel hier in der Stadt suchen. Es gibt so viel zu sehen. Wir haben doch jetzt Zeit.»

«Ich muss wieder in die Uni, Horst. Mein Seminar bei Frau Professor Füssling ...»

Ich sah, wie die Ader auf Horsts Schläfe anschwoll und sein Gesicht sich rötete.

«Ich kann es auch einmal ausfallen lassen, Horst.»

«Gut, dann schaue ich gleich mal im Internet, ob ich ein Hotel finde ...»

Er griff nach seinem Handy.

«Nicht jetzt, Horst. Morgen. Es ist so schön hier. Prost.»

Wir tranken von dem Verdicchio.

Aus der grell erleuchteten Küche, klein wie eine Speisekammer, drang Töpfeklappern und der Geruch von gebratenem Fisch.

Der Kellner servierte die gebratenen marinierten Sardinen für Horst und meine Pasta in schwarzer Tinte. Sie war auf einem schneeweißen Teller arrangiert und war dunkel wie der Schlamm auf dem Grund der Lagune. Ich hatte es so gewollt. Es schmeckte nach Meer und körniger Grütze. Ich aß tapfer. Horst tunkte Weißbrot in die süßliche Marinade seiner Sardinen. Er schien zufrieden. Ich spülte die schwarze Tinte mit einer ordentlichen Menge Verdicchio hinunter.

«Möchtest du probieren, Horst?»

Ich hielt ihm eine Gabel voll Tintenfisch vor den Mund. Er wehrte mit einer heftigen Handbewegung ab, schwarze Sauce spritzte auf sein Hemd, wie gestocktes Blut.

«Ich brauche mehr Wein, Horst.»

Auf meinem Teller zogen sich dunkle Schlieren wie von einem lecken Öltanker vor dem Hafen von Marghera. Ich aß und aß, bis zum bitteren Ende.

Der Kellner brachte mehr Wein, wir bestellten kurz entschlossen noch zwei Portionen Fritto misto. Wir stießen klirrend mit den Gläsern an, der Kellner hob die Augenbrauen, wir tranken und lachten, und die Rückfahrt mit dem Hotelboot schien uns ungewöhnlich bewegt.

Am nächsten Tag hatte der Wind aus Südosten zugenommen. Er verscheuchte die Tauben vom Himmel und die Frühstücksgäste von der Hotelterrasse. An Baden war nicht zu denken. Der Wind schwoll weiter an, und der Lido war leergefegt. Wir saßen in der Lobby herum und einigten uns nach einigem Hin und Her wenigstens auf einen kurzen Strandspaziergang, bevor sich Horst mit dem Smartphone auf die Suche nach einem Hotel für die nächsten Tage machen wollte.

«Ich glaube nicht, dass du eine Chance hast, Horst. Es ist Pfingsten. Sicher ist alles ausgebucht.»

«Woher willst du das wissen? Du willst bloß möglichst schnell nach Hause.»

«Das stimmt nicht.»

«Ich kenne dich doch.»

Ich stürmte voraus Richtung Meer. Der Wind riss an meinen Haaren und an meiner Bluse. Ich drehte mich gar nicht nach ihm um. Das Meer spuckte braune Schaumfladen und glibberige Tangbüschel auf den makellos sauberen Sand, der Leinenstoff der verschlossenen Strandpavillons beulte sich im Wind. Meerwasser spritzte an meinen Beinen hoch. Die Feuchtigkeit kroch in meine Haare und ließ sie zu Berge stehen.

Und plötzlich war da dieses Gefühl, das man wohl erst nach Jahrzehnten des Zusammenseins entwickelt. Ich spürte, dass er nicht mehr hinter mir lief. Ich blieb stehen, drehte mich um, der Wind peitschte mir die Haare ins Gesicht. Horst suchte ein ganzes Stück entfernt Halt zu finden am rostigen Metallgestänge eines Beobachtungspostens der Strandwacht. Er stand schief, seine Arme ruderten. Das Aussichtsposten war unbesetzt, oben knatterte eine rote Fahne im starken Wind. Badeverbot. Ich rannte los. Wie in Zeitlupe. Denn. Meine. Füße. Versanken. Im. Tiefen. Sand. Ich sah, wie er langsam an dem Gestänge nach unten sackte. Ich kam einfach nicht näher. Der Wind war so stark. Der Sand war so tief. Er machte wieder eine fahrige Bewegung mit dem Arm. Eine Möwe schrie gegen den Sturm. Jetzt. War. Ich. Endlich. Da. Es lag etwas in seinem Gesichtsausdruck, das ich sofort verstand. Diese aufgerissenen Augen. Das Weiß der Nase. Der stoßweise Atem. Dazu die verkrampfte Hand auf dem Hemd. Ich fiel auf die Knie in den Sand, beugte mich über sein Gesicht. Er atmete keuchend. Er versuchte etwas zu sagen, aber ich verstand ihn nicht. Er deutete auf seine Brusttasche. Das Handy. Ich zerrte es heraus, drückte panisch und planlos auf den Tasten herum und rief so laut ich konnte: «Hilfe! Hilfe!» Der Sturm zerfetzte meine Stimme. Ich weiß nicht. Irgendwer muss uns gesehen haben. Erst kamen zwei Hotelangestellte angerannt. Dann brachte jemand eine Decke. Ich kniete im Sand und hielt Horsts Kopf zwischen meinen Händen. Neben seinem linken Auge und im Haar klebte Sand. Jemand rief: «Resti calma, signora!», und schrie dazwischen in ein Handy. Horst hatte die Augen halb geöffnet und stöhnte. Ich rief: «O Gott, Horst!», und jemand anderes rief wieder: «Resta calma, signora!» Ein Hotelangestellter hielt mir ein Glas Wasser hin, ich stieß es weg. Der Tod ist kein ätherisch winkender Knabe über den Wassern. Der Tod springt dir an die Kehle und drückt dir die Augen aus den Höhlen. Der Tod macht dich zu einer kleinen Krabbe, die lebend im Teig in glühendes Öl geworfen wird. Ich schrie: «Horst, Horst, sieh mich an, ich bin hier!»

Ich hörte meine Zähne klappern. Er wollte etwas sagen, aber er konnte es nicht. Endlich, nach einer Ewigkeit, kamen zwei Sanitäter mit einer Trage angerannt. Horst stöhnte, seine rechte Hand krallte sich in die linke Brust, als sie ihn festschnallten. Die Sanitäter klappten die Füße der Trage aus und versuchten sie durch den Sand zu rollen, aber der Sand schmatzte nur. Sie packten die Trage, hoben sie an und schleppten sie schwankend Richtung Hotel, die Treppen zwischen den Sphinxen hoch, dann rollte die Trage scheppernd durch die Lobby, ich rannte daneben her, die Leute starrten uns über ihre Cappuccinotassen hinweg an.

Auf der Rückseite des Hotels am Bootsanleger Richtung Lagune schaukelte schon das Rettungsboot auf dem Wasser. Sein Motor heulte auf, noch bevor wir an Bord waren. Zwei Männer in orangen Gummijacken hoben die Trage herüber. Das Boot hatte einen grellgelben Aufbau. Dort schoben sie Horst auf seiner Trage hinein. Ich musste mich an dem Gestänge festhalten, denn schon heulte der Motor erneut auf, die Bugwelle schäumte gegen den Anleger, das Boot schoss durch das aufgewühlte Wasser, rechts und links zischten Wasserfontänen hoch, Gischt wirbelte hinter uns auf, das Hotel verschwand wie eine Fata Morgana. In der gelben Kabine machten sich die Sanitäter an Horst zu schaffen, wir rasten über die aufgewühlten Wasser der Lagune, kreuzten die Fahrrinne eines Vaporettos, eine Salzwassersalve ergoss sich über das Boot und durchtränkte meine Bluse. Die rotierenden Alarmlichter unseres Schnellboots warfen im Sekundenabstand bläuliches Licht auf die gelbe Kabine, in der Horst lag. Die Stadt rückte näher. Der Bootsführer stellte die Sirene an, sie jaulte auf- und absteigend durch die Wellentäler und -berge. Wir schienen ungebremst direkt auf die Stadt zuzurasen, erst im letzten Moment drosselte der Bootsführer seine Fahrt, in einer Lücke zwischen der Häuserfront tat sich ein schmaler Kanal auf, das Boot steuerte unter einer Steinbrücke durch, die Hausfassaden schienen sich um uns zu schließen, von den Steinen schrillte die Sirene doppelt laut zurück, eine schwarze Gondel machte im letzten Moment Platz, der Bootsführer schrie «Attenti alla testa!», ich konnte mich gerade noch bücken, der Sturm hatte das Meer in die Lagune und in die schmalen Kanäle gedrückt, das Wasser war gestiegen, die nächste Brücke streifte schier den grellgelben Aufbau und meinen Kopf. Das Boot nahm zwei fast rechtwinklige Kurven, eine Breitseite von Meerwasser auf die Hausfassaden werfend. Dann hatte es die Flosse des großen Venedig-Fisches schon durchschnitten, wir erreichten die offene Wasserseite der Fondamenta Nuove. Rechts lag die Friedhofsinsel San Michele, links die rückwärtige Anlegestelle für die Rettungsboote des Ospedale Civile.

Das Boot schaukelte noch unrhythmisch auf den Wellen und quietschte am Anleger entlang, da zerrten sie Horst auf der Trage bereits vom Boot, einer der Sanitäter hielt eine Infusionsflasche hoch, ich kletterte hinüber auf den Kai, die Sanitäter stürmten schon in Richtung der gläsernen Eingangstür. Als ich ihnen auf wackligen Beinen endlich nach drinnen gefolgt war, ergriff jemand meinen Arm und hielt mich am Eingang zur Notaufnahme zurück, ich sah gerade noch, wie Horst auf der Trage hinter einer Milchglastür verschwand. Darauf stand übergroß: «No Exit» und «Pronto Soccorso».

Irgendwann kam ein junger Pfleger. Unter dem Arm hatte er eine zusammengerollte billige blaue Decke und ein Klemmbrett, in der anderen Hand hielt er einen durchsichtigen Zipper-Beutel, darin waren Horsts Portemonnaie, sein Handy, seine Brille und seine Autoschlüssel. Er hielt mir den Beutel hin. Ich war unfähig, auch nur eine Hand zu heben. Er sprach Englisch mit einem starken italienischen Akzent:

«Your husband?»

Ich nickte.

«He is okay, we take care of him.»

Er legte mir die billige Polyesterdecke um die Schultern und drückte mir den Beutel mit Horsts Habseligkeiten in die Hand. Ich merkte erst jetzt, wie sehr ich fror.

«His name?»

Er deutete auf das Formular, das auf das Klemmbrett gespannt war, und hielt mir einen Stift hin. Ich schrieb: «Horst König», aber es war nicht meine Schrift, sie war wackelig und schief.

«How old?»

Ich sagte vierundsechzig, sixty-four, und dachte, tatsächlich, er ist schon vierundsechzig, da kann so etwas passieren.

«Smoker?»

Ich schüttelte den Kopf.

«How many drinks a day?»

Ich sah ihn entgeistert an, er zuckte die Achseln, sagte: «Wait here», und verschwand wieder durch die Milchglastür.

Aus meinen Haaren tropfte es, das Wasser lief salzig über mein Gesicht. Ich lehnte den Kopf gegen eine kalte Fensterscheibe. Da draußen schaukelte noch das Rettungsboot auf den Wellen, und da drüben standen die Zypressen zwischen den Gräbern von San Michele.

Irgendwann tippte mir jemand auf die Schulter. Ein junger Mann stand in einem vorbildlich gestärkten weißen Kittel vor mir. Er sagte: «Sono dottor Alzello.» Er sah Maxi erstaunlich ähnlich. Groß, gutaussehend, dunkelhaarig. Nur hätte ich zu Maxi als Arzt bei aller Mutterliebe kein Vertrauen. Dottor Alzello hielt einen langen Papierstreifen mit Zackenlinien hoch:

«Hypertension crisis. Now we have everything under control. But your husband needs a cardiac catheter to exclude further risks. Do you understand? Maybe he needs some stents.»

«He needs an operation?», stammelte ich. Ich weiß nicht, ob das auf Englisch so heißt, Horst war ja der Englischlehrer, nicht ich.

«It's a routine intervention. Don't worry.»

Ich sah Dottor Alzello an. Er sah Maxi so unglaublich ähnlich. Er streifte seinen gestärkten Kittel am linken Arm ein wenig zurück und sah auf seine Armbanduhr. Wahrscheinlich war seine Schicht bald zu Ende, seine Freundin wartete schon vor der Klinik, und sie wollten gemeinsam eine Ombra in einer der kleinen Weinbars nehmen.

«Are there any risks?»

Er lächelte und erwiderte leichthin: «There are always risks.»

Die Polyesterdecke klebte feucht an meinem Arm, eine Schwester schob ein leeres Klinikbett vorbei.

Er sah wieder auf seine Armbanduhr.

«May I talk to my husband?»

«Now he is sleeping, *you* have to decide.»

Draußen vor dem Fenster legte gerade das Rettungsboot wieder ab, die Sirene heulte auf, und ich stand hier mutterseelenallein mit einem jungen Arzt, der dieses Gespräch endlich hinter sich haben wollte. Ich machte eine hilflose Handbewegung. Er deutete auf das Handy in dem Zipper-Beutel und meinte: «Is there anybody, who can help you, to take your decision? We don't have too much time.»

Ich dachte: «Hast du nicht so viel Zeit, oder hat Horst nicht mehr so viel Zeit?»

Ich nickte: «I will call my daughter.»

Er drehte sich schon halb zum Gehen.

«Please use your cellphone outside.»

Sein Arm im gestärkten Kittel deutete nach rechts, einen langen Gang entlang. Ich folgte dem Schild «Uscita» über düstere Flure, grünende Innenhöfe, Kolonnaden mit stuckverzierten Decken und Wandgemälden aus versunkenen Jahrhunderten. Ab und zu überholte mich eine Schwester oder ein Arzt in quietschenden Gummischuhen und mit Mundschutz. Die vordere Eingangshalle des Ospedale umfing mich wie eine Kirche. Gedämpfte Farben, Deckengemälde in Gold und mattem Rotbraun, verschattete Winkel, am Ende die säulenbestandene Eingangstür und das hereinbrechende Sonnenlicht eines alltäglichen Nachmittags. Ich trat hinaus, die Sonne blendete mich, der Wind vom Meer hatte sich gelegt, vor der schimmernden Renaissancevorderfront des Ospedale stand eine Reisegruppe und ließ sich die Geschichte dieses ehemaligen Dominikanerklosters erklären, weiter drüben saßen Menschen in einem Café, über ihnen das Reiterdenkmal des blutrünstigen Colleoni.

Ich öffnete mit klammen Fingern den Zipper-Beutel und holte Horsts Handy heraus. Es klingelte endlos, bis Nina abhob:

«Hey, Papa, habt ihr schönes Wetter in Venedig? Wir drei sind noch bei euch zu Hause. Tut echt gut, mal aus Berlin weg zu sein ...»

«Ich bin's. Mama.»

«Mamutsch?»

Sie hörte es sofort an meiner Stimme.

«Was ist passiert?»

«Papa liegt hier in Venedig in der Klinik. Sie haben ihn vom Lido mit dem Rettungsboot geholt. Es ging ihm nicht gut. Sie lassen mich nicht zu ihm. Er braucht einen Herzkatheter. Was soll ich denn jetzt machen?»

«In Venedig? Um Gottes willen! Hast du mal diese Brunetti-Filme gesehen? Die sind dort alle unfähig und korrupt! Bring ihn sofort nach Hause!»

«Und wenn er mir unterwegs ...» Mir versagte die Stimme.

Einen Moment lang war es still in der Leitung. Dann sagte Nina:

«Warte mal. Ich könnte Ruppert anrufen und um Rat fragen.»

«Ruppert Ziltendorf? *Den* Ruppert?»

«Ja, genau. Ich habe gehört, er ist inzwischen habilitiert und Oberarzt hier in der Kardiologie, während ich es ja nur zur Floristin gebracht habe.» Vermasselte Karrieren schienen bei uns ein Familiensyndrom zu sein. «Ich versuche ihn zu erreichen.»

Aus der Leitung tutete es. Ich lief mechanisch über den Platz. Ein paar Touristen starrten mich an. Ach, ich hatte ja immer noch die hellblaue Polyesterdecke mit dem Aufdruck «Ospedale Civile» über den Schultern. Ich ließ mich vor einem Café in einen Stuhl fallen und bestellte einen Cappuccino. Ruppert war in Ninas Klasse gewesen. Er war ein hochbegabtes, aber dickes Kind und ständiger Gast an unserem Mittagstisch gewesen. Seine Mutter war Professorin für Moraltheologie und der Vater irgendwas mit Physik. Offenbar konnten sie beide nicht kochen, denn Ruppert liebte alles, was man ihm vorsetzte, besonders mein Gulasch. Er und Maxi balgten sich immer um die letzten Stücke. Manchmal stand Ruppert einfach vom Tisch auf, ging wortlos an meinen Kühlschrank und holte sich Mayonnaise, Ketchup oder Essiggürkchen, um mein Essen zu verfeinern. Ich glaube, in späteren Jahren war er hinter Nina her, ich konnte nur hoffen, dass sie ihn nie rangelassen hatte.

Horsts Handy klingelte wieder.

«Ich hatte Glück, ich habe Ruppert erreicht. Er sagt, es kommt darauf an, wie stabil Papa momentan ist und ob EKG und Labor wieder in Ordnung sind. Ein Herzkatheter ist inzwischen state of the art, das sollten die auch in Venedig hinkriegen, solange es keine Zwischenfälle gibt.»

«State of the art ... Zwischenfälle ...»

«Er sagt, wir sollten in keinem Falle Zeit verlieren. Den Rest muss man während des Eingriffs entscheiden. Also, pack Papa ins Auto und bring ihn hierher, Mamutsch!»

«Du meinst, ich soll mit Papa einfach nach Hause fahren? Kann dieser Ruppert das denn überhaupt beurteilen?»

«Mamutsch, dieser Ruppert ist inzwischen eine Koryphäe, also bring Papa her!»

«Ich bin hier vor der Klinik, unser Auto steht auf dem Tronchetto ...»

«Mamutsch, tu was!»

«Du hast recht, ich komme mit ihm heim.»

Ich hatte die Eingangshalle des Ospedale schon erreicht, da fiel mir ein, dass ich meinen Cappuccino weder getrunken noch bezahlt hatte.

Dottor Alzello bekam ich nicht mehr zu Gesicht. Ich musste eine horrende Rechnung für den Rettungstransport und die Akutbehandlung unterschreiben, meine hellblaue Decke abgeben und schriftlich versichern, dass ich Horst auf eigene Verantwortung aus der Klinik holte. Man drückte mir ein Nitrospray für den Notfall in die Hand, dann schob man ihn in einem schweren Rollstuhl aus der Notaufnahme. Er hatte noch seine Kleidung vom Strand an, aber ein Pflaster in der Armbeuge. Seine Haare waren wirr und die Augen geschlossen, er lehnte mit seitlich gekipptem Kopf im Rollstuhl. Ich ging in die Knie und nahm sein Gesicht in meine Hände. Er schlug die Augen auf:

«Gabi … Warum gerade ich? Ich habe doch immer gesund gelebt …»

«Ich bringe dich heim, Horst, wir fahren jetzt.»

Er nickte schläfrig.

«Komm, du musst es irgendwie in das Taxiboot schaffen. Wir lassen uns zu unserem Auto bringen, ich fahre dich heim.»

«Heim», wiederholte er, «heim.»

Heim.

Es war helllichter Nachmittag, als wir losfuhren. Ich hatte für Horst die Lehne des Beifahrersitzes so weit wie möglich nach hinten gestellt. Ich half ihm ins Auto. Er bewegte sich schwerfällig und wie in Trance, versuchte aber dennoch, die Lehne wieder senkrecht zu stellen. Er fragte sogar, ob genug Geld für die Mautgebühren in seinem Portemonnaie sei, ja, welch ein Hohn, ob er nicht besser selber fahren solle. Aber dann, wir hatten noch nicht einmal den Zubringer zur Lagune passiert, sackte sein Kopf schon zur Seite. Sie mussten ihm etwas zur Beruhigung gegeben haben. Oder es ging ihm so schlecht.

Ich kenne unseren Wagen. Ich fahre oft damit. Zum Einkaufen, zur Yogastunde, in die Stadt. Weite Strecken fährt immer Horst. Mir ist das lieber so. Ich bin keine besonders gute Fahrerin. Oder sagen wir lieber, ich hatte nie dies unverbrüchliche Vertrauen in den lieben Gott, in mich selbst und in die anderen Verkehrsteilnehmer, um einfach Gas zu geben. Aber das hier würde ich schaffen. Der Himmel war hell, der Verkehr normal. Trotzdem fiel mir die Konzentration schwer. Alle paar Minuten warf ich Horst einen Seitenblick zu, aber er schien ruhig zu atmen. Kurz vor Vicenza gab es einen Stau. Ich nutzte die Zeit, um unser Navi in Betrieb zu nehmen. Es war schnell eingestellt, ich musste nur die Position «Nach Hause» bestätigen. Und da stand: 698 km, Ankunftszeit 2.55 Uhr.

Zwei Uhr fünfundfünfzig in der Nacht. Mitten in der Nacht. Und ich dachte: «Ich kann das nicht. Ich bin nachtblind. Ich kann nachts keine Entfernungen abschätzen. Ich sehe nur Lichter im Rückspiegel, in den Seitenspiegeln, vor der Frontscheibe, sie spiegeln sich auf dem Asphalt, rasen auf mich zu, zischen an mir vorbei, scheinen mich zu rammen, brechen durch die Nacht, blenden meine tränenden Augen, explodieren in meinem Kopf.» Nur nicht daran denken, noch war es ja hell, aber nicht mehr lange. Ich überlegte, ob ich eine Pause machen sollte, ich hatte nicht einmal Wasser dabei. Horsts Brustkorb hob und senkte sich, manchmal atmete er mit einem tiefen Seufzer aus. Wie viel Zeit hatten wir noch? Horsts Handy klingelte endlos lange, aber es war im Zipper-Beutel mit seinen Habseligkeiten auf dem Rücksitz. Alles andere, inklusive meiner Handtasche, lag in unserem Hotelzimmer auf dem Lido.

Es klingelte wieder und wieder. Das war sicher Nina. Oder Kati oder Maxi. Die beiden wussten sicher auch längst, was passiert war. Aber jetzt konnten sie mir nicht helfen. Es wurde Nacht. Horst war tiefer in seinen Sitz gerutscht. Manchmal atmete er rasselnd. Er versuchte Worte zu formulieren, die ich nicht verstand, dann versackte er wieder in seiner Benommenheit. Ich fasste hinüber und fuhr ihm durchs Haar, es war schweißnass. Ich redete an gegen die Angst und gegen die Nacht. Ich sagte: «Ich verstehe es nicht, Horst. Du warst doch immer gesund. Ich konnte nicht einmal ein einziges Wort mehr zu dir sagen, du bist einfach zusammengebrochen. Ich meine, wir haben drei Kinder zusammen, man kann uns doch nicht mehr trennen, wir sind ineinander verwachsen. Ich will nichts mehr, Horst, ich will nur, dass du da bleibst. Warum habe ich das alles gemacht? Arbeiten? Yoga? Tapezieren? Studieren? Ich dachte, ich habe ein Recht darauf. Ich habe auf gar nichts ein Recht. Ich mochte die alte Frau nicht, die ich langsam werde. Ich wollte etwas anderes. Aber was? Ich dachte, ich hätte ein Recht auf mein Glück. Ich habe auf gar nichts ein Recht. Auch nicht darauf, dass du bei mir bleibst. Aber das musst du. Ich kann nicht ohne dich sein. Ich schaffe es nicht, schaffe, schaffe, schaffe es nicht.»

Grelle Lkw-Scheinwerfer blendeten mich, die Tränen machten es noch schlimmer. Ich war im Drachenbauch gefangen, verschlungen von der Schwärze der Nacht, und ich konnte nicht einmal mehr erkennen, ob Horst noch atmete. Ich versuchte zu singen gegen die Angst. Laterne, Laterne, Sonne, Mond und Sterne. Ich trag mein Licht und fürcht' mich nicht. Rabimmel rabammel rabumm. Laterne, Laterne. Ich tastete nach rechts. Horsts Wange war warm. Ich fragte: «Sollen wir anhalten, brauchst du Wasser?» Er reagierte nicht. Ich sagte: «Ich habe drei Kinder für uns zur Welt gebracht, ich schaff das, ich bring dich heim, es ist schon alles organisiert. Dort helfen sie dir. Du wirst wieder gesund.» Aber er reagierte nicht auf mein Schluchzen. Meine Hände waren nass vom Schweiß, in meinem Nacken saß eine Schraube, in meinem Kopf ein bohrendes Messer. Ich war im Drachenbauch gefangen, und ich glaubte nicht an Mutmachergeschichten.

Und dennoch. Ich schaffte es. Es war drei Uhr siebzehn, als ich vor der Notaufnahme unserer Klinik hielt. Ich sah sie gleich im Neonlicht der Zufahrt für die Krankenwagen stehen. Maxi mit einem Kaffeebecher, Nina rauchend, was sie seit Jahren nicht mehr getan hatte. Sie müssen sofort, obwohl sie im grellen Licht standen und es in unserem Wagen dunkel war, mein bleiches Gesicht hinter dem Steuer und den zusammengesunkenen Horst auf dem Beifahrersitz erkannt haben, denn Nina stürzte auf unser Auto zu, während Maxi losrannte, um das Notfallteam zu verständigen. Nina warf die brennende Zigarette achtlos und in hohem Bogen weg, riss die Tür auf meiner Seite auf und stieß hervor: «Mama, du bist nicht an dein Handy gegangen, wir warten hier seit Stunden, wir sind verrückt vor Sorge! Wie geht es Papa?»

Ich sah die Pfleger mit einer Trage auf uns zurennen und die Beifahrertür aufreißen. Einen Moment lang wusste ich nicht mehr, ob ich auf dem Lido, im Ospedale Civile oder vor unserer Klinik war. Jemand fragte, ob es mir nicht gut sei. Ich sagte: «Es ist alles in Ordnung, ich habe nur Durst.»

Maxi behauptete später, ich sei einfach umgekippt. Aber das ist natürlich Unsinn.

HORST

Es ist zu spät. Es hat nicht mehr gereicht. Der große starke Baum ist gefällt, die Rinde blutet, die Wurzeln sind aus der Erde gerissen, sie suchen trostlos und nutzlos nach Halt, sie greifen in den Himmel, aber den gibt es nicht mehr. Das aufgesägte Holz riecht noch nach Wärme und Leben, man sieht jeden Jahresring, da jault die Kettensäge wieder auf, sie schrillt, ich schreie.

Nina riss die Tür zum Schlafzimmer auf: «Mama, Mama, Mama!» Sie sagte nicht mehr Mamutsch zu mir. «Du träumst schon wieder! Hör auf damit! Wach auf, ich bin hier! Es geht ihm gut, es ist alles in Ordnung, komm zu dir.»

Aber ich hörte die Sirene über der Lagune, ich sah die grellen Scheinwerfer auf dem schwarzen Asphalt, ich hörte Horst stöhnen, und in meinen Träumen stürzte wieder und wieder ein riesiger Baum vor mir zu Boden.

Nina setzte sich im Nachthemd an mein Bett: «Hörst du es, Mama? Jetzt ist Paulchen auch aufgewacht. Er weint. Steh auf, komm mit hoch, trag ihn herum, bis er wieder eingeschlafen ist. Das wird dir guttun. Komm mit hoch zu Philipp und Paulchen. Und morgen gehen wir gemeinsam Papa besuchen, in Ordnung?»

Ich setzte mich auf und nickte. Nina machte das Nachttischlicht an, ich sagte: «Tut mir leid, dass ich Paulchen geweckt habe. Du meinst, mit Papa ist alles in Ordnung?»

«Mama! Das weißt du doch, er hat alles gut überstanden, wir waren doch schon gemeinsam bei ihm! Morgen gehen wir zwei ihn wieder besuchen.»

Ich nickte mechanisch. «Dann gehe ich jetzt hoch zu Paulchen.»

Als ich mit Nina Horsts Krankenzimmer betrat, war sein Bett leer, das Kopfkissen zerknüllt, die Bettdecke unordentlich zur Seite geworfen. Und wieder kroch Eiswasser in meinen Venen hoch. Nina versuchte mich zurückzuhalten, aber ich drehte mich auf dem Absatz um, riss die Zimmertür wieder auf und hastete Richtung Stationsstützpunkt. Auf halbem Weg kam mir ein Tross von Weißgekleideten entgegen.

«Frau König!», der Anführer des Trosses, ein schlanker junger Mann in Weiß, blieb stehen und streckte mir die Hand entgegen. «Schön, dass wir uns treffen, ich wollte Sie sowieso noch sprechen.»

«Was hat mein Mann? Sagen Sie es mir ehrlich und schonungslos.»

«Hat Sie der Stationsarzt gestern nicht vom Ergebnis des Eingriffs unterrichtet?»

Der junge Mann im Tross, der mich gestern informiert hatte, bekam einen roten Kopf.

«Doch, natürlich hat er das. Aber ich habe Angst, dass er mir nicht alles gesagt hat ...»

«Liebe Frau König, jetzt kennen wir uns schon so lange!»

Ich starrte ihn an: «Ruppert? Ruppert Ziltendorf? Bist du das? Ich meine, sind Sie das, Herr Professor ...»

«Ja, sicher, Frau König. Sieht nur so aus, als hätte ich abgenommen seit damals. Wir Kardiologen müssen leider alle schlank sein, wenig Fett, dafür Gemüse, Ballaststoffe et cetera. Sonst nimmt man uns unsere Warnungen nicht ab.»

Im Tross wurde höflich gelacht.

«Frau König, ich versichere Ihnen, Ihr Mann hat den Eingriff sehr gut überstanden. Wir haben ihm zwei Stents eingesetzt, ich habe gerade noch einmal einen Herzultraschall bei ihm gemacht, alles bestens. Wir raten unseren Patienten zu einem maßvollen Leben und regelmäßiger Bewegung. Ihr Mann hat beste Voraussetzungen für ein langes Leben. Er wird wieder ganz gesund.»

«Ist das wahr, Herr Professor?»

«Ruppert.»

«Wie kann ich Ihnen nur danken, Herr Professor.»

«Dir. Und Ruppert. Ich hätte da schon eine Idee.»

Ruppert zog mich ein paar Meter von seinem Tross weg und raunte: «Gulasch, Frau König. Einen ganzen Topf voll, Frau König. So wie früher, Frau König. Bei Ihnen in der Küche.»

Ich nickte heftig und raunte zurück:

«Gulasch? Gar kein Problem. Ich mach dir einen ganzen Topf voll. Wo Ketchup und Mayo stehen, das weißt du ja noch.»

Ruppert nickte, hob dann seine Stimme wieder in Richtung seiner Gefolgschaft und verkündete: «Werte Kollegen, wir setzen unsere Visite auf Station II fort.» Und laut zu mir: «Meine Sekretärin ruft Sie diesbezüglich wegen eines Termins an, Frau König, einverstanden?»

Ich nickte: «Es wird mir ein Vergnügen sein.»

Der Tross setzte sich wieder in Bewegung, den Flur entlang. In dem Moment kam Nina auf der Suche nach mir aus Horsts Zimmer. Sie stieß quasi mit Ruppert zusammen.

Er sagte: «Nina!»

Sie sagte: «Ruppert.»

Der Tross musste schon wieder anhalten.

«Ich habe gerade mit deiner Mutter einen Termin vereinbart.»

«Zur Nachkontrolle?»

«Mehr oder weniger. Es wäre schön, wenn du auch dabei wärest.»

Nina nickte mechanisch, und Ruppert setzte noch hinzu:

«Bis dann, ich freue mich.»

Nun kam der Tross endlich von der Stelle, Richtung Station II.

«Wieso soll ich mit zur Nachkontrolle, Mama? Ich verstehe das nicht.»

«Es geht um Gulasch, Nina, ich erklär dir das gleich. Sag mal, hast du mal was mit Ruppert gehabt?»

«Nein. Also gut, ja. Aber nicht lange. Und es ist schon Ewigkeiten her. Erzähl bloß Philipp nichts davon.»

«Auf keinen Fall. Ich möchte ja, dass ihr zwei doch noch irgendwann heiratet. Deshalb solltest du in Berlin sein, wenn ich Gulasch koche.»

«Mama, ich verstehe kein Wort. Schau mal, da kommt Papa.»

Horst hatte seinen Fußballer-Trainingsanzug an, den ich ihm gestern in die Klinik gebracht hatte. Sein Gang war noch ein wenig schleppend, aber er war auf zwei Beinen. Er hob schon von weitem den Daumen: «Ich komme gerade vom Herzultraschall. Der Professor sagt, es ist alles tipptopp. Morgen kann ich nach Hause.»

Er umarmte Nina und gab mir einen Kuss auf die Wange. Ich hielt ihn fest und schlang meine Arme um ihn: «Ich bin so froh Horst, ich kann dir gar nicht sagen, wie froh ich bin. Jetzt leg dich aber erst mal wieder hin.»

Ich schob ihn in sein Krankenzimmer und nötigte ihn, die Schuhe auszuziehen und sich ins Bett zu legen. Er zog sich das Kopfkissen zurecht, verschränkte die Arme hinter dem Kopf und sagte:

«Der Professor hat mir zu moderatem Ausdauersport geraten. Es gibt bei uns im Studio eine Koronarherzsportgruppe, die sind alle großartig in Form. Denen werde ich mich anschließen. Ich werde viel Sport machen, wenn du in der Uni bist, Gabi ...»

«Ich bin nicht mehr in der Uni.»

Die beiden starrten mich an. Dann sagte Nina: «Mach dir nichts draus, Mama. Jeder fällt mal durch eine Prüfung.»

«Ich habe mich gestern exmatrikuliert. Ich kann die Uhr nicht zurückdrehen. Ich bin eben nicht mehr jung. Ich kann nichts mehr nachholen, ich kann nur jetzt etwas versäumen.»

Horst sah mich an. Ich sah die Falte auf seiner Stirn, die sich Jahr um Jahr tiefer eingegraben hatte. Ich sah das Liniennetz um seine Augen, das mit der Zeit immer dichter geworden war. Ich sah meine Hand mit den Altersflecken darauf, die ich in diesem Moment nach ihm ausstreckte. Ich spürte unter meinen Fingern die Haut seiner Wange, die ich so gut kannte wie meine eigene. Ich sah auch die Müdigkeit und das Erschrecken hinter seinem demonstrativen Optimismus.

«All die Jahre und all die letzten Monate sind wir gerannt und gerannt, Horst. Wir haben getan und getan und sind vor lauter Tun nicht zum Nachdenken gekommen, warum wir etwas tun. Und plötzlich war es fast zu spät. Ich will nicht mehr so viel tun, Horst, ich will nicht mehr gegen Windmühlen kämpfen. Ich möchte bescheidener werden, ich möchte mehr Zeit mit dir haben, Horst. Vielleicht ist weniger für uns beide tatsächlich mehr?»

Noch ehe er mir antworten konnte, klopfte es an der Tür, und gleich darauf wurde sie aufgerissen. Es war Olga mit Maxi im Schlepptau. Sie fegte herein wie der Sommerwind. Getupftes Kleid, offene Sandalen, einen Bund Sommerrosen in der Hand.

«Charst!», rief sie, beugte sich ungeniert über sein Bett, drückte ihm einen Lippenstiftkuss auf die Wange, ließ sich auf seine Bettkante fallen und rief: «Ich bin ja so erleichtert, dass du nicht gestorben bist!»

Maxis Begrüßung hingegen war männlich knapp. Er murmelte: «Hey, Papa, alles klar?»

Und Horst erwiderte: «Alles klar, Großer.»

«Ich habe dir etwas mitgebracht, Charst.» Olga legte den Rosenstrauß achtlos auf Horsts Bett, wühlte in ihrer beutelartigen Designerledertasche und förderte ein großes Weckglas mit einer grünlich-trüben Flüssigkeit zutage: «Das ist Rassolnik. Eine Fleischsuppe mit Essiggurken und Salzgurkenwasser darin. Ein sehr bekanntes moldawisches Hausrezept. Man kann sie auch kalt essen. Sie schenkt viel Kraft und sorgt für eine innere Reinigung.» Sie klopfte auf Horsts Bettdecke. «Lotoseffekt für deinen ganzen Körper, Charst! Besser als jede Medizin!» Sie lachte und stellte das schwappende Weckglas mit der Gurkensuppe auf den Nachttisch zu Horsts Tabletten.

«Apropos Essiggurken», meldete sich Nina zu Wort, «Kati hat mir noch etwas für euch dagelassen. Eigentlich sollte ich es euch erst später geben, aber nachdem das mit Papa passiert ist ...»

Sie holte aus ihrer Jackentasche ein knittriges Schwarzweißbild, dessen Ränder sich leicht nach innen rollten. Olga und ich griffen gleichzeitig danach. Horst und Maxi waren wie immer etwas begriffsstutzig. Ich war schneller als Olga. Und tatsächlich, man sah darauf eine dunkle Höhle, hell konturiert mit einem stecknadelgroßen Punkt in der Mitte.

«Horst!», rief ich. «Horst, ist das nicht wunderbar?!»

Er sah mich verständnislos an. Ich zeigte auf das Bild:

«Ich wette, das Kind kommt mit Brille auf die Welt!»

«Du meinst ...», er griff nach dem Bild und drehte es mit zusammengekniffenen Augen in alle Richtungen, «unsere Kati und dieser Jens ... das hieße, wir haben bald zwei Enkelkinder?»

Nina nickte.

«Vier», unterbrach ich, «vergiss nicht, wir haben ja auch noch zwei Stiefenkelkinder. Das Nest wird voll, Horst.»

Er setzte sich mit einem Ruck in seinem Bett auf: «Gabi, wir sollten uns jetzt schon um Flüge in die USA kümmern, wir sollten dort sein, wenn das Kind kommt.»

Ich nahm die Finger und rechnete.

«Das könnte so um Weihnachten herum sein.»

Nina nickte wieder.

Horst schwang seine Füße aus dem Bett.

«Wir könnten uns ein Wohnmobil mieten und anschließend von Boston bis nach Florida hinunterfahren, Gabi.»

«Ich möchte lieber bei Kati sein, wenn sie das Kind hat.»

«Aber es ist eine einmalige Möglichkeit, etwas von den Staaten zu sehen.»

«Horst, es ist in diesem Falle doch wohl wichtiger ...»

«Gabi, aber du musst doch zugeben ...»

«RUHE!», schrie Nina. «Könnt ihr einfach mal die Klappe halten und euch freuen, dass Kati schwanger ist?»

Ich sah Horst an und prustete los: «Du hast recht, Nina. Wir beide üben noch für die neue Bescheidenheit. Aber erst einmal werde ich kochen. Ich werde ein Gulasch kochen, wenn du wieder in Berlin bist. Das Gulasch der Dankbarkeit.»

«Mama, manchmal hast du echt komische Ideen», sagte Nina.